Der Wolf

볼프

Der Wolf

볼프

이헌 장편소설

2004

"그토록 선량했던 것을 지금에서야 후회한다."

아돌프 히틀러, 1945. 4. 27.

목차

프롤로그

  …거울 같은 광택의 바닥은 몹시도 미끄러웠다. 그 위로 흩뿌려지는 샹들리에의 휘황한 불빛은 낯설도록 영롱하였다. 밤의 강물 위로 떠내려가던 초파일의 연등과는 다른 예리한 섬광이 순간순간 번득였다. 그 아래 사람들도 그러하였다. 날카로운 눈초리를 발하다 다음 순간엔 환성을 지르는 변화무쌍한 표정들이 불빛 아래 꼭 꿈결만 같았다. 여자들이 휘감은 드레스와 보석, 그들을 팔에 안은 남자들의 군복과 콧수염과 훈장보다도, 더 눈에 띄고 종잡을 수 없는 것이었다. 필요 이상으로 과장된 표정들이 이 사람의 얼굴에서 저 사람의 얼굴로 건너뛰는가 하면 되받아쳐진다, 같은 것끼리 혹은 다른 것끼리. 마치 빠른 속도로 돌아가는 만화경처럼.

  나는 어찌할 바 모를 기묘한 감명에 젖어, 한 발짝도 떼어놓으려 하지 않았다. 그랬다간 균형을 잃고 미끄러질 것이다……. 흰 장갑을 낀 손이 내 어깨를 밀었으나, 나는 꼼짝도 않았다. 그러다가, 그 손이 연이어 닿기 전에 저도 모르게 결심을 깨고 걸어 나가고 있었다. 그건 만난 지 얼마 안 된 아버지의 손으로 아직은 두려운 것이었고, 걸어 나간 그 앞은 더욱 그러했다. 나는 더 큰 두려움 속에 더 내밀한 두려움을 감추었던 것이다……

  몇 발짝 내디디다, 바닥에 닿을 듯이 길게 드리워진 일장기 자락을 밟을

뻔하였다. 등 뒤에서 다가오는 흰 손의 기척을 민감하게 알아차리고 몸을 틀어 그 두 가지로부터 물러섰다. 그리고는 곧장 앞으로 걸어갔다. 울려 퍼지는 왈츠의 선율에서 유독 바이올린의 맑고 높다란 소리가 귀를 꿰뚫었다. 그것이 사람들을, 원을 그리며 빙그르르 돌아가게 만들고 있는 것이다. 나는 그 원으로 섞여 들지 않고, 생경스러운 눈초리를 하고 서 있었다.

아버지가 내 어깨에 손을 얹었다. 내가 말끄러미 그를 쳐다보자, 아버지는 근엄한 미소를 지어 보이려 했다. 표정은 어색했지만 나는 처음으로 아버지의 눈빛을 읽을 수 있었다.

그는 짐짓 내 어깨에 손을 얹고, 사람들에게 자신의 아들을 소개시켰다. 나는 몇 번이고 고개를 끄덕였고, 그 전날 배운 내 이름을 몇 번이고 말했다. 시키는 대로 재미도 없이 반복해야 했지만, 그를 사뭇 기쁘게 하는 일임을 알았다. 그러다가 그 애를 보았던 것이다. 그 애는 홀의 저편에 서 있었는데, 나와 눈이 마주치자마자 내 앞으로 뛰어왔다. 검고 동그란 눈동자에, 머리카락은 돌돌 말려 있었고, 하늘하늘한 분홍 치맛자락을 팔락이고 있었다. 우리는 서로를 빤히 쳐다보았다. 갑자기 그 애가 팔을 쑥 내밀어 내 손을 잡고는 마구 달음질쳤다. 나도 그 애를 따라 막 달려 나갔다. 일순 왈츠의 원이 뒤엉켜버렸다. 그러나 우리는 뒤도 돌아보지 않고 뛰어갔다.

엷은 음영이 드리워진 초여름 저녁의 정원이었다. 머리칼을 흩날리며 뛰던 그 애의 얼굴이 자주색 그늘 속에서 날 돌아보았다. 그대로 멈추더니 내 얼굴에 제 얼굴을 갖다 대고 웃다가 아, 하고 입을 벌렸다. 나도 아, 하고 입을 벌렸다. 작은 손 하나가 내 눈을 엉성하게 덮었다. 그 애의 웃는 얼굴이 그대로 보였지만 나는 눈을 꼭 감아주었다. 백장미의 향기가 어슴푸레 감돌았다. 벌린 입 안으로 뭔가 쑥 들어왔다. 나는 엉겁결에 이로 꼭 깨물었다. 제법 단단한 것이 금세 허물어지더니, 상상도 못할 달콤함이 입 안을 가득 채우고 감미롭게 혀 위에서 녹아내렸다. 나는 놀라 눈을 번쩍 떴다. 까만 눈동자가 웃고 있었다.

“쪼꼬레뜨.”

“쪼꼬레뜨.”

그 애가 먼저 말하자 나도 따라 말했다. 엉뚱하게도 그 희한한 말이 그 애의 이름이라고 생각하고 있었다. 따라 말하며 나는 웃었다. 그리고는 백장미의 꽃봉오리를 따서 그 눈앞에 내밀었다. 다 핀 꽃이 더 아름답지만, 이만치 사랑스럽진 못하다. 내가 내밀자 그 애도 입을 동그랗게 벌리고 놀라다, 받아 쥐려 하였다. 하지만 나는 그 손에 놓아 주지 않고, 돌돌 말린, 우스꽝스럽지만 볼수록 귀여운 그 머리에 꽂아주었다. 생각대로, 매우 예뻤다…….

그때 풀숲을 헤치고 한 소년이 달려왔다. 나보다 다소 크고, 양식 복장도 더 잘 어울리는 아이였다. 그는 우리 둘을 곧장 쫓아온 것이었지만, 막상 따라잡자 할 말을 못 찾고 거친 숨만 몰아쉬었다. 나는 그 어색해하는 표정이 마음에 들었다. 내가 웃자 그도 웃었다.

“와따시와 이하라 유사쿠데쓰.”

그가 자신을 가리키며 말했다.

“이하라 나쓰에.”

그 애가 방긋 웃으며 말했다.

“와따시와 오오세 카오루데쓰.”

이것은 내 이름이었다. 나는 7살, 나쓰에가 6살, 유사쿠는 9살이었다. 1927년 6월에, 우리는 처음으로 만났다.

1. 우상

1

이현영과 윤덕한이 만난 것은 1941년 봄, 베를린에서다. 현영은 덕한을 처음 보는 것이 맞았으나, 덕한은 현영을 본 적이 있음을 떠올렸다. 둘 다 아직 어린 날의 일이었다. 덕한이 경성에 처음 갔을 때, 그의 친구가 거리에서 현영을 가리켰다. 현영은 희푸른 낯빛을 하고 묵묵히 걸어가고 있었는데, 지극히 무표정한 얼굴이었다. 그러나 덕한은 속지 않았다. 그는 분명 자신에게 꽂히는 시선을 감지하고 있었다. 피부로 느끼면서 가면을 쓰고 지나쳐 버리나, 그 가면은 또 얼마나 얇은가. 나약함과 무기력의 증거라 여기며, 덕한은 더욱 경멸하고 조소하였다. 강한 반감에 걸맞을 철면피를 기대했으나, 침 한 번 뱉으면 허물어질 낯짝이었다. 그것이 그를 향한 경멸에 좀더 미묘한 색채를 가했으니, 선악과는 상관없이, 자신을 당당하게 세우지 못하는 인간으로 보였던 것이다. 사람과 사람 사이에 인정하고 인정받는, 가장 기본인 자주성이 보이지 않았다. 그런 점에서, 현영은 인간의 품격에 대한 덕한의 생각을 민감하게 건드렸던 것이다. 그러나 눈 가리고 아웅 하는 수작으로 보인 그 얇은 가면이야말로 복합적으로 발전하는 개성의 한 양상임을 알기에는, 덕한의 개성 또한 이미 그 취향의 호불호가 뚜렷하여, 올바른 통찰을 가로막았다. 또한 마음에 들지 않는 것을 거부하는 그 오만한 폐쇄성은, 같은 이치로, 그 나약한 얼굴의 인상을 마음 깊이 담아두었던 것이다.

그러나 현영을 다시 보았을 때, 그 인상은 늦게야 떠올랐다. 처음에 현영이, 덕한이 그보다 한 해 먼저 다니고 있던 프리드리히 빌헬름 대학의 교정에 나타났을 때, 둘은 서로가 동국인임을 대번에 알아보았다. 눈이 마주치자마자 입도 동시에 열리려 하였으나, 덕한의 독일인 친구인 악셀이 멋모르고 그들 사이의 널찍한 공간에 들어 덕한에게 말을 걸었다. 그리고는 곧 수업 시간이 되어 강의실로 들어가야 했다. 덕한은 수업 후에 그와 인사를 나누고자 했으나, 현영은 반가운 기색을 지우고 덕한에게서 멀리 떨어져 앉았다. 덕한은 그의 표정을 살폈으나 잘 알 수 없었다. 자신을 일본인으로 오해하고, 한국인으로 착각했다고 후회하는 건 아닌지 마음이 쓰였다. 덕한이 그 가까이로 자리를 옮기려는데 란츠만 교수가 들어왔다.

교수와 학생 사이에 하일 히틀러 경례가 오갔다. 공통 교양 국문의 란츠만 교수는 눈에 띄는 새 동양인 학생을 보자 학적부를 펼쳐들고 물었다.

"자네가 새로 입학한 일본인 오오세 카오루인가?"

그제서야 덕한은 그가 오오세 에이스케 남작의 아들임을 알아보았다. 그랬다, 한 번 본 적이 있었다. 그는 키가 늘씬한 청년으로 변모해 있었으나 창백한 얼굴과 무심한 듯한 눈초리는 여전했다. 아, 내가 그를 몰라보다니, 그는 이상스런 시선으로 똑바로 정면을 향한 현영의 옆얼굴을 응시했다. 일견 초연한 그 얼굴이 그의 시선을 느끼고 있음을 그도 느꼈다. 현영이 제법 유창한 독일어로 말했다.

"여권 이름은 쓰지 않고 있으니 리라고 불러주십시오."

그는 이유를 말하지 않았으나 란츠만 교수는 별 반응을 보이지 않았다. 일본 유학생들과는 명백히 거리를 두는 한국 유학생 윤의 경우를 이미 겪어보았던 까닭이었다.

지난 학기에 이어 괴테의 '빌헬름 마이스터' 로 수업은 시작되었다. 덕한이 괴테를 그다지 좋아하지 않는 만큼, 교수는 그의 무뚝뚝한 단평의 독특함을 선호했다. 그날도 교수의 지명을 받았을 때, 현영의 시선이 느껴졌다. 베르테르 이후의 괴테란 산송장이며, 그 작품을 쓰고 나서 그도 베르테르처럼 방아쇠를 당겼어야 했다고 믿는 덕한의 진심은, 친구들의 충고로 억눌러져 있었으나 현영의 시선과 교수의 교묘한 유도 질문 끝에 오늘, 낱낱이 들통 나고 말았다.

"헤르만과 도로테아는 너무나 계몽적이어서, 두 주인공은 사람처럼 느껴지지도 않습니다. 헤르만과 도로테아라 하는 대신 미덕과 순결이라 하여, 작품 속에서도 미덕이 이리 말하였다, 순결이 저리 말하였다, 그리하여 그들은 드디어 결합하였다…는 식으로 충분히 표현될 수 있을 겁니다. 빌헬름 마이스터에 이르면, 그건 저 노발리스의……."

'헤르만과 도로테아'를 먼저 두들긴 덕한이 빌헬름 마이스터로 막 접어들었을 때, 미하엘 리페른이 그의 말을 자르듯이 끼어들었다.

"윤의 말은 지나칩니다. 헤르만은 판에 박은 듯한 것이 아닌, 피난민 처녀를 즉석에서 아내로 맞을 정도로 과단성 넘치고 실행력 있는 도덕성을 보여주고 있습니다. 당시 상황에서 볼 때, 이는 편견 없는 정신의 자유로움을 드러내고 있는 겁니다."

미하엘이 덕한을 험상궂게 노려보며 입을 씰룩이자, 흥분한 덕한을 등 뒤에서 걷어차던 악셀이 이어받았다.

"맞습니다. 윤은 지나치게 베르테르를 선호하여, 총성 한 방 없는 다른 소설은 비하시키는 경향이 있습니다."

"열띤 토론인 건 좋으나, 일단 윤의 의견을 끝까지 듣는 게 어떤가. 마이스터에 대한 그의 주장이 이제 막 시작되려는 참이니."

란츠만 교수가 덕한에게 흥미진진한 시선을 보내자, 안드레스가 쐐기를 박았다.

"그의 독선이 그 의견을 듣기 어려운 것으로 만드는 겁니다. 교수님께서는 그의 독특함을 높이 사시나, 그 취향의 뚜렷함이 객관성을 보증하는 건 아니지 않습니까?"

곧바로 덕한이 제기된 반론들을 깨끗이 인정하고, 그러나 자신도 파우스트는 높이 평가한다고 지극히 점잖게 말하며 평소의 과묵함으로 돌아가자 다른 세 청년이 안도했다. 교수는 아쉬운 듯했으나 곧 수업이 끝났고, 빌헬름 마이스터는 그 분량의 반도 안 되는 노발리스의 '파란 꽃'으로 대치 가능하다는 진짜 독단은 설파되지 않은 채 묻히게 되었다. 그것은 교수가 베푸는 관용의 한계를 넘는 폭언임을 덕한은 진작 경고 받았었으나, 오늘 그는 멍청하였다.

"극동에서 온 돈 키호테 같았어. 활약이 대단하지 뭔가."

교수가 나가자마자 악셀이 비꼬았다.

"다음부턴 재갈을 물고 있어. 제 입을 스스로 막을 수 없다면."

미하엘의 뼈저린 충고가 가해지자, 안드레스가 미소 지으며 말했다.

"아까 그 친구, 동국인인가? 널 쳐다보던데."

"그래."

짧게 대답한 덕한이 갑자기 일어섰다.

"오오세 카오루."

그가 강의실을 막 나가려던 현영을 불렀다. 나직하나 분명한 목소리가 등 뒤에서 들려오자 현영이 고개를 돌렸다. 그가 덕한을 똑바로 쳐다보았다. 마음 가는 대로 그를 부르고 말았으나 준비되지 않은 건 덕한이 더했다. 그러나 머뭇거리긴 싫었다.

"오오세 에이스케 남작의 아들인가?"

"알면서 묻는군."

무표정한 얼굴의 눈 속에서 움직이는 게 있었다. 그걸 보자 덕한은 더는 후회하지 않았다.

"아니, 너에 대해선 몰라."

한국말로 대화가 진행되자, 세 독일 청년이 서로 눈짓하는 게 현영의 시야 가장자리로 들어왔다. 민감해진 중에도 그대로 흘려 넘기자, 왠지 모를 일말의 상쾌감이 돌았다.

"난 네 아버지 암살 모의에 가담했었지. 불행히 실패했지만."

썩어 빠진 소리였다. 그러나 덕한은 그의 가슴에 창을 내지른 걸 후회할 수 없었다. 다른 감정을 느끼기엔 흥분이 너무 컸다. 그대로 침묵이 흐른 뒤, 덕한은 친구들과 함께 그를 뒤로 하고 나섰다. 그러자 이번에는 현영이 그를 불렀다.

"기다려."

"먼저들 가 있어. 곧 갈 테니."

그렇게 말한 덕한이 천천히 몸을 돌렸다. 세 친구는 여전히 입을 다문 채 그의 말에 따랐다.

건물 뒤쪽의 응달진 곳이었다. 현영이 덕한의 멱살을 잡고 벽으로 밀어 붙였다. 갑작스런 일이었다. 그는 생각보다 거칠었다. 덕한의 표정은 흐트러짐 없이 냉정했으나 마음 한 구석으론 점차 열기를 띠어가고 있었다.

"거짓말 마라."

현영이 말했다. 덕한은 냉소하였다.

"무엇이."

"내 아버지 암살 모의. 거짓인지 모를 줄 아나?"

덕한이 현영의 손을 단번에 뿌리쳤다.

"왜, 오오세 남작은 암살당하면 안 되나?"

"의열단의 모의가 실패한 건 알아. 그러나 네가 가담했다는 건 거짓말이다."

현영의 눈이 덕한을 추궁해 왔으나 그는 흔들림 없이 태연할 수 있었다.

"실패했으니 더 할 말이 없군."

그대로 현영을 밀쳐내고 가려했으나 현영이 그의 팔을 움켜잡았다.

"그만 하지. 조무래기 친일파는 상대 안 해."

덕한이 내뱉었다. 그 말의 효과가 그렇게 클 줄은 그 자신도 몰랐으리라. 현영이 그의 팔을 놓았다.

“그렇게 내게 침을 뱉고 싶나?”

“뭐라고?”

가라앉은 목소리의 울림이 덕한을 파고들어 그가 무심코 되물었다.

“그렇게 내게 침을 뱉고 싶냐고 물었다.”

덕한은 아연했다. 그러나 현영은 자신도 물러서지 않는 동시에 덕한도 놓아주지 않았다.

“친일파의 자식에게 침을 뱉고 싶으면 그렇게 해라. 공연히 거짓말 할 필요는 없어.”

덕한의 마음속에 치미는 것이 있었다. 덕한이 현영의 멱살을 쥐었다.

“하고 싶으면 해라.”

현영이 얼굴을 들이밀자 덕한이 노려보았다.

“그런 도발엔 넘어가지 않아.”

덕한이 냉정을 가장했다. 현영도 알았을 것이나 그는 되려 눈을 내리감았다.

“안다. 날 위해서다.”

허를 찔린 덕한의 눈에 현영의 흰 이마가 들어왔다. 열기 띤 검은 눈동자를 감추고 수면처럼 고요해진 얼굴이었다. 그의 멱살을 거머쥔 손이 떨려왔다. 그때에, 그가 담담하게 고했다.

“비겁자의 자기비하다……”

덕한의 눈동자가 크게 열렸다. 다음으로 눈앞의 그 이마에 침이 뱉어졌다. 그걸 보고야 자신이 한 짓임을 알았다. 때를 같이하여, 그가 처음 보았던 현영의 얼굴이 떠올랐다. 입을 꾹 다문 채, 공공연히 가해지는 손가락질을 묵묵히 감수하며 지나가던 그 소년의 모습. 그 선명한 인상이 뒤늦게 떠올랐다. 아주 짧은 순간이었다.

눈을 뜬 현영과 시선이 부딪쳤다. 이미 맺힌 눈물을 흘리지 않으려 몸을 덜덜 떨던 덕한이, 갑자기 현영을 밀쳐내고 달려가 버렸다. 현영은 뒤에 남아, 자신이 그에게 저지른 짓을 돌이켰다. 씁쓸함 속에서 손을 들어 이마의 침을 문질렀다. 덕한을 떠밀었던 것은 그였으나, 덕한 역시 그를 압박하였다. 덕한의 조소 속에서 그는 그의 것과 동류인 상처를 직감했다. 그것이 그를 자극하고, 지나쳐 가버리던 발길을 붙들어 세웠다. 자신이 보아낸 그의 상처에 자신의 상처를 맞대어 내밀자, 그 자극 속에 순간적인 충동이 일었다. 그것은 아주 소중하게 느껴져, 현영은 망설임 없이 몸을 던졌고, 그 후로도 일말의 후회조차 느낄 수 없었다. 그는 그 자리에 그대로 서서, 자신이 그에게 가한 아픔이 고스란히 제 상처로 투영되는 것을 받아들였다.

2

나는 외가에서 자랐다. 철이 들기까지 부모의 얼굴도 보지 못했다. 외조부도 외조모도 아무 말이 없었다. 그분들은 인적 드문 산골에 파묻혀 살며, 나만을 애지중지 길렀다. 언젠가 부모에 대해 물어보자, 외조부는 한참 동안 말이 없다, 그저 멀리 살아, 여기 못 온다고만 하였다. 슬펐으나 오래 가진 않았다. 산골에는 사람은 드물어도, 새도 토끼도 뱀도 많았다. 나는 무엇 하고도 놀았고, 뭐라 말할 수 없는 사랑을 받았다. 내 어린 시절은 행복했고, 가슴 뭉클한 기억을 낳았다.

어느 날, 나무에 올라가 있는데, 그 밑으로 한 남자가 다가왔다. 울창한 가지 속에 몸을 숨긴 나를 그가 발견했던 것이다. 그가 나무 아래서 내 이름을 불러, 나는 몹시 놀라 고개를 내밀었다. 한 번도 보지 못한 남자였다. 햇볕에 그을리지 않은 흰 얼굴의 키 큰 남자는 양복을 입고 모자를 쓰고 있었다. 그가, 바로 나의 아버지였다.

서로 처음 보는 사이였으나 아버지는 단번에 날 알아보았다. 그가 몇 번이고 내 이름을 부르며 내려오라 했으나, 나는 점점 높이 올라갈 뿐이었다. 마침내 가장 높은 가지에서 얼굴을 내밀고 손을 흔들어 보이자, 그 아찔한 높이에 기겁을 한 그가 당장 나무 둥치에 달라붙다시피 하여 기어오르기 시작했다. 그러나 반대편으로 잽싸게 내려온 내가, 어느 틈엔가 그의 발치에서 눈을 말똥거리고 있었다. 여차하면 그대로 내뺄 속셈이었다. 그는 웃음을 터뜨리며 나를 번쩍 들어, 높이 높이 치켜올렸다. 나는 그가 내 아버진줄도 모른 채 따라 웃었는데, 그때 그가 내 아들아, 하고 나를 불렀던 것이다.

그가 내 손을 잡고 외가의 마당에 들어서자, 외조부는 큰 충격을 받았다. 부엌에서 아장아장 걸어 나오던 조그만 외조모는 아예 고꾸라질 뻔했다. 그분들은 그가 다시 나타날 줄 몰랐던 것이다.

저녁 밥상머리에선 거의 말이 오가지 않았다. 나는 흥분이 지나쳐 그만 졸렸다. 날 빼앗길까 싶어 내내 꼭 안고 있던 외조모의 품에서 어느새 잠이 들고 말았다.

그러나 다음날 아침 나는 아버지의 손에 이끌려 외가를 떠났다. 아버지는 정중하면서도 단호한 태도로 여지없이 나를 되찾아갔고, 그분들은 나를 다시 보지 못하였다. 내가 경성중학에 들어간 해에 연이어 돌아가셨던 것이다.

아버지와 내가 경성에 도착하자, 처음 보는 가냘픈 여인이 나를 품에 안았다. 어머니였다. 몸이 아파 함께 올 수 없었다는 어머니의 손은 아직도 열로 뜨거웠다. 본래 몸이 약한 어머니는 나를 낳고 병을 얻어, 경성에까지 올라온 외조부가 돌볼 사람 없는 손자를 데려갔던 것이다. 아버지가 동경에 있었을 때의 일이었다고 한다. 당시 동경제대에 막 입학했던 그는 일시 귀국하여 어머니를 동경으로 데려가서, 그곳의 병원에 입원시키고 공부를 계속하였다. 졸업 후엔 곧바로 총독부 재외 연구원으로 국비 지원의 독일 유학을 갔고, 유학을 마치자 총독부 경무관으로 발령받았다.[1] 그는 귀국하자마자 나를 찾은 것이었다.

집은 이층의 양옥이었다. 겉보기보단 안이 간소했으나, 서양식 가구를 들여놓고 서양식 생활을 하고 있었다. 어머니만이 한복을 입고 머리를 쪽지고 있었다. 동경에서도 백림에서도 내내 그런 차림이었던 것이다.

"네 이름은 오오세 카오루다."

아버지는 나를 의자에 앉히고 그렇게 말했다. 그리고는 그 신기한 이름을 종이에 한자로 써서 내게 보였다.

"너는 조선인이다. 고로 일본인이다. 조선과 일본은 한 나라기 때문이다. 조선 이름은 이현영이고, 일본 이름은 오오세 카오루다. 둘 다 소중히 하여라. 좋은 조선인은 좋은 일본인이니, 다르다고 생각해서는 훌륭한 사람이 될 수 없다. 조선인도 일본인도 모두 황국의 신민인 것이다."

나는 발이 바닥에 닿지 않는 의자에 동그마니 앉아 아버지의 얼굴을 쳐다보았다. 외조부는 조선이고 일본이고, 일체 가르쳐주지 않았었다. 난생처음 듣는 소리들에 나는 멍하였다.

"이것이 히노마루다."

그가 일장기를 펼쳐보였다. 그 빨간 동그라미는 익히 봐오던 것이지만, 이렇게 바로 눈앞에 아버지의 엄숙한 말투와 함께 펼쳐지자, 참으로 달라 보였다. 그 무의미할 정도의 단순함이 눈에 빨간 점을 찍을 듯이 압도해왔다.

"저걸 보아라."

그가 천장에 매달아 둔 희한한 모양의 나무함을 가리켰다. 그것이 일본의 신사를 본뜬 형태임을 나중에 알았다.

"저것이 가미다나다. 아마테라스 오오미카미를 모신 것이지."

아버지는 그 앞에 서서, 공손한 자세로 허리를 구십 도로 구부려 절하였다. 우뚝 선 아버지의 큰 키가 절도 있게 직각으로 숙여지는 것은, 간단하면서도 대단한 동작이었다.

"너도 절하여라."

아버지가 나를 돌아보며 말했다. 나는 의자에서 일어나 아버지 옆으로 가서 그처럼 차렷 자세를 한 후 허리를 구부렸다. 그의 눈이 나를 지켜보고 있었다.

"더, 더, 허리를 굽히거라. 직각이 되어야 한다……. 무릎은 굽히지 말고."

나는 있는 힘껏 굽혔다. 해보니 재밌기도 하였다.

"그래, 잘했다. 최경례란 것이다. 항상 고개를 똑바로 숙여라."

아버지가 근엄하게 고개를 끄덕이며, 내 머리를 쓰다듬었다. 그리고는 조금 어색하게 웃었으나, 가늘어진 눈꼬리에서 배어나는 정이 되려 마음을 끌었다……. 그때는, 그의 마음을 쉽게 알아 볼 수 있었다…….

아마테라스 오오미카미란, 태양신으로 일본을 세운 천황의 조상이라 하였다. 나는 가만히 듣고 있다 나중에 몰래 작대기로 가미다나를 내려 그 속을 열어보았다. 안에서 '天照皇大神宮'이라 쓰인 흰 종이가 나왔다. 외조부가 제사 때 쓰던 지방과 비슷했다. 실망을 금치 못하였으나, 아침저녁으로 절하라고 아버지가 시키면 그에 따랐다. 아버지가 바쁜 와중에도 틈을 내어 손수 고꾸고(국어)를 가르치면 제법 그 배움이 빨랐다.

그는, 그렇게 내게 훌륭한 사람이 될 수 있는 간단명료한 길을 가르쳤다. 그러나 그 단순한 논리처럼 내 안에 뒤엉켜 혼란을 자아낸 것은 다시없었다.

나는 아버지를 잘 모른다. 누구든 제 아버지가 어떤 사람인지 알기까지는 오랜 시일이 걸린다. 어린 시절에는 성급히도 우리 아버지는 누구라고, 잘 안다고 여겼다. 아버지는 아주 멋지고 늠름한 사나이였으며, 그의 행동거지에는 과연 남작다운 품격이 배어났다. 그는 과묵했으나, 어쩌다 입을 열면 깊은 저음의 중후한 목소리가 사람들의 주의를 끌었고, 그 말은 간결하고 정확했다. 특히 나를 사로잡은 것은 그의 손이었다. 그 희고 큰 손은 마디가 매끈하고 부드러우면서도 힘이 셌다. 외조부의 손도 그처럼 희었지만, 아버지의 손에 비하면 맥이 없고 얇았다. 어린 나는 외조부는 양반이고 아버지는 귀족이라서 그럴 것이라 여겼다. 그 두 가지가 다름은 나도 익히 알고 있었다.

그 손은 커피 잔이나 책, 시계 등의 서양 물건을 다루는 것이 매우 자연스러웠다. 양인들과 비교해도 손색이 없을 정도였다. 그 손은 항상 내 머리를 쓰다듬거나 내 손을 꼭 쥐었다. 아직 익숙지 않은 큰 손의 온기가 놀랍고 어색했으나, 따뜻한 것은 따뜻한 것이었다. 도마뱀을 잡고 새알을 훔치던 내 갈색 손은 거칠거칠했으나, 그는 항상 당연한 듯 내 손을 쥐고 창경원으로, 총독부로, 남산 신사로, 온갖 놀랄 곳으로 나를 이끌었다. 그렇게 그와 많은 시간을 보내며, 내 쪽에서 그의 손을 잡게 되어가면서, 내 손도 희고 매끄럽게 변해가고 있었다.

그의 서재에는 늘 많은 사람들이 드나들었는데, 일인과 양인도 많이 섞여있었다. 아버지는 대부분의 조선인들에게 윗사람이었고, 일인과 양인도 그를 깍듯이 대했다. 그런 그가 나는 몹시 자랑스러웠다.

시작은, 어느 청량한 가을날의 아침이었다. 공기는 맑고, 햇빛과 바람이 두루 일렁거렸다. 나는 이층 창으로 밖을 내려다보고 있었다. 어젯밤부터 감기로 누워있던 터라 늘 하던 배웅은 하지 못했지만, 아버지가 나서는 모습을 보려 했던 것이다. 아버지가 대문 밖으로 나오면 돌아서서 내 방을 향해 손을 흔들 것이다. 유리창에 이마를 대자 차가운 감촉이 기분 좋았다. 어머니는 내 곁의 의자를 비우고 아버지를 따라 내려가 있었다.

곧 아버지가 대문을 나섰다. 그 뒤로 어머니의 흰 옷자락이 따라나서는데, 갑자기 웬 사람이 어디선가 뛰쳐나왔다. 그가 큼직한 들통을 아버지에게 뒤집어씌우듯 내던졌다. 그 안의 거무튀튀한 오물이 아버지에게 튀었다. 어머니가 악 하고 비명을 질렀다. 아버지가 어머니 앞을 막아서며 문을 밀어 닫았다. 그자가 크게 외쳤다.

"매국노! 나라 팔아먹은 놈! 왜놈한테 빌어먹는 놈!"

아버지가 우뚝 서 있는 것이 보였다. 한 치 흔들림 없는 모습이었다. 그자는 더 소리치지 못하고 멈칫하다, 침을 탁 뱉고는 휙 도망쳐버렸다. 아버지는 천천히 몸을 돌려 내 방 창문을 쳐다보았다. 하얗게 질린 내가 그를 내려다보고 있었다. 오물을 뒤집어쓴 그가 고개를 끄덕였다.

나는 열이 채 내려가지 않은 몸으로 구르듯 이층 계단을 뛰어 내려갔다. 어머니가 흰 수건으로 아버지에게 묻은 오물을 닦아주고 있었다. 이미 평정을 되찾은 어머니가 나를 보고 말했다.

"여기 있거라. 아버지는 좀 씻으셔야 되겠다."

그리고는 두 분이 함께 욕실로 들어갔다. 반쯤 열린 문으로 아버지가 옷을 벗자 어머니가 물을 부어 오물을 씻어내는 것이 보였다. 잠시 후, 문을 닫고 나온 어머니는 안방으로 건너가 새 옷을 꺼내왔다. 내겐 들어가 누우라 하는 대신, 말없이 담요를 둘러주었다. 나는 여전히 무서웠으나, 어머니의 손길에 점차 마음이 가라앉았다. 그러나 서서히 강한 분노가 고개를 쳐들었다.

이윽고 아버지가 욕실에서 나와 새 옷으로 갈아입자, 내가 말했다.

"그 사람이 몰래 숨어 있었어요!"

아버지가 고개를 끄덕였다.

"그래, 그랬겠지."

"그 사람은 죽겠죠?"

나는 격한 소리를 뱉었다. 아버지와 어머니처럼 침착할 수 없는 것이 나를 부채질했는지도 모른다. 하지만 과한 소리라고 스스로도 느꼈기에 그리 말한 것이었다. 사람을 죽인다는 생각과 마찬가지로, 아버지가 오물을 뒤집어씀은 한계를 넘어선 일이었다.

"어린 아이가 그런 소릴 하다니!"

어머니가 가차 없이 꾸짖었다.

"죽이지 않는다."

아버지가 고개를 저었다.

"왜요?"

나는 알아야 하였다.

"그 사람은 어리석은 자다. 그래서 그런 짓을 한 거다. 물론 어리석은 것도 큰 잘못이다. 하지만 그렇다고 죽여서야 되겠니? 그도 다 우리 민족이다. 가르쳐서 바른 길로 이끌어야지!"

그가 잠시 침묵하였다.

"우리 민족 대다수가 그자와 같다. 깨어있는 자는 얼마 없어. 그 소수가 전체를 이끌어야 하지."

그는 그렇게 탄식하다, 내 눈을 똑바로 들여다보며 힘 있게 말했다.

"그러나 그 깨어있는 자들이 점점 늘어가고 있단다. 민족을 선도하는 사람들이 생겨나고 있는 거지. 너도 그래야 한다."

그는 다시 한 번 고개를 끄덕여 보이고, 여느 때와 같은 모습으로 집을 나섰다. 나는 눈물을 참으며 앉아있었다. 아버지의 의연한 태도가 가슴에 사무쳤다. 어머니가 나를 끌어안고 잠시 다독여주다 이층으로 데려갔다.

"자거라."

어머니가 내게 이불을 덮어주며 말했다.

"너는 아직 어리니 너무 깊게 생각하면 안 된다. 오늘 일은 잊으려무나."

어머니의 손길이 뺨에 와 닿았다. 눈물이 조금 새어나왔다. 나는 기진해서 잠에 빠져들었다.

그러나 잊을 수 있는 것이 아니었다. 나는 좀체 충격이 가라앉지 않아, 그날 저녁 잠에서 깨어나자, 날 보러온 아버지를 묻는 눈으로 쳐다보았다. 그자가 소리쳐댄 말뜻을 알고자 했던 것이다. 내가 입 밖에 내지 않아도 눈치 챈 아버지는 여러 이야기를 해주었다. 아주 오래 전 일로, 이미 옛날 일인데, 조선 사람들이 모여 만세를 불렀다는 것이다. 일본에게서 독립시켜 달라고 말이다. 독립한들 일주일도 안돼 같은 동양도 아닌 아라사나 미국에게 합병될 게 뻔했는데도, 그들 어리석은 무리가 전 조선 땅을 휩쓸며 만세를 불렀다는 것이다.

"그때 일본인이 조선인을 많이 죽였단다. 조선인이면서 일본인이 되지 않겠다는 자는 황국 신민이 아니란 것이지."

아버지의 얼굴이 침통했다. 선동하는 무리에 휩쓸린 사람이 너무 많아, 질서를 회복하려 힘으로 강제하고 본보기를 보인 것이지만 비극적인 일이라 하였다.

"어리석음은 그렇게 끔찍한 결과를 낳는 법이다."

그는 무거운 어조로 말을 이었다. 그때 선동가 무리를 감옥에 가둬 집중적으로 계몽시키고 있었는데, 그 무리에 끼어있던 중 하나가 그나마 개선의 정을 보인 자들에게 민족의 변절자라며 옥내의 똥통을 끼얹었다고 한다.

"열심히 일할 생각은 않고 거리를 쏘다니며 허송세월하다, 만세나 부르며 평소의 불만을 터뜨리면 애국자요, 묵묵히 자기 할 일 하는 사람에게 오물을 끼얹어도 애국자라 한다. 아직은 어리석은 자가 더 많기 때문이다. 정말 독립이 되면, 또 불평불만을 터뜨릴 무리들이다. 이렇게 나라가 혼란스러운데 독립한들 어찌 이 땅에 사람이 제대로 살겠느냐? 천황의 은혜란 수이 알기에는 너무도 깊다. 그러니 먼저 깨친 자가 더 큰 노력으로 그 은혜를 갚아야 한다. 누가 진정한 애국자인지는 훗날에 밝혀질 것이다."

다행히 당시 사이토 총독의 아베 참모가 그중 몇 명을 가출옥시켜 청년들의 계몽에 앞장서도록 하였고, 지난 과오를 뉘우친 그들은 이제는 훌륭한 신민으로 활동하고 있다고 이야기를 마치며, 그는 밤이 다됐다고 그만 가려 하였다. 그러다, 문득 돌아보며 말했다.

"너 김홍집 대감을 아느냐?"

나는 고개를 저었다.

"모르느냐? 장인어른은 네게 한학만 가르치셔서 너는 너무 무지하구나. 그분은 대한제국의 총리대신으로 일찍부터 친일을 하였지. 그런데 아라사 양인들이 나라를 노리던 판에 고종 황제가 그분을 배반하고 아라사 공사관으로 도망갔단다. 일국의 황제가 신하를 버리고 말이다! 그래 그분이 사인교를 타고 황제를 만나러 공사관으로 갔지. 무지한 이들이 일본을 싫어하는지라 그분부터 잡아 죽이려 했단다. 일본군이 길을 막고 보호하려 했지만 대감은 일갈했지. 일국의 총리로서 동족 손에 죽는 것은 천명이라며 말이다. 어찌 남의 나라 군인 도움으로 살겠냐면서.”

그때는, 아직 조선과 일본이 한 나라가 아니었다는 것이다. 그래서 김홍집 대감은 성난 군중의 손에 맞아 죽고, 그 시신이 새끼줄로 묶여 끌려 다니는 참혹한 최후를 맞았다고 한다.

“그러나 결국 그분 생각대로 우리가 의지할 나라는 일본뿐이었던 게 아니냐. 김홍집 대감이 살아있었다면 삼일절 같은 비극도 없었을 것이다. 그때 그분을 죽인 군중이 그날 죽은 것이지.”

아버지는 내 머리를 쓰다듬으며 말했다.

“남자로서 행동하여라. 올바르게 생각하고 신념을 관철시킬 때, 우매한 무리의 손가락질과 욕설에 개의치 말아라. 천황께서 우리 민족을 그 품에 받아주셨으나, 진정한 신민은 스스로 되는 것이다. 선각자로서 행동하다 부끄럼 없이 죽어라.”

아버지와 나 둘만이 있는 자리에서, 그는 내게 간절히 자신의 속내를 토로하고 있었다. 아버지가 스스로 뜻을 세움에 일말의 후회도 없었으나, 또한 고독하고 외로웠다. 그의 민족은 그를 알아주지 않았고, 아버지를 사랑하는 어머니 역시 그러하였다. 아버지는 아직 어린 아들에게 그 자신도 의식하지 못한 채 이해를 구하고 있었다. 아버지의 말뜻을 다는 이해하지 못했으나, 그의 그런 마음은 물밀듯이 가슴으로 밀어닥쳤다. 나는 아버지를 힘껏 껴안았다. 아버지와 스스럼없이 되어가면서도, 아직 수줍음을 타던 나였다. 아버지도 다소 놀랐으나 곧 나를 강하게 끌어안았다. 그의 옆얼굴에 순수한 희열이 넘쳤다.

…그 표정을 잊을 수가 없다.

나는 그렇게 아버지를 하나하나 알아가기 시작하였다. 그 역시 친일파의 자식이었으니 내 조부는 중추원 참의로 남작이었다. 조부의 뒤를 이은 충성으로, 그는 스스로 창씨개명하여 오오세 에이스케라 칭하였다. 최초는 아니었으나[2], 39년의 창씨개명령보다 10년을 앞선 일이었다. 2대에 걸친 골수 친일파인 그는 일제가 양산한 귀족 자제들 중에서도 총독부의 특출한 신임을 받아 동경에 이어 베를린 유학까지 마쳤으나, 모두 탐내는 참여관이나 지사직에는 관심이 없었다. 조선인으로 경무관이라는 경찰 최고의 직급에서 출발했으나 그 뒤의 승진은 없이 줄곧 그 자리를 지켰다. 그것은 그의 의사에 따른 것으로, 실제로 조선인에겐 최고의 영예랄 중추원 참의직까지 거절하였다. 그는 역대 총독의 신임을 한 몸에 받은 심복 참모로, 사실상 총독만을 직속상관으로 둔 채, 독자적인 활동을 펼쳤다. 내 조부는 독립 운동가의 손에 암살된 터라 국내외의 불온 세력 타파에는 그만한 적임자가 없었다. 러일 전쟁의 최대 공훈자로 악명을 떨쳤던 아까시 헌병 대장[3]과는 별도로, 그는 고등 밀정들을 직접 키워내었다. 아까시 대장은 4천 2백 명의 조선인 헌병 보조원을 거느렸으나, 그는 50여 명의 직속 밀정들과 그 50여 명이 각기 거느린 새끼 밀정을 합한 수백의 인원만으로 최대의 성과를 올렸다. 그는 그들을 철저히 보호했으며, 간혹 독립군에게 여우[4]사냥이라도 당하면 유족을 보살피고 특례를 베풀었다. 그리고 민족의 앞날에 최선이라 믿는 자신의 사상을 불어넣었다. 자기 부하들의 모범으로서, 그 어떤 비난이 쏟아져도 굴하지 않고 신념을 관철시켰다. 그에 대한 부하들의 충성심과 존경심은 끝도 없었고, 누가 진정한 애국자인지, 역사의 심판에 맡길 뿐이라는 그의 자세를 그들도 따랐다. 제 발로 찾아와 다달이 몇십 몇백 원씩 보수를 흥정하는 이들과 그들의 활동은 차원이 달랐다. 확고한 신념의 그들이 발휘하는 파괴력은, 만세 부르는 촌부를 잡아다가 고문하는 순사들의 짓거리완 비교도 안 되었다. 아버지 말대로 오물통이 무기인 자는 죽이지 않았으나, 거물들에겐 가차 없었다. 어느 쪽이든 아버지가 그 생사를 결정하였다. 그래서 그는 어떤 자에 대해, 죽이지 않는다고 내게 말해줄 수 있었던 것이다.

그들이야말로 독립 운동을 타파하고 내선 일체를 이룩해내는 진정한 공로자였고, 그들은 실제로 자부심을 가졌다. 아무나 독립군으로 몰아넣어 실적을 올리는 데 급급한 이들을 그들은 경멸하였고, 연단에서 황국신민화를 부르짖는 이들과도 다른 무대 뒤의 위치가 그들을 고무시켰다. 이들이 아버지의 사람들이었고, 나는 그들만큼 아버지를 모른다. 알려 하지 않았으니 당연한 노릇이나, 원했던 만큼 완전히 모를 수도 없었다.

"우리로서는 폴란드를 재건할 의사는 없다… 독일의 수준에 다다라선 안 된다. 폴란드 지식층이 지배계급이 되는 것을 방지하라. 얕은 생활수준을 유지하며… 노예화하라… 전면적 해체를 실현하라……."

　　　　　　　　　　　　　　　　－ 히틀러의 지령, 독일 육군 할더 장군의 일기에서

3

"전쟁은 가장 자연스러운 것, 가장 일상적인 것이다. 전쟁은 영원하며, 전쟁은 어디나 있다. 시작은 없으며 평화의 종결도 없다. 전쟁은 곧 삶이며 원초 상태다."

"…인류는 영원한 투쟁을 통해 위대한 자로 성장한다. 평화가 영원히 지속되면 인류는 멸망한다."

— 히틀러

현영이 베를린에 도착한 것은 1940년 겨울이었다. 백림은 전쟁의 도시였다. 중일 전쟁으로 오래 전부터 전시 체제에 돌입해있던 경성과도 비교가 안 되었다. 거리에는 버스와 고가 철도만이 다녔다. 희뿌연 안개 속에 흐르는 청색 라이트가 차 안의 얼굴들을 파리하게 비추며 오가고 있었다. 물 아래 잠긴 듯한 풍경이었다. 곳곳에 발광페인트를 칠한 도로표지판의 흰 원들이 드문드문 떠 있었다. 초로의 사나이가 손수레에 양배추와 감자를 실어 운반하는 곁으로, 레인코트를 입은 금발 처녀가 날씬한 다리를 보이며 자전거를 몰고 갔다. 간간이 공용 차량이 오가고 있었다. 전시 포스터가 다닥다닥 붙어있는 골목들을 돌고 돌아 작은 다락방에 하숙을 정했다. 하숙집의 노부인은 친절한 태도로 창문에 검은 차광막을 쳐서 등화관제 하는 법과 식당에는 매주 이틀간 금육일(禁肉日)이 있음을 꼼꼼히 알려주었다.

트렁크를 풀지도 않고 내려놓은 그대로, 하숙인 전용의 뒷 계단으로 내려와 집을 나섰다. 경성처럼 도시 중앙에 큰 강이 흐르고 있었다. 슈프레 강이었다. 곳곳에 운하가 있어, 그 위로 앙상한 가지를 떨치고 선 나무들의 그림자를 비추고 있었다. 보리수가 끝없이 늘어선 운터 덴 린덴으로 접어들자 일직선으로 뻗은 앞쪽으로 브란덴부르크 문이 보였다. 도중에 서 있는 프리드리히 대왕의 기마상 뒤편으로 내년부터 다닐 프리드리히 빌헬름 대학[5]이 보였으나, 그는 그 전면만 보고 그대로 지나쳤다. 발길을 멈추고 뭔가를 자세히 들여다보거나 그 안으로 걸어들어가고 싶지 않았다. 모든 게 너무나 크고 높고 넓었다. 낯설다 못해 황량한 풍경 속에서 헤매는 것을 멈추고 싶지 않았다. 지칠 때까지 발길을 멈추지 않은 끝에 그 작은 방으로 돌아가, 철제 침대의 희고 차가운 시트 위에서 곤히 잠들고 싶었다.

브란덴부르크 문에 다다르자 웅장한 도리아식 기둥의 파빌리온 위, 올리브 가지를 손에 들고 사두 전차를 모는 여신이 까마득히 높아보였다. 좀더 떨어지자 아까의 현기증은 씻은 듯이 사라진다. 히틀러의 도시에 왔다고 실감하지 못하고 있음이다. 빌헬름슈트라세를 따라 내려가면 제국수상관저가 있는 라이히스칸츨러 광장이 나오지만 그것까진 몰랐다.

문을 한 바퀴 돌아본 뒤, 오던 길을 되짚어 가다 샤를로텐부르거 국도로 접어들었다. 아까 힐끗 보고 지나간 이 거리는 일대 장관이었다. 올이 굵은 천으로 만든 갈색과 녹색의 위장막이 나무기둥 받침대 위에 펼쳐져 도로 전체를 뒤덮고 있었다. 방사형의 그물들이 무수히 겹쳐진 모습이 영락없는 삼나무 숲이었다. 과연 영국 폭격기를 능히 속일만 하였다. 사람들이 그 아래로 오가는 모습에서 운치마저 느껴졌다. 현영은 그 아래를 잠시 배회하다 생각보다 일찍 지친 것을 깨닫고 돌아갔다. 하숙집 근처에서 은여우 모피를 걸친 아가씨가 그의 앞을 가로질렀다. 실크 스타킹까지 신었으나 구두는 헐어빠진 것을 질질 끌다시피 했다. 그녀는 곧 왼편의 비어 홀로 들어가버렸다.

　석탄이 모자라 추운 겨울을 보내야 했다. 현영은 영화관에 자주 갔다. 거리 곳곳에 크고 작은 극장이 있었고, 안은 아늑하고 따뜻했다. 값은 1라이히스마르크도 채 안되었고 영상은 화려했다. 제 집에 있는 게 극장만 못하니, 모든 것이 괴벨스의 세심한 지시였다.

　맨 처음에 본 영화는 파이트 할란의 '유태인 쥐스' 였다. 남편을 고문하며 그 아내를 노리는 검은 콧수염의 유태인은, 독립군 청년의 아내를 범하는 순사나 밀정의 이미지로도 그만이었다. 그 희생양인 히로인 크리스티나 죄더바움은 기품 있고 순결한 북구적 미모로 현영에게 강하게 어필했는데, 결국 능욕당한 끝에 네카 강에 몸을 던졌고, 이 또한 베르테르의 화신 같은 남편이 그 가련한 시체를 끌어올리며 신파의 극치를 달렸다. 현영은 대단히 감동했으나, '영원한 유태인' 과 '로트쉴트 가' 를 계속해서 보고 나자 유태인 테마에는 질려버리고 말았다. 그는 지나친 정치성으로 예술성과 품격이 떨어짐을 예리하게 보아냈으나, 그 기저의 인종 문제까지는 꿰뚫지 못했다. 독일 민족의 적이라는 유태인을 조선의 적인 일본인으로 대치시켜 보았던 것이다.

　그러나 재상영된 레니 리펜슈탈의 '의지의 승리' 는 그를 열광케 하였다. 광활한 대지 위에 펼쳐진 군복과 깃발의 행진은 살아 움직이는 거대한 기념비였고, 그 배경의 고딕풍 도시는 장엄한 중세의 분위기를 연출했으며, 그 모든 것 위의 하늘은 끝없이 푸르렀고, 총통의 손짓 하나에 구름떼까지 함대처럼 위풍당당하게 진군했다.

　리펜슈탈의 또 다른 영화로, 베를린 올림픽을 촬영한 '올림피아' 는 그가 언제나 찬탄해 마지않는 제3제국의 신화적 분위기를 그대로 살려내고 있었다. 지금은 황마 주머니를 쌓아올려 현영이 보지 못한 페르가몬 박물관의, 올림포스 신들과 기간테스들의 전쟁이 새겨진 대리석 벽이, 살아 움직이는 인체의 화려한 동작으로 바뀌고, 그 전면으로 성화의 불꽃이 타올랐다. 현영은 눈이 아찔한 쾌감에 머리까지 잠겨, 넋 나간 얼굴로 집에 돌아오곤 했다.

이 모든 영화들 앞에는 대독일 주간뉴스가 상영되었다. 바르샤바 함락을 찍은 '불세례'나 '서부 전선의 승리' 같은 다큐멘터리 필름들은 그 박진감 넘치는 영상으로 독일군대의 파괴력을 과시했고, 그 뒤로 남겨진 참상의 책임을 체임벌린(전 영국 수상)에게 묻는 내레이션의 라스트씬으로 마무리했다. 그 교묘함이 시대를 앞서가는 선전 영화는, 픽션을 능가하는 박력으로 그 역사적 현장에 동참하는 듯한 착각을 고취시켜 주는 것이었다.

한편으로, 그 극적인 화면에 등장하는 히틀러의 창백한 얼굴은 그를 마음 졸이게 했다. 그는 얼마나 지쳤을 것인가……. 하지만 박해와 시련을 견디며 초인적인 의지로 맞서온 싸움에서, 보라, 그는 승자다! 저 무적의 군대가 오직 그 한 사람으로부터 나오는 것이다! …부당하나 틀리다고만은 할 수 없는 소리를 현영은 하였다. 격무에 지친 듯한 그가 전황보고를 듣고 웃음을 터뜨리자, 관객이 다함께 안도하였다. 자신들의 지도자를 염려하는 민중의 애틋한 마음이 현영의 가슴을 파고들었다.

현영은, 회청색 하늘의 창가에 서 있었다. 이 땅의 하늘은 무겁고, 구름마저 느리다고 생각하면서. 그 하늘 아래, 진짜 구라파의 거리가 있었다. 하늘로 치닫는 첨탑의 날카로움, 스테인드글라스의 둥근 창, 층층이 쌓인 기다란 창문들, 비 오는 날이면 더욱 선명한, 아름다운 적갈색의 삼각지붕들, 거칠고 메마른 갈색 사암의 벽, 퇴락한 대리석의 청백색 색조……. 상점마다 매달린 반들반들한 구리와 황동의 간판이 바람이 불 때마다 가볍게 흔들린다……. 그의 눈엔 여직껏 이질적인 형태들이, 서로 조화롭게, 그곳의 흙 위에서 함께 퇴색해가고 있었다. 이미 유년기에 떠나 온 고향 마을처럼. 새로이 들어선 서양식 건물들이 주변의 풍광에서 유리된 채인 경성이 아니라. 함께 어우러진 그 고풍스런 아름다움이 이국에서 흐르는, 그가 몰랐던 다른 시간의 무게를 느끼게 했다. 모국에서 흐를 시간을 돌이키게 하는.

이곳에선 익숙한 고독마저 다른 모습으로 다가왔고, 눈에 들어오는 이형(異形)은 거울처럼 자신의 이형을 되돌려 비추었다. 하늘도 땅도 사람들도 그를 몰랐고 그도 그들을 몰랐다. 발아래 포도(鋪道)의 감촉은 걸음 하나하나를 밀어 올렸고, 그 이상스런 가벼움과 낯선 거리를 휘돌아오는 바람에 떠밀려, 현영은 정처 없이 몇 시간이고 헤매어 다녔다. 사방이 온통 생경스러운 곳에서는 육신도 바람처럼 가벼웠고, 일단 한 번 발을 떼자 그처럼 떠도는 것에 굶주렸음을 알았다. 난생 처음인 감각으로 충족되고야, 깨달은 허기였다……. 그 사이사이로 이국인들과 우연히 시선을 교환하면, 당황하면서도 까닭 없는 위안이 마음으로 스며드는 것이었다…….

낯선 대기를 맞이하여, 고향에서부터 달고 온 고독은 배의 돛처럼 크게, 펄럭였다.

…하강하는 그의 시선이 아득했다…….

일찍부터 독일 유학을 소망한 현영은, 아버지의 주선으로 한 독일인 선교사에게 독어를 배웠다. 아직 젊은 나이에 극동까지 온 그는 냉소적인 눈빛이었고, 종교에 대해서는 한마디도 꺼내지 않았다. 기독교를 탐탁찮게 여기는 아버지의 엄금으로 생각되었으나 곧 그 자신이 그다지 신앙이 없음을 눈치 채게 되었다. 선교사라기보다 망명자 같은 그는, 독일에 대해서도 엘베 강가의 작은 마을이라는 고향에 대해 언급하는 게 다였다. 히틀러나 '나의 투쟁'에 대해 열정적으로 물었을 때는 아예 대답조차 없어, 나치스가 교회에 비우호적인 것을 생각하고 현영도 더는 묻지 않았다. 처음에 멋모르고 '나의 투쟁'을 원서로 읽고 싶다고 청했을 때, 그가 가져온 것은 게오르크 트라클의 시집과 릴케의 기도 시집이었다.

그가 황금의 날들은 흘러가 버렸네, 하고 읊으면 현영이 저녁의 밤색 푸르른 빛이여, 라고 뒤를 이었다. 그때에 그는 미소 지었으나, 현영을 두고 혼자만의 심상 속으로 말없이 빠져드는 것이었다. 지금 그의 나라의 다락방에서, 현영은 그 이해할 수 없던 미소가 그리워졌다. 독일로 떠나며 작별을 고했을 때, 그는 다시는 못 보겠다는 말을 할 뿐이었다. 그가 독일로 돌아가지 않듯 현영도 돌아오지 않을 것이라는 뜻을 읽고, 현영은 노여웠다. 그러나 그는 서글픈 미소로 날 용서하게, 그저 허튼 소리에 지나지 않아, 라고 말하는 것이었다. 현영은 아무 말도 할 수 없어졌다.

그는 현영에게 낡은 책을 선물하려 하였다. 엷게 변색된 노란색 표지에 Im Westen Nichts Neues라 쓰여 있었다.

"서부 전선 이상 없다?"

"에리히 레마르크의 처녀작이지."

처음 듣는 이름이었다. 현영은 그 책을 손에 들고 펴보며 사의를 표하려 했다. 그때 그가 손을 내밀어 그 책을 도로 가져갔다.

"아니, 그만 두자. 이것을 갖고 있으면 위험할지 모른다. 너는 입국 심사를 거쳐야 하니까."

현영이 어리둥절해진 가운데 잠시 말이 없던 그가, 이윽고 입을 열었다.

"가서, 혹 구할 수 있거든 그때 읽어보도록. 이 책은 남아있을 것이다. 아마도."

그가 특유의 날카로운 냉소를 머금으며 덧붙였다.

"구하라, 그러면 있을 것이다."

"당신 입에서 성경 구절을 듣는 건 처음이군요."

현영이 따라 웃자, 그가 말했다.

"음, 어느 구절인지는 묻지 말도록."

4

경성중학에 다닐 때 마쓰다 가네히로와 교분이 있었다. 그의 아버지는 마쓰다 경부로 아버지의 부하뻘이었다. 그러나 아버지는 조선인 상관에 대한 일본인 부하들의 반발로 그들과 실질적인 상하 관계는 맺고 있지 않았다. 그는 그의 조선인 밀정들을 직접 부렸고, 뚜렷한 성과로 부하들과 경쟁하며, 상호 존중의 관계를 유지하고 있었다.

마쓰다 가네히로는 내게 특별한 관심을 보이며 다가왔다. 나는 그를 신뢰하지도 좋아하지도 않았으나, 다만 외로웠던 것이다. 현실은 무겁고, 아버지의 진리는 효력을 잃어가고 있었다.

어느 점심시간에 마쓰다와 벤또를 먹고 있던 참이었다. 오꾸무라 다이조가 다가와 말을 붙였다.

"아직 식사 중이야?"

"다 먹어가."

오꾸무라가 내 벤또를 넘어다 보았다.

"너, 김치나 된장은 안 싸갖고 다니나?"

일부러 안 싸갖고 다니던 것이었다. 일본인들은 조선인이 더럽다며, 집에서도 몸에서도 그 냄새가 난다 하였다. 된장만 해도 일본 미소는 그런 지독한 냄새가 안 난다며, 퀴퀴한 걸 먹고 사니 퀴퀴한 내가 난다는 것이었다. 그런 말을 듣기도, 그걸로 시비 붙기도 진력이 났었다. 그렇다고 아버지처럼 집에서도 멀건 미소 국물만 후루룩 마시고, 고추장에 풋고추도 안 찍어먹는 건 더 싫었다.

"카오루는 별로 안 좋아하더라."

마쓰다가 말하였다. 내대신 내 말을 해주는 태도가 관대한 척 하나 없이 자연스러운 것이, 되려 속을 트지 못하게 하였다.

오꾸무라와 나는 작문에 있어 라이벌 관계였다. 말도 하고 싶지 않고 글도 쓰고 싶지 않았으나, 내게 재능이 있다고 평한 기라 선생은, 내 열의 부족을 질타하곤 하였다. 그는 오꾸무라를 칭찬하며 나를 꾸짖었으나, 오꾸무라도 나도 진의를 모르진 않았다. 오꾸무라가 여러 모로 나를 의식하게 된 것은 그런 연유에서였다.

"무슨 일 있나?"

마쓰다가 물었다.

"글쎄…. 한승호 말이다… 너 아나?"

오꾸무라가 마쓰다에게 말하며 나를 흘끗 보았다.

"한승호가 왜?"

"그 자식이 범인이란다. 마사하루가 알아냈대."

며칠 전, 운동장 한복판에서 가미다나가 쪼개져 불에 태워진 일이 있었다. 학교는 발칵 뒤집혔다. 전교생이 교장의 일장 훈시와 그에 뒤따른 가혹한 교련 수업을 받았다. 동등 취급은 거기까지였고 조선인 학생들은 한 명씩 불려가 선생들에게 취조 당했으나 범인은 끝내 밝혀지지 않았다. 교장은 학교의 위신 문제라며 부모에게까지 발설을 금하였다.

"사토가 그걸 어떻게 안다는 거지?"

내가 오꾸무라에게 말했다. 겉으론 냉정한 표정이었다. 오꾸무라와 마쓰다가 눈길을 마주쳤다. 오꾸무라가 내게 시선을 돌리며 말했다.

"한번 가보든지."

사토 마사하루는 우리보다 한 학년 위의 최상급생으로, 몸은 약했지만 1등을 도맡는 수재였다. 이 일로 일본인 학생들이 조센징들을 손봐주자며 떠들썩하자 그가 자신한테 맡길 것을 권고했었다.

나는 그들을 따라 체육용구실로 갔다. 오꾸무라가 문을 두드리자, 안에서 누구냐고 되물었다.

"오꾸무라입니다. 마쓰다와 오오세도 함께입니다."

오꾸무라가 대답하자 문이 열렸다. 안은 어두웠다. 높은 곳의 들창으로부터 희미한 광선이 새어들 뿐이었다. 사토가 뜀틀에 걸터앉아 있는 것이 보였다. 그 앞에 놓인 의자에 한승호가 묶여있었다. 등 뒤에서 문이 닫혔다.

나는 앞으로 발을 내디뎠다. 한승호는 묶여 있었지만 아직은 멀쩡했다. 방안엔 사토 말고도 아사노와 후지다가 있었다. 사토의 친구들이었다.

"한승호가 그날 아침, 급히 교문을 빠져나가는 걸 본 사람이 있다. 결석으로 처리됐지만, 실은 학교에 나왔던 거지. 가미다나를 불태우고, 집으로 도망쳤던 거야."

사토가 말했다. 나는 한승호의 얼굴을 쳐다보았다. 그는 온순하고 과학을 잘하는 아이였다. 그가 범인이라고는 아무도 생각지 못했다. 지금 입술을 굳게 다물고 허공만 노려보는 얼굴에서 시선을 뗄 수 없었다. 어느 순간, 그의 시선도 나를 향했다. 두려움을 완전히 숨기지 못하던 앳된 얼굴이 미움을 담아 날 노려보고 있었다. 그도 날 미워했던가? 아니, 그런 느낌은 별로 받지 못했다. 그러나 내가 누구 자식인지 모를 리가 없었다. 이제 그는 나에 대한 증오에 기대어 공포를 극복하려는 것이다. 그의 마음이 손에 잡힐 듯 그려지자, 머릿속이 아득해져 갔다.

"처벌은 우리끼리 한다. 선생들 손을 빌 것 없어. 조센징들 불평엔 질렸다. 한 사람씩 나와 철권으로 징계한다…… 천황을 욕보인 놈이다. 제대로 해라."

사토가 말을 끝맺자, 아사노가 나섰다. 그가 얼굴을 갈기자 한승호는 의

자째로 넘어졌다. 아사노가 배를 걷어찼다. 한승호는 고통스러운 비명을 질렀다. 이어 후지다가 그를 때렸다. 사토도 때렸다. 오꾸무라와 마쓰다도 때렸다. 한승호는 처음에만 비명을 질렀을 뿐, 입술을 깨물고 참았다. 그래도 신음 소리가 걷잡을 수 없이 새어나왔다.

"오오세."

사토가 나를 불렀다.

"너는 안 때리나."

마쓰다가 불안한 눈으로 나를 쳐다보았다. 네가 무어 불안할 게 있단 말인가.

"안 때립니다."

사토의 표정엔 변화가 없었다.

"이유를 대라."

"저도 조선인입니다."

"조선인끼리라 안 때리겠단 거냐? 하지만 조선인도 황국신민이다. 이 놈은 천황을 욕보였다. 같은 조선인이라면, 정신 차리도록 앞장서서 잘못을 깨우쳐줘야 하지 않겠나?"

고요 속에서 사토의 말이 또박또박 울렸다. 아버지의 논리.

"때리지 않겠습니다."

"한패다, 마사하루."

아사노가 한 발 내딛자, 마쓰다가 황급히 말했다.

"기다려 주십시오. 오오세는 조선인입니다. 한승호를 동정하는 건 당연합니다."

틀리다. 마쓰다의 말은, 뭔가 틀리다……. 하지만 잘 알 수 없었다…….

"나서지 마라, 마쓰다."

사토가 날카롭게 말하며 날 보았다.

"때리지 않겠다면 황국신민이 아니다."

"그래도 좋습니다."

나는 말했다. 때리기 싫었다. 황국신민이 아니라도 좋았다. 어차피 아닌 것을, 때리면 황국신민이란 듯이 말하고 있다. 너희에겐 입에 발린 거짓말일 뿐이지만, 우리에겐 생사가 걸린 문제다. 바로 그 때문에, 우리 앞에서 주문처럼 되뇌고 싶어지는 거겠지.

조선이 일본의 속국이니, 조선인이 일본인에게 복종해야 하는 건 이해가 갔다. 하지만 조선인과 일본인이 다 같이 황국신민이라는 건 거짓이었다. 사실이니까, 하고 수긍할 아무 것도 없었다. 진실로 천황이 조선인을 신민으로 받아들인다면 전 일본이 들고 일어날 것이다. 미친 천황을 가두고 새 천황을 옹립할지도 몰랐다. 자기들 스스로 꿈에도 믿지 않는 소리를 하고, 또 강요한다. 그러면, 백에 한 명이건, 천에 한 명이건, 진정으로 믿는 자가 생겨날 수도 있는 것이다. 내 아버지처럼. 믿고 싶어서 믿는 자가 생겨난다. 그에 다다른 아버지의 마음을 누가 알겠는가……

침묵은 잠시였다.

"황국신민이 아니란 거냐?"

"네."

"네 아버지는 천황의 남작이다. 황은을 입은 집안의 자식으로서 할 소리냐?"

"뭐라 해도 안 때립니다."

"관둬라, 마사하루. 한패라 하지 않았나."

아사노가 한 발짝 내디뎠으나 사토가 제지했다.

"아니, 그럴 것 없다."

자리에서 일어난 그가 다가왔다. 잠시 내 얼굴을 주시했다.

"오오세 카오루는, 그냥 비겁자다. 내버려 둬라. 아무 짓도 못한다. 모든 조선인을 일일이 손봐줄 필요는 없지."

그가 바닥에서 뒹구는 한승호를 힐끗 내려다보았다.

"차라리 이 자식이 낫다."

사토가 주머니에서 손수건처럼 차곡차곡 포개놓은 태극기를 꺼내 펼쳤다. 후지다가 품속에서 군용라이터를 꺼내 태극기에 불을 붙였다. 적청의 태극 문양이 타들어갔다. 사토가 그것을 한승호의 옆으로 휙 던졌다. 태극기가 그의 얼굴 가까이서 타올랐다. 여전히 꿈쩍도 않는 내 옆을 지나쳐 사토가 나가자, 모두 뒤따랐다.

…태극기가 타오르고 있었다. 샛노란 불꽃이 점점 커지더니 한승호의 얼굴에 닿으려 했다. 손으로 덮어 눌렀다. 뜨거웠다. 그 뜨거움에, 내리누르고 내리눌렀다…….

불길이 꺼지고 타다 남은 천 조각만 남았다. 한승호가 울고 있었다. 나는 그를 묶고 있던 밧줄을 풀려 했다. 벌겋게 화상을 입은 손이 말을 듣지 않았다. 한승호가 소리쳤다.

"건들지 마! 매국노!"

그가 뭐라 하건 밧줄만 풀렀다. 겨우 풀러내고 그의 팔을 붙들어 일으키자, 한승호가 몸부림치며 날 밀쳤다. 순간 그와 눈이 마주쳤다. 그가 내게 침을 뱉었다. 나는 그의 뺨을 후려쳤다. 이미 엉망이 된 얼굴이었다. 왜 그랬는지 지금도 모른다.

그는 다시 날 노려봤다. 나도 그를 보았다. 어떤 눈이었는지 나도 모른다. 다만 날 노려보는 그의 눈을 들여다보았을 뿐이다……. 그 눈에 놀라움과 분노가 뒤엉켰다가, 서서히 흐려져 갔다. 눈물이 고이더니 흘러내렸다. 거칠어지는 숨을 참으려는 듯 입술을 깨물더니, 그대로 정신을 잃었다.

나는 멍하니 주저앉아 있었다. 어둠이 그와 내 주위에 쌓여갔다. 어느 순간 문이 열리자, 시간이 흐른 듯도 하였다. 누군가 들어왔지만 고개를 쳐들 힘도 없었다. 가까이 다가온 그가 거센 숨을 들이키더니, 곧 한승호를 일으키려다 나를 보았다.

"오오세 카오루?"

김한경이었다. 그의 아버지는 총독부 참여관이었다. 그와 나는 같은 처지였고 서로에게 접근하지 않았다. 그 이상한 고집이 암암리에 우리를 연결하는 끈이었다.

　김한경이 한승호를 둘러업었다. 여전히 기절한 채인 한승호는 축 늘어져, 내가 뒤에서 떠받쳤다. 그렇게 셋이서 어둔 교정을 빠져나왔다. 다행히 김한경이 한승호의 집을 알고 있었다. 그리 크지 않은 한옥의 대문간에 한승호를 내려놓으며 김한경이 비처럼 땀을 쏟았다. 눈이 이상하게 번들거리는 그가, 자꾸 입매를 떨다 갑자기 주먹으로 쾅쾅 대문을 두들겼다. 안에서 누가 나오는 기척이 들리자, 그대로 도망쳤다. 엉겁결에 그를 따라 뛰었으나 차라리 잘되었다 싶었다. 함께 도망쳐 들어간 골목에서 숨을 고르다, 나는 말없이 돌아섰다. 그때 김한경이 내 팔을 붙잡고 물었다.
　"너, 거기 있었나."
　"그랬다."
　"놈들이 무슨 짓을 했지?"
　그가 힘겹게 물었다. 하지만 나도 한계였다.
　"본 대로다. 한승호에게 직접 물어라."
　나는 그의 손을 뿌리쳤다. 그가 나를 쳐다보며 말했다.
　"한승호가 아냐."
　"뭐라고?"
　"내가 그랬다."
　그의 얼굴이 일그러져 있었다. 내 얼굴도 그랬으리라.
　"내가, 내가 그런 거야. 한승호는 내가 그러는 걸 봤을 뿐이야……. 그가, 잡혀간 줄 몰랐어!"
　김한경의 짓이었다. 한승호는 가미다나를 불태우지 않았다. 그러나 사토가 추궁하자, 그는 스스로 자신이 했다고 말한 것이다. 행하지 않았어도 자신의 행동으로 하고 싶었던 것일까. 김한경은 한승호가 범인으로 지목되어 끌려간 줄 몰랐다. 하지만 알았던들 왔을까? 그도 모를 것이다. 자신이 가미다나를 왜 불태웠는지도 모르는 판에. 나조차, 내가 왜 그랬는가를 하나도 모른다. 그것들 모두, 무슨 의미가 있는가? 나무 상자 하나를 불태우고, 깃발을 불태우고, 때리지 않겠다고 버티다 결국 때리고, 거짓말을 하고, 또 고백을 한다. 그런다고, 뭐가 달라지는가? 일본이 패망하고 조선이 독립하는가? 그렇지 않다는 걸 모두가 안다. 그러면서도, 그렇게 하고 싶은 것이다. 하고 싶은 것만은 아니었다 해도, 결국 그렇게 하고 만다……. 나는 알면서도 왜 그랬느냐고 추궁하고 싶었다. 처음으로 내게 다가와 날 쳐다보는 한경도 그래주길 바랐는지 모른다. 그러나 나는 그러지 않았다. 아무 것도, 묻지 않았다. 고스란히 내게 돌아올 물음이었기 때문이다. 나는 아직 자신을 알고 싶지 않았다. 아버지처럼 흔들림 없이 서고 싶지 않았다. 그와의 결별이 길 끝에 보일 때마다 나는 멈추어 섰다…….

그날 저녁, 아버지가 저격당했다. 다행히 급소도 아니고 같이 있던 부하들이 급히 병원으로 옮긴 덕에 그는 목숨을 건졌다. 저격자는 이쪽의 응사로 한 발 맞고 도망치다, 차에 치여 즉사했다. 시신의 유류품에는 별다른 단서가 없었다. 북경의 다물단이냐 상해의 맹혈단이냐를 두고 의견이 분분했으나 결국 당시에는 이미 와해되다시피 한 의열단의 잔당으로 귀착되었다.

그날 집에 돌아가니, 실신하였다 막 정신이 돌아온 어머니에게 식모가 냉수를 떠먹이고 있었다. 나를 보자 어머니는 내 팔을 잡고 매달렸다. 나는 어머니와 함께 병원에 갔다. 중태긴 하지만 생명에는 지장이 없다고 의사가 말했다. 아버지는 고요한 얼굴로 잠들어 있었다. 저대로 깨어나지 않는다면……. 무언가가 마음속을 스쳐지나갔다……. 그러나 그걸 원치 않는 것도 나 자신이었다.

나는 그만 기진맥진해서 벽에 기대앉았다. 그가 깨어나면 내게 불령선인과 황국신민과 일인에 대해 무어라 할지……. 아버지의 목소리가 머리를 울리고, 그런 말을 할 때의 의지적이고도 분노와 슬픔이 뒤얽힌 표정이, 감은 눈으로도 선명했다. 그대로 눈감은 채인데 갑자기 어머니의 손이 내 손에 와 닿았다.

"네 손이 불에 탔구나."

어머니는 어찌할 바를 모르며 내 손을 감싸 쥐었다. 손은 흉물스럽기 짝이 없었다. 어머니의 손이 닿자 잊었던 아픔이 강하게 되살아났다. 나는 눈물을 떨궜다. 어머니는 내 손을 어루만지며 의사를 불렀다. 화상은 생각 외로 심하지 않았다. 그 상처가 흰 붕대로 서서히 감싸지는 것을 어머니와 내가 말없이 들여다보고 있었다.

아버지는 점차 회복되었고, 나도 붕대를 풀었다. 이런 저런 핑계로 등교하지 않다가 다시 학교에 갔을 때는 씻은 듯이 조용해진 뒤였다. 한승호는 몸이 채 낫기도 전에 학교에 갔었는데, 뒤늦게 소문이 돌며 조선인 학생들이 분개하자, 그는 계단에서 굴렀을 뿐이라며 폭행당한 사실을 단호히 부정했다. 온갖 말이 난무했으나 그의 냉정하고 초연한 태도가 점차 소요를 가라앉혔다. 가해자 측도 동일한 태도를 보여 더 이상의 사태는 없었다.

아무도 변하지 않은 듯한 가운데, 마쓰다만이 내 곁에서 말을 잃고 맴돌았다. 나는 그의 마음을 잘 알 수 있었다. 마쓰다는 내가 좋았던 것이다. 그도 어찌해야 할지 잘 모르면서도, 내게 다가서려 노력했던 것이다. 좋은 아이였다. 그러나 유사쿠와 나쓰에 남매와 멋모르고 놀던 어린 날은 이미 지나갔다. 나는 그가 아니라 그 앞의 내가 벅찼다. 그 앞에선 내 현실이 더욱 극명하게 드러났던 것이다.

…나는, 그렇게 날 둘러싼 현상을 하나하나 보아가고 있었다. 그러나 그 의미들엔 닿으려하지 않았고, 그것들이 날 뒤로 하며 스쳐지나가게 하였다… 나는 투명한 존재였다…….

그가 무고하다는 게 날 가장 힘들게 했다.

한경은 나와 함께 경성고보에 입학한 지 얼마 안 되어, 집을 나가 다시는 돌아오지 않았다. 나는 아무 것도 몰랐는데, 어느 날 휘문고보로 간 승호가 나를 찾아와 한경의 행방을 물었다. 모른다는데도, 그는 한경이 만주로 간 것이 사실이냐고 재차 물었다. 나는 아무 말도 해줄 수 없었다. 그 후로 둘 사이에 무슨 일이 있었는진 몰랐으나, 아무 일도 없었다 해도 한경은 이제 그의 길을 선택한 것이다. 승호는 말없이 목례하고 돌아섰다. 그의 뒷모습에서 만주로 떠나간 한경의, 본 적도 없는 뒷모습을 떠올렸다.

　나는 아버지를 사랑했지만, 그를 따를 수는 없었다. 나는 조선을 사랑하지 않았지만, 배신할 수는 없었다. 아버지의 행위를 배신이라 부르지 않으려 했지만, 그 저항 자체가 그의 영향에서 벗어나 독자적으로 자라나고 있던 내 의식의 산물이었다. 나는 때로, 스스로 고통스러울 정도로 날카롭게 통찰하였으나, 현실을 제대로 인식하기에는 역시 어렸다. 그러나 내가 경외스러울 정도로 깊고도 복잡다단한 현실에 몰입할수록, 끝없이 부딪치게 되는 것은 아버지의 그림자였다. 사람마다 다르면서도, 누구에게나 가장 강력한 객체인 현실 속에서, 아버지의 행위는 그야말로 압도적이었다. 그의 존재는 나처럼 투명하지 않았으니, 그가 바로 현실이었다, 치명적인.
　…그것이 아버지의 힘이었다.
　인식에 이르기도 전에 나는 몰입에서 깨어났다. 내 마음은 가로막혔고, 혹은 내 스스로 가로막았다. 나는 도망쳤다. 내게는 그것만이 자연스러웠다.

5

히틀러의 체제는 혐오할지라도 그의 애국적인 업적은 경탄할 만한 것이다. 우리나라가 패배한다면 나는 우리가 똑같이 경탄할 만한 선구자를 찾아낼 수 있기를 바란다. 우리에게 용기를 주고, 민족들 사이에서 우리 자리를 되찾아낼 그런 사람을 말이다.

– 윈스턴 처칠, 1937.

"당신들이 세계의 평화를 유지하기 위해 우리나라를 희생시킨다면 나는 당신들을 찬양할 것이다. 그러나 그렇지 않다면, 신이여 당신들의 영혼을 구원하소서."

– 체코 공사 마사리크가 영국 수상 체임벌린과 외상 할리팩스에게

1941년, 베를린의 봄은 잇단 승전보로 시작되었다. 4월 3일에 롬멜이 북아프리카에서 영국군을 격파했고, 17일과 22일에는 유고슬라비아와 그리스가 잇따라 항복했다. 승리는 끝이 없어 보였다. 일찍부터 전쟁을 준비해온 침략국의 국민들은 오랜 내핍 생활에 지쳐 있었으나, 이젠 영국인들도 전 국민의 감자 한 접시 조반과 군함 한 척을 맞바꾸는 희생의 가치를 알 것이라며 고양된 사기를 보였다.

프리드리히대의 캠퍼스에도 환호성이 들끓었다. 도처에서 히틀러와 롬멜이 읊어지고 그려졌다. 모든 이가 히틀러를 좋아하진 않는 현상을 롬멜이 해소하였다. 맑은 봄날의 햇살이 내리쬐는 파릇한 잔디밭에서 선동적인 연설이 행해지는가 하면, 음대생들의 즉석 공연도 펼쳐졌다. 학생들은 승리감에 청춘의 열정을 뒤섞어 발산했다. 지나친 구분이 행해지는 시대의 폐쇄적인 공기 속에서 질식해가고 있던 그들이었다.

그곳에는 덕한도 현영도 있었다. 덕한과 같은 물리학도인 악셀은 승전보의 호외를 연극조로 낭독하고 있었는데, 그 반어적인 뉘앙스는 그들끼리만 즐길 수 있는 것이었다. 법대생인 미하엘은 이 역시 감정 과다의 찬탄으로 장단 맞추어 흥을 돋웠다. 미대생 안드레스 키르너는 남자친구의 등에 업혀 호외로 만든 종이비행기를 날리는 여학생을 몰래 크로키하고 있었는데, 여학생은 발퀴레로, 남학생은 히틀러, 종이비행기는 살점을 입에 문 까마귀로 그려져 있었다. 덕한은 그들 사이에 앉아 있었고, 현영은 그들 앞을 지나쳐갔다. 그는 국적에 상관없이 모든 이를 멀리하며 홀로 있었다. 덕한은 현영의 뒷모습이 멀어져갈 때야 내리깐 시선을 치켜들었다. 친구들은 그런 그를 눈치 챘으나 아무 말 않았다. 덕한의 그런 시선은, 지나가기 전 멀리서 그를 향했던 현영의 시선과 흡사하였다.

현영은 우체국에서 아버지의 편지를 찾은 후, 작은 골목의 카페 프란치스카네로 들어섰다. 이 조용한 노천 카페는 학생들로 들끓지 않아 그가 자주 가는 곳이었다. 현영은 은백색 대리석 테이블 위에 즐겨 보는 주간지 '다스 라이히'(제국)와 편지를 놓아둔 채 커피를 기다렸다. 커피라야 치커리 뿌리를 섞어 끓인 맛없는 대용 커피였지만 안 마시는 것보단 나았다, 아직은. 옆 테이블의 노신사들이 신문 1면을 펴들고, U-보트들의 격침 레이스에 내깃돈을 걸며 웃고 있었다. 곧 나온 커피를 한 모금 마신 후 편지를 뜯었다.

카오루 보아라. 동경제대를 포기한 것은 아쉬우나, 히틀러 총통을 동경하여 백림에 간 네 결정을 높이 산다. 최근 본토에선 유학생들의 불온한 결사가 자주 적발된다. 그런 분위기에 휩쓸리지 않고 멀리 유학간 것이 현명했다고 본다. 아무쪼록 학업에 매진하고, 돌아와 아버지의 오른팔이 되어다오. 시대의 흐름을 읽지 못하는 불령선인들 때문에 이미 시대에 뒤떨어진 조선의 앞날이 어둡구나. 천황께서 아시아에 건설하실 대제국의 일인으로 바로 설 그날을 위해 전력을 다하여라. 폐하께 버금가는 위대한 총통에게 감화를 받아, 진정한 지도자가 한 나라에 얼마나 필요한가를 깨우쳐라. 위대한 지도자를 따를 수 있는 시대의 청년임은 영광된 일이다…….

전문을 다 읽기 전에 라디오에서 프란츠 리스트의 '승리 팡파르'가 울려 퍼졌다. 웨이트리스 소녀가 커피를 나르다 말고 급히 라디오로 뛰어가 볼륨을 높였다. 사람들이 일제히 그쪽으로 고개를 돌렸다. 곧 대독일 방송국의 특별 뉴스 속보가 시작되었다.

"친애하는 독일 제국 국민 여러분, 오늘 4월 6일을 기해 용맹스런 독일군이 유고슬라비아와 그리스로 진군했습니다. 전황은 실로 유리하여 우리군은 파죽지세로 진격하고 있습니다. 잠시 후 총통의 연설이 있겠습니다……."

환호와 박수가 터져 나왔다. 젊은이들은 열광했고, 중년층도 찬탄을 아끼지 않았다. 봄날 오후의 일광이 미소 띤 얼굴들을 화사하게 비추었다. 화단에 노란 수선화가 핀 작은 카페가 삽시간에 축제 분위기로 화했다. 바로 앞 거리에선 휘파람과 키스가 가벼운 날갯짓처럼 오갔다. 현영 같은 동양인에게도 너그러운 눈길로 일본인이냐고 물어오고, 부인해도 관용적인 미소를 보내왔다. 테이블마다 주인이 내는 맥주와 손님이 내는 맥주가 몇 잔이고 돌려졌다. 꽃장수 노파가 작은 손수레에 제비꽃 다발을 가득 싣고 나타나자, 사람들이 사방에서 달려들어 순식간에 동이 났다. 청년들이 꽃을 옷깃이나 모자챙에 꽂고 거리를 활보하다, 아가씨들에게 은근히 건네면 미소로 받아들여졌다.

그렇게, 모두들 기뻐하고 있었다. 우리는 무적이다! 우리의 총통은 얼마나 대단한가! 의기양양하고 자부심에 찬, 가슴 깊이 우러나는 승자의 미소. 하지만 이겼다고 전쟁이 끝난 건 아니었다. 기쁜 것은 진심이었으나, 거리를 휩쓴 파도가 한 차례 밀려가자, 짧은 적막이 돌았다. 곧 새로운 파도가 밀려오고 또 다시 기뻐할 테지만, 미소가 그치고 말이 끊기는 그 간극에, 일말의 불안감이 새어나왔다. 롬멜이 아프리카에서 승리한 것이 사흘 전이 아니던가? 히틀러는 어디까지 우리를 끌고 갈 것인가! 그들은 끝없이 비상하는 독수리 날개에 매달려 있었다. 상승은 가팔랐고, 하강의 조짐은 없었다. 도취하고 흥분했던 만큼 불안하고 두려웠다. 땅은 멀었고 대기는 추웠다. 그래도 그들은 당연하고도 자연스런 그 마음을 억누르고, 위대한 지도자의 국민답게 역사의 전면으로 떠밀리는 운명을 감수했다. 갸륵한 마음이기는 하였다. 23년의 비어홀에서 히틀러의 쿠데타 선포에 뒤이어 연단에 오른 괴링이, 자신들은 여러분을 좋아하니 투덜대지 말라고 타이른 대로. '조금도 걱정할 것 없으니, 맥주나 마시시오!' 그때 그가 권한 맥주는 지금도 여전히 눈처럼 흰 거품을 둘러쓰고 황갈색으로 빛나고 있었다. 눈앞의 맥주를 거부하지 않는다면, 마실 도리밖에.

그 가운데, 젊은 이방인의 열정이 조용히 타올랐다. 히틀러는 어디까지 우리를 끌고 갈 것인가? 히틀러의 국민들 못지않게 히틀러 동맹국의 식민지인에게도 물을 자격은 있었다. 그러나 현영은 히틀러가 전화로 몰아넣은 세계인으로서가 아니라 히틀러의 사람으로 묻고자 하였다. 사상에 있어 자신은 이미 그의 사람이라고 믿고 있었기 때문이었다. 그러나 정확히 히틀러의 사상이 무엇인지 그는 몰랐다. '나의 투쟁'이나 '히틀러傳'을 탐독하고, 히틀러가 전쟁의 패배 속에서 독일민족을 일으켜 세운 것에 감동할 뿐이었다. 존경의 염을 품고 읽었던 '나의 투쟁'이 지닌 모순성은 사상의 심오함으로 비쳤다. 그의 사상을 다는 이해하지 못해도 좋았다. 히틀러는 그 틈을 엄청난 행동으로 메워버렸으니, 과연 영웅의 방식이었다. 크기와 실질 면에서 비길 데 없는 행동들을.

독립군과 의열단의 투쟁은 가열찼으나 당시 조선 청년학도들의 행동은 동맹 휴학이나 시위가 대부분이었다. 무수한 會를 조직하고 만세를 외치고 삐라를 뿌리고 감옥을 드나들었으나, 그 모든 게 결국 말, 말, 말들이었다. 그들 스스로 실질적 행동에 목말랐다.. 히틀러는 바로 그 점에서 중국의 장개석이나 인도의 간디를 앞질렀고, 뭇솔리니보다 막강하였다. 무엇보다도 그의 이야기가 그들의 가슴에 사무쳤다. 가난과 고독에 시달리던 한낱 무명청년이 마침내 이룩해낸 독일 재건의 대업, 어둠을 뚫고 나온 빛의 드라마 그 자체. 오로지 민족적 단결을 부르짖으며 끝없이 투쟁해온 남자가 여기 있었고, 그는 마침내 승리하였다!

의지의 화신, 시대의 영웅. 당시 히틀러를 본받아 독립을 도모하며 나치스식 전제주의 국가 설립을 꿈꾼 것은 식민지 조선의 청년들만이 아니었을 것이다.[6] 당대에, 제국주의 국가는 많았고, 그 종속국은 더 많았다. '그들을 타도하려면, 그들처럼 되어야 한다' 가 식민지 청년들의 눈에 비친 현실이었다. 우드로 윌슨의 민족자결주의는 허망한 말이었으나, 히틀러의 국가사회주의는 이미 현실화된 행동이었다.

현영은 이방인의 꺼끌하고도 민감한 표피로 독일인들이 내색 않는 속마음을 감지하고, 그들을 경멸했다. 히틀러에게 열광하고 환호할 뿐, 그들 무리는 결국 그를 모른다고 그는 교만히도 생각하였다. 자신 역시 그를 모르고 있음을 몰랐기 때문이다. 당시 히틀러의 어느 동시대인도 그를 몰랐다. 그가 몰아치는 대로 이편에서 저편으로 우르르 몰려다니다, 히틀러 대 전 세계의 구도가 되고 나서야 간신히 힘을 합해 달려들어 때려잡은 게 다였다. 그를 겪어내느라 그를 알 겨를이 없었다. 우선 물리치고, 그 후에는 눈을 감았다. 그에 대한 무지는 곧 그 시대적 현상에 대한 무지였기에, 필연적으로 그들 자신에 대한 무지로 귀결되었다. 그것은 페스트처럼 세계를 휩쓴 끝에, 거대한 오류로 자라나 신비에 싸인 전설의 범주에 들었다. 인류가 합창한 히틀러의 장송곡이었으나, 그 음률에 잠든 것은 히틀러만이 아니었다.

그러나 현영은 자신의 무지조차 제대로 인식하지 못한 채 살다 죽었다. 그것이 그의 운명이라 말하기엔 너무나 지배적인 현상이다. 1941년 4월 6일의 베를린에서, 카페 프란치스카네의 원탁에 앉아 그는 히틀러의 연설을 듣고 있었다. 자신의 사람들에게조차 제대로 이해받지 못하는 영원히 고독한 영웅의 말에 그는 귀를 기울였다. 히틀러의 유일한 이해자가 이곳의 유일한 이방인이라고 그가 인식한 현실은 씁쓰레하고도 감미로웠다. 그 속에서 그는 내면 속에 가두었던 열정이, 그 자신처럼 고독함을 알아보았다.

내 작은 다락방의 책상 위에는 히틀러가 36년도에 행한 연설문이 놓여 있다. 백림에 와서 그의 연설문을 여럿 구해 읽는 것은 상상도 못한 기쁨이었다.

우리를 하나로 합쳤던 그 기적을 이 순간 우리가 어찌 다시 느끼지 않을 수 있겠습니까! 여러분은 그 언젠가 한 남자의 음성을 들었습니다. 그 소리가 여러분의 가슴을 치고, 여러분을 깨웠습니다. 여러분은 이 목소리를 따랐습니다. 여러분은 여러 해 동안이나 그 소리의 주인공을 보지도 못한 채 그 뒤를 따랐습니다. 여러분은 다만 한 목소리를 듣고 그것을 따라간 겁니다.

우리가 여기서 만나니 이 만남의 기적 같은 요소가 우리 모두를 가득 채웁니다. 여러분 한 사람 한 사람이 모두 나를 보지 못하고, 나도 여러분 한 사람 한 사람을 보지 못합니다. 그러나 나는 여러분을 느끼고 여러분은 나를 느낍니다! 우리처럼 작은 사람들을 크게 만들고, 우리처럼 가난한 사람들을 부자로 만들고, 우리처럼 흔들리고 용기 없고 두려워하는 사람들을 용감하고 자신 있게 만든 것은 우리 민족에 대한 믿음입니다.

우리 길 잃은 사람들을 다시 보게 만들고 우리를 하나로 합쳐준 믿음 말입니다!

그 일년 후, 그는 다시 외쳤다.

삶을 선물 받은 사람은 언제나 함께 더불어 삶을 형성한 사람들을 그리워한다는 느낌을 받게 됩니다. 여러분이 없다면 내 인생은 무엇이겠습니까! 여러분이 나를 찾아냈다는 사실, 여러분이 나를 믿었다는 사실이 여러분의 삶에 새로운 의미, 새로운 과제를 주었습니다. 내가 여러분을 찾아냈다는 사실이 나의 삶과 나의 투쟁을 가능하게 했습니다!

히틀러의 나라에서, 그의 생생한 육성을 듣는 것은 차마 말로 다하지 못할 감격이었다…….

그는, 나와 아버지, 그리고 다른 청년들 간의 유일한 접점이었다. 그 어느 쪽도 향하지 못하는 나와 그들 양자를 잇는 것이 그였다. 점점 심해지는 일제의 검열과 통제로, 조선 청년들의 읽을거리는 이광수나 심훈의 언문소설이나 '삼천리', '조광' 같은 잡지 등이 고작이었다. 그런 시대에 히틀러의 '나의 투쟁' (Mein Kampf)은 곧 바이블이었다. 청년들에게 민족주의 의식을 고취시키는 고품격의 필독서로 춘원의 '흙' 과 함께 쌍벽을 이루었는데, 사실 춘원은 아버지 못지않은 친일파였다. 나는 아버지에게 하지 못한 비난을 춘원에게 돌리는 만큼, 히틀러에게로 빠져들었다.

아버지는 히틀러에 대한 일어 서적을 얼마든지 사주었고, 내 독어 실력이 늘어남에 따라, 백림 유학 시절에 사온 니체의 책들도 내주었다. 청년들은 회합을 마칠 때마다 히틀러에게도 뮌헨의 주점에서 밀의하던 고난의 시절이 있었듯, 이 회합도 언젠가는 결실 맺기를 기약하였다. 경성고보의 작문 발표시간에도 히틀러 같은 지도자가 되어 조선을 이끌어가자는 역설이 잇달았다. 조선의 독립을 도모하자는 결어만 빼면, 일본의 동맹국 수상을 칭송하는 것이 문제될 게 없었다.

나는 주위에 벽을 쌓아올린 채로 교실에 앉아있었고, 거리를 걸었다. 그러나 열띤 목소리로 발해지는 히틀러의 이름은 그 벽을 꿰뚫고 들어왔다. 아돌프 히틀러, 마인 캄프……. 그것은 힘과 열정의 상징으로 내 사면의 벽에 메아리쳤다. 그와 어우러진, 조선의 현실에 비분강개하며 일제를 성토하는 젊은 목소리들은, 그대로 활짝 핀 청춘의 꽃이었다. 내게는 흘릴 눈물도, 이글거릴 눈빛도 없었고, 나는 그들의 젊음 속에서 외떨어져 있었다. 한번은, 칼로 손목을 그어 내 몸의 피를 직접 보려 하였다. 자살 따위는 아니고, 내 속의 뜨겁고 붉은 피를 보고 싶은 충동이 일었던 것뿐이다. 조용히 잠자다 갑자기 일어나 태연스레 내 앞에 선 충동은, 낯설었으나 똑똑히 알아 본, 나의 것이었다…….

그들과 나누지 못하는 내 열광과 숭배를, 그 사면의 벽 속에 하나의 탑으로 쌓아올려 히틀러에게 봉헌하였다. 그 안에서 히틀러는 곧 니체의 Ecce Homo였다.

이 사람을 보라! 불길처럼 충족됨 없이 불타며 자신을 좀먹어가는, 건드리는 것은 모두 빛이 되고, 버리는 것은 모두 재가 되는, 얼음처럼 냉혹한 불꽃을! …짜라투스트라는 산 위에서 내려왔고, 프로메테우스는 사슬에 매였다. 그는 내가 구축한 성채에서 게르만과 그리스의 신화를 구현하였다. 항상 너 자신의 진리가 제일 강하다고 부르짖는 외눈의 오딘이었고, 신과 같은 영웅이면서 그 몸에 단 한 군데의 약점을 지닌 아킬레우스와 지그프리드였다. 나는 그의 드높은 비상에서 신들의 분노를 산 인간의 신성한 추락을 보았다. 그토록 까마득히 날아오른 위대함에 걸맞는 비극의 장중한 종말을, 올려다보는 지상의 인간으로서 꿈꾸었다. 현기증과, 추락에의 내밀한 기대… 그 둘은 같은 것이었다……. 참으로, 불가해한 감정이었다. 높은 곳에 있는 자는 그인데, 왜 내가 몸을 안 떨었는가…….

그 청춘의 낭만이 그려낸 환상이야말로, 그가 내 안의 황무지에 피워 올린 것이었다. 그 파멸의 비극은, 실은 나의 비밀스런 욕구… 내 영웅의 운명으로 화하라! 그걸 알면서도, 아니 그것이야말로 진리라는 증거라고 나는 믿었다. 그 순결한 믿음이 눈먼 젊음의 오류인들 어떠랴. 나를 대변하고 나를 표방하는 존재에 대한, 참된 감정적 반응이 그저 무의미하단 말인가? 그것이야말로 눈먼 이성의 오류다. 히틀러가 혐오한 지성인의 시선, 시체의 열린 동공.

오직 나만이, 멀리 떨어진 극동의 젊은 숭배자만이, 그가 선언한 ‘천년 제국’의 의미를, 로마 이래 제국의 최후를 표상해온 그 천년의 시간이 주는 감흥을 느끼며, 그의 운명을 홀로 예지하고 있다고 느꼈다.

한때, 히틀러를 발퀴리들의 손에 이끌려 발할라로 간 지그프리드의 외모이리라 공상했었다. 아버지가 그를 단신에 검은 머리라 하자, 흑발에 다소 축소된 아폴론 상으로 대치시켰다. 유치하지만 우상의 이미지화는 진지한 일이었다. 그리하여 어느 날엔가, 아버지가 가져 온 일본 신문에 난 그의 사진을 봤을 때, 나의 탑이 순식간에 무너졌음을 고백하지 않을 수 없다. 외모야 거죽일 뿐이라면 그렇겠지만, 그는 신경질적인 면모를 과장된 위엄으로 감추고 있는 듯이 보였다. 거울 속에서 발견하는 내 가면처럼.

가슴 속 깊이 차가운 손의 기척을 느끼며, 갑자기 너무도 졸렬하고 유치하게 여겨진 공상 속에서 깨어났다. 그러나 그 후의 일상은 끔찍토록 초라했다. 감히 내 우상에게 선고하지 못했던 환멸이 일상에 덧씌워지고, 배신자는 나였던 인과로 누를 길 없는 상실감에 사로잡혔던 바로 그때에, 진정한 신화가 시작되었다.

그는, 1939년 9월 1일에 폴란드를 공격하여 3주 만에 함락했다. 40년에 재개된 공격은 석 달 만에 유럽을 정복하고 영국을 고립시켰다. 마치 알렉산더 대왕이나 나폴레옹 황제를 보는 듯하였다. 그러나 그들은 모두 옛날의 영웅이다. 나폴레옹을 끝으로 영웅의 시대는 종말을 고한 것이 아니던가? 이 20세기에, 한 인간이 역사의 전면으로 급부상해 세계를 휘어잡는

것이 가능키나 한가? 문명과 이성을 부르짖는 현대를 전복시키며 고대가
부활하는 폭풍 같은 드라마가, 지금, 내 눈앞에서 일어나고 있었다…….

그가 전쟁의 야욕에 취해 전 세계를 참화로 몰아넣고 있다는 당연한 비
판이 일었다. 그러나 대다수 청년들은 가공할 그의 힘에 압도당했다. 하늘
을 새까맣게 뒤덮은 급강하 폭격기 '슈투카' 가 귀를 찢는 소음과 함께 내
리꽂히면, 취약점 한 곳에 땅을 울리는 포화가 집중되고, 뒤이어 탱크와
기갑 부대가 물밀듯이 치고 들어간다. 말 그대로, '강철의 폭풍' 이었다.
수송용 글라이더로 투하된 낙하산 부대가 에벤에마엘 요새를 차단하는 작
전은 대담하고도 기민했고, 그 뒤를 잇는 본대의 진격 속도는 가히 믿기지
않을 정도였다. 독일에 맞선 서방 연합군은 제 발에 제가 걸려 넘어지는
꼴로 허둥댔고, 처칠의 표현처럼 휘두른 낫에 짚단처럼 베어 쓰러졌다. 히
틀러의 전격전은 그의 천재성을 오만하리만치 예리하게 보여주었다…….

극동의 소국에서, 우리는 우리에게 가해진 것도 아닌 그의 힘 앞에 몸이
떨렸다. 인간의 시대에 인간을 뛰어넘는, 도저히 몰라볼 수 없으나 그렇다
고 알 수도 없는, 그 거대한 것을 보며, 공포와 경탄과 희열을, 함께 느꼈던
것이다…….

아버지가 가져온 일본 신문에는 독일군에 맞선 폴란드 군인들의 사진도
실려 있었다. 그들은 정확히 돈 키호테의 모습이었다. 백마에 올라타고 깃
발을 드높이며 달려 나가는 창기병들은 위풍당당했으나, 그들 앞의 적은
기사도를 모르는 도이치 탱크 부대였다. 차라리 풍차 쪽이 나았으리
라……. 나는 그들의 사진을 몇 번이고 들여다보았다. 그것은 아버지가 말
해주었던 대한제국군의 모습을 떠올리게 했다. 대한제국의 별기군이 고종
황제 앞에서 정렬하는 모습은 황제의 납병정 놀이, 단지 그것이었다고 아
버지는 말하였다. 그나마 총을 든 그들은 다 어디 갔는가? 그들은 영웅적
으로 항거했지만, 대한제국군으로서 싸우진 못했다. 아무도 그들에게 결
사 항전하여 나라를 수호하라 명령하지 않았다. 들불처럼 의병이 일어났

지만 그들 머리 위로 대한제국의 기치가 휘날렸는가? 의병이란 이름조차 가련타. 양반들이 제 집서 고이 자결하는 동안, 상놈들 모가지는 마을마다 열매처럼 주렁주렁 매어 달렸다. 천대받아온 민초들이 죽창으로 일제의 총에 맞서다 죽어가는 동안, 황제는 어디 있었고, 제국은 어디 있었는가? 히틀러를 보라! 제국의 첫 번째 병사가 되어 가장 성스러운 군복을 입고, 승리하기 전엔 그것을 벗지 않겠노라 하지 않았는가? 내 민족의 패배를 견디고 살아남지 않겠다는 그런 말이, 고종의 입에서 나올 성 싶은가? 그 한 사람의 죽음이 얼마나 큰 반향을 낳았을 것인가. 그런 것이야말로 황제의 은덕이 아닌가? 괜한 독살설이나 낳아 삼일절의 통곡으로 이어진 어정쩡한 죽음을 보면 뒷골이 아파온다. 내 눈에도 이리 비치는 그가 일인 눈에는 어떤 위엄으로 보였겠는가. 황제가 그러한데 어찌 그 백성을 깔보지 않으랴. 총칼로 위협받아 눈물만 흘리는 힘없는 황제의 모습이란, 일제가 학살한 백성의 참상에 비하면 가련치도 않으니, 우스꽝스러울 따름이다. 백성이 죽어나고 국토가 빼앗겨도, 종묘의 위패 쪼가리와 황가의 혈통만 이어가면, 나라가 보전된단 말인가. 조선 황실의 눈으로 보면 야만인에 불과한 에티오피아 황제들도 제 나라 구하려 싸울 줄은 안다. 헤이그에 이준 열사를 보내 항의했다는 것도, 통치권을 수호함인지 백성을 보호함인지, 수상쩍기 그지없다.

대한제국은 멸망하지도 못했다. 대한제국은 불안하게 흔들리다 먼지만 자욱이 일으키며 흐지부지 주저앉았다. 500년에 걸친 역사는 장엄한 폐허조차 남기지 못했다. 한일 전쟁이란 말조차 없다. 대한제국은 폴란드처럼 장렬히 패망하지 못했다. 매수된 오적들의 손으로 팔아넘겨진 그 종말은 아무런 비장감도 없는 초라한 최후였다.

나는 냉정한 눈초리로 그 사진을 보며 약자는 멸망하여 마땅하다고 뇌까렸다. 잔인한 심성으로 가차 없이 심판하고자 하였다. 조선이 약하여 멸망했다면 이들도 그래야 하리라. 약자끼리의 동병상련에 빠지기보다, 약육강식의 법칙이 우리에게 가해졌다면 이들에게도 가해져야 한다는 냉엄한 진리에 승복하고자 했다……. 나아가 전 세계에!

그것은, 제국의 최후처럼 초라한 원한이었고, 누를 길 없는 질투였다. 조선은 이미 망하였고, 아버지는 이미 일본의 편에 섰다. 나는 스스로를 사면의 벽에 가두고 아무 것도 느끼지 못하는 미이라로 말려죽이려 했지만, 그럴수록 가두어진 열정은 치열해져 가고 분노는 무르익어 갔다. 그것들이 내 고독을 먹고 자람을 미처 몰랐던 것이다…….

나는 다시금 그것들을 억누르기 위해 성채를 쌓아올렸다. 남몰래 신들의 황혼을 꿈꾸며, 세계의 멸망을 바라노니, 모두가 멸망한들 어떠랴… 히틀러가 기필코 그렇게 해줄 것이다… 나는 그의 꿈을 함께 꾼다… 지겹도록 해가 가라앉고 떠오르던 지평선은 직각으로 기울어 서고, 전복의 충격 속에 격랑이 밀어닥친다… 그리하여, 모두가 죄인인 듯싶은가 하면, 그 하나 하나가 가련키만 한, 이도저도 아닌 난삽한 세상과 함께 눈감는다면, 후련할 것이다… 안으로부터 치밀어 올라 막히는 덩어리를 가래처럼 뱉어 버린들… 질식해 죽으면 그만인 것을…….

나는 아무 것도 선택하지 않을 것이고 아무 것도 결정하지 않을 것이다. 내 진심을 외면하는 자는 바로 나다. 히틀러에게 바쳐진 성 아래 지하 감옥에 가두어 햇빛을 보지 못하게 할 것이다. 내 아버지도, 내 나라도, 둘 다 버릴 것이다…….

이것이, 내 유일한 선택이자 결정이었다. 어찌 진심이 아니겠는가.

다시 쌓아올린 성채에서 히틀러는 왜소하나 당당한 모습으로 서 있었다. 그의 엄숙하고도 고독한 눈빛에서, 나는 내 꿈의 정서를 보았다. 그 자신, 운명을 예감하면서도 홀로 오만하게 머리를 쳐들고, 그의 좁은 길을 가고 있었다.

1940년 6월 21일, 콩피에뉴 숲에서 프랑스와 휴전을 맺으며 그는 '같은 장소에서 모든 시대의 가장 깊은 치욕'을 해소시켰다. 1918년 11월이 다시는 되풀이되지 않을 것이라 공언했던 것이, 마침내 그때의 그 장소에서 실현되었다. 당시 휴전 의식이 거행된 특등 객실이 박물관에서 꺼내져 다시 세워졌다. 쓰러진 도이치 독수리의 기념비에는 깃발이 덮였고, 그는 당시 프랑스 원수가 앉았던 의자에 앉았으며, 1차 대전 전승기념비는 폭파되었다.

그렇게, 의자 하나까지 빠뜨리지 않고, 그의 민족이 당한 치욕을 그 하나하나의 과정을 복원해가며 철저히 씻었다. 그 옛날의 승자였던 패자에게 배로 돌려주었다. 전쟁을 원치 않아, 대전 발발일에 거리로 나오지 않고, 총통의 열병식을 외면했던 독일 민족은 자신들이 역사를 만들어가고 있음을 그제야 알게 되었다. 그들에게는 그가 있는 것이다…….

무의식적으로, 아니 그토록 교묘한 손길이 프랑스 대표단을 일본으로 대치시켰다. 일본이 패망하고, 그들의 치욕으로 조선의 치욕을 씻는다……. 감미로운 환상이며 어두운 기쁨……. 아주 오래 전, 나쓰에가 처음으로 먹여준 초콜릿의, 그 녹아내릴 듯한 달콤함 뒤의 희미한 쓴 맛이 서서히 되살아나고 있었다… 그 달콤함을 더욱 농후하고 깊이 있게 했던… 누가, 그리 할 것이냐… 조선에는 누가 있느냐… 아니, 그런 질문이 아니다. 누군가가, 있지 않으면 없을 따름이다… 그것과 상관없이 너는 어쩔 것이냐? 너는 어쩔 텐가!

나는, 내 철칙을 깨뜨리고 말았다. 모든 물음을 금지하는. 나는 곧바로 성채로 돌아가 틀어박혔다. 히틀러는, 두 손을 허리에 올리고 상체를 뒤로 젖힌 오만불손한 자세로 콩피에뉴 숲에 서 있었다. 그가 독일 제국의 수상이었다. 그의 제국에서는 검은 갈고리 십자가의 붉은 깃발이 사방에 휘날리고, 순수 아리안의 민족정기가 되살아나며, 칼 오르프와 바그너의 신화적인 음악이 울려 퍼진다. 나라의 패망에 울분을 금치 못했던 한 청년이 시련을 딛고 일어나 마침내 이룩해낸 전설이었다…….

…나는 결코 히틀러가 되지 못할 것이다. 결코 내 민족에게 그처럼 하지

못할 것이다…….

　내 영혼을 그에게 바치며, 그의 장엄한 최후를 꿈꾸며, 믿고 기다린다…
망국과 도망자의 세계가 멸망할 때에, 나는 비로소 세계의 끝에서 그와 마
주하리라…….

　한 치의 오차도 없는, 그 어떤 예외도 인정치 않는 절체절명의 진리. 그
가혹한, 얼음같이 싸늘한 아름다움에 나를 바친다…….

　이곳은 '공멸의 함정' 인가? 한 줄기 빛도 없고, 아무도 없는. 이 같은 안
식처가 또 있겠는가. 모든 슬픔의 종말이다…….

　"위대함은 본질적으로 가혹하다."

　"약함은 죄다."

　"단 한 가지만을 나는 원하노라. 종말, 종말을!"

– 히틀러

6

　백림에서 첫 겨울을 보내고, 이듬해 봄이 되자 나는 프리드리히 빌헬름 대학에 다니게 되었다. 경성을 떠나기 전, 독일인 스승 프리츠가 입학 자격 시험을 어느 정도 준비시켜 준 덕에 생각보다 빨리 입학할 수 있었다. 구름 따라 산책하는 것 외엔, 하숙방에 틀어박혔던 나날에서 벗어나 시작한 본격적인 유학생활은, 분명 유쾌한 것은 못되었다. 서양에서의 동양인 차별은 생각보다 심한 데다, 그들이 코에 내건 근거 없는 우월감과 멸시는 '합리적이고 민주적인 서양 문화'에 대한 환상을 깨뜨리기에 족했다. 분명 조선의 여전한 반상 차별보다야 평등하지만, 논리와 공정성은 그들만의 룰로, 그들 사상의 한계는 그들 자신이었다. 일본인들만 동맹국민으로, 또한 러시아를 이겼다는 빛나는 전과로 존중될 뿐이었다. 그러나 일본 유학생들은 서양의 이국에선 몹시 얌전하여, 조선에서처럼 거들먹거리지 않았다. 소수의 동양인 유학생 중에서 중국인이나 안남인은 극소수였지만, 조선인은 그나마 덕한과 나 둘뿐이었다. 뮌헨이나 하이델베르크 같은 다른 도시에는 좀더 있을지도 몰랐다. 프리드리히에도 전쟁 전에는 좀더 많았다고 어느 조교가 말했었다. 중일 전쟁이 계속되면서 학비를 감당하기 힘들던 차에, 대전 발발과 함께 독일 선교 단체의 기부금도 줄어들자, 하나 둘 학교를 떠나게 되었으리라. 그래도 징병되기 십상인 고국으로 돌아가느니 이국땅에서 어떻게든 연명하는 편을 택했겠지만, 나는 덕한 말고 다른 조선인을 본 적이 없었다. 아마 귀국은 않았어도 생활비가 적게 드는 지방으로 내려갔거나 다른 유럽국가로 떠났을지도 모른다. 나치스는 인종 차별을 정책으로 실행하는 정부로, 과격한 정부에 비해 일반 시민들이 더 얌전해 보일 지경이었다. 나는 그것을 친위대 총사령관인 히믈러의 탓으로 보고, 총통의 이름에 먹칠한다고 분개하였다.

나는 덕한이 좋았다. 같은 동국인이라서가 아니었다. 나는 되려 내가 모르고, 나를 모르는 이들 속에 파묻히길 원했다. 그러나 덕한을 보는 것은 즐거웠다. 그는 다른 동양인 유학생들과는 명백히 표가 났다. 독일에 일찍부터 유학 온 듯 독일 문화에도 익숙했고, 독일인 친구들도 많았다. 그의 친구들은 모두 대학의 수재거나 인기인이었다.

덕한과 같은 물리학도인 검은 머리칼의 미남 악셀 폰 레넨캄프는, 구 프로이센의 유서 깊은 백작가 출신으로, 자이스 폰 레넨캄프 장군의 외아들이었다. 법대의 수재인 미하엘 리페른은 악명 높은 독설가였고, 안드레스 키르너는 미대의 신동으로 불렸다. 악셀만 빼고는 모두 가난한 고학생이었으나 각종 장학금을 휩쓸었다. 수업 시간 토론의 주도세력인 그들이 던지는 질문은 예리하고도 독창적이며, 언중유골의 농담으로 발휘하는 기지는 무적이었다. 그들 넷의 작은 서클은 대학 생활의 전면에 나서지 않으면서도 엘리트들의 모임으로 선망과 주목의 대상이었다. 그리고 그 가운데 유일한 동양인으로 덕한이 있었다. 다른 친구들에 비해 과묵하나 한번 불붙으면 열띤 토론으로 몰고 가는 그가, 미하엘의 전매특허인 재기 넘치는 경구들을 무뚝뚝한 단 한마디로 매듭짓는 모습은 익살스럽기까지 했다. 일본인들도 시기의 눈초리로 바라보는 그가 바로, 나의 자랑스러운 동국인이었다.

그리고 그의 유일한 동국인인 나는 아무에게도 다가가지 않았고, 어쩌다 내게 관심을 표하는 이들에게도 폐쇄적인 태도였지만, 그와는 아예 시선도 마주치지 않았다. 조국의 같은 도망자로서, 나의 상처가 곧 그의 상처임을 알며, 그가 드러내지 않는 고뇌를 그 몰래 읽어내는 것으로 족했던 것이다. 나는 그의 독일인 친구들이 모르는 그를 알았다. 그 나라 사람이 아니고는 모를, 말할 수도 없고 말하고 싶지도 않은, 그러나 함께 겪은 누군가가 있어, 말 없는 공감의 눈빛으로 나를 바라봐주길 원하고, 나 또한 그를 그렇게 바라보고 싶어 하는…. 도리 없이 내버려둔, 민감하고 내밀한 마음을 나는 알고 있었다. 나에 비추어 그를 알고, 내가 그를 안다고 믿는…. 전에는 결코 겪어보지 못한, 신기하고, 믿어지지 않는 경험이었다…….

동시에 그와 나의 거리가 좁혀지지는 않을 것이라 생각하였고, 이는 또 내 결심이기도 하였다. 마치, 트라클의 드맑고도 처연한 시구처럼….

외로운 방 속에는 냉기와 가을
거룩한 창공에는 가벼운 발자국 소리

퇴락한 거리에 청백색 하늘이 낮게 드리우고, 그 가장자리로 붉은 기를 띤 금빛 광선이 감돌았다. 눈 뗄 수 없던, 이국 처녀들의 머리카락처럼. 오래된 돌길을 홀로 걸어가며 나는 그의 시를 되뇌었다.

저녁의 푸른 날개는 소리도 없이
검은 흙을 건드린다

그리고 히틀러의 말들….

…아무 것도 고정되어 있지 않다. 우리 내부에 어느 것도 뿌리내리지 못한다. 모든 것은 외면적이고 우리를 스쳐지나간다. 삶 전체가 완전히 찢기고 있다….

　　나는 세상에서 가장 고독한 사람이다….

　　덕한은 혼자 빈 강의실에서 '한국청년'을 읽고 있었다. 39년 10월 중경에서 나월환 등 30여 명이 조직한 전지 공작대의 기관지였다. 40년 9월에 임정이 광복군을 창설하자 그들과 합작하여 제5지대를 조직한 전지 공작대는, 이미 그 석 달 전부터 기관지를 발행하고 있었다. 전지 공작대에 들어간 덕한의 친구가 마침 독일로 떠나는 중국 학생에게 부탁하여 전달받게 된 것이었다. 만들어진 지 수개월 후에야, 배를 타고 마르세이유로 들어와 기차로 독일 땅에 이른 이 기관지는, 3년 전 덕한의 행로를 고스란히 따라온 바였다. 뮌헨에서 공부할 계획이나 베를린도 둘러볼 참이었다면서, 덕한의 거처까지 찾아와 손수 전해 준 중국인은 양복을 우아하게 차려입은 귀티나는 젊은이였다.

　　덕한이 감격하여 사의를 표하자, 그는 미소도 짓지 않고, '떠나온 뒤에 그리워지는 것이 사람 마음이겠지요. 하지만 나는 다시는 돌아가지 않을 작정으로 떠나왔습니다'라고 말하였다. 전쟁터로 화한 고국을 등진 부유층 자제로 보이는 그는 언뜻 현영을 떠올리게 했다. 자신과 세상을 냉소하는 것에 의지하는 그가 더 안정되게 보이는 만큼, 그 극명한 대조가 현영의 내면을 잠시나마 비추어 보였다. 그러나 단지 그뿐, 덕한은 여전히 현영을 통 알 수 없었다. 현영이 덕한을 아는 만큼도 몰랐고, 그런 줄은 더더욱 몰랐다. 현영이 어떤 놈일지 골몰하느라 자신이 현영과 싸우고 싶은지 친하고 싶은지도 몰랐다. 3월의 그날 이후 그는 여러 모로 바보가 되어있었다.

　　덕한이 그만 잡생각을 떨치고, '한국청년'의 한 페이지 한 페이지를 집어삼킬 듯 읽어 내려가던 참이었다. 문이 열리더니 현영이 들어섰다. 순간적으로 표지를 홱 덮은 덕한과 문간에 턱 멈춰 선 현영이 잠시 서로를 말똥말똥 쳐다보았다. 덕한도 현영이 올 줄 몰랐고, 현영도 덕한이 있을 줄 몰랐다. 어쨌거나 덕한은 그렇게 눈 마주치기도 오랜만인 현영이 반가웠

다. 그래서 도로 나가는 것도 어색하다 싶어 모른 체 자리에 앉으려던 현
영에게 무심코 말을 걸었던 것이다.

"여기서 강의가 있나?"

"아, 응. 30분 후다."

현영은 그럭저럭 태연하게 대답할 수 있었다. 그러자 덕한은 더 무슨 말
을 꺼낼지 몰라 그만 일어서고 말았다.

"그럼 나가지."

현영이 쌀쌀맞게 군다 싶었고, 그렇게 불편하다면 내가 나가준다는 유치
한 짓이었으나 현영도 만만치 않았다. 덕한의 무뚝뚝한 말이 심히 거슬렸
던 것이다.

"그대로 있어라. 친일파 자식 때문에 독립 투사가 자릴 비켜서야 되겠나.
내가 나가지."

현영도 자리에서 일어섰다. 덕한은 빈정거림을 느꼈는데, 이번엔 제대로
짚은 바였다. 이미 가방을 어깨에 메고 돌아서던 그가 멈추더니, 고개 돌
려 현영을 향했다.

"그러고 싶은가?"

"그래."

"나가든 말든 네 자유다. 내가 나가는 것도 내 자유고."

잠시 둘은 서로를 노려보고 있었다. 덕한이 어깨를 으쓱하며 고개를 돌
렸다. 후회어린 제스처였지만 현영에겐 명백히 달리 보였다. 앞뒤 가리지
않게 된 현영은 성큼성큼 걸어가 그의 어깨를 콱 붙잡았다. 정말 놀라 돌
아본 덕한의 얼굴을 현영이 한 대 갈겼다.

"바보 취급 마라!"

덕한은, 놀라고 말았다. 그 무표정한 가면 아래의 민감함을 알고는 있었
으나, 이렇게 단번에 발끈해서 불같이 치밀 줄이야. 한 번 겪어보고도 당
하고야 떠오르는 것이었다. 상대가 자신이라 그런 것이나 현영 역시 제풀
에 놀랐음을 눈치 채진 못하였으나, 어쨌든 이런 건 나쁘지 않았다. 정말

로, 말보다야 주먹이 훨씬 쉬웠다.

몇 대 주먹이 오가고, 잠시 후 현영은 다소 꼴사납게 책상을 붙잡고 우르르 미끄러졌다. 덕한이 현영의 턱을 명중시켰던 것이다. 바닥에 뻗는 것은 모면하고 간신히 몸을 일으키는데, 덕한이 머리 위에서 말했다.

"바보 취급해줬다. 그럼."

좋은 소리야 아니지만, 그래도 현영보단 똑똑한 소리였다. 싸늘해 보이던 얼굴이 붉게 달아오른 걸 보자 덕한은 내심 흐뭇하였다. 그것을 별로 감추려고도 않고, 싸우는 통에 바닥에 떨어졌던 가방을 주워 올렸다. 그때 가방에서 '한국청년'의 한 귀퉁이가 삐죽이 나왔다. 분하고 창피해하던 현영의 눈이 못 박혔다. 그러나 덕한은 눈치 채지 못하고, 마침 복도에서 들려온 미하엘의 부름에 서둘러 나갔다. 덕한의 등 뒤로 현영의 눈길이 못 박혔다.

다음날은 둘이 같이 듣는 유일한 수업인 공통 교양 국문이 있었다. 현영은 강의실에 일찍 나와 있곤 하였으나 그날은 좀 느지막이 들어왔다. 그리고는 덕한의 패거리 가까이 자리를 잡는 것이었다. 덕한은 웬일인가 싶었다. 어제 싸운 일은, 오늘에 와선 천년 전 일이라는 표정으로 본체만체 할 것이라 싶었는데, 제 발로 가까이 오기까지 한 것이다. 덕한의 친구들도 눈치 챈 듯했지만, 본래 현영에 대해서는 다들 입다물어주고 있었다.

갑자기 내가 좋아진 것인가, 덕한은 잠시 진지하게 생각해 보았다. 자신도 현영이 좋다는 것을 인정하기 전에 휘이휘이 떨쳐버렸지만, 아무래도 어제 일 때문에 다가올 리는 없을 듯싶었다. 현영이 얼마나 창피했을지 그런 건 잘도 이해해주고 있었던 것이다. 그러나 어제 이후의 변화이긴 하다. 그럼 도대체 무엇인가. 덕한은 멍하니 생각하다가 문득 등 뒤에서 현영의 시선을 느꼈다. 잠시 느끼고 있다, 태연하게 고개 돌려 뒷자리의 학생에게 뭔가 물었다. 따라 고개 돌릴 새도 없어 당황했을 현영도 제법 태연하게 시선관리에 들어갔지만, 허공을 향한 눈빛은 아직 생생한 열기를 품고 있었다. 덕한은 못 본 척 고개를 돌리고 다시 맹렬한 추리에 들어갔다.

그러다가, 그것에 생각이 미치자, 순식간에 확신했다.

덕한은 천천히 가방 속에서 '한국청년'을 꺼냈다. 아무리 독일 땅이어도 집에 감추어두는 것이 현명할 터였지만, 몸에 꼭 붙이고 다니고 싶었던지라, 어제 몇 번이고 독파한 것을 또 들고 나왔던 것이다.

현영의 눈초리가 더욱 뜨겁게 느껴졌다. 표지를 검게 싸두었지만 모양만 봐도 알겠지. 그만의 감이었지만 여하튼 덕한은 제대로 맞추었다. 현영은 저도 모르게 목을 빼고 반쯤 몸을 일으키다, 교수가 들어오는 바람에 잽싸게 주저앉아야 했다. 그 기척에 덕한은 씩 웃었다.

내내 '한국청년'을 책상 위에 꺼내어 둔 채, 한 번 펴보는 일 없이 덕한은 수업에 매진했다. 전공분야에서 상당한 활약상을 보이던 현영은 오늘 교수의 지명에 다소 얼빠진 대답을 하고 의기소침해져 고개를 떨구었다. 그렇게 시간이 흘렀고, 수업이 끝나자마자 덕한은 잽싸게도 일어나, 친구들을 재촉해 멘사(학생식당)로 가버렸다.

그제야 제 꼴이 사탕보고 침 흘리는 어린애였고, 덕한이 눈치 챘음에 틀림없다는 자각이 파도처럼 밀려왔다. 현영은 광포한 동작으로 자리를 박차고 일어나, 어서어서 강의실을 뜨려 하였다. 덕한의 자리에 놓여진 '한국청년'이 눈에 들어온 것은 바로 그때였다. 현영은 잠시 얼어붙었으나 삽시간에 몸이 다가붙었다. 두고 갔으면 갖다 줘야 하리라, 이리 놔두면 안 된다……. 현영은 냉큼 집어 들어 제 가방에 집어넣고는, 허둥지둥 나갔다.

집에 돌아가고 나서야, 훔치고 말았구나… 하고 여전히 얼빠진 탄식을 하였다. 덕한이 챙기는 걸 잊을 리 없는데도, 워낙 정신이 없어, 그의 수상쩍은 짓을 헤아려볼 여지가 없었던 것이다.

전지공작대에 대해서는 이름 정도 아는 게 고작이었다. 아버지는 혹여 내가 물들까 불령선인들에 대한 이야기는 한마디도 하지 않았다. 학교서야 첩자에 준하는 취급이었고. 그러나 만주에서 실제로 총을 들고 싸우는 청년들이 있다는 것을 모르지는 않았다. 청산리 대첩도 봉오동 전투도 알고 있었다. 김좌진 장군은 이미 20년대에 암살되었으나 항일무장투쟁은 맥이 끊겨 본 적이 없었다. 그것은 저 만세 운동과는 차원이 달랐다. 나는 만세라면 치를 떨었다. 몇몇 선동가들이 맨손의 민중들을 총부리 앞으로 양떼처럼 몰아갔다고, 그 점에서는 아버지와 의견을 같이 하였다. 만세를 부른다고 나라를 돌려줄 일본이라면 애당초 빼앗지도 않았을 것이다. 아버지는 윤치호 선생이 사석에서, 어느 촌엔가 제법 현명한 순사 대장이 있어 마음껏 만세를 부르도록 내버려두니, 지치도록 만세를 부른 끝엔 소요가 가라앉았다는 이야기를 하더라고 말한 적이 있었다. 과연 우문현답이 아닐 수 없다. 언제 나라를 돌려줄 테요~ 하고 물어대면 대답을 않는다. 그들로서야 묻는 놈 장단에 맞춰 주어 무엇 하랴.

그러나 나는 그들의 우매함보다도 그 가련함에 더 분노가 치밀었다. 감옥 안이나 총독부 앞에서도 부르짖었다는 용기는 가상하지만, 그 얼마나 애닮도록 가련한가. 장안이 떠나갈 듯하였다는 그 소리는 아리랑의 저 구성지고 한 서린 가락과 닮았으리라, 아무리 태산을 울리는 소리였어도 그리 가슴을 저미었으리라…… 들어본 적도 없는 소리를 나는 그러리라 믿어 의심치 않았다. 나는 귀에 달라붙어 떨어지지 않는 그 가락이 끔찍스러이 싫었다…… 그것은, 내가 비겁자이며 결국 하늘에 침 뱉어 제 얼굴로 떨어지게 하는 놈이었는데도 아직도 연민, 그 아무 짝에도 쓸모없을 것을 떨쳐내지 못했음을 자각케 하였다. 그들을 불쌍해하면, 나아가 내 자신도 불쌍히 여길 수 있다… 누굴 위한 연민인가! …그것은 나의 수치다….

그러나 만주의 무장 투쟁은 그런 것들과 달랐다. 그것은 실제로 행동하는 힘이었다. 그들은 열강에게 짓밟히기 위해 생존하는 듯한 약소민족이 마침내 부릅뜬 눈이었다. 부려먹다 죽일 노예나, 개에게나 줄 동정의 대상이 아닌, 빈약한 총구나마 일본군을 향하여 그들을 죽이는, 그에 경악하고 격분하는 일본군이 맞서 싸워야 하는, 그들의 적이었다.

아버지는, 계란으로 바위치기라고, 단 한 번 짤막하게 언급하였다. 분명 그들은 나의 히틀러처럼 역사의 무대 위에서 장엄한 몰락을 겪지 못할 것이다. 그들은 이국땅에서 무명으로 죽어갈 것이고, 지금 죽어가는 자신 뒤로도 몇만 명이 더 죽어야 하는지, 그러고도 과연 독립이 올 것인지도 모를 것이다. 그들이 아는 건 없고, 그들은 그저 믿을 뿐이다. 히틀러는 스스로 무대 위에 올라 다른 이들을, 아니 전 세계를 전쟁으로 몰아넣은 주역이고, 결국 파멸하더라도 전쟁을 일으킨 그 자신의 손에 의한 바이다. 그러나 그들은 빼앗긴 조선과 빼앗은 일본에 얽매여 있었다. 그들 역시 영웅이었으나, 이미 돌아가고 있던 거대한 수레바퀴에 깔려죽느니 몸을 던질 자유뿐이었고, 그 후로는, 이미 결딴난 운명이었다. 나의 영웅에 비해, 그 얼마나 속속들이 다른 이치인가….

아버지의 말은 옳았다. 그러나 나는 바로 그렇기에 그들을 영웅으로 보았다. 우리가 일본에게 산산이 바수어질 약자라면, 약자로서의 생을, 그 처참한 진리를 가장 치열하게 살아가는 자들이 그들이지 않은가.

…나는 한경처럼 만주로는 절대 가지 않을 것이다. 그러면 아버지의 부하들 손에 잡힐 일은 없을 것이다. 나는 내가 아버지를 겁내는지 일본을 겁내는지 모른다. 친일파의 자식으로 태어나 핑곗거리는 있으니, 보신책은 확실하다고 자신을 비웃었지만, 그 또한 어디까지 사실인가. 자신을 멸시하는 눈초리는 자신의 내면을 제대로 비추어내지 못 한다…. 나는 자신을 경멸하는 만큼 히틀러를 숭배하는 것으로 그 빈틈을 채웠던 것이다.

'한국청년'은 순 한문이었다. 임정이 발간하는 독립신문도, 군자금을 모집하러 오는 독립군에 의해 조선에도 심심찮게 흘러들어와, 청년들 사이에 비밀히 돌려지고 있었지만 물론 내게까지 차례가 오진 않았다. 작년 6월에는 금화산 국기 게양대 부근에 삐라가 1만매나 살포되어 사방에 두루 퍼졌다지만, 이 역시 구경도 못하였다. '한국청년'은 내가 처음으로 듣는 독립군의 육성이었다.

한국청년, 한국청년, 나는 되풀이해 표제를 읽었다. 참으로 그 어감이 좋았다. 그렇다, 조선은 이미 망국이 아니던가? 이제는 대한민국 임시정부가 있다. 제국이 아니라 민국이고, 망국이 아닌 신생국인 것이다. 그 이름이 그렇게도 신선하게 들렸다. 내 것이 될 수도 있는 이름임을 애써 생각지 않으려 하면서도, 그 울림의 빨려들 듯한 여운을 되뇌이고 되뇌였다…….

표지를 펼치자 목차가 나왔다.

발간사
한국청년전지공작대
생장중의 어린 싹
淡
우리들의 임무
羅月煥
지금이 바로 우리가 조국을 부흥시킬 때다
呂田
莊堅忍선생의 훈사
莊忍堅
우리들의 하루
烈夫
아리랑공연에 대하여
한국청년편집자
가슴 가득히 흥분과 투쟁 속에서 본 아리랑(西北文化日報轉載)
建民
아리랑에 대한 인상(西京日報轉載)
雁
아리랑을 본 후의 인상(西北文化日報轉載)

誠

아리랑(工商日報 西京日報轉載)

松江

박동운 동지 탈출기

星流

일본군에게 압수되었던 편지

한국청년편집자

적진에서 보내온 어느 한국청년의 편지

作生 譯

나는 차례차례 페이지를 넘기기 시작했다.

…작년 초 겨울 우리는 각처에 있는 이들 동지를 소집하여 우리들 개별의 역량을 집중하여 하나의 민족정의의 同情으로 결합하기를 원하였다. 이들 역량으로 진정 정의와 분투하는 중화민국에 공헌할 뿐 아니라 우리공작의 목적은 중국항전에 협력하는 것 외에, 더욱 중요한 것은 전국에서 각지의 광대한 군중 속에서 다수의 동지를 찾아 더 많은 역량을 얻는 것이다.

…중략…

…현재 매 한국인의 어깨위에 더욱이 한국청년의 어깨위에 짊어진 역사의 임무는 무엇보다도 먼저 일본제국주의를 타도하여 한국 내에 소유한 일본제국주의의 모든 세력을 뷔아내는 것이고 자유 독립의 국가를 건설하는 것이다. 삼천만동포로 하여금 식민지 노예생활로부터 해방되어 화평하고 행복한 나날을 실현하게 하는 것이다……

2년 전, 전지공작대는 나월환을 대장으로 하여 중국 중앙군교를 졸업하고 중국군사기관에서 다년간 복무하거나 상해나 동북 등지에서 혁명에 종사한 이들 30여 명에 의해 창설되었다. 그중에는 저 김구 선생의 장남이라는 김인도 끼여 있었다.

중국군 소좌였다는 나월환은, 전지공작대는 조국의 해방과 독립의 기초를 쟁취하기 위한 혁명집단이라 규정하고, 그 임무를 다섯 가지로 정리하였다.

1. 우리들은 세계의 평화와 정의를 유지 수호하는 입장에서 침략을 반대하고 일제에 항거하는 굳건한 의지를 가지고, 우리들의 공작 실력으로 현재 중국 경내에 있는 한국 혁명역량을 집합하여 중국의 항전을 협조한다.

2. 적의 괴뢰 사병에 대하여 적 군벌의 진상 및 침략적 죄악을 폭로해서 적과 그 앞잡이 군사들에게 厭戰, 반전 사상과 행동을 일으키고, 정치적 수단으로 적군을 와해시킨다.

3. 적국의 말과 글을 익숙하게 사용하여 敵情을 정탐하고 적정을 폭로해서 우군의 전투실력을 증진하고 적인의 음모를 분쇄한다.

4. 깊이 적 후방에 들어가서 한국동포들을 구출하여 한국무장군대를 조직, 전선 혹은 적 배후에서 적인과 전투를 개시하며, 그 전투 중에서 한국혁명군의 기초를 建立한다.

5. 국내동포와 적국 민중에게 혁명사상을 고취하고, 문화적 역량으로 광범위의 혁명운동을 발동하여 한국의 부흥을 촉진한다.

'생장 중의 어린 싹' 이나 '한국청년 발간사' 는 황량한 만주의 흙내음을 고스란히 몰고 왔다. 헤세나 릴케의 관조적이고 우아한 시구에 젖어있던 귀에 그들의 말투는 투박하고 거칠었다. 독립… 조국… 민족… 평화… 자유… 해방… 혁명… 끝없이 반복되는 말들은 마인 캄프에서도 자주 보던 것들이었지만, 히틀러의 것과는 놀랄 만치 그 색채가 달랐다. 씩씩하고 당당하게, 그 말들이 자기 것인 양 그들은 외치고 또 외쳤다. 시대가 너무도 절실히 요구하여, 너무나 많은 입에 올려져 너무나 많은 것의 빌미가 된 까닭에, 귀에 인이 박힌 만큼 닳아빠진 말들이 천연의 순박한 색채로 신선하게 되살아났다. 그들이 총으로써 자신들의 것으로 쟁취해낸 그 말들에는, 이방의 영웅에게서 느끼지 못한 고향의 흙냄새가 났다.

나는 그 다섯 가지 행동강령을 읽고 또 읽었다. 중국의 항전에 협조하고… 적에게 반전사상을 불러일으키며… 적군을 정탐하고… 후방에서 동포들을 구출한다… 국경을 넘나들며 대담한 공작을 벌이는 혁명투사들의 모습이 눈앞에 그대로 전개되었다. 그 표현들을 하나하나의 영상으로 상상하며 흥분하였다. 신출귀몰하게 게릴라전을 벌이고, 적군의 의표를 찌르며 그들의 사기를 꺾는다… 어떻게, 어떤 식으로 하는 걸까… 정말이지 어떻게 해야 할까? 어떻게 하면 될까?

‘한국 청년’ 에는 또, 그들이 공연한 연극 ‘아리랑’ 의 감상문도 실려 있었다. 아리랑 고개에서 만난 나물 캐는 처녀와 목동이 독립 투쟁에 뛰어드는 내용이라는데, 그 얼마나 유치하고, 열렬한 공연이었을까… 직접 만든 조악한 연극의 막을 올리며 자기들끼리 웃고 운다… 왜 그러는 걸까… 하고 싶고, 보고 싶어 그리했겠지! 전투와 훈련의 날들 중에 잠시 그들만의 막간 휴식을 마련했던 것이다… 그러한 날들이란! 손에 든 총과, 어깨를 맞댄 동지의 총을 믿고, 열을 지어 행군하다가, 마침내 총부리를 나란히 하여 싸우는! 그들에겐 무엇이 보이고, 그들은 어떻게 말하며 어떻게 행동할까…….

어느새 자리에서 일어나, 우리에 갇힌 짐승처럼 방안을 맴돌며 허황된 상상에 몰두하는 내 몸짓이야말로 조악하고 우습다. 그러는 내 마음을 손에 잡힐 듯 알 수 있었다… 늘 그랬듯 냉소하지 않고, 나도 모르게 손을 내밀었더니, 참으로 수이, 손안에 들어오는 것이었다.

과도한 공상의 끝자락에서 새벽의 희푸른 광선이 창으로 스며들었다. 나는 '한국청년'을 가슴에 대고 눈을 감았다. 심장이 강하게 뛰는 가운데, 덕한을 생각하였다….

7

그 다음날, 현영은 덕한을 찾아갔다. 그 세 명은 아니나 덕한과 친한 듯 보였던 같은 독문학 전공의 학생에게서 그의 주소를 알아낼 수 있었다. 처음으로 말을 걸어오는 현영에게 그의 호기심 어린 시선이 향했지만 현영은 눈치 채지 못한 채, 수업을 마치자마자 덕한이 집에 있는지 없는지도 모르면서 무턱대고 그리로 향했다.

잔잔히 구름이 떠가는 하늘이 푸르렀다. 색소가 너무 옅은 청색 눈은 괴이하게까지 보이지만, 이런 고향 하늘처럼 새파란 눈은 참 아름다웠다. 그 파란 눈으로 이쪽을 응시하면 그저 마주 쳐다볼 뿐, 뭔가 용건이 있던 것을 잊어버리기도 하였다. 멍 하니 들여다볼 뿐인 것을, 너는 다른 동양인들처럼 눈이 마주쳐도 시선을 피하거나 하지 않고, 똑바로 쳐다볼 줄 안다는 말을 들은 적도 있었다. 하릴없는 생각이 넘나드는 가운데, '한국청년'을 넣은 가방 손잡이를 단단히 쥐고 발길을 재촉했다.

덕한은 잔다르멘 마르크트를 한참 벗어난 뒤편의, 낡은 건물들이 운집한 거리에 살고 있었다. 도이치 돔과 프랑스 돔이 있는 이 아름다운 광장은 한 번 와본 적이 있기는 하였다. 두 성당 사이의 샤우슈필하우스 극장이 저 멀리 보이기 시작하자, 마침 가까이 지나가는 중년 부인에게 길을 물었다. 부인이 코끝의 안경을 들어올리며 대답하려는 찰나, 그 앞의 모퉁이를 돌아 나오는 덕한이 눈에 띄었다. 그는 순간적으로 덕한을 부르려 하였다. 그러나 생각뿐이었다. 부인은 친절한 설명을 시작하였고 덕한은 성큼성큼 멀어져가고 있었다. 간신히 사의를 표하고 부인과 헤어진 현영은 덕한의 뒤를 쫓기 시작하였다. 거리는 가까워져 가나 그럴수록 더욱 어째야 할지 알 수가 없다. 생각보다 마음의 준비가 안 되어 있던 까닭이다. 그러나 이대로 뒤따르는 것도 바보짓이다. 그를 만나러 온 게 아닌가, 다가가 그의 이름을 부르는 거다…….

생각만 무성한 사이, 덕한의 뒤를 따라 광장의 끝자락에 이르렀다. 현영이 그만 뒤쫓고 다가가 그와 나란히 서려 했을 때, 갑자기 덕한이 발길을 멈추었다. 놀란 현영도 따라 멈췄다. 덕한은 그들 앞쪽의 한 젊은 여자를 바라보고 있었다.

그녀의 윤기 흐르는 검은 머리채는 주위에 범람하는 금발들 속에서 깊은 광택을 발하고 있었다. 서양인의 것과는 확연히 다른 동양인의 흑발이었다. 가녀린 몸매는 늘씬하면서도, 독일 여자들과는 다른 부드러운 연약함이 있었다. 새파랗게 갠 이국의 하늘 아래, 동양인 처녀의 뒷모습이 두 청년의 눈 속으로 빨려들었다. 다시 보고야, 얼마나 그리웠던 모습인지 실감하는.

그녀는 천천히 걸어가고 있었으나 둘은 멍 하니 서 있었다. 그러다 열심히 보고 있는 모습이 점점 멀어져가자 어정어정 뒤따랐다. 그때 극장 앞에서 자전거를 몰고 오다 한눈판 소년이 그녀와 부딪칠 뻔 하였다. 소년이 간신히 커브를 틀어 충돌은 피했으나 그녀는 그만 균형을 잃고 넘어졌다. 좀더 앞쪽에서 자전거째로 넘어진 소년은 급히 달려온 덕한에게 겁을 먹고, 깨진 무르팍에서 피를 철철 흘리면서도 후딱 자전거를 집어타고 휑 하니 도망쳐 버렸다. 덕한이 그녀를 부축해 일으켜 세웠다. 덕한과 눈이 마주치자 수줍어하면서도 같은 동양인인 것에 반가움이 역력한 얼굴은 기대를 깨뜨림 없이 고왔다. 그때, 나쓰에! 하고 크게 부르짖는 소리가 들려왔다. 덕한과 그녀가 동시에 고개를 돌렸다. 현영이 제 소리에 제가 놀란 듯 눈을 크게 뜨고 서 있었다. 곧 그녀가 캇짱! 하고 외쳤다. 그러더니 날렵히도 달려가 현영을 끌어안았다. 그 스스럼없는 몸짓에 더 놀란 듯한 현영도, 곧 꽉 끌어안았다. 그녀를 끌어안은 현영은 덕한의 시선과 정면으로 마주쳤다. 덕한은 말없이 거기 서서 그를 바라보다가, 자리를 떴다.

광장에 면한 카페 레기네에서 우리 둘은 마주 앉았다. 나쓰에는 아까 날 무작정 끌어안은 것에 얼굴을 붉히고, 이번에는 다소 딱딱한 경어로 존대하였다.

"오랜만이에요, 오오세 상."

나는 말없이 미소 지으며 그녀의 얼굴을 들여다보았다. 독일 처녀들처럼 너무 콧대가 우뚝하지도 속눈썹이 찌를 듯이 길지도 않은, 오밀조밀하면서도 눈매가 시원스런 그 얼굴을. 몰라보리만치 아름다운 숙녀가 됐으나, 그녀는 분명 나의 나쓰에였다. 나는 그 눈을 알고 있었고, 이제 다시 들여다보니, 그녀를 처음 봤던 그 어린 날의 저녁에 풍기던 백장미 내음이 감도는 듯하였다. 아버지가 나를 데려간, 어느 일본인 실업가의 대저택에서 열린 파티는 그야말로 눈 돌아가는 곳이었고, 거기서 그녀가 나를 이끌어 내 주었었다. 그녀를 보자마자 다른 건 다 잊었더랬지…….

"오오세 남작 부처께선 안녕하시죠?"

"오랜만에 뵙습니다. 이하라 양."

나는 그녀의 말투를 흉내 내며 정중히 말하고, 쓰고 있지도 않은 모자를 벗는 서양 예법의 시늉을 하였다. 캇짱! 그만 우스워 허물없이 내 애칭을 부르는 그녀의 웃음소리가 금빛이었다…….

얼마 안 있어 그녀가 불러낸 유사쿠가 카페로 들어섰다. 그도 날 보자마자 반갑게 부둥켜안았다.

"다시 만날 줄 알았어! 알고 있었다고!"

키가 훤칠해진 유사쿠의 다정한 눈이 나를 바라보고 있었다. 내 위치를 깨닫기 전 순수하게 사귈 수 있었던, 내 유일한 친구들. 그들과 뛰어 놀던

나는 그 얼마나 천진난만한 아이였던가! 나는 그들에게 미소 지었다. 그토
록 자연스럽게 흘러나오는 미소 또한 그들만큼 오랜만이었다…….

　그들의 아버지인 이하라 류노스께는 아버지와 동경제대 동창으로 절친
한 사이였다. 백림까지 함께 유학한 뒤, 나란히 총독부 경무관과 내무국장
으로 부임하였다. 그는 조선에서 5년간 근무하다 황실 비서관으로 영전되
어 갔고, 그 후로 천황을 수행하는 외교사절로 활동하다 이번에 독일 대사
로 발령받았던 것이다.[7] 어린 시절을 함께 자라난 우리는 눈물로 헤어진
후에도 편지를 계속 주고받았었는데, 그것이 점차 끊기게 된 것은 나 때문
이었다. 나로서는, 모든 일본인을 한 덩어리로 미워하는 편이 훨씬 수월했
던 것이다.
　그러나 이국에서 우연히, 생각치도 못한 재회를 하고, 그토록 반가움을
금치 못하는 그들의 눈 속에서 나에 대한 진실한 우정을 읽자, 나는 지난
날의 서운한 처사를 반성하지 않을 수 없었다. 그리운 유년의 추억이 밀려
드는 가운데 그들의 다정함이 가슴 속 깊이 스며들었다. 그 따스함이 내가
얼마나 쓸쓸했는지를 돌이키게 했다. 얼마 만에 맛보는 우정인가… 실은,
그들이 몹시도, 그리웠던 것이다…….

　그 다음 날 저녁에 초대를 받아, 나는 성장을 하고 티어가르텐 가의 주독
일본 대사관저를 방문했다. 서양 부인복이 잘 어울리는 이하라 대사 부인
은 현관까지 나와 나를 맞았다. 그녀가 좋아했던 보랏빛 붓꽃을 간신히 구
할 수 있어 기뻤다. 이하라 대사도 나를 환영하며, 부모님의 안부를 물었
다. 베를린으로 막 부임한 터라 아버지보다도 내가 먼저 그의 소식을 안
셈이었다.
　부인이 손수 만든 일본 가정 요리의 디너를 마친 후, 우리들 다섯 사람은
응접실에 둘러앉았다. 이하라 부인이 녹차를 따르자 은은한 향이 퍼져나
갔다. 그녀는 '참으로 우아한 귀부인'인 어머니와의 추억을 말하며, 일본

으로 돌아올 때 선물로 받은 치자 물을 들인 명주 목도리와 화려한 색채의 조각보를 아직까지 간직하고 있다고 하였다. 그렇게 담소를 나누다 나쓰에가 눈짓하자 유사쿠가 피아노를 치기 시작했다. 나쓰에는 그의 곁에 서서 슈베르트의 '물방앗간의 아가씨'를 불렀다. 성악을 전공한다는 그녀의 목소리는 청랑하고 화사하게 울려 퍼졌다. 아름다운 멜로디, 그보다 더 사랑스런 목소리… 마지막으로 띄워올린 음이 그녀 주위로 가볍게 내려앉는 가운데 내게 미소짓는 나쓰에… 내 어린 날의 그 아름다운 소녀는 변함없었다.

내 표정에서 뭔가를 읽었던가, 그녀가 내게로 다가오며 독어로 놀리듯 말했다.

Melancholisch Prinz?

나는 미소 지으며 그녀의 손에 입술을 갖다댔다. 나쓰에가 부끄러운 듯 볼을 붉히자, 유사쿠가 그런 그녀를 놀렸다. 그녀가 옳았다. 아버지에게도, 덕한에게도, 결국 한마디도 하지 못한 나는 그저 우울한 귀공자일 따름이었다…….

8

동경제대를 다니다 온 유사쿠와 나쓰에는 프리드리히의 입학 자격을 따두었지만, 학기 중간에 왔기에 다음 학기부터 등록할 수 있었다. 그러나 둘 다 청강생으로 강의 중반부터나마 일단 참여코자 했다. 셋은 곧 대학을 둘러보려 했지만, 나쓰에는 이하라 부인과 함께 외교관 부인들의 다과회에 나가게 되어 유사쿠와 현영만 가게 되었다.

캠퍼스를 한 바퀴 돌고 나서, 이제부터 유사쿠가 전시의 암울한 식단과 마주해야 할 멘사로 갔다. 문을 들어서니 덕한의 써클이 한쪽 구석에 자리잡고 있었다. 그렇게 헤어진 후 현영은 덕한에 대해 다시 막막한 기분이었다. 그가 일본 여자와 허물없이 이름을 부르며 끌어안는 자신을 보고 뭐라 생각했을지 모를 바도 아니나, 여하 간에 친구들을 다시 저버릴 순 없었다. 하지만 아직까지 돌려주지 못한 채 고이 보관하고 있는 '한국청년'을 볼 때마다 마음이 무거웠다. 그날 현영은 뚜렷한 생각도 없이 무작정 그를 찾아간 것이었지만, 그를 만나 '한국청년'을 사이에 두고 무언가 나눌 수 있을지도 모른다고 기대했던 만큼, 떨치기 어려운 아쉬움이 잔존해 있었다.

그때 유사쿠가 허를 찔렀다.

"악셀 폰 레넨캄프군. 레넨캄프 백작의 아들이야. 아버지 취임 축하연 때 만났지."

그는 식판을 든 채 곧장 그들에게 다가갔다. 현영이 미처 제지할 새도 없었지만, 대관절 뭐라며 말리겠는가, 현영은 그의 뒤에서 머뭇거렸다. 이미 그들 넷이 이쪽을 보고 있었다.

"안녕, 악셀. 안녕, 친구들."

유사쿠가 스스럼없이 그들 옆 테이블에 식판을 내려놓으며 이하라 가 특유의 미소를 지었다. 악셀이 그와 악수하며 대꾸했다.

"안녕, 유사쿠."

"친구를 빨리 사귀는 분이군. 악셀의 친구라면 내게도 친구란 말만은 말아주게."

미하엘이 그의 인사를 능숙하게 받아넘겼다. 다들 웃음을 터뜨리는 가운데, 덕한은 잠자코 입 다물고 있었다.

"유머 감각이 남다른 분이군. 악셀, 자넨 별로 신뢰받지 못하나본데."

유사쿠가 받아치자 더 큰 웃음이 일었다. 그러나 거기까지였다. 다음으로 유사쿠는 덕한을 반가운 표정으로 바라보며 자기소개를 한 후, 자네도 일본인이냐고 물어버렸던 것이다. 순식간에 침묵이 돌았다. 덕한의 친구들은 일본과 조선의 관계를 잘 알고 있는 게 분명했다.

덕한은 고개를 쳐들고 태연히 대꾸했다.

"한국인 윤덕한이다. 만나서 반갑다, 이하라 유사쿠."

유사쿠도 실수했음을 깨달았으나 곧 평정을 되찾고 악수를 청하며 말했다.

"미안하다. 실수를 용서해라. 만나서 반갑다, 윤."

둘은 악수했으나 분위기는 여전히 적막했다. 본래부터 호의적이진 않았던 것이다. 현영이 유사쿠의 어깨에 손을 얹고 말했다.

"유사쿠, 자리를 옮기지."

그러나 유사쿠는 현영의 팔을 잡고 앞으로 이끌었다.

"아, 이쪽은 오오세 카오루. 덕한, 자네와 같은 조선인이다."

그러는 유사쿠나 자리를 옮기자는 현영이나, 똑같이 덕한의 마음에 안

들었다. 그도, 존재했던 무언가, 어쩌면 기회일 수도 있던 것이 흐지부지 사라졌음을 느끼던 차였다.

"알고 있다. 오오세 에이스케 남작의 자제."

현영은 입술을 깨물었다.

"오, 이거 상류층 분들이시군. 악셀, 우리 같은 평민은 자릴 비켜드릴까?"

미하엘이 싱긋 웃으며 말하자 쓴웃음을 짓고 있던 악셀이 당장에 입 닥칠 것을 권고했다. 우호적인 접근을 거부하는 덕한의 태도에, 유사쿠가 노엽게 말했다.

"덕한, 나는 조선인이라고 차별한 적 없다. 일본인이라고 전부 적으로 모는 건 너무 졸렬하지 않나!"

적막마저 얼어붙었다. 덕한이 냉정한 어조로 말했다.

"일본인은 사람을 차별하지 않는다는 당연한 걸 굳이 말해야 하나. 너희가 베푸는 평등을 가식으로 만든 건 너희 자신이다."

충격 받은 유사쿠는 한마디도 할 수 없었다. 덕한이 일어서자 다른 셋도 따라 일어섰다. 유사쿠와 현영을 지나치며 그가 덧붙였다.

"우리는 그런 값싼 평등을 필요로 하지 않아."

현영을 빗댄 말이 된 것을 후회했지만, 돌이킬 수 없게 되자 멈출 수도 없었다. 그는 차가운 표정 아래 자신과 현영을 향한 분노를 억누르며 밖으로 나갔다. 덕한의 친구들이 그 뒤를 따르자 현영과 유사쿠 둘만 남았다.

호엔촐레른 왕가의 사냥터였던 티어가르텐은 167헥타르의 드넓은 공원으로, 그 중심부엔 67미터의 지게스조이레(전승기념탑)가 우뚝 서 있다. 그 전망대에 오른 유사쿠와 현영은 말없이 아래를 내려다보았다. 발아래 전 베를린이 가로누워 있었다.

유사쿠가 침묵을 깨뜨렸다.

"인류 존립의 전제는 국가가 아니라 그 목적을 달성할 수 있는 민족이다.”

현영이 곧바로 맞받았다.

“독일 민족을 다시 높여 준 것은 자유를 다시 획득할 수 있다는 확신이다. 그러나 이 확신은 몇백만이 하나하나 똑같이 느낀 결론으로서만 가능하다.”

“아돌프 히틀러.”

유사쿠가 짐짓 엄숙한 표정으로 ‘나의 투쟁’의 낭송을 마쳤다. 현영을 돌아보고 웃더니 다시 일어로 말했다.

“너도 마인 캄프를 읽었구나.”

“우리 시대의 영웅이니까, 하일 히틀러!”

한 손을 쳐들며 나치스 경례를 교환한 둘은 함께 웃었다.

“조선에서도 히틀러를 많이들 숭배하나?”

“히틀러가 1위, 간디와 장개석이 그 다음이지. 장개석은 일본에 맞서 싸우니까.”

“아아…….”

유사쿠가 고개를 끄덕였다.

“뭇솔리니 전기도 많이 읽지만, 애독서 1위는 역시 마인 캄프지.”

“그래……. ― 유사쿠가 시선을 앞으로 돌렸다 ― 아버지의 부임이 아니어도 꼭 베를린에서 공부해보고 싶었어. 히틀러도 보고, 히틀러 영도하의 독일 청년들과도 어울리고 말이야.”

그 마음을 이해하는 현영이 쓴웃음을 지으며 자조적으로 말했다.

“우리 세대는 역사에 빠져죽기 딱 좋지.”

“그래. 세계는 요동치고, 우린 너무 젊어.”

둘은 잠시 말이 없었다. 높은 곳의 바람은 강하고도 서늘했다.

“카오루.”

“응.”

“카오루.”

“그래, 유사쿠.”

“난 덕한을 이해해. 그는 조국을 사랑하는 청년이지……. 하지만 나도 마찬가지야.”

현영은 대답하지 않았다. 유사쿠는 지평선에 눈을 고정시킨 채 말을 이었다.

“난 조선의 비극을 알아. 하지만 당시 구라파 열강에 침략당할 위기에 놓인 조선을 보호하는 건 같은 아시아인 일본이어야 했다고 생각해……. 지금은 불행한 시기를 겪고 있지만, 조선이 다시 일어서기만 한다면, 그때는 분명, 평등하고 친밀한 동맹 관계가 구축될 수 있을 거야.”

그가 말을 끊고 진지한 눈초리로 현영을 바라보았다.

“내가, 일본이 조선에 가하는 압제를 모른다고 생각하지 마. 물론 조선인들만큼은 모르겠지만… 나도, 말로만 대동아 공영권을 부르짖으며 만행을 일삼는 수많은 일본인들을 부끄럽게 여겨. 그들은 천황의 반역자야! … 하지만, 넌 나를 믿지? 그렇지 않은 사람도 있어! 조선인 중에도, 무조건 일본의 치세에 반발하는 사람들뿐 아니라, 조선의 질서와 발전을 위해 협력하는 사람들이 있듯이. 네 아버님처럼 말야.”

현영은 말없이 흑백이 뚜렷한 눈동자를 유사쿠에게 향하고 있었다.

“그런 사람들이야말로 일본과 조선의 진정한 애국자라 생각해. 그들의 노력으로, 조선은 일단 일본의 보호 속에서 발전할 수 있을 테고, 그렇게 역량을 쌓은 뒤 독립해서 다시 대등한 이웃 나라로 서는 거야… 그렇게 되면 한일 양국의 힘으로 아시아의 기치를 다시 드높일 수도 있어! 아시아는, 아시아의 힘으로 지켜야 해. 중국을 봐. 산산이 무너져서 열강의 드넓은 밥상이 된 꼴이잖나. 이제 아시아에 남은 건 일본뿐이고, 그 동반자는 조선뿐이다. 두 나라의 어깨에 아시아의 미래가 달려있어… 협력만이 살 길이다. 그러려면 서로간의 신뢰가 필수적이야…… 일본을 믿기 힘들겠지만, 지금의 현실이 가혹할수록 그걸 직시해야 해. 히틀러가 말했지. 민족주의적 세계관은 약육강식의 논리에 따라야 한다고. 그러나 그건…”

"우수한 인류 존립의 전제는 국가가 아니라 그 목적을 이룰 수 있는 민족이기 때문이지."

현영이 유사쿠의 말을 이었다.

"그래, 그리고 조선민족은 능히 그럴 수 있는 힘이 있어. 국가인 조선은 약자지만, 너희 민족은 언젠가 다시 일어설 거야. 독일이 그랬듯."

밝은 표정으로 말한 유사쿠가 현영을 향해 미소 지었다. 바람이 두 청년의 머리카락을 날렸다. 유사쿠를 바라보고 있던 현영이, 이윽고 따라 미소 지었다. 유사쿠가 다시 하늘을 향해 외쳤다.

"자유 투쟁에 대한 의지를 예고하는 민족은 동맹 능력이 있다. 하일 히틀러!"

"최고의 자랑인 국민적 긍지를 느낄 수 있는 것은 민족의 위대함을 아는 자뿐이다, 하일 히틀러!"

둘은 아래를 내려다보며 함께 소리 내어 웃었다. 그들의 머리 위 탑 꼭대기에서 금빛으로 빛나는 승리의 여신 빅토리아가 주홍의 석양에 물들고 있었다.

현영과 유사쿠는 그때 처음으로 둘 사이의 문제를 이야기한 것이었다. 현영은 유사쿠의 말이 진심임을 알기에 가슴이 쓰렸다. 자신이 거의 일방적으로 소식을 끊은 것에 대해, 재회한 후에도 유사쿠나 나쓰에가 아무 말 안 한 까닭을 알 수 있었다. 한편으론 유사쿠의 순수함이 더한 분노를 지펴, 노여움을 터뜨리며 순진한 소리 말라고 쏴붙이고 싶은 충동이 일기도 하였다. 그러나 그를 향한 유사쿠의 눈동자 속에서 애원하는 듯한 간절함을 발견하고, 현영은 입을 다물었다. 그랬다. 모든 일본인은 한 덩어리가 아니었다. 이하라 일가 외에도 있었다, 일본인 같지 않은 일본인이.

현영의 그 표현은 결국 일본에 대한, 그 자신도 놀랄 정도의 강한 증오심을 보여주는 것이었다. 조국에 대한 사랑처럼, 감춰져 억눌려지기만 한 증오심을. 현영의 안에 이미 있었던 그 감정들은 외면당하는 가운데서도, 어떤 형태로든 자라나고 있었다.

　나는 그때 히틀러에게서 조선과 일본의 공존의 길을 발견했다고 믿었다. 비록 공존 자체는 히틀러만큼 확고한 믿음을 주지 못했으나, 내 스스로 믿으려 애쓰는 그 보잘 것 없는 가능성에라도 매달려, 나 또한 유사쿠와 덕한의 사이에 서고 싶었다. 또한 내 나라와 내 아버지 사이에도……. 히틀러를 본받자는 것이, 어찌 매력적이지 않겠는가. 날 동지로서 받아들여 함께 투쟁하고자 하는 이가 여기 있었다. 그가 내게, 세상을 향해 원망서린 꿈만 꾸던 내게, 처음으로 한 손을 내밀어 주었던 것이다…….

9

"히틀러는 극적인 효과를 위해 심지어 자신의 지배에 대항한 모반까지 공상하였다. 몽상적인 말투로, 장갑차를 거느린 친위대가 강력하고 저항할 수 없는 왈츠를 추듯이 120m 넓이의 도로 위에서 천천히 그의 궁을 향하여 밀려오는 광경을 묘사해 보였던 것이다."

-군수상 알베르트 슈페어

"전쟁 이전 6년 동안 성 페테르부르크에서 러시아 발레의 전성기를 구경하였다. 그러나 이 장엄한 구경거리와 견줄 만한 발레는 한 번도 보지 못했다."

-영국 대사 네빌 헨더슨

"말이야, 말뿐이라구. 그런데 수백만의 가슴이 그를 향해 열리다니, 정말 환상적이군."

- 돌격대 대장 에른스트 룀

41년 4월 20일, 히틀러는 52세의 생일을 맞았다. 사흘 전에 있었던 유고슬라비아의 항복이 축제의 열기를 더하는 가운데, 전시의 베를린은 화려하게 꽃피어났다. 베를린 전역에서, 말로만 듣던 제3제국의 성대한 행사가 잇따라 열렸다. 그것은 행사라기보다 하나의 미학적 의식이었다.

현영은 아침 일찍 일어나, 하켄 크로이츠의 깃발을 창문에 내걸었다. 국경일에 나치스 기를 게양하지 않을 경우 위법으로 게쉬타포에게 체포된다는 건 몰랐고, 기쁨에 넘친 순수한 몸짓의 발로였다. 그의 다락방 아래로 창창마다 깃발이 내걸리고, 다른 건물들도 마찬가지였다. 낡고 중후한 거리는 거칠 것 없이 나부끼는 적흑의 깃발들에 점령당해 있었다. 강력한 힘의 완벽한 표상… 날개 돋친 시선으로 깃발의 숲을 헤매는데, 아래서 경적이 울렸다. 유사쿠가 몰고 온 무개차 폴크스바겐 옆에서 나쓰에가 작은 밀짚모자를 흔들어 대고 있었다. 그녀의 살구색 플레어스커트가 바람에 나풀거렸다. 아침도 거른 채 계단을 달려 내려가 나쓰에, 유사쿠와 어울려 흥분 속에서 '축제'로 뛰어들었다.

티어가르텐에 집결한 독일 국방군 보병부대, 전차대, 포병대가 열병대 위에 선 총통 앞을 굉음을 울리며 행진해갔다. 찬란한 햇살 아래 각종 금속이 번쩍이고 가죽이 반들거렸다. 제복의 버클까지 일사불란한 광택을 반사하는, 과연 세계를 정복한 빛나는 군대였다. 또한 상공에는 별 중의 별, 루프트바페(독일공군)의 편대가 화려한 비행을 선보이고 있었다.

현영은 200만 베를린 시민과 함께 멀리서 총통의 모습을 보았다. 앞으로 쭉 뻗은 팔이 어깨와 일직선을 이룬 채 미동도 않는 그 자태는 인간이라기보다 하나의 조상 같았다.

특히 히틀러 청년단이 현영의 시선을 끌었다. 친위대의 검은 제복이 가장 박력 넘치는 세련미를 표출했으나, 키 180m 이상에 충치 하나 없어야 하는 아리안의 표본인 그들은 너무 높은 곳의 존재였다. 현영은 유사쿠와 어깨동무를 한 채, 어엿이 행사에 참여하고 있는 같은 또래의 히틀러 청년단을 바라보며, 부러운 마음으로 그들이 부르는 '승리가'를 따라 불렀다. 그 후렴구는 따라 부르기 쉽게 귀에 쏙쏙 들어오는 것이었다. '우리는 모

든 것이 산산조각 나더라도 앞으로 전진하리라. 오늘은 독일을 차지하며 내일은 전 세계를 차지할 것이다……'

어깨를 맞대고 보조를 맞춰 행진하며 목청껏 노래하는 것은, 저마다 독립성을 유지하느라 힘든 개개인의 가슴마다 하나 됨의 열망을 불 지른다. 애물단지인 '나'를 통째로 삼켜버릴 수 있는, 좀더 크고 영속적이며 확고한 전체 — 다수가 그 가치를 보증하는 — 에 바친다는 것은, 그 끝이 어디건 말 그대로 사람을 미치게 하는 생리적 현상이다. 그것이 빈의 노동자 데모를 목격한 히틀러가 두 시간 동안이나 숨죽여 지켜보았다고 훗날 회상한 '거대한 인간의 용'인 것이다. 다 같이 미치는, 그 환상적인 과정 때문에 그로 인한 결과를 오도하기 쉬우며, 자신이 순수한 마음으로 참여했으니, 자신을 참여케 한 자도 그럴 것이라 믿어 의심치 않는다. 그 점을 지적하는 자가 있다면, 그자는 홀로 깨어있던 자인 것이다. 군중은 그자의 말에 귀를 기울이다가도, 그때 저자가 동참하지 않고 혼자 뭘 했는지, 의심의 눈초리로 바라보는 것이다…….

…투박한 독일어의 우렁찬 합창이 절정에 이르러, 고양된 감성을 남성적 매력으로 일제히 분출해냈다. 실로 대단하였다. 저 속에 끼지 못한다면, 차라리 죽는 게 나았다.

눈앞의 행사들이 화려했지만, 현영은 다른 종류의 행사들, 역사성을 띤 더 장중한 행사들도 보고 싶었다. 부임 전에도 외교 사절의 일원으로 독일을 몇 차례 방문했었던 이하라 대사와 하숙집 안주인이 뉘른베르크 당 대회와 뮌헨 비어홀 쿠데타에서 사망한 나치당원들의 추모식에 대한 이야기를 들려주었다. 35년 11월에는, 쿠데타 때 행진해갔던 장군 홀에 '피의 증인들'의 유골이 담긴 열여섯 개의 청동관이 안치되었고, 그 위에 당을 상징하는 색깔인 갈색 천이 덮였다고 한다. 그리고 히틀러는, 자정 직전에 오픈 카 위에 서서, 승리의 문을 통과하여 루드비히 거리의 오데온 광장으로 왔던 것이다.

"광장엔 돌격대와 친위대원들이 횃불을 들고 서 있었죠. 추운 밤이었지만 워낙 사람들이 많아 그런 줄도 몰랐어요. 우린 이야기도 나누고 횃불도 바라보면서 기다리고 있었지요. 그러다가, 길게 늘어선 불꽃의 띠가 살아 있는 것처럼 요동치기 시작했어요. 총통이 도착한 거죠! 그는 덮개 열린 벤츠를 타고 왔어요. 차에서 내린 그가, 팔을 높이 쳐들고 계단에 깔린 융단을 밟고 올라갔지요. 그는, 관 하나하나 앞에 멈춰 서서 오랫동안 아무 말 않고 서 있었어요. 사자들과 대화를 나누었던 거죠… 그 엄청난 군중이 모두 침묵하고 있었어요… 꼼짝 않고 그만을 바라보면서… 이윽고 그 앞을 6만 명의 당원들이 횃불과 연대기를 들고 행진해 갔답니다… 잊을 수 없는 밤이었죠! 나는 뮌헨에 사는 언니 부부와 함께 갔었는데, 나치를 뜨악해 하던 형부도 감격에 차 눈물을 흘리더군요… 그 다음날엔 23년 행진이 그대로 재현됐죠. 우린 모두 쾨니히 광장으로 갔어요. 전사자들의 이름이 불려졌어요, '최후의 호명'! 우리가 대신 대답하는 거예요. 다 함께 목청껏 Ja! 하고 외쳤답니다. 쾨니히 광장이 뒤흔들리는 소리였지만 함성처럼 높이 울려 퍼지지 않고, 아래로 가라앉는 엄숙하고 장중한 소리였어요. 우리 소리에 우리가 몸을 떨었죠. 그로써, 죽은 자들이 '영원한 보초'를 서게 되는 거예요… 바그너의 장송 행진곡이 울려퍼지기 시작했어요… 날 따라 참가했던 언니 부부는 사흘도 안돼 나치스에 입당했지요."

행복하게 추억을 반추하던 루이제 마이어 노부인이 끝으로 덧붙였다.

"…아니, 이젠 예전 같은 행사는 확실히 드물어요. 국가 노동절과 어머니날, 10월의 추수 감사절, 그리고 총통 탄생일… 이 정도가 다예요… 그것도 아침 축하 행사 정도로 끝나곤 해요… 옛날엔 거의 달마다 있었는데, 지금은 아무래도 전시니까요. 하지만 우린 이겼고, 이 전쟁은 곧 끝날 거예요… 그럼 다시 대단한 행사가 열리겠죠. 전쟁 영웅들의 장례식이 엄숙하게 열릴 거예요……."

"난 37년 9월 10일에 뉘른베르크에 있었지. 제10회 나치당 대회가 열렸단다. 14만 명의 나치당원들이 32개의 대열로 행진했지. 제국 내 32개 정치 구역을 표상하는 거였단다. 3만 2천 개 당기를 앞세운 행진이 끝나자, 총통이 무대로 걸어 나왔지. 한 손으로 이렇게 혁대 버클을 잡은 채 꼼짝도 하지 않고 서 있더구나…. 양옆 기둥의 거대한 놋쇠 주발에서 타오르는 불꽃이 그 모습을 비췄어. 그야말로 그림 같았지. 로베르트 라이가 독일의 노동자 이름으로 히틀러를 그 지도자로서 환영한다고 말했단다. 히틀러가 약간 움직이더니 턱을 내밀었어. 바로 그때, 150개의 대공 서치라이트가 육천 미터 상공으로 날아오르더니, 구름에 부딪쳐 평면발광으로 체펠린 경기장 전체로 쏟아져 내렸어…. 빛의 신전이었지! 영국 대사는 마치 얼음의 대성당 같다고 했어…. 수십만의 사람들이 일제히 Sieg Heil! 하고 외쳤단다. 외국인들도 모두 넋을 잃었지… 그때는… 거대하고 신성한 느낌이 온몸을 휩쓸고, 나 자신을 바칠, 나보다 위대한 것의 실체가 비로소 눈앞에 구현된 듯했단다… 열광의 도가니였지! 프랑수아 퐁세는 자신도 국가 사회주의자가 되고 싶을 지경이라고 말하더구나. 프랑스 대사가 말이야…….”

이하라 대사는 잠시 그때의 광경을 심안으로 다시 보는 듯하였다. 이윽고, 가늘게 눈을 뜬 대사가 아쉬운 표정으로 말을 이었다.

“…그래도 영국인과 우리 일본인이 제일 이성적이었지. 우린 그 팔을 직각으로 뻗는 나치스 경례도 하지 않았어. 대부분의 외국인이 휩쓸리고 마는데. 우리에겐 우리의 군주가 있었으니까… 그래도, 우리의 폐하께서도 저렇듯 국민 앞에 자주 납시어 연설도 하시고, 좀더 가까이 그분을 느낄 수 있는 순간을 내려 주셨으면… 하는 생각에 아쉬움을 금할 수 없더구나… 물론 천황과 총통은 그 격이 달라서, 폐하께서는 그리 가까이 내려오실 수 없지… 외람된 소리야… 하지만, 우리도 그들 못지않은 열광을 그분께 보여드릴 수 있지 않으냐. 우리가 우리의 충성을 마음을 다해 폐하께 보이고, 그분께서 그분의 신민들을 굽어보시고, 학의 목소리로 내려주신 말씀이 전 일본에 울려 퍼지고, 우리가 만세로 그분께 답하고… 그 얼마나 아름다우냐! …군주와 신민이 하나 되는 순간이… 그러면 우리 모두는 그 순간을 영원히 간직할 수 있을 텐데! 그들 독일인들처럼 말이야. 이걸 알아라, 독일의 놀라운 승리는 바로 그 순간들에서 나오는 거란다… 국민적 화합이 예술로 승화된 순간에, 그들의 전쟁도 예술이 된 거다."

백포도주를 한 모금 마신 대사의 입가에 잔잔한 미소가 감돌았다.

"하지만 이젠 일본에서도 점점 그런 행사가 많아지고 있지. 진무 천황 즉위 2600년 행사처럼 말이다. 올해의 2601년 행사 때도 폐하께선 12만 명의 행진에 몇 시간 동안이나 일일이 경례로 답하셨단다. 나치에 비견될 유일한 행사라고 오토 독일대사도 인정했지. 너희가 잊지 말아야 할 것은, 나치의 총통 숭배도, 몇천 년을 이어온 천황 숭배를 모방한 것이라는 사실이다… 그들이 우리가 천황폐하를 그토록 받들어 모심을 얼마나 경이로워하며 부러워했는지 아느냐? 모두 우리에게서 배운 것이지… 형식이야 그들이 현대적이고 세련되었지만. 그렇게 우리가 외부에 끼친 영향이 되돌아와, 우리의 전통에 혁신의 새 바람을 불어넣는 이치가 얼마나 놀라우냐……."

현영은 그가 청한 이야기들을 감명 깊게 들었다. 그것은 그가 꿈꾼 묵시록적 종말을 구현하는 의식이며 제전이었다. 그 안에서는 죽음이 아름다웠고, 엄숙하게 드러났으며, 그 고귀함이 찬양되었다. 현영은 히틀러에 대한 공상의 상징들을 그 의식들 속에서 알아보았으며, 그와 자신의 동질성의 증거를 발견했다 여기고 가슴이 뛰었는데, 전적으로 옳은 생각이었다.

현영은 이하라 일가의 주선으로 그날 밤 히틀러의 연설을 처음으로 직접 들을 수 있었다. 이하라 대사 부처는 따로 마련된 외교 사절의 자리로 갔고, 나쓰에와 유사쿠, 현영은 일반석에 자리 잡았다. 셋은 흥분으로 들떴다. 그 와중에 현영은 덕한을 떠올리며, 그가 이 순간에 함께 있기를 원했다. 잠시 상념에 잠긴 그를 나쓰에가 팔꿈치로 찌르더니, 벌써 빠져들기 시작했냐며 웃었다. 그도 따라 웃었다. 상황에 딱 들어맞는 농담이었다.

크롤 오페라 하우스 안은 사람들로 꽉 들어찼다. 무대 전면은 하켄 크로

이츠의 묵직한 휘장들이 겹겹이 드리워졌고, 그 중앙에 제국의 상징인 금빛 독수리가 위풍당당하게 날개를 펼치고 있었다. 그 아래 빼곡히 들어찬 당의 깃발들이 숲을 이뤘다. 무대 앞쪽에는 부활절 제단처럼 꽃들로 화려하게 장식되어 있었다.

가장 신성한 행진곡, 바그너의 '리엔치' 서곡이 웅장하게 울려퍼지는 가운데, 나치당원들의 행진이 있었다. 가슴의 훈장과 갈고리 십자가 완장으로 장식된 갈색 제복들이 무대 위에 엄격한 기하학의 선을 그으며 지나갔다. 그러나 히틀러는 아직 등장하지 않고 있었다. 음악이 브루크너의 5번 교향곡 마지막 악장으로 바뀌었다. 무대에 눈을 박고 있었는데도 현영은 흠칫 놀랐다. 무대 뒤에서 누군가 걸어 나온 것이다. 그러나 히틀러는 아니었다. 나치의 선전상 괴벨스였다. 작고 빈약한 체구에 검은 머리, 갈색 눈을 한 이 사나이의 별명은 '쪼그라든 게르만인'으로, 그가 금발에 파란 눈의 게르만 영웅을 찬양하면 할수록 그의 별명 또한 널리 퍼지고 있었다. 게르만인의 상반된 두 유형이 함께 선전되는 효과였다.

그가 연단을 오르며 절뚝거린 다리는 골수염 때문이 아니라 전쟁의 부상으로 보였다. 악마의 갈라진 발굽이라 조소하던 정적들은 제거되었고, 그는 대중 앞에서 절뚝이는 것을 개의치 않게 된 지 오래였다. 곁들여 미국 신문에 루즈벨트 대통령의 휠체어 탄 사진이 실리지 않는 것을 비꼬았다. 자신에게 있어 신문이란 물론 마음대로 연주할 수 있는 '피아노'이나, '민주 국가'에서도 마찬가지지 않은가? 최소한, 나는 그처럼 자신의 불구를 부끄러워하진 않는다, 라고 그는 말하였다.

그 요제프가 도입 연설을 시작하였다. 그것은 아주 길었다. 34년의 노동절 오전에, 해가 구름을 뚫고 나오는 것에 맞추어 히틀러가 등장하도록 질질 끌어댄 연설만큼은 아니었으나, 현영은 점차 초조해지기 시작했다. 그는 히틀러를 기다렸다. 그러나 히틀러는 아직 거기 없었다. 그는 좀더 기다려야 하는 것이다. 이미 오래도록 기다려온 뒤였으나.

나쓰에와 유사쿠도 말이 없어져가며 의자 깊숙이 몸을 묻었다. 그렇게 청중이 진이 빠지기 시작할 무렵, 바덴바일러 행진곡이 울려퍼졌다. 히틀러만이 사용할 수 있는 곡이었다. 현영은 그것을 몰랐으나, 지금까지의 장중하고도 극적인 음악이 파도처럼 물러간 뒤에 나온 단조롭고 투박한 선율에 신경이 곤두섰다. 씩씩하고 규칙적으로, 척척 보조가 들어맞는 군홧발들의 행군에 간간이 활기를 북돋으려는 트럼펫의 신파적인 부르짖음이 끼어들어, 지금껏 젖어들었던 장엄미의 여운을 산산조각 냈다. 마치 왕후들의 길게 늘어뜨린 호화로운 망토자락 사이로 삐죽이 나온 소시민의 양복 소맷부리 같았다…. 아직인가…. 변화의 징조를 감지하지 못한 현영이 눈살을 찌푸리며 한숨쉬었다. 무대에 못 박았던 눈을 잠시 거두며 저려오는 고개를 뒤로 꺾었을 때였다. 저 멀리 눈으로 빨려들 듯 스며드는 검은 그림자가 있었다…. 뒤쪽이다!

그다!

Heil Hitler!

청중이 폭발했다. 폭풍 같은 외침과 함께 무수한 팔이 공중으로 일제히 쳐들렸다. 한 팔을 높이 쳐든 검은 그림자가 펄럭이는 깃발과 쳐들린 팔의 벽에 둘러싸여, 무대 전면의 연단으로 걸어오고 있었다. 움직이기 시작하자 더는 그림자가 아니었다…. 기립한 청중이 한 덩어리로 열광하여 발을 구르고 흐느꼈다. 나쓰에와 유사쿠도 일어나 목청이 터져라고 외쳐대고 있었다. 그러나 현영은 의자에서 몸을 뗄 수 없었다. 그가 얼어붙은 듯한 자신을 마구 채찍질 하고 있을 때, 그가 왔다. 그가 그의 옆을 지나치고 있었다…. 근접할 수 없고 깨뜨릴 수 없는 철통같은 옆얼굴… 그 위로 무수한 시선이 화살처럼 꽂혔지만, 그 냉혹한 푸른 눈길은 오로지 앞만을 바라보고 있었다. 허공의 아우토반을 독주하듯, 절대 눈 돌리지 않는 강철 같은 시선은 다른 존재를 배제하고 있었다. 현영에게는 그가 가차 없이 엄정한 진리의 화신처럼 보였으니, 그의 광신적인 눈초리가 곧 현영의 눈이었다. 내 눈이 그의 옆얼굴을 화살처럼 꿰뚫고 가 박혔다, 이제 그는 나를 모를 수가 없다! …그가 그렇게 믿었다. 그 얼굴은 히틀러가 마지막 세부까지 놓치지 않고 완성한 지도자의 초상으로, 완벽한 은닉이 도리어 의혹을 낳으며 내면의 본질을 폭로하는 양식이었다. 그 옆얼굴은 강인한 의지의 표출이 정점에 달해, 발작과 종이 한 장 차였다. 비인간적으로 강제된 안면근육은 그대로 무자비한 표정을 전개했으나, 그 아래 비장된 경련은 심상찮다기보다 범상한 것이었다.

그러나 궁극적으로 그는, 그가 숨기는 것이나 보이는 것 이상이었다. 신이나 악마에게 묻기에는 고스란히 인간의 몫인, 살육과 섬멸, 멸종 같은, 그가 흥분하는 말들, 맥을 끊을 도리 없이 물려받아 이어가는 인류의 어두운 유산, 그 살아 숨쉬는 표상이었다. 그 표상 또한 이제 자신이 일으킨 해일에서 빠져나올 수 없었으니, 그가 한 손에 쥐어흔든 세계는 그 붕괴의 여파를 자연법칙에 따라 그에게 돌려주었다. 행동하는 개성은 이제 역사하는 시대정신이었으니, 한 번에 70리를 가는 구두를 신은 다음에는 발목이라도 잘라버리지 않는 한 벗을 길이 없었다……. 그의 운명은 결정된 바였다. 그러나, 그가 파멸한다하여 그가 일으킨 소용돌이 또한 소멸하는가?

…그 순간 익히 아는 나쓰에의 맑은 고음이 그를 깨웠다. 하일 히틀러를 외치는 그녀의 목소리가 귀를 먹먹케 하는 함성을 뚫고 일순, 화살처럼 현영에게 꽂혔다. 그대로 하나의 신호로 화해, 현영을 튕기듯 일으켜 세우고 목이 쉬도록 외치게 하였다.

음악이 멈추고, 조명이 그를 홀로 비췄다. 독일 국방군의 회색 군복에 갈고리 십자가 완장 대신 나치스 독수리 휘장을 달고 있었다. 가슴에는 1차대전 때의 철십자 훈장 뿐이었다. 청중은 삽시간에 조용해졌다. 청중의 경례에 팔을 수직으로 치켜들 뿐 꿈쩍도 않던 그가 이제, 아주 조용히 서 있었다. 침묵이 생겨났다. 압도적이며 자연스런 침묵이.

"나는 無에서 나온 고독한 방랑자다"

나직하나 거센 목소리가 현영의 고막을 파고들었다. 그의 육성이었다…….

…섭리의 부름… 민족성, 민족 의식화… 민족 공동체… 순수 민족의…
도이치 민족의 고난… 학대받는 민족… 불명예와 굴욕… 등 뒤의 단검!
…도이칠란트!! 민족 고유의… 승리… 1918년 11월… 1940년 6월… 다
시 회복된 권리… 인종 멸망… 유태인… 독소! …종의 위기! …강간당한
아리아, 더럽혀진 혈통… 증오… 승리… 복수를! …민족의 생존 공간…
절대적이고 확고한 믿음… 나의 소명… 여러분의 소명… 영국… 처칠…
정신 나간 주정뱅이… 불과 얼음의 폭풍… 시간이 없다! …생피를 빨아
먹는 기생충… 똥 더미… 매독… 우리 세대의 사명… 미래의 새싹… 유
럽의 운명을 짊어진 게르만의 전진… 열광과 희생의 각오를… 신성한
분노! 도이칠란트! 도이칠란트!

vivace! presto! forter forte!

말들이 바람처럼 고요를 휩쓸며, 수면 위 파문처럼 번져나갔다. 그에 응
하여 서서히 일렁거리기 시작한 수면은, 곧 끊임없이 밀어닥친 파도로 산
산이 깨어졌다. 전 청중이 일제히 앞으로 몸을 기울이다 다시 몸을 바로
하고, 또 다시 옆으로 기울이며, 놀랍도록 일사불란한 집단 최면의 양상을
보였다. 한 배에 탄 그들은 폭풍우를 겪느라, 주먹을 치켜들고 입을 벌려
구호를 외쳤다. 그들 앞에서 그가, 그러고 있었기 때문이다. 주먹을 추켜올
리고, 두 팔을 내밀며, 다시 가슴에 포개다 한 팔을 쭉 뻗어 찌를 듯이 일
점을 가리킨다… 그와 그의 청중들은 해일을 일으켰고, 함께 집어삼켜졌
다….

현영은 내내 꼿꼿이 등을 펴고 경직된 채 앉아있었다. 현영은 그의 동작
하나 하나를, 눈 속에 새겨 넣었다. 그의 말들이 해머처럼 머리를 내리쳤
다. 현영은 한 치도 움직이지 않았다. 한 집단에의 진정한 첫 참여는, 마약
이었다…. 그가 속한 집단의 반응이 절정에 달했다. 그가 독일을 외치면,
그들은 히틀러를 외쳤다. 그 절정은 끝없이 지속되고… 영원은 눈앞에, 손

안에, 있는 듯했다….

갑자기, 현영이 벌떡 일어서며 팔을 쳐들어 하일 히틀러를 외쳤다. 그와 동시에 연설을 끝맺은 히틀러도 손을 쳐들었다. 정확히 일치한 순간이었다. 잇따라 청중이 하일 히틀러를 외쳤다. 무수한 손들의 바다가 일렁거렸다.

바그너의 '마이스터징거', '군중들의 합창'이 울려 퍼졌다.

"깨어나라, 그날이 다가온다"

거대한 목소리가 하나의 선율을 노래 부르고 있었다….

　　나는 히틀러의 순간에 그와 함께 맹세하였다…….

　　…그렇다! 우리는 야만인이 될 것이다. 그것은 명예로운 칭호다. 우리가 세상을 젊게 만들 것이다. 이 세계는 종말에 이르렀다…….

– 히틀러. 1933년 수상 취임 후

나쓰에는 프리드리히의 캠퍼스를 걷고 있었다. 유사쿠는 다른 볼 일이 있었고, 현영에게는 미처 연락할 새가 없었다. 그래도 어떻게 마주칠 수 있으리란 가벼운 마음으로 거닐다, 도서관 앞에 이르렀다. 때마침 입구에서 나오던 안드레스 키르너는 눈앞의 검은 머리카락에 시선을 뺏겼다. 그는 멈추어, 그녀를 바라보다가 눈을 감았다. 그처럼 길고 칠흑 같은 머리채를 알고 있었다… 고향의 숲 속에서 바람에 나부끼던… 안드레스의 얼굴이 창백하게 질리며 경련을 일으켰다. 뿌리치듯, 강하게 고개를 흔드는 안드레스였다.

"괜찮아요?"

독특한 악센트를 발하는 맑은 목소리가 바로 가까이서 들려왔다. 눈을 뜨자 부드러운 색조의 얼굴이 있었다. 그토록 검은 머리카락과 눈동자를 온화하게 감싸는 섬세한 빛깔.

"괜찮아요?"

그녀가 다시 물었다. 안드레스는 억지로 웃음 지었다.

"네… 괜찮아요. 잠시 현기증이 난 것뿐입니다."

검은 눈동자가 똑바로 그를 쳐다보고 있었다.

"괜찮지 않아요, 당신."

안드레스는 아무 말도 못하였다. 나쓰에가 네모로 접은 흰 손수건을 꺼내더니, 고개를 숙이라고 손짓했다. 안드레스가 고분고분 고개를 숙이자, 그녀는 그 창백한 얼굴에 솟아오른 식은땀을 닦아주었다. 백장미의 향기가 희미하게 풍겨왔다…….

둘은 청록색 나무 그늘 아래 벤치에 앉았다. 5월의 바람이 싱그러웠다. 여전히 말이 없는 안드레스는 그녀를 바라보고 있었다. 아무래도 반한 것 같지만, 저 부드러운 밤색 눈에 담긴 그 어떤 그리움이, 그녀는 의아했다. 그녀가 어색한 미소를 짓자, 그가 따라 미소를 머금었다. 아까의 창백한 웃음과는 판이하게 다른.
"이하라 나쓰에예요. 일본인이죠."
넋 놓은 안드레스에게 나쓰에가 손을 내밀며 먼저 인사하였다.
"나쓰에… 아름다운 이름이군요."
그녀의 손을 잡으며 감탄한 후에야, 안드레스는 제 이름을 댔다.
"안드레스 키르넙니다. 미대생이죠."
"난 음대생이에요. 다음 학기에 등록하지만, 미리 청강하고픈 강의가 있어서 지금부터 다니려구요."
"탁월한 선택입니다."
안드레스의 확고한 어조에 나쓰에가 웃었다.
"아, 우리 오빠와 내 친구도 여기 다녀요, 오빠와 난…"
발랄하게 이어지던 나쓰에의 말이 갑자기 끊기더니 그녀가 일어섰다.
"어마, 내 친구가 저기 와요, 캇짱!"
저편에서 현영이 걸어오고 있었다. 나쓰에가 손을 흔들자 그 역시 손을 들어 보이며 걸음을 빨리했다. 그렇게 셋이 마주하게 되자, 안드레스와 현영은 의외의 사태에 어색함을 금치 못했다.
"안녕, 캇짱?"
나쓰에가 현영을 보고 환히 웃었다.

"안녕, 미리 연락하면 데리러 갔을 텐데."

"혼자 잘 온걸. 새 친구를 사귀고 있던 참이었어. 여긴 안드레스, 안드레스? 내 소꿉친구 카오루에요."

둘은 서로를 마주보았다. 안드레스가 악수를 청했다.

"안드레스 키르너다."

현영도 응하며 말했다.

"알고 있어. 덕한의 친구지."

"그래… 그럼 나쓰에는 유사쿠의 동생이겠군."

안드레스가 그제야 눈치 채고 말했다. 나쓰에가 반갑게 소리쳤다.

"어머, 우리 오빠를 알아요?"

"안면이 있죠."

안드레스가 담담한 얼굴로 대답했다. 그때, 써클의 다른 셋이 등장했다. 덕한이 먼저 세 사람을 알아보고, 그 조합에 놀란 얼굴로 곧장 다가왔다.

"네가 기사냐? 레이디를 모시고 있다니."

"이하라 나쓰에 양?"

미하엘은 안드레스를 놀렸고 악셀은 유사쿠와 함께 본 나쓰에를 알아보았다. 둘이 연달아 말하는 가운데 정작 둘을 끌고 온 덕한은 말이 없었다. 안드레스가 너그러운 태도로 자기 패들을 소개하기 시작했다.

"레이디, 이 불한당 같은 놈들을 소개하죠. 이쪽은 미하엘 리페른, 악셀은 이미 아시는 모양이고…"

안드레스가 덕한을 막 소개하려 했을 때, 나쓰에가 그를 똑바로 쳐다보며 말했다.

"절 기억하세요?"

그녀의 또렷한 말에 덕한은 잠시 당황해하다, 짤막하게 휘파람 부는 미하엘을 팔꿈치로 질러댔다.

"잔다르멘 마르크트, 넘어진 저를 부축해 주셨죠? 그때는 경황이 없어서 인사도 못 드렸어요."

그녀는 동양식으로 깊이 고개 숙였다.

"아리가또 고자이마스."

그리고는, 고개 들며 환하게 웃었다. 잠시 그녀를 바라보는 덕한의 입가에 쓴웃음이 어렸으나 곧 그도 진지한 표정으로 고개 숙여 답했다.

"윤덕한이라 합니다."

"아, 조선 분이시군요? 카오루도 그래요."

나쓰에가 현영을 돌아보며 말했다.

"압니다."

덕한이 현영을 쳐다보며 대답했다. 덕한과 나쓰에를 옆에서 낱낱이 지켜보는 현영의 시선을 그도 느끼고 있었다. 둘이 서로를 마주보자 곧 어색한 침묵이 흘렀다.

"카오루의 친구면 제 친구예요. 여러분 모두 우리 집에 초대하겠어요. 유사쿠 오빠도 기뻐할 거예요!"

그녀는 누적된 오해의 힘으로 유사쿠가 실패한 사교적 수완을 서슴없이 발휘했다. 아리따운 동양 아가씨의 화사한 미소에 다섯 청년은 어설프게 따라 웃었다. 사태 해설의 막중한 책임이 애꿎은 현영에게 돌아가는 분위기가 조성될 즈음, 옆 건물에서 막 강의가 끝난 듯 학생들이 우르르 몰려나왔다. 나쓰에는 그들에게 시선을 빼앗기다 손목시계를 보고 당황하여 말했다.

"수업에 늦겠어요. 그럼 이만, 다음에! 모두 안녕!"

서둘러 인사하고 뛰어가는 그녀를 모두 안도감을 숨기며 손 흔들어 전송했다. 그때 그녀가 갑자기 몸을 돌리더니, 명랑하게 소리쳤다.

"꼭들 놀러오는 거예요? 총통이 좋아하는 초콜릿 케이크를 구워 줄께요!"

그대로 취스를 외치며 경쾌하게 뛰어가 버렸다.

그녀가 마지막으로 날린 결정타에 덕한의 패거리는 일제히 아연한 표정이었으나 눈치 채지 못한 현영은 부드러운 눈길로 그녀의 뒷모습을 바라보고 있었다. 강의실에서 몰려나온 학생들이 삽시간에 뿔뿔이 흩어지고, 현영도 슬슬 자리를 뜨려는데, 악셀이 말을 걸어왔다.

"카오루, 아름다운 그녀는 총통의 팬인가 보군?"

"왜, 너희만이 총통을 숭배할 수 있기라도 한가?"

그의 일본 이름을 부를 수 있는 건 이하라 남매뿐이었다. 악셀이 그저 그녀를 따라 했음을 모르진 않았으나 현영의 표정은 곱지 못했다. '우리의 총통'을 숭배하는 동양인 유학생들은 학내 나치스들의 조롱거리였던 것이다. 하지만 다른 넷은 점점 가중되는 오해에 질리고 말았다. 악셀이 어이없다는 듯 실소하자 현영의 얼굴이 험악해졌다.

"뭐가 그리 재밌나?"

"그런 모욕적인 오해를 받으니 한 대 쳐줘야겠지만 너무 우습잖나, 하하하!"

악셀이 크게 웃었다. 현영이 그에게 위협적인 태도로 다가섰다. 다른 셋은 말없이 사태를 관망 중이었다. 악셀은 웃음을 그치고도 놀리듯 빙글거렸다. 그러더니 현영의 험악한 얼굴에, 그대로 주먹을 날렸다. 현영이 그 주먹을 잡아채었다. 악셀이 주먹을 잡힌 채로 씩 웃었다.

"이 사태를 정리해보면, 내가 자네와 나쓰에가 감히 총통을 숭배한다고 비웃었다, 여기까지 맞나?"

"지금도 비웃는 중이지."

현영이 악셀의 주먹을 틀어쥔 채 대답했다.

"그러나 내가 자네처럼 나치즘 망령에 홀렸다고 생각하는 건 나에 대한 모욕이야. 한 대 쳐주고 싶었지만 자네가 막았으니, 되려 자네가 한 대 치고 이 상황을 끝내지. 나치스에게 폭력은 기본 아닌가?"

현영의 얼굴이 충격으로 새파랗게 질렸다. 삽시간에 냉정한 표정으로 돌변한 악셀이 현영에게서 손을 비틀어 빼내며 낮은 목소리로 속삭이듯 말했다.

"아니면 게쉬타포에 밀고하던가."

그만 분을 못 이긴 현영이 달려들어 악셀의 멱살을 잡았다.

"날 뭘로 보는 거야!"

악셀의 귀족적인 얼굴에 경멸감이 역력하였다.

"히틀러 숭배자, 파시스트!"

"하, 볼셰비키셨군."

현영이 이를 갈며 맞받아쳤다.

"그게 너희가 즐겨 쓰는 논리지. 나치 아닌 인간은 없다, 왜? 모두 죽여 버렸으니까!"

악셀이 경구를 토하자, 미하엘이 웃었다. 현영은 입술을 깨물며 눈을 번 득였다. 말없이 지켜보던 덕한이 나섰다.

"그만, 악셀. 밀고하란 말은 심했다. 그에겐 히틀러를 숭배할 자유가 있 어."

"아아, 물론이야. 그 반대의 자유를 인정치 않는 건 히틀러와 같군."

악셀은 야유조로 말하면서도 덕한이 팔을 잡아 이끄는 대로 물러섰다. 그도 자신이 심한 건 알고 있었다. 그러나 그를 그렇게 몰고 간 건, 현영의 순수하고도 곧바른 히틀러에의 경애심이었다. 어떤 다른 속셈이 섞이지 않은, 똑바로 향해오는 현영의 눈빛이 그 안의 뭔가를 건드렸던 것이다.

그들이 돌아서는데, 뒤에서 현영이 가라앉은 목소리로 말했다.

"너희는 히틀러의 국민 될 자격이 없어."

그냥 넘어갈 소리가 아니었다. 일제히 발을 멈춘 그들은 기가 막혀 현영 을 돌아보았다.

"너희는 히틀러가 재건한 독일의 풍요를 누리며 그를 비난하지. 오히려 그 같은 지도자를 만나지 못한 외국의 청년들이 그를 더 숭배해. 너희는 배가 불러 어리광이나 피우는 불평분자들이야."

살벌한 눈초리가 오가고 세 독일 청년이 현영에게 다가섰으나, 덕한이 더 빨랐다.

"그런 지도자를 갖지 못한 망국의 청년으로서 말하지. 히틀러나 천황을 따라 범죄자가 되느니 차라리 그 피해자가 되겠다."

아무도 말을 잇지 못했다.

"국적에 상관없이 우리 세대에게 길은 많지 않아……."

그렇게 말한 덕한은 돌아서서 천천히 멀어져 갔다. 그의 친구들도 조용히 그를 따랐다. 현영이 본 덕한의 침통한 표정이 그의 마음을 찔렀다.

　　내가 이해하고 있다고 생각한 그에게서 처음으로 느끼는 통절한 괴리
　감이었다. 그것도, 그와 나의 영웅이라 믿었던 히틀러로 인하여…….

이제 자신이 있는 곳이 어딘지도 알 수 없었다. 그는 술에 취해 비틀거렸다. 충격은 한도보다 컸다. 그도 덕한도 원하지 않은, 누구의 잘못도 아닌, 사상으로 인한 깊은 골은 달리 메울 수 없다. 사상의 변화 외에는. 그러나 어떤? 덕한에게 표면적인 것에 집착하는 편협함을 버리고, 히틀러의 깊은 진면목을 파악케 할 수는 없는가? …말로야 무언들 못하랴… 그는 덕한의 얼굴을, 그 단호한 표정을 잘못 보지 않았다. 여전히 그는 덕한을 알고 있었다. 희망은 없었다.

휘적휘적 걸어가는 뒷모습이 아슬아슬했다. 통금을 어기고 몰래 영업하는 지하 주점에서 밀수된 네덜란드 진을 잔뜩 들이킨 뒤였다. 머리는 헝클어지고 눈은 충혈 되었다. 처음 겪는 경험이었으나 그런 제 모습을 비추어 볼 맑은 창 하나 없었다. 그가 있던 주점은 온통 흐렸고, 그가 헤매는 거리는 어둡기만 하였다.

결국 그는 건물 벽에 손을 짚고 바닥을 향해 웩웩거리기 시작했다. 게워 낸 토사물이 구두에 튀었지만 그는 고개도 들지 못하고 계속해서 토했다. 그때, 공습 사이렌이 화살처럼 밤을 갈랐다. 잠들어 있던 거리에 불길한 울림이 혜성처럼 길게 꼬리를 끌었다. 차단막이 쳐진 검은 창들에선 불빛 하나 새나오지 않았지만, 온 거리가 깨어나기 시작했다.

베를린이 처음으로 폭격당한 것은 40년 8월이었다. 전쟁 준비로 허리띠를 졸라맸었던 제국의 수도는 그 마땅한 대가인 승리의 번영을 누리고 있었다. 병사들은 사치스런 전리품을 안고 휴가 나왔고, 군수 산업의 폭증으로 일자리는 넘쳤으며, 중산층은 끌려온 피점령국민들을 하인과 가정부로 부렸다. 공장뿐 아니라 가정에서 독일 어머니들의 일손도 덜어주라는 총통의 섬세한 명령이었다. 거리의 여급들까지 노르웨이 모피를 걸쳤고 초라한 선술집에도 아르마냑 술병이 즐비했다. 하녀들도 실크 스타킹을 신었고, 레스토랑과 나이트 클럽은 초만원이었다. 거리에 나붙은 당의 선전 포스터만이 전시임을 말해주고 있었다. 하긴 전쟁만이 가능케 하는 특수의 호황이었다. 기회를 놓치지 마라. 밀수, 암시장, 수용소의 공짜 노동력, 점령지에의 착취 천태만상, 머리를 쓰시오, 머리를. 이미 독자적인 물밑 세계를 구축한 각종 이권 사업이 뻔뻔스러이 수면으로 떠오르기까지 그리 오래 걸리지 않았다. 사람들은 전쟁을 즐기라고 서로에게 권고하였다. 평화는 괴로울 것이니. 항상 가장 강한, <오늘의 진리>.

시작은 25일 밤이었고, 26일에도 이어졌다. 전쟁 발발 1주년 닷새 전이었다. 이중 방공진지와 상공의 짙은 구름 덕에 피해는 경미했지만 사상 최초로 베를린에 떨어진 폭탄이었고, 사상자가 발생했다. 처칠이 쇼맨쉽을 발휘해 사인까지 해서 보내온 선물이었다. 괴링이 절대 그런 일은 없을 것이라 장담한 것이 1년 전이었고 독일군의 개선 행진이 있은 지 한달 후였다. 히틀러는 격노했고, 괴벨스는 영국 공군을 해적이라 비난했다. 그러나 시민들은 지도자를 따라 분노하기보다, 어리둥절하였고, 마침내 꿈에서 깬 듯했으며, 그 후엔 실의에 빠져들었다. 그들이 치르고 있는 것은 전쟁이었다. 이미 1차 대전을 겪었고, 때문에 39년 9월 1일(2차 대전 발발일)에 굳은 표정으로 침묵하던 그들이었다. 그러나 총통의 승리는 번개 같았고, 또한 어마어마하였다. 히틀러가 보여주던 민족적 제전이 전 유럽 대륙에, 오랜 맞수였던 프랑스 땅에서까지 실현된 바였다. 이 '새로운 전쟁'에 그들은 도취되었고, 브란덴부르크 문에서 개선 행진하는 병사들에게 색종이와 꽃을 뿌리며, 웃고 울었다… 그리고 유럽의 주인으로 그 부를 누렸다. 무엇보다도 그들은, 이 전쟁이 곧 끝나리라고 확신하였다. 시장의 노파들이 양배추를 하늘 높이 던져 올리고, 사람들이 거리에서 춤출 정도로, 그들이 가장 열광한 것은 진짜 개선식이 아닌 가짜 종전 소문이었다.

그 모든 게 사실이었다. 벨기에의 커피와 프랑스 향수, 노르웨이 모피는 모두 진짜였고, 손으로 만질 수 있는 승리의 실체였다. 그러나 그 승리는 평화를 낳지 않았다. 총통의 새로운 전쟁에서, 승리는 평화대신 또 다른 승리를 요구했다. 그 또한 평화를 위한 승리라 불리는. 그렇듯 총통은 제국에 승리와 부를 안겼으나, 평화만은 주지 않았다. 마지막까지.

사람들이 건물에서 순식간에 몰려나왔다. 미리 꾸려둔 짐을 들고 뛰쳐나와 근처의 대피소로 피하는 모습들은 남녀노소 할 것 없이 민첩했다. 공군성 장관 괴링이 베를린 시민들을 공습에 가장 잘 대처하는 국민들로 만들기 위해 33년부터 시행한 방위 훈련의 성과였다.

일제히 켜진 수백 개의 탐조등이 밤하늘을 누비고 도시 곳곳의 고사포가 불을 뿜었다. 성대한 환영을 받으며 입성한 RAF 편대도 곧 폭탄을 투하하기 시작했다. 일순, 작렬하는 백색 섬광에 폭음이 묻혔다. 많은 수의 폭탄은 아닌 경미한 수준이었으나 공포를 불러일으키기엔 족하였다. 뒤늦은 사람들이 몸을 날려 대피소로 굴러들어가, 이미 닫힌 문을 주먹으로 두드렸다. 현영은 그 와중에도 허리를 반으로 접다시피 하며 여전히 토하고 있었다. 대공포화와 폭격의 소음이 너무 커 아무 것도 들리지 않고 귀만 먹먹하였다. 경미한 지진 같은 진동이 온몸으로 느껴졌다. 외부의 진동이 겹쳐지자, 되려 구토의 반동이 멎었다. 그는 벽에 손을 짚고 고개 숙여 제가 토한 누르께한 오물을 바라보았다. 이상한 신음을 내뱉더니 뒤로 쓰러졌다. 목을 젖히고 길 위를 나뒹구는 그 얼굴이 웃는 듯도 하였다. 헝클어진 머리로 막 달려오던 여자가 그에게 걸려 넘어질 뻔 하다가 간신히 타넘었다. 마지막 한 발이 그를 밟았지만, 그대로 달려 나갔다. 대피소 입구에

서 여자가 휙 돌아보았더니, 그 남자는 대자로 누운 채 하늘을 바라보고
있었다. 밤하늘의 치명적인 '악마의 불꽃놀이'를.

　현영은 그렇게 첫 공습을 겪었다. 간헐적으로 밤에만 행해지던 초기 공
습 시기였다. 민간인들은 별다른 피해를 입지 않았고, 그들의 생명도 아직
은 안전한 편이었다. 그러나 점차 조금씩, 공습의 주기가 짧아지기 시작했
다. 42년 3월에는 234대의 폭격기들이 북부 독일의 뤼벡에 300톤의 폭탄
을 쏟아 부었다. 중세에 건설된 목조 건축의 뤼벡 시는 하룻밤 새 사라졌
고, 그 석 달 후에는 쾰른이 불타올랐다. 천년 제국에 천대의 폭격기가 2천
톤을 투하한 것이다. 괴링은 그 숫자를 믿을 수 없는 것으로 취급하여 부
정했으나 사람들은 즉각 그들의 현실을 인식했다. 처칠이 공언한 '시작도
아니며 끝도 아닌, 다만 시작의 끝' 인, 언제 죽을지 모르는 운명을.

11

…그러나 정치가 민족의 드라마를 쓰고, 세계가 붕괴되고, 낡은 가치들이 무너지고 다른 가치들이 생겨나는 순간에 예술가가, 그것은 나하고 아무 상관없어 하고 말할 수는 없다…

– 요제프 괴벨스. 1933.

난 끝없는 공간에서 한 줄기 이파리였고, 그댄 내게 고향이자 나무였습니다.

– 제국 청소년 지도자이자 오스트리아 총독, 발두르 폰 쉬라흐
히틀러에 바친 서정시집에서

독일 시 I의 강의 시간이었다. 현영은 초췌한 모습이었으나 평상시처럼 수업에 열중하고 있었다. 그에게 문학은 어느 때에나 구원이었다.

"총통의 '나의 투쟁'과 함께 국문의 양대 산맥을 이루는 괴테의 '시와 진실'을 오늘 부로 끝낸다. 다음 파트에 들어가기에 앞서, 각자 애송시라도 읊어보는 시간을 갖는 게 어떤가."

인할트 교수의 제안은 장르를 막론하고 괴테에게서 빠져나가지 못하는,

이제 막 입문한 독문학도들에게 기분전환 여흥으로 환영받았다. 낭송희망자가 줄이었으나, 인할트 교수는 항상 놀라운 집중력을 발휘하는 현영에게 호의를 보였다.

"특히 우리의 동맹국인인 리의 취향이 궁금하군. 어떤가, 한 번 읊어보게나."

현영은 약간 어색한 표정이었으나 곧 일어섰다. 그의 의사와 상관없이 그는 관심의 대상이었다. 일제히 그를 쳐다보는 학생들의 시선엔 호기심이 서려 있었다. 그는 알아차리지 못한 채, 다소 방심한 듯한 눈길로 천천히 입을 열었다.

> 슬픈 듯 너는 얼굴을 잎새에 묻는다
> 때로는 죽음에 몸을 맡기고
> 유령과 같은 빛을 숨쉬며
> 창백한 꿈을 꽃피운다

나쓰에를 처음 만난, 그 여름날의 초저녁 정원에는 백장미가 피어있었다. 그 청초한 꽃에 그녀가 작은 얼굴을 갖다대고 향기를 맡았다. 그 까만 눈이 살짝 내리 감기는가 싶더니 분홍색 입술이 동그랗게 벌려지며 숨결을 토했다. 현영은 그녀를 부르려 했지만 소리가 되어 나오지 않았다. 그 순간에, 그녀가 돌아보며, 아주 작게 웃었다…….

> 그러나 너의 맑은 향기는
> 아직도 밤이 지나도록 방에서
> 최후의 희미한 불빛 속에서
> 한 가닥 은은한 선율처럼 마음을 적신다

서서히 여명이 밝아오고 있었다. 현영은 홀로 숲길을 걷고 있었으나 외

롭지도 쓸쓸하지도 않았다. 얼굴을 스쳐가는 바람에 천천히 눈을 감았다
다시 뜨는 눈동자가 고즈넉한 풍경을 맑게 비추었다……. 덕한의 얼굴이
잠시 떠올랐다 사라졌다.

　　너의 어린 영혼은
　　불안하게 이름 없는 것에 손을 뻗는다
　　내 누이인 장미여, 너의 영혼은 미소를 머금고
　　내 가슴에 안겨 임종의 숨을 거둔다

　시를 다 읊고 난 현영의 입술이 다물어졌다. 몰입한 끝에 깨어나자, 이상
한 침묵이 감돌고 있었다. 아무도 그를 더는 쳐다보지 않았다. 창가에 서
있던 교수가 천천히 고개를 들더니 현영을 빤히 쳐다보았다.
　"잘 들었네, 리."
　그가 조용히 미소 지으며 말했다.
　"자네, 헤세를 좋아하나?"
　현영은 심상치 않은 느낌 속에서도 분명히 대답했다.
　"네, 아주 좋아합니다. 교수님."
　그러자 그가 크게 웃었다.
　"아아, 그렇군, 헤세를 아주 좋아하는군."
　학생들이 일제히 따라 웃었다. 말없이 입 다문 몇몇은 아래로 시선을 떨
구고 있었다.
　"물론, 아주 아름다운 시지."
　그는 오래 웃지 않고, 말을 이었다.
　"'노을의 백장미' 라……. 슬픈 듯 얼굴을 잎새에 묻는 나의 누이여…….
이 얼마나 아름다운가!"
　그가 시구를 음미하며 현영 앞으로 다가 왔다.
　"자네가 이 시에 경도된 것도 이해할 수 있네."

처음 보는 표정이 그의 얼굴에 떠오르기 시작했다. 그러나 그 변모 자체는, 알아볼 수 있는, 그 어떤 익숙한 것이었다…….

"허나, 그 우아한 언어의 광채는 가짜네. 부르주아의 허무와 퇴폐로 가득 찬 일상의 부패가, 밤이 지나도록 방 밖까지, 전 독일로 퍼져가는 거지! 죽음에 몸을 맡기고, 유령과 같은 빛을 숨쉬며 창백한 꿈을 꽃피우고 싶나? 그런 폐쇄적인 공허에 갇혀 스스로 썩어가는 정신적 오물은 총통이 이룩한 성스러운 민족공동체의 암이다! 가치를 낳는 정신적 창조자인 총통의 최대 적!"

수업이 끝나고, 학생들이 뿔뿔이 흩어졌다. 덕한의 주소를 알려주었던 에리크가 현영의 옆을 지나치며 조용히 속삭였다.

"네가 틀린 게 아냐."

돌아본 그의 얼굴은 괴로움에 차 있었다. 그는 현영의 시선을 피해 얼굴을 돌리며 중얼거렸다.

"아름다운 낭송, 잘 들었네."

그는 그대로 멀어져갔다.

가랑비가 내리는 5월의 밤이었다. 정각 10시에 하켄 크로이츠 기를 내건 SA 부대를 선두로, 학생들의 횃불 행진이 시작되었다. 책들을 가득 실은 트럭이 따르는 가운데 행진은 오페라 광장으로 향했다. 그곳에는 열두 개의 거대한 모닥불이 타오르고 있었다. 돌격대와 친위대 악대가 '조국의 현자들'을 연주하는 가운데, 하이네, 마르크스, 프로이트, 토마스 만과 케스트너, 졸라, 헬렌 켈러, 프루스트 등의 책이, 이른바 '도이치 아닌 문서'들이 학생들의 손으로 모닥불에 던져지거나 못 박혔다. 아홉 명의 학생 대표가 스스로 작성한 슬로건을 외쳤고, 괴벨스의 연설이 이어졌으며, 환호와 박수가 울려 퍼졌다. 그 며칠 후 츠바이크는 못 박힌 책을, 토마스 만은 불태워진 책을 우송받았다.

1933년 5월 10일의 '이단자 화형'은 독일학생연맹이 자발적으로 일으키고 지휘했으며 괴벨스와 로젠베르크의 열렬한 지지를 받았다. 나치의 사주에 의한 것이라고는 말할 수 없으니, 군중이 선동자의 기대를 충족시키지 못할 때도 있듯이, 기대 이상으로 앞서나갈 때도 있는 법이다. 프리드리히 빌헬름 대를 시작으로 전 독일의 25개 대학에서 2만여 종의 책들이 불태워졌다. 대학교수들은 공개적인 충성 맹세로 제자들의 뒤를 이었다. 하이데거는 국가사회주의야말로 독일이 자신의 본질을 스스로 찾는 철학적 운동이며 오직 총통만이 현재와 미래에 걸친 독일의 유일한 현실이자 규범이라 공언했고, 노벨상 수상자인 필립 레나르트는 아인슈타인 같은 유태인의 물리학이란 환각이라며 '독일적 물리학'이란 희한한 말을 발명했다.

고트프리트 벤, 게르하르트 하우프트만 같은 작가들도 나치 정권에 지지와 찬성을 표했다. 당시 '시카고 트리뷴'지 베를린 특파원이었던 윌리엄 샤이러는 하우프트만의 희곡 초연 날, 막이 내리자 검은 망토 위에 백발이 물결처럼 나부끼는 고귀한 풍모의 인물이, 괴벨스와 팔을 끼고 극장을 유유히 나가던 모습을 잊을 수 없다고 회고한다.

8월에는 안나 제거스, 아인슈타인, 만 형제의 국적 박탈이 이어졌다. 12월에는 총 1천 종의 책이 금서 목록에 올랐고, 일년 후 4천 종의 출판물이 추가되었다.

칼 야스퍼스는 면직 당했고, 아도르노와 호르크하이머는 미국으로 망명했으며, 유태 철학자를 칭송한 피터 드러커도 독일을 떠났다. 그는 훗날 홀로코스트와 독소 불가침조약을 최초로 예언한다.

헤세의 작품은 39년부터 금서였다. 카프카와 호프만슈탈, 슈니츨러 같은 유태인 작가들의 작품 역시. 토마스 만과 브레히트, 레마르크, 츠바이크는 망명했다. 내가 일어판이나 아버지의 책으로 먼저 보고, 독일에 와 좀더 읽기를 소망했던 그들의 책은, 그들의 나라에서는 구할 수 없었다.

백 년 전, 하이네는 말했다. 책을 태운 곳에서는 사람도 태울 것이다……. 아무도 이해하지 못한, 카산드라의 예언이었다.

그러나 현영은 아직 히틀러를 의심할 줄 몰랐다. 잘못은 그를 둘러싸고 권력을 휘두르는 괴벨스를 비롯한 그의 측근들에게 돌려졌다. 그는 그들에게 분노와 경멸을 퍼부었다. 그들은 총통의 위광에 오점을 드리우는 암적인 존재들이었고, 히틀러는 그들에게 속고 있었다. 물론 현영은 히틀러가, 사람들을 서로 맞부딪쳐 그들 사이에 불꽃이 튀도록 해야 한다며, 부하들을 부싯돌 취급하여 지나친 충성 경쟁을 유발시키고 있음을 몰랐다. 어쨌든 히틀러의 잘못은, 그가 부하들에게 속고 있다는 좀더 작고, 인간적인 약점으로 돌려졌다. 그도 신은 아닌 것이다! …말이 안 될 것이 없었다. 너무나 매끄러워, 기름으로 뒤덮인 수면 같은 이해가 수상쩍긴 했으나, 현영은 그 오류의 유별난 우스꽝스러움을 자신의 몫으로 돌렸다.

그런 갸륵한 마음씨의 현영이, 인식의 진행에 의도적으로 제동을 걸었다고 할 수는 없다. 그는 히틀러를 알아가는 데 있어, 남의 말에 지나치게 의존하지 않으며 자신의 판단을 확고히 해나간다는 규칙을 세우고 있었다. 말이나 사유에 앞서 히틀러를 직접 겪어보고자 하는 마음의 자세에서 비롯된 바였다. 그 주체성은 동시에 편협성도 낳기 마련이라, 그의 히틀러에 대한 이해는 참으로 독창적이고도 미숙했다. 직감적인 통찰이 날카로운 반면, 히틀러를 일상 속에서 겪어보고도, 그 경험을 제대로 인식하지 못하였다. 그의 영웅은 그가 꿈꾼 천상의 세계에 있었고, 지상에서도 태양의 전차를 타고 다녔던 까닭이다. 눈을 태우는 광휘 때문에, 타당한 질문의 칼날을 내밀 수 없었다.

그가 자신 옆에서 살아 숨쉰다고 느끼는 영웅은, 그 사유의 세계에 갇혀, 그가 모셔놓은 차가운 토대 위에서 대리석 조상이 되어가고 있었다……

12

…먼저 소각하기 전에 시체에서 금니와 반지가 탈취되었다. 시체를 소각할 때는, 장작을 시체 사이에 쌓아올리고 약 1백 구 정도를 아궁이 안에 넣은 다음, 파라핀을 적신 누더기로 불을 붙였다. 아궁이 밑바닥에 고인 지방은 모아 두었다가, 비가 내릴 때 불이 꺼지지 않도록 하기 위해서 양동이로 퍼부었다. 같은 상태로 구덩이에 가득 찬 시체를 태우는 데 여섯 시간에서 일곱 시간이 걸렸으며, 그 악취는 바람이 불지 않을 때에도 수용소 안에 가득 찼다.

— 아우슈비츠 수용 소장 루돌프 회스, 1946년 3월의 진술에서.

지붕 위에 한 여자가 있었다. 거기까지 간신히 기어 올라와, 기와에 달라붙다시피 엎드려 잠시 숨을 골랐다. 그 아래 거리에선 게쉬타포의 수색이 한창이었다. 그중 한 무리가 여자가 있는 건물 입구로 속속 뛰어들고 있었다. 기왓장을 움켜쥔 손이 떨렸다. 미친 듯이 흔들리던 시선이, 바로 옆 건물의 창이 열려진 발코니에 닿았다. 지붕 밑 방에 딸린 한 뼘만한 발코니였다. 양쪽 지붕끼리는 상당히 가깝다. 파리한 얼굴에 순간적인 결의가 번득였다. 더 돌아볼 것도 없다, 그녀는 곧장 지붕의 경사면을 기어 내려갔다… 더… 좀더, 가야 한다… 한 손 한 손 내딛으며 무릎으로 기었다. 목표 지점에 눈을 못 박고도, 거리조차 재지 않는다. 이건 도망이다. 어딘가로 갈 수도, 도착할 수도 없다. 도망은 끝이 없다. 앞으로 얼마나 가야 하는지, 지금껏 얼마나 왔는지, 앞도 뒤도 봐서는 안 된다. 발아래 건물 속에서 울리는 소리도 듣지 못한다. 도망자는 아무 것도 모른다. 알게 되면 돌아보고, 돌아보면 알게 된다. 그러면 잡힌다. 한순간이라도 멈추면, 놈들에게 따라잡힌다. 마음의 틈새를 비집고, 놈들이 침입한다. 그러면 놈들에게 몸을 던져버리고 만다. 도망자가, 자신을 해방시키고 만다. 제 손에서 자신을 빼앗아 놈들에게 먹이로 던져준다. 그건 인간이 아니다. 구원도 해방도 없는 곳에, 도망치는 것마저 포기한다면, 더는 인간도 아니다. 산귀신이다.

…너무 느리다… 느리다… 마침내 도달한 곳은, 끝이 아닌 그저 하나의 테두리. 이편에서 저편으로, 이제 건너뛰어야 한다… 마냥 서투르고 위태로운, 그만큼 필사적인 도약이 감행되었다. 그녀의 맨발이 허공을 날았다… 탁, 뼈뿐인 몸뚱이를 자루처럼 집어던지자, 메마른 소리를 내며 내동댕이쳐진다. 불안정하게 내려앉은 몸이 아찔하게 기우뚱거렸다. 두 손이 갈퀴처럼 구부러져 기왓장을 움켜쥐었다. 발치의 기왓장 하나가 벗겨져 스르르 소리 내며 미끄러져갔다. 돌아보는 얼굴이 그저 무표정했다. 미끄러지던 기왓장이 지붕 끄트머리서 가까스로 멈추었다. 그제야 턱이 덜덜 떨린다… 문득 아래로 떨어진 눈길에 검은 제복들이 들어왔다. 검은 무리들로 메워진, 지붕 간 틈새 밑 좁은 거리가 오후의 직사광선에 속속들이 비추어지더니, 까마득히 멀어지다 가까이 튀어오르며, 일순 요동친다… 감았다 다시 뜨는 눈에 핏발이 곤두섰다. 이를 악물고 서서히 기어 내려갔다. 몸을 딱 붙이고 기고 또 기어, 마침내 난간에 닿자, 그 아래 홈통에 매달려 이제껏 짐짝처럼 끌고 온 몸을, 온힘을 다해 아래로 끌어내렸다. 여자의 몸이 그 작은 발코니로 날아들었다. 털썩 하고 소리가 났다.

그리 큰 소리는 아니었다. 그러나 여자와 현영은 소스라쳤다. 돌아본 현영과 눈이 마주친 여자는, 아무 소리 못하고 그저 부들부들 떨었다. 그 자리에 못 박힌 현영의 눈에, 희게 바랜 입술의 소리 없는 움직임이 들어왔다. bitte bitte 제발 제발…….

그들이 쾅쾅 문을 두들겼다. 현영이 빗장을 풀고 문을 열자, 그를 한옆으로 밀치며 게쉬타포들이 뛰어 들어왔다. 곧 수색으로 이어지는 동작들은, 군더더기 없이 깔끔한 나치스식이었다. 총검으로 매트리스를 쿡쿡 찌르고 침대 밑을 들여다보고 옷장과 욕실과 붙박이장을 낱낱이 살폈다. 빠뜨려지는 것 없이, 모든 것이 똑같이 중시되었다. 부하들 뒤로 천천히 들어온 장교는 역시 현영은 거들떠보지도 않고 발코니로 나가 담배를 피웠다. 그의 등 뒤로 부단히 전개되던 수색이 끝나고, 성과 없음이 보고 되자, 그제야 천천히 뒤돌아서서 현영에게 다가왔다.

"이 방에 유태 여자가 뛰어들지 않았나?"

"그런 일 없습니다."

"거짓이라면 각오해라."

그가 차분한 목소리로 위협하였다. 그때 갑자기 거리가 소란스러워졌다. 밑을 내려다본 장교와 다른 두 사람이 곧장 몸을 돌려 뛰쳐나갔다. 계단을 내려가는 군홧발 소리가 요란하였다. 현영은 그대로 서서 기다렸다. 소리가 잦아들자 발코니로 뛰어나가, 그 아래 매달린 여자를 간신히 끌어올렸다. 거의 정신을 잃은 채로 현영에게 안긴 여자가 문득 아래를 내려다보았다. 그녀가 도망쳐 나온 건물 입구에서 한 남자가 끌려나오고 있었다. 그 뒤로 여자 한 명 더. 넋을 잃고 내려다보던 둘은 동시에 시선을 돌렸다. 황급히 안으로 들어가는 둘의 등 뒤로 덧문이 닫혔다.

마룻바닥에 주저앉은 채로 여자는 빵을 입에 처넣었다. 현영이 옆에서 우유를 따라 내밀자 빼앗듯 하여 급히 마시다 입가에 흘렸다. 무심코 손을 뻗은 현영이 잠시 머뭇대다, 살며시 손끝으로 그 입가를 닦아주었다. 그 조심스런 손길이 여자의 마음을 건드렸다. 그녀가 현영을 올려다보았다. 헝클어진 머리칼이 내리덮인 눈가에 눈물이 맺혔다. 빵을 머금어 불룩해진 입가가 일그러지는 것을 현영은 보았다. 그가 먼저 미소 지었다. 여자가, 겨우 따라 미소 지었다. 그때, 악 하고, 외마디 비명이 울려 퍼졌다. 그리고는 잠잠하였다. 핏기가 가신 여자가 손에 들고 있던 컵을 떨어뜨렸다. 둘의 고개가 창가로 돌아갔다. 닫힌 창문 사이로 흘러드는 약한 광선이 그들을 비추었다. 그들의 발밑으로 흰 우유가 서서히 번져가고 있었다.

해가 졌다. 현영의 하숙집 뒷문에 여자가 몸을 숨기고 있었다. 다소 긴 듯한 코트 자락 아래 남자 구두코가 비죽 나온 차림새였다. 게쉬타포가 철수한 지 꽤 되었으나 현영은 일단 거리를 둘러보고 나서야 등 뒤로 슬쩍 신호를 보냈다. 여자의 몸이 천천히 움직여 입구를 벗어났다. 일단 거리로 발을 내딛자, 불안감에 두리번거리지 않으려 애쓰며, 앞서 걸어가는 현영의 뒤를 조심스레 따른다…….

현영과 여자가 거리를 유지하며 골목 어귀에 막 도달했을 때, 저편에서 걸어오던 덕한이 현영을 보았다. 현영도 그를 발견하고 당황해서 그만 멈춰 섰다. 여자도 따라 머뭇거린 순간, 골목 입구에서 장교가 뛰쳐나왔다. 안쪽 건물에 몸을 숨기고 있었던 것이다. 게쉬타포 한 명이 뒤를 따랐다. 장교에게 허리를 잡혀 끌어 안겨진 여자가 비명도 지르지 못하고 숨을 몰아쉬다, 아악, 하고 토해냈다. 몸을 비트는 여자를 장교가 더욱 단단히 끌어안으며 웃었다.

"마지막 생쥐가 있을 줄 알았지!"

머리라도 얻어맞은 듯 몸이 비틀거린 현영이 곧 달려가려 했으나 그보다 빨랐던 덕한이 현영을 끌어안고 저지했다. 장교에게 잡힌 여자가 비명을 지르고 질렀다. 장교가 여자의 얼굴을 주먹으로 쳤다. 눈을 부릅뜬 현영이 용을 썼으나 덕한이 그를 꽉 부여잡고 놓지 않았다.

"이미 늦었다."

그 짤막한 속삭임에 현영은 더욱 몸부림쳤다. 눈앞에서 일어난, 현실의 직격이었다.

여자가 코와 입에서 피 흘리며 주저앉았다. 부하에게 끌고 가라고 턱짓으로 명령한 장교가 제복을 가벼운 손놀림으로 털며 다가왔다. 그의 입가에 미소가 어렸다.

"유태 여자가 취향인가?"

"그럴 리가. 아직 동정인 친구죠."

덕한이 태연한 얼굴로 받아넘겼다.

"그래서 유혹에 넘어갔군."

"멋모르는 어린애란 뜻입니다. 이 일과 아무 상관없는."

장교는 여전히 미소 짓고 있었다.

"날 상대로 농담인가? 인종의 찌꺼기가 찌꺼기를 돕는군."

덕한도 미소 지었다.

"동양인이라고 다 같진 않죠. 이 친군 총통의 동맹국인 일본의 귀족 자제입니다. 남작인 부친은 이하라 일본 대사와도 아주 가까운 사이죠."

장교는 놀라긴 하였으나 곧 태연해졌다.

"오, 일본인인가."

"거리에서 여자가 맞고 있으니 달려가려 했을 뿐이죠. 남작의 철부지 아드님인지라."

자신을 두고 오가는 대화에서 소외된 현영은 굳은 눈동자로 입술을 물어뜯고 있었다. 장교가 그런 현영에게 시선을 돌리며 말했다.

"과연, 아직 총통의 사상을 깨닫지 못한 미숙한 자로군."

"이하라 대사께서 양국간 동맹 의식이 독일 국민의 정수인 게쉬타포에 깊이 뿌리내리고 있음을 아신다면 매우 기뻐하실 겁니다."

덕한이 틈을 주지 않고 못 박자, 장교가 코끝으로 웃었다.

"좋아, 자넨 아주 잘 이해하고 있군."

현영은 여자를 보고 있었다. 장교의 부하에게 부여 잡혀 몸을 반으로 꺾은 채인 여자의 머리칼이 바닥에 늘어뜨려져 있었다. 현영의 빗을 빌려 가지런히 빗었던 머리카락이었다. 시체 같던 여자가 갑자기 몸을 비틀며 부하를 밀치고 달아났다. 장교가 뒤돌아보지도 않고 말했다.

"아주, 맘에 들어."

말을 마치기도 전에 권총을 빼들며 등 돌린 장교가, 그대로 한 팔을 뻗어 여자를 쐈다. 현영의 입에서 고함이 터져 나왔다. 등 한 가운데 명중하여, 여자가 쓰러져 바닥을 굴렀다. 몸이 뒤집히고 젖혀진 얼굴이 하늘을 향했다. 입을 꽉 다문 덕한이 현영을 부여잡았다. 죽여 버리겠어! 현영이 한국말로 외쳤다. 그런 동양 말 따윈 모르겠다는 듯, 두 게쉬타포는 웃으며 사라졌다. 그녀의 얼굴이 그 위를 타넘는 군홧발 너머로 조그맣게, 눈에 들어왔다.

막다른 골목으로, 덕한은 현영을 붙잡아 질질 끌고 갔다. 현영은 이젠 너무 조용하였다. 덕한은 현영을 담벼락에 밀어붙인 뒤, 그 맞은편 벽에 기대어 담배를 꺼내 물었다. 침묵이 밀도를 더해갔다. 갑자기 현영이 불쑥 말했다.

"네가 날 살렸어."

덕한은 무표정하게 연기만 뿜어내었다.

"고맙다. 생명의 은인이군."

덕한은 그 침잠하는 목소리에 담긴 자학을 더 감내할 수 없었다. 그가 현영에게 시선을 돌렸다.

"죽고 싶나?"

"아아…"

현영은 쳐다보지도 않고 아무렇게나 대답했다.

"살아남은 게 부끄러워?"

그 말에 부들부들 떠는 게 보였다.

"거짓말 마라. 죽고 싶지 않았잖아. 살고 싶었지."

현영의 시선이 덕한에게 꽂혔다. 그 눈동자가 크게 흔들렸다. 그가 비명처럼 소리쳤다.

“그래, 죽고 싶지 않았어! 살고 싶었어!”

덕한의 낮은 목소리가 비좁은 골목에 조용히 울렸다.

“그럼 사는 거다. 그건 죄가 아니야.”

현영이 바닥으로 무너져 내렸다.

“사는 거다. 죄책감을 견뎌내며 말이지.”

바닥에 주저앉은 현영이 오열했다. 어깨가 들썩이고 있었다. 덕한은 담벼락에 기대 선 채 머리 위의 하늘을 올려다보았다. 둘이 서 있는 골목만큼 좁고 어두운.

시간이 묵묵히 흘렀다. 발소리가 들렸지만 둘은 미동도 않았다.

“여기 있었군!”

악셀이었다.

“그 애는?”

덕한이 물었다. 악셀이 웃으며 그의 뒤에 숨다시피 달라붙어있던 소년을 앞으로 이끌어냈다.

“안드레스와 미하엘은 망보고 있어.”

현영이 바닥에서 고개를 들었다. 그와 소년의 눈이 마주쳤다. 잡아먹을 듯 부릅떠진 눈에 겁먹은 소년이 악셀에게 달라붙었다. 그제야 현영을 발견한 악셀이 의아한 듯 바라보았다. 덕한은 개의치 않고 담배를 비벼 끈 후 소년에게 다가갔다.

“이름은?”

소년은 그를 알고 있었다. 맨 처음 자신을 데려나온 사람이었다. 소년이 망설임 없이 대답했다.

“막스. 막스 벨트너.”

새벽녘 하늘이 파리했다. 베를린 시가지를 구불구불 관통하는 슈프레 강의 운하를 따라 온 그들은 하펠 강과의 합류 지점에 도달해 있었다. 간단한 요기를 겸한 짤막한 휴식이 끝난 후, 미하엘이 소년을 자전거에 태웠다.

소년은 미하엘의 허리에 팔을 둘러 감고 앉아, 남은 네 사람을 쳐다보았다. 옅은 푸른 기가 도는 말간 눈이 그들 한 사람 한 사람의 얼굴을 스쳤다. 그들은 손을 들어 소년을 전송했다.

11세의 막스 벨트너는 미하엘의 주선으로 교외의 은신처로 떠났다. 그러나 그가 도착할 수 있는 곳은 어디에도 없었다. 그는 그 후로도 많은 길을 가야했다. 그의 삶도 죽음도, 이미 결정되어 있었다. 그 어린 타인의 운명을 모를래야 모를 수가 없었으나, 오로지 그들만을 바라보며 점점 멀어져가는 파리한 얼굴에 드리워진 담담함을 알아볼 수는 없었다.

"저 아이가 바로 히틀러의 사람이다. 없애버릴 유태인의, 도망치고 도망쳐야하는 저 뒷모습이야말로 히틀러의 정체다. 우물 안의 한국인이 숭배하던. 그에겐 우리 같은 아시아 소수민족도, 저 아이와 똑같지… 독일의 국민적 단결은 그의 범죄를 더욱 완전하게 할 뿐이다……."

덕한은, 그때 그렇게 말하였다.

현영은 난로에 불을 지폈다. 기념으로 독일까지 가져온, 처음으로 읽은 '나의 투쟁' 한국어판과 이곳에서 구입한 독어판의 두 권이 갈가리 찢겨져 불 속으로 들어갔다. 한 페이지 한 페이지가 화염에 휩싸였다. 그 불길을 내려다보는 현영의 얼굴은 검은 윤곽만 뚜렷하였다.

끌어내려져 불태워진 것은, 그가 아니라 그를 영웅으로 받들던 나였다… 상실이 곧 죽음이기를… 그의 죽음을, 나의 죽음을, 애도할 수 있기를… 그러나 나는 살아있었다… 끝없이 그를 떠올리고 떠올리면서. 우수에 찬 얼굴로 말없이 고난을 견디며 전진하여, 마침내 분연히 일어나, 전세계를 향해 뼈를 깎는 분쇄의 고통 없이는 거듭나는 신생도 없을 것이라 노호한 그를. 혁명의 도래를 선고하는 그의 시선이 얼마나 준엄했으며, 뒤돌아선 그 모습이 얼마나 고독했는가… 내가, 그를 얼마나 사랑했는가! 그를 사랑하는 나를 얼마나 사랑했는가!

그는 나를 냉혹하게 배신하였다. 그는 나를 속였다. 내 믿음을 거부했다. 뼈저린 각성 또한 그로 가득 찬다. 나는 그의 진짜 얼굴을 보았으나, 그것은 또한 거짓에 취하고 눈먼, 자성을 모르는 도취로 넋을 잃은 나의 얼굴이었다… 결별의 순간에야 이루어진, 내가 그토록 갈구했던 꿈. 그와의 합일.

끌어내려져 불태워진 것은, 그가 아니라 그를 영웅으로 받들던 나였다. 상실이 곧 죽음이기를… 그의 죽음을, 나의 죽음을, 애도할 수 있기를… 그러나 그도 나도, 죽지 않았다. 죽은 것은, 그와 나 사이에 가로누운 무수한 사람들이었다. 내 영웅의 말발굽 아래, 역사의 필연적 희생물로 갖다 바치며 그들의 죽음을 인정했던… 그들을 바라보던 나의 내리깐 시선이, 얼음처럼 냉혹한 시선이, 망령처럼 내 안에 되살아났다……

히틀러 이전, 마르틴 루터는 유태인을 페스트라 불렀다. 그 이전에도 이후로도 동일하게 쓰여 온 그 말에 더하여, 히틀러는 유태인은 민족의 흡혈귀이고, 신과 똑같은 형상이라는 의미에서의 인간이랄 수 없는, 바로 악마의 형상이라 하였다. 이 과도하게 선정적인 비난에서는 인간 이하의 존재라는 멸시보다 '민족의 생존을 위협하는 존재' 에 대한 공포가 더 짙게 배어나온다. 유태인은 그에게 집시를 비롯한 유색 인종 같은 쓰레기가 아니었다. 박해 속에서도 놀라운 생존력을 발휘하며 유럽의 지도적 위치를 점유한 그들의 능력을 그는 높이 평가하고 두려워했다. 그들의 순수 혈통 중시와 선민의식, 배타적 성향, 전통 보존의 의지, 냉철한 실리주의 사고는, 바로 그가, 그의 순수 게르만 종족에게 갖추게 하고 싶었던 미덕이었다. 그가 새로운 인간 창조를 위한 의지라 규정한 나치즘의 순수 아리안 부활 구상에 있어, 많은 영감을 유태의 특성에서 취했다고도 볼 수 있는 대목이다. 또한 유태인은, 세계 지도자의 자리를 두고 그가 인정한 게르만의 라이벌이었다.

그는 유태인의 세계 전복 음모라는 망상 속에서 1차 대전의 패배가 그들의 배신 때문이라 주장하는 한편, 게르만이 유태에 패할지 모른다는 두려움에 사로잡혔다. 유태인들의 동화현상으로 정통파 유태인은 소수에 불과하고, 사회 지도층의 비중도 많이 부풀려져 있다는 실상은, 카프탄 자락을 늘어뜨린 음험한 유태인이라는 망상의 이미지에 적합지 않아 외면당했다. (그의 형안은 시대를 꿰뚫는가 하면, 편견어린 환상에 의해 굴절된 현실의 상을 비추기도 했는데, 그 부조화에도 불구하고 성공한 이유는, 그가 이 '지도자의 비전', 곧 '역사적 사명 의식'을 확고히 구축하여 밀어붙였고, 수단을 가리지 않는 실현의 의지가, 힌덴부르크나 체임벌린보다 압도적으로 강했기 때문이었다. 그리하여 그가 초지일관 고수하게 된 성공의 원인은, 그 메피스토펠레스적 특성상 훗날의 몰락을 가져온다)

그러나 그 재앙 같은 망상은 그 개인의 산물만은 아니다. 로트쉴트 가의 부나 아르투르 드 고비노 백작[8]의 아리아 인종론, 반유태주의 도색잡지 '오스타라'[9], 흉흉한 음모론인 '시온의정서'[10] 등등, 사회에서 가벼운 농담거리나 흥미위주 가십, 혹은 수상쩍은 괴소문으로 표출된 뿌리 깊은 질시와 백안시, 편견 등의, 사회 내 팽배한 그 모든 반유태 정서를, 그가 하나하나 끌어모으고 진심으로 믿으며 그 자체 내에서 심화하고 발전시킨 끝에, 사회가 상상도 못한 크기와 깊이로 돌려준 것이다. 그들에게 패하기 전에, 죽여라.

1933년 2월 28일, 히틀러는 긴급 명령 '방어적 구금'을 내린다. 새 체제에 반대 활동을 할지도 모른다고 의심받은 자들이 '미리' 체포되어 강제 수용소로 보내졌다. 채 6개월도 되기 전에 2만 명을 넘어섰고 수용소와 거리에서 약 500명이 살해당했다. 게쉬타포에게 당과 국가의 적을 모조리 제거하라는 지령이 내려졌고, 대전 발발 이전에 이미 독일 내에 6개의 수용소가 있었다. 아우슈비츠는 40년 6월 14일, '노동은 자유로의 길'이란 명문을 내걸고 그 문을 열었다. 이 '방어적 구금'은 훗날 서유럽 피점령국에서 '밤의 안개'[11]로 새롭게 태어난다.

41년 5월 프레치, 친위대 보안부장 라인하르트 하이드리히는 특수부대 지휘자들에게 모든 유태인, 모든 아시아 소수민족, 모든 공산당 간부, 모든 집시들을 죽이라고 명령한다. 유태족 대학살이 국가 정책화된 것은 그해 여름이나, 그 전에 이미 수천의 유태인이 살해당했다. 7월, 괴링은 총통의 지시대로 하이드리히에게 유태인 문제의 '전면적이며 최종적 해결' 계획의 입안을 명한다.

42년 1월 20일 정오, 베를린 근교의 그로쉔 반제, 호숫가의 아름다운 빌라에서 하이드리히의 주도하에 회의가 열렸다. 친위대 보안 경찰(RSHA)이 마련한 계획은 어마어마한 규모였다. RSHA 보고서에 따르면, 그 동안의 지속적인 이민과 추방, 수용소 감금과 살해에도 불구하고, 아직 18만의 유태인이 제국 내에 존재했고, 소련에는 5백만이, 프랑스에는 86만 5천, 네덜란드에 16만, 이탈리아에 5만 8천의 유태인이 있었다. 벨기에, 노르웨이, 덴마크에는 비교적 소수이나, 발칸 반도는 백만을 넘어섰고 헝가리의 유태인은 74만 2천여 명, 체코는 35만, 폴란드에는 350만이나 되었다. 또한 훗날에는 영국의 33만 명과 아일랜드의 4천 명, 스페인의 6천 명을 처리해야 했다. 합계 총 일천 일백만에 달했다. 합리적이고 효율적이며, 세부까지 치밀한 계획이 필요했다. 쉬지 않고 대량을 처리하는, 바로 기계처럼 가동돼야 할 열차와 가스실. 고효율 생산성의 죽음. 몇천의 근면한 관리들이 수개월간 투입되어 밤낮으로 절멸계획표를 작성했다.

이들 유태인은 서부에서 동부로, 폴란드 미개 지대의 '멸종수용소' 들로 이송된 후, 처리될 예정이었다. 폴란드의 부총독은 수송이 용이한 그의 영역부터 개시할 것을 주장했고, 친위대의 인종 국장은 유태인과 혈통이 섞이거나 혼인으로 인한 복잡한 문제의 해결을 위해 단종(斷種)안의 채택을 주장했다. 회의는 1시간 남짓 걸렸고, 그 후 오찬의 칵테일을 들며, 15인의 대표들은 대량 살육에 있어 총포와 일산화탄소의 효과를 비교하는 논쟁을 벌였다. 이것이 악명 높은 반제 회의의 전모이다.

그 후 보헤미아-모라비아의 총독이 되었던 하이드리히는 프라하의 도살자로서 군림하다, 5월 27일 체코 첩보부원인 가브첵과 쿠비스에게 암살당했다. 그 한 명의 목숨 값으로 히틀러는 1만 명을 요구했고, 한 마을이 사라졌다. 괴물을 퇴치하기 위해서는 괴물이 되지 않으면 안 된다고 말했던, 암호명 유인원의 가브첵과 쿠비스는 포위되어 자살했다. 그들과 런던의 체코 망명 정부가 미리 예견하고 각오한 희생의 이름은 리디체였다. 그의 복수는 리디체의 불탄 땅을 갈아엎는 로마식으로 행해졌고, 그의 유지는 고스란히 계승되어 완벽히 실행에 옮겨졌다.

결국 그중 절반이 넘는 6백만이 죽었다. 많은 이들이 그 숫자가 과장되었다고 주장한다. 충분히 가능한 일이다. 사실이라면, 그 얼마나 다행인가! 유태인과 독일인, 그리고 인류 전체에게.

좀더 적은 숫자를 원하는 이유는 그들이 조금이라도 덜 죽었기를 원하기 때문임에 틀림없다. 그 숫자가 절반이나 혹은 십분지 일로 준다 해서 학살이 학살이 아니게 될 수는 없으니, 설사 60명이 죽었더라도 한 명인들 살려낼 수 있는가.

누구나 좀더 적은 죽음을 원한다. 그러나 그보다는, 덜 죽은 한국인이 유태인들처럼 보상이나 사죄받기는커녕, 세계로부터 잊혀지는 현상에 얼마나 무수한 사람들이 참여하고 있는가를 생각하면, 히틀러나 히로히토의 개인은 그나마 이해 가능한 현상인 것이다.

13

"어머나, 예뻐라, 양귀비군요?"

"마음에 드나요?"

"네, 정말 고마와요. 그런데 이걸 어디서 구했죠? 구하기 힘들지 않나요?"

"아뇨, 프랑스 대성당 뒤에 흐드러지게 피어있는걸요."

"그래요? 나도 종종 꺾으러 가야겠네요. 꽃꽂이에 써보고 싶었는데 잘됐군요."

"당신은 안돼요. 군용 모르핀 재료로 재배 중인 국가재산이거든요."

안드레스는 여전한 미소로 태연히 말했다.

"…아, 그래요?"

"네."

"…그럼…"

"훔쳐왔죠."

"…날 위해서요?"

"네. 당신에게 주고 싶어서."

안드레스의 서슴없는 대답에 나쓰에는 그만 짧게 웃음을 터뜨렸다.

"엉뚱한 얘기군요. 엉뚱한 사람이고."

"그런가요?"

안드레스가 조용히 말했다. 그 눈길이 부드러웠다.

"하지만, 난 좋아요."

그녀는 그만 붉어진 뺨을 양귀비 속에 파묻었다. 검은 꽃술이 강렬한 주홍빛 꽃.

"날 그리고 싶다구요?"

린첸 호수의 거울처럼 맑은 수면에 햇살이 넘쳐흘렀다. 양귀비 꽃다발을 끌어안고 호숫가를 걷던 나쓰에가 안드레스를 돌아보며 물었다. 천진한 눈동자가 어린애처럼 동그랗다. 안드레스는 그만 눈이 부셨다.

"네, 당신을. 나쓰에."

호수와 숲이 많은 베를린 특유의 높고 상쾌한 공기가 감도는 오후였다. 안드레스가 나쓰에에게 고개 기울여 뭔가 속삭이자, 곧 그녀의 웃음소리가 산새처럼 날아오른다. 안드레스는 눈을 반쯤 감으며 귀를 기울였다.

겨우 웃음을 그친 그녀가 말했다.

"좋아요. 나, 너무 기쁜데요."

어린 아이 같은 말투였으나, 그 입가에 감도는 미소는 성숙한 처녀의 그것이었다. 안드레스는 그런 그녀에게서 눈을 뗄 수 없었다.

소박한 흰 원피스의 가슴에 초록빛 에나멜 펜던트를 늘어뜨린 나쓰에가 벤치에 앉아 정면을 주시하고 있었다. 태연하려 하나 약간 긴장한 표정이다. 이젤 뒤에서 스케치하던 안드레스는 특별히 지적하지도 않고, 말없이 한참 손만 놀렸다. 나쓰에가 헛기침을 하다, 어색하게 미소를 지어 보였다. 이젤 너머에서 이쪽을 향한 안드레스의 암갈색 눈동자는 다정스레 웃고 있었다. 어느새, 나쓰에의 얼굴에 평온함이 감돌았다.

모델 경험이 없는 나쓰에를 위해 첫날은 일찍 끝내기로 하였다. 둘은 나란히 벤치에 앉았다. 안드레스는 소풍을 위해 양귀비와 화구와 나쓰에의 자리에 깔아준 단벌 손수건을 가져왔다. 제법 큰 바구니를 들고 온 나쓰에는 홍차가 든 보온병과 샌드위치와 초콜릿 케이크를 꺼내더니, 특히 케이크를 자신만만한 얼굴로 안드레스에게 권했다.

"내가 구운 거예요."

그는 경의를 표하며 받아들었다.

"총통이 좋아하는 케이크죠. 아, 독일인인 당신이 더 잘 알겠지만."

그는 말없이 손안의 케이크로 시선을 떨어뜨렸다. 나쓰에가 노래 부르듯 말을 이었다.

"총통은 하느님처럼 고독하다죠. 그의 식탁은 악명 높게 검소하고. 채식주의자에 담배도 술도 안하며, 유일한 기호품은 케이크와 초콜릿. 단 걸 좋아하는 점이 귀엽지 않아요? 아, 불경한 소릴."

나쓰에가 귀엽게도 웃으며 안드레스를 쳐다보았다. 그는 억지로 웃어보였지만 그녀는 자신만의 생각에 빠져있었다.

"그가 좋아하는 케이크라면 뭐든지 구울 수 있어요. 그에게 내가 직접 구운 케이크를 선물하는 게 꿈이죠."

"…예쁜 펜던트군요."

안드레스가 화제를 돌렸다.

"아, 이거요?"

나쓰에는 두 손가락으로 펜던트를 집어 들며 말했다.

"오빠의 선물이에요. 잘 어울리죠?"

"네, 아주. 당신의 검은 눈과 기막히게 어울립니다."

"봐요."

나쓰에는 안드레스의 눈앞으로 내밀며 펜던트를 열어보였다. 총통의 전속 사진사 하인리히 호프만이 찍은 그의 사진이 들어있었다. 안드레스의 표정이 한계점에 도달해 얼어붙었다.

"가장 좋아하는 사진이에요… 이 깊이 있고 우수에 찬 표정을 들여다봐요… 서서히 마음을 끌어당기죠. 심각하고 어딘가 슬퍼 보이지만, 나는 그게 좋아요. 그의 얼굴은, 음… 확실히 잘생기지 않았지만, 눈은 정말 멋있죠. 아, 그의 눈 색깔이 뭔지 알아요? 정확히 아는 사람이 없어요. 저마다 푸르다니 청회색이라니 제각각이죠. 그 아름다운 눈빛은 물처럼 맑게 광선을 내쏘니까요… 하지만 난 똑똑히 봤어요, 가까이에서. 아주 밝은, 보랏빛에 가까운 청색이었어요! 거기다 그 깊이와 반짝임이란, 그를 만나지 못한 사람은 몰라요, 그의 눈길이 얼마나 마력적인지! 그는 사람들에게 최면을 걸어요……."

그렇게, 꿈꾸듯이 말한 나쓰에가 작게 한숨쉬었다.

"…분명 그렇죠."

안드레스는 마지막 말에만 동의를 표했다. 그녀가 그에게 고개 돌리며 말을 이었다.

"알아요? 그가 수상이 되기 전에, 나치스에 적대적이던 경찰 하나가 그를 염탐하러 갔었대요. 히틀러가 방안에 들어와 그 경찰을 바라봤죠. 그 저항할 수 없는 눈빛에 완전히 넘어간 경찰이, 급작스럽게 외쳤죠. 하일 히틀러!"

그녀의 작은 손이 거침없이 수직으로 뻗었다. 그녀가 웃었다. 안드레스는 잠시 멍했다. 그러다가 어느 순간, 그는 폭소를 터뜨렸다. 웃음이 끊이지 않아 둘은 한참을 웃었다. 겨우 먼저 그친 나쓰에가 배고픈 듯 케이크로 손을 가져갔다.

"아, 맛있어. 과연 내 솜씨에요."

한 입 먹고 난 그녀가 자찬하며 안드레스를 돌아보았다.

"안 먹어요?"

"아뇨, 그럴 리가."

안드레스는 태연히 미소 지으며 케이크를 큼직이 베물었다.

"과연, 당신이 만든 건 맛있군요."

곧 무너질 듯한 건물의 높고 가파른 계단을 유유히 뛰어올라간 악셀은 노크도 없이 문을 열고 들어갔다. 초라하나 제법 널찍한 다락방이 안드레스의 집이자 아틀리에였다. 마침 그림을 그리고 있던 안드레스는 돌아보지도 않았다. 악셀이 아니었다면 그대로 내쫓겼을 것이다. 그의 습관을 익히 아는 악셀은 구태여 부르지도 않고 천천히 다가가 캔버스를 들여다보았다.

"이하라 나쓰에? 미쳤군."

기가 막힌 악셀의 표정이 볼만했지만 눈길 한 번 안 주는 안드레스였다.

"그래, 그녀에게 미쳤어."

악셀이 반쯤 망가진 폐품 안락의자에 앉으며 고갤 끄덕였다.

"그래, 일본 대사의 딸인 거야 그녀의 죄는 아니지. 너도 대사 부임 축하연 때의 그녀를 봤어야 했는데."

검은 눈의 미청년은 제법 흉내를 잘 내었다. 사실 별다른 악의 없이, 그러나 예리하게 나쓰에의 표정과 어조의 특징을 짚어내고 있었다.

"총통께서 말하셨다죠. 나는 정말 고독합니다. 그러나 아이들과 음악이 나를 위로해주죠, 라고."

마침내 안드레스가 뒤돌아보았다. 악셀이 심술궂은 미소를 띠었다.

"그런 그녀를 그리지 그래? 너도 상상이 갈 텐데. 표제는 총통을 위로하는 동양의 에바 브라운, 어때? 아, 그리고 물론 총통의 기호대로 나체여야지."

악셀이 저 혼자 웃음을 터뜨렸다. 그러더니 진지하게 덧붙였다.

"그녀의 가슴을 키워주게나. 그녀를 사랑한다면."

말없이 붓을 움직이던 안드레스가 입을 열었다.

"그녀가 구워준 총통의 케이크를 먹어봤나?"

악셀은 다시, 처음보다 더 기가 찼다.

"아주 맛있더군."

고개 돌린 안드레스가 악셀을 똑바로 쳐다보았다. 악셀이 뭔가 말하려 했으나 안드레스가 더 빨랐다.

"히틀러에게 먹이고 싶다는 걸 내가 대신 먹었지."

악셀은 입을 다물었다.

"그 누구도 히틀러로부터 자유롭지 않아."

그의 팔이 강인하게 움직이며 과감한 선을 그었다.

"숭배하라, 아니면 저주하라. 그리스도 이후로, 그보다 더 강렬하게! … 그는 우리 생을 단순하게 만들었지… 이것 아니면 저것으로."

그의 팔이 멎더니 아래로 떨어졌다. 자신이 그린 미완의 나쓰에를 쳐다보는 안드레스의 옆얼굴에, 그 위 천정에서 불안하게 흔들리는 전등 빛이 떨어졌다.

"그녀를 이해하고, 그녀를 사랑해. 그녀를 용납지 않고, 그녀를 원하지 않아. 단순하지 않은가? 내 사랑도 내 삶도."

안드레스가 천천히 고개를 돌려 악셀과 마주했다. 악셀은 말없이 그 눈길을 받아들였다.

더는, 아버지를 존경할 수도, 그의 진리를 받아들일 수도 없게 되었을 때, 나는 아버지를 저버렸다는 죄책감을 떨쳐내지 못하면서도, 도리어 내 쪽에서 버림받은 아이의 슬픔에 잠겼다. 변한 것은 그가 아니었는데도. 도저히 몰라볼 수 없게, 그토록 강하게 치미는 느낌을 이해할 수 없어, 슬픔 속에서도 당혹했던 기억이 생생하다. 나는 그때, 이제부터는 그 어떤 것도 믿지 않으리라, 불신 외엔 아무 것도 믿지 않겠다고 생각했다. 그것은 분노에서 나온 맹세라기보다 내 안의 좌절과 공허를 바라보는 눈길이었다.

그러나, 나는 새로운 영웅을, 다른 진리를 추구하였고, 그 또한 좌절과 공허 때문이었다. 히틀러에게도, 역시 버림받은 느낌이 나를 억누른다. 그러나 그 부조리함을 이제는 모르지 않는다. 내가 그 뼈아픈 잘못을 두 번이나 저질렀다는 더 큰 부조리가 낳은 보다 작은 부조리에 불과하기 때문이다.

인간은, 같은 잘못을 몇 번이고 되풀이한다. 예전에 그토록 괴로워하고도, 다시 찾아온 자신의 어리석음을, 후회막심 할 틀린 판단을 알아보지 못한다. 자신의 어리석음을 아는 것만으로는 중과부적이니, 세상의 것보다도 나의 부조리가 내게는 더 치명적이기 때문이다.

나는 다시 그 순간을 맞이할 것을 알면서도, 변화를 꿈꾸며 또 다른 믿음을, 새로운 진리를 찾아 헤맬지도 모른다. 죽지 않은 이상… 물론 언젠가는 올바르고 진정한 것을 발견할 수도 있다. 그 가능성은 허상이 아니나, 그것에 의지하는 것은 분명한 오류로, 실패가 예정된 시작인 것이다.

나는 이 모든 것을 쓰라린 체험으로 겪었지만, 그것은 또 얼마나 틀려 있을 것인가… 모든 것이 다만 고독할 따름이다… 내가 진정으로 아는 것은 그뿐이다.

14

"2천 5백년 역사의 유럽 문명은 모든 시대의 가장 잔혹한 야만적인 힘
에 의해 해체당할 것입니다"

- 히틀러, 1936. 공산주의에 대하여

"동부에서는 미래를 위한 가혹함이야말로 온화함이다. 지도자들은 망
설임을 극복하는 희생을 자신에게 요구해야 한다."

- 히틀러, 1941. 3. 30.

"마치, 어둡고, 한 번도 본 적이 없는 방으로 통하는 문 앞에서 그 뒤에
무엇이 있는지도 모르고 서 있는 것 같다"

- 히틀러, 1941. 6. 21.

이른 아침, 베를린의 거리마다 호외를 가득 안은 신문팔이 소
년들이 날렵한 종아리로 곳곳을 뛰어다니고 있었다. 손을 쳐들어 호외를
깃발처럼 흔들며, 흥분한 어린 목소리들이 되풀이해 외쳤다.
"소련 공격! 소련 공격!"
시민들은 제 귀를 의심했다. 그 말은 마치 동맹국 소련이 공격해왔다는

듯이 들리기도 하였고 양치기 소년들의 거짓말 같기도 하였다. 그러나 그들의 총통은 '우리는 언제나 먼저 공격한다' 고 공언하였고, 그것을 자신의 의무로 하여 청년들을 전장으로 보낼 권리를 스스로 획득한 남자였다. 경악 속에 얼어붙었던 시민들이 곧 사방에서 몰려들어 소년들에게서 뺏다시피 호외를 가져갔다. 호외가 부족해, 호외 하나마다 원이 형성되었다. 창 밖으로 고개를 내밀었던 여자들은 곧 '괴벨스의 입' (라디오의 별명)을 켰다.

1941년 6월 22일의 일이었다.

손에서 손으로 나돌던 호외가 거리 곳곳에 나뒹굴었다. 등교하던 어린 학생들이 주워 이마를 맞대고 들여다보았다. 당 기관지 '폴키셰르 베오바흐테르' (민족 관찰자)의 1면으로 된 호외에 작전명 '바르바로사' 의 커다란 활자가 선명하였다. '전선을 노르웨이 북단에서 흑해로, 모스크바 배신자와 최후 담판 — 크렘린의 두 얼굴을 가진 볼셰비키 지도자가 영국을 도와 전쟁을 연장시키다 —' 물론 상황은 그 반대였다. 소련의 트럭과 배들이 원자재를 비롯한 물자를 지원해주기 때문에 독일은 수많은 식민지를 거느린 영국의 해상 봉쇄를 견딜 수 있었던 것이다. 그날 아침에도 선전포고 없이 새벽 세 시에 동쪽으로 진격해 들어간 153개 사단과 엇갈려 소련의 트럭들이 물자를 수송해오고 있었다. 히틀러는 전혀 개의치 않고, "이것은 성전(聖戰)이다. 전염병 같은 볼셰비즘의 오염으로부터 유럽 문명을 수호하고, 우리 게르만 민족의 생존권을 확보하기 위한 성스러운 전쟁인 것이다." 라고 주장하였다. 최초의 경악이 가시자 — 어차피 한두 번 겪어본 게 아니었으므로 — 시민들은 고개를 끄덕였다. 공산주의를 비난하던 총통이 소련과 동맹을 맺었을 때 어안이 벙벙했던 것이 이제야 해소되었다. 이때까지의 어떤 싸움보다도 이해가능하며 동의할 만하였다. 분위기는 텅 빈 시가지를 앞에 둔 히틀러가 불쾌한 표정으로, 국민들 뒤를 따라 닫힌 문 안쪽으로 들어가 버렸던 39년 9월 1일보다도 고무적이었다. 그들은 "이제야 적다운 적과 싸우고 있다"고 하였다. 총통의 전쟁을 이제는 이해할 수 있다는 듯이.

그러나 진정한 목표는 공산주의 타파가 아닌, 게르만 민족의 생존 공간 확보였다. 광대한 러시아 영토는 비워져야 했고 슬라브 민족은 섬멸되어야 했다. 승리나 정복은 목적이 아니라 수단에 불과했다. 다른 인종을 제거해서라도 보전해야 할 우월한 인종, 그 가장 순수한 혈통인 우리 민족이 살아갈, 크면 클수록 좋은 공간, 노인과 정신 병자 같은, 처리되어야 할 미래 세대의 짐. 나치는 한 민족이나 한 나라가 빠져들기 쉬운 가장 위험한 욕망을, 유례없는 독창성과 엄청난 추진력으로 끝까지 밀고 나갔다. 그것이야말로 그들의 정체다. 그러느라 연합국의 꿈이기도 했던 독소 전쟁을 실현시켜 주는가 하면, 패색이 짙어가는 와중에도 전선에서 트럭과 연료를 빼돌려 유태인 말살에 투입했다. 미친 짓으로밖에 보이지 않지만, 전쟁과 인종 청소를, 그것도 동시에 실행에 옮긴 그들은 진지했다. 그들에게는 국운을 건 과업이었던 것이다.

그가 실현시키려 그토록 노력한 결과의 참상에서 그 욕망 자체의 위험성은 증명되고도 남으나, 여전히 같은 종류의 참상들이 생겨난다. 인류의 그토록 큰 희생이 허무할 지경으로, 아무 것도 깨닫지 못하고, 그는 실패했지만 나라면 할 수 있다는 치명적인 망상에 빠지는 자들이 있다. 그들은 그의 패배가 몇몇 결정적 오류와 잘못에서 기인한다고 여긴다. 학살만 안 했어도, 독소전쟁만 벌이지 않았어도, 몇몇 전략적 실패만 아니었어도, 히틀러는 역사적 위인으로서 길이 남았을 것이라 아쉬워한다. 그런 주장을 얼마나 많은 이들이 믿든 간에, 히틀러 본인만은 동의하지 않을 것이다. 학살과 전쟁은 오류가 아니라, 그의 주장의 논리적 결론이므로, 반드시 행해져야 하는 것이기 때문이다. 그의 추종자들 중에 그를 이해한 자가 드물다 하여, 그가 그리스도처럼 슬퍼하진 않을 것이다. 그 역시 그를 따르는 무리처럼, 필연적으로 실패를 내포한 목적을, 자신이 그토록 갈구한 것의 정체를 모르기 때문이다. 그리하여 죽음에 이르기까지 꿈을 간직한 것이

다. 거대한 무덤을 쌓아올리기까지, 꿈꾼 자조차 죽기까지 놓아주지 않는,
죽음의 꿈을.

히틀러의 이야기는, 끝에 다다를수록 그 기괴함이 더욱 빛을 발한다. 소
련의 붉은 군대가 국경을 넘는 와중에 '민족적 투쟁의 기념비적 영화 <콜
베르크>'를 찍기 위해 20만 육군이 투입되는가 하면, 스탈린그라드에 포
위된 제6사단에게 요구한 '최후의 피 한 방울'이 포위된 베를린의 소년들
에게까지 이어졌다. 적들이 흘릴 피를 꿈꾸느라, 그러기 위해 독일이 흘러
야 할 피는 생각지 못했다. 전 독일의 시설을 파괴하고 백기를 내건 자들
을 살해하라 명령한 자는 점령군이 아니라 총통이었다. 독일의 초토화와
민족의 절멸을 말하며, 패전 후의 독일을, 그 삶과 미래를 부정하고, 패전
국도 패전국민도 없는, 아무 것도 남기지 않는 최후를 원하였다. 이미 이
룩한 유례없는 규모의 폐허로도 성이 안 찬 듯.

그렇듯 그는, 종말의 꿈을 꾸고 그것을 실현시킨 사람이다. 그가 자신의
꿈을 실현시킬 수 있었던 것은, 기회가 사라져가고 시간이 부족하다는 공
포에 쫓길 정도로, 그 꿈에 사로잡히고 매몰되어, 불굴의 의지로 밀고나갔
기 때문이다. 그와 그의 꿈, 그토록 서로에게 충실했던 양자를 각기 따로
생각할 수는 없으니, 그의 광기는 그것이 만들어진 심연을 들여다보지 않
으면 이해할 수 없기 때문이다.

그러면서도 그는, 자신이 결국은 꿈을 이루어냈음을 자각하지 못했다.
묵시록적 종말을, 신들의 황혼을, 그의 힘으로 지상에 실현시킨 것을, 게르
만을 위한 그의 비전들 중에서 단 하나, 종말의 꿈만을 실현시킨 것을. 모
두가 그를 패배자라 하고, 그 역시 그렇게 생각했다 할지라도, 그는 그 자
신에게 있어서만은 패배자가 아니다. 최후의 패배자인 그가, 그 최후에 유
일하게 거둔 승리가 있는 것이다. 비로소 그가 죽었으나, 어느 한 목숨도
되살릴 수 없는, 이미 실현된 거대한 죽음. 아무도 부정할 수 없는 승리, 아
무도 무너뜨릴 수 없는 승리.

그가 자각하지 못했다는 것은 이상한 일이며, 자각했다 하더라도 마찬가

지다. 총구를 머리에 대고 방아쇠를 당기는 마지막 순간, 그의 뇌리에 과연 그 무엇이 스쳐갔는지는, 아무도 모른다. 지금 뇌리를 스치는 이 의문은 새로운 공포의 여명인 것이다…….

히틀러와 스탈린, 두 악명 높은 독재자가 만난 이 가장 비열한 전쟁에서, 그들의 국민들은 끝도 없이 죽어갔다. '승리 아니면 절멸을' 히틀러의 모토대로였다.

현영은 귀를 막고 돌아앉았다.

1. 소련 전쟁 포로에는 특별히 지구력 있는 표지를 붙인다.

2. 이 낙인은 약 45도 예각으로, 길이를 1cm로 하여 왼편 볼기에 찍는 것으로 한다.

– 1942. 7. 20. 독일 육군 장성 카이텔의 명령

안드레스가 그린 나쓰에의 초상화가 일본 대사관 홀에 걸려있었다. 배경은 린첸 호수가 아니라 슈바르츠발트였다. 검은 숲의 무성한 침엽수들은 음울해 보였지만, 그 나무들에 둘러싸인 흰 옷의 처녀는 그 이방의 풍토를 두려워 않고 조화로이 피어난, 가냘프고 화사한 꽃이었다. 그녀의 눈빛과 미소의 광채가 그대로 살려지면서도, 그 눈길은 더 고요하였고, 어둔 배경으로 선연히 부각된 상아빛 얼굴의 가녀린 선에는 처연함이 감돌았다. 그녀 위로 솟은 검은 나무들의 숨결이, 아래로 아래로 내리깔리며 가없는 적막을 낳았다…….

현영은 안드레스가 나쓰에를 사랑하고, 자신의 사랑을 얼마나 아름답게 나타내는지를 보았다. 무언가가 그의 가슴을 때렸다. 그러나 제 감정을 알아차리고 그것을 발전시키기엔, 그의 현상은 불안스레 흔들리는 수면이었다. 표면에 와 닿는 광선들은 제각기 반사되고, 그 위로 비쳐지는 형체들은 일그러지며, 물결은 다른 물결을 불러일으켰다. 그러다 어느 순간 뒤집혀, 위아래가 뒤섞여 버리곤 하였다.

"역시 난 예쁘군요!"

한참을 쳐다보던 나쓰에가 우아하게 어깨를 틀며 모여든 사람들에게 말했다. 틀어 올린 검은 머리와 붉은 이브닝 드레스의 조화가 강렬했다. 이 요염한 아가씨가 초상의 그녀인가 싶었으나, 분명 그녀였다. 안드레스로 하여금 이 그림을 그리게 한, 그의 뮤즈. 서로 제대로 만난 모델과 화가의 희귀한 조화는, 그림에 예외적이며 숨겨진 요소를 불어넣는다. 거의 보이지 않고 공기처럼 가벼우나, 영혼이라 불리우는.

젊은이들의 가벼운 파티였으나, 제국의 상류층 자제들이 모여든 자리답게 화려했다. 현영은 앞 다투어 찬사를 늘어놓던 사람들이 초상화 앞에서 흩어져 간 후에도, 말없이 술잔을 기울이며 안드레스의 나쓰에를 쳐다보고 있었다.

"안드레스는 천재예요."

어느 결에 다가온 나쓰에가 그의 어깨에 손을 올리며 말했다.

"모델 덕에 발휘된 천재성이지."

"아아, 동의할 수밖에 없는 헛소리군."

두 사람은 마주보고 웃었다. 그 미소 띤 얼굴로 극히 자연스럽게 그녀가 물어왔다.

"캇짱, 힘이 없어 보여. 요새 학교도 안 나오고. 얼마 만에 만나는 건지나 알아? 무슨 일 있는 거야?"

"그야, 나쓰에를 그린 안드레스를 질투하고 있으니까."

그건 사실이긴 했다. 나쓰에는 좀더 기다려 보기로 하며, 팔꿈치로 가볍게 그를 쳤다.

"그럼 계속해요, 바보."

둘은 천천히 발길을 옮기며 다시 웃었다. 그녀의 다정한 눈길이 현영을 감쌌다.

"혹시 향수병? 조선이 그리운 거야?"

"…그럴지도."

“그럼 같은 조선인끼리 친하게 지내야지. 덕한도 초대했는데, 오지 않았어. 안드레스도 안 왔지만.”

그녀는 잠시 말을 끊다 계속했다.

“덕한은 일본인을 싫어하지?”

“…유사쿠가 그러던가?”

“아니, 그냥 내 느낌에.”

나쓰에는 생각에 잠겨 앞을 바라보았다. 그녀의 옆얼굴에 현영의 시선이가 닿았다.

“난 그를 이해해. 그의 기개가 아름다와.”

그토록 분명하게, 그녀는 말하였다. 그렇다면 나는? …나쓰에… 졸렬하나, 그로서는 어찌할 수 없는 물음이 떠올랐다. 그러나 그는 망설임 없이고개를 끄덕였다. 나쓰에보다 더 많이 덕한을 알고 있었기 때문이었다.

현영은 막 돌아가려던 참이었다. 홀을 지나치다 다시 나쓰에의 초상화에눈길이 갔다. 그는 한 번 더 보기 위해 그리로 다가갔다. 그저 그 그림의색채와 형상을 눈에 담으며 안드레스도 나쓰에도 떠올리지 않았다… 눈으로부터 전신으로 서서히 젖어드는 신기한 느낌…….

“아름다운 그림이군요.”

곁에서 누군가 말을 걸어왔다.

“그녀는 아름답죠.”

“아니, 그림 말입니다.”

그 단정적인 말투에, 현영은 힐끗 돌아보았다. 약간 감돌았던 취기가 순식간에 깨는 기분이었다. 은빛 독수리 기장의 검은 제복에 해골모표, 친위대 장교였다. 그만 몸서리가 쳐지는 것을 간신히 억눌렀다. 그러나 그는현영의 얼굴이 숨길 수 없이 변모하는 것에 아무런 반응을 보이지 않았다. 극히 예의바르고, 위압적인 면도 전혀 표출하지 않았으나, 기본적으로 상대의 반응에 신경 쓰지 않는 태도가 전신에서 풍겨난다. 그는, 히틀러의

‘이그나티우스 로욜라’ 인 히믈러와 ‘금발의 야수’ 인 하이드리히가 길러 낸 사람으로, 이미 그들과도 다른, 새로운 인간이었다. ‘피와 흙’ 숭배의 게르만 전승과 성당기사단의 색채가 어우러진 교육을 통해, 그들이 의도한 바대로 길러졌으나, 그 완성은 자력으로 해낸, 보기 드문 성공작이었다. 그는 현영이 처음 겪은 그 장교처럼 전형적인 분위기는 아니었으나, 더욱 무서운, 개성이 살아있는 SS였다. 그것이, 현영이 감지했으나 제대로 알 수는 없었던 그의 힘이었다. 당연히 히믈러의 납병정 같은 여타 SS보다야 인간미가 물씬 풍겼으므로, 현영은 점차 안정을 되찾았다. 그는 장교의 얼굴을 쳐다보았다. 그 장교도 금발이었으나, 이 남자는 외모면에서 완벽한 SS의 전형이었다. 남방계보다 창백한 북구의 백색 피부에 금발 벽안, 날카로운 콧날과 돌출된 후두부, 순수 아리안의 형용사에 딱 들어맞는 얼굴이었다.

“물론 모델인 나쓰에 영양도 아름답지만, 영양의 아름다움을 이토록 잘 살려낸 화풍이 정말 독창적이지 않습니까?”

현영은 고개를 끄덕이고, 자신은 이제 다 봤으니 자리를 뜬다는 속내도 별반 감추지 않았으나 그는 침착하게 대화를 이끌어 갈 뿐이었다.

“특히 아련한 향수를 불러일으키는 저 검은 숲의 배경을 보십시오. 모델의 환한 얼굴과는 대조적인 숲의 그늘이 일말의 우수를 드리우는, 그것이 이 작품의 은밀한 매력입니다.”

“과연 그렇군요. 미술에 대한 조예가 깊으십니다.”

현영이 그림을 가리키는 장교의 손끝을 따라가며 아무렇게나 대꾸하자, 그는 여전히 딱딱한 말투로 답했다.

“아닙니다. 저는 총통 각하와 달리 예술에 대한 조예가 깊지 못합니다. 단지 저 그림이 아주 마음에 들 뿐입니다. 저토록 아름다운 그림이라면 좋아하지 않을 수 없으니 말입니다.”

“그렇군요. 그럼, 저는 이만…….”

장교는 여전히 개의치 않는 태도로 현영의 말을 잘랐다.

"그런데 이 놀라운 화가는 서명을 남기지 않았군요. 왜 그랬을까요?"

과연, 화폭 어디에도 서명은 없었다. 그가 지적하기 전까진 아무도 알아차리지 못한 일이었다.

"…정말 그렇군요. 왜 그랬는지……."

"왜 서명하지 않았는지 이해가지 않는군요. 그 이유를 알고 싶습니다."

현영은 장교의 강한 흥미가 이해가지 않았다. 그걸 왜 자신한테 묻는지도. 그러나 그의 깎은 듯한 옆얼굴에는 의지에 가까운 그 무엇이 있었다.

"이 그림을 그린 화가가 누군지 아십니까?"

"안드레스 키르너죠. 프리드리히의 미대생입니다."

그가 처음으로 그림에서 시선을 떼고 현영을 돌아보았다.

"당신의 친구입니까?"

"그저 안면이 있을 뿐입니다."

"소개시켜주지 않겠습니까. 그를 꼭 만나보고 싶습니다."

"그렇게 잘 아는 사이는 아닙니다."

멋모르는 현영이 친위대 장교의 부탁을 딱 잘라 거절하려 했으나 장교는 강하고도 진지한 시선으로 못 박듯 말했다.

"부탁드립니다."

차라리 모른다고 할 것을…. 저절로 눈살이 찌푸려졌으나, 그가 아니더라도 장교는 나쓰에게 부탁할지 몰랐다. 그녀가 거절할 리도 없지만, 그렇더라도 장교는 알아내고야 말 것이다. 그가 알고자 원하니 말이다.

"정 그러시다면…"

"감사합니다."

장교는 손을 내밀며 사의를 표했다. 현영은 그 손을 쥐었다. 강하고 우아한 손이었다. 한 번 틀어쥔 적이 있는 악셀의 손이 떠올랐다. 그림에 열중하느라 소개가 늦었다며 장교가 제 이름을 말했다. 거만한 변명이 아닌, 진심이 배어나오는 사과도 자연스럽게 예의발랐다. 이런 자야말로 실세이리라 생각하며 현영도 자기소개를 한 후 둘은 헤어졌다. 그는 SS의 빌헬름 로트만 중위였다.

현영과 헤어진 후에도 로트만 중위는 계속 그림을 쳐다보고 있었다. 거기 그려진 고향의 숲, 슈바르츠발트를.

현영이 막 떠나려는데, 급히 달려온 유사쿠가 그를 불렀다.

"카오루, 찾고 있었어. 아니, 이 친구, 벌써 가다니!"

"아아, 유사쿠."

현영은 맥 빠진 소리를 냈지만 그의 어깨를 감싸며 샴페인 잔을 들이미는 유사쿠는 흥분으로 눈을 빛내고 있었다.

"꼭 소개하고 싶은 친구가 있어, 친위대 장교야. 총통을 가까이서 모신다고!"

현영은 겨우 잔을 떨어뜨리지 않고 받았다.

"아까 만났네."

그의 전신에 괴로움이 역력했다. 유사쿠가 놀라 물었다.

"왜 그래, 피곤한가? 하지만 그렇게나 친위대 사람을 만나보고 싶어 하지 않았나! 나는 셋이서 얘기하고 싶었는데."

그랬다. 유사쿠는 현영의 희망을 실현시켜 주게 되어 기쁜 마음으로 친절하게 달려와 주었던 것이다. 친위대는 독일의 엘리트로서, 게르만 기사단의 부활이었다. 그들은 고대 룬 문자로 장식된 제단에서 횃불을 들고 히틀러에게 충성을 맹세했으며, 그들의 카멜롯인 베벨스부르크 성에서 수련을 쌓고 경기를 했다. 히믈러가 만든 아더왕식 원탁에서 식사하고, 펜싱과 체스를 즐겼으며, 전사하면 그 아래 납골당에 한 줌의 재로 안치되었다. 그들은 그들끼리 명예를 걸고 결투할 수 있었고, 그들만의 재판소에서 사형선고를 받을 경우, 자살할 수 있는 총과 총탄과 6시간을 제공받았다. 현영이 그들 중 하나를 겪어보기 전까지, 유사쿠와 현영은 친위대를 중세의 기사 전설처럼 동경해왔던 것이다.

"…고맙지만, 이제 됐어."

"정말 왜 그러나? 갑자기 마음이 변했어?"

"그래."

딱 잘라 긍정하고도 말을 곧 잇지 못하는 현영을, 가만히 쳐다보던 유사쿠가 인적 드문 발코니로 이끌었다.

"…무슨 일이지?"

너는 변했어, 나는 그걸 알아, 그는 그렇게 말하고 있었다. 잠자코 기다려오던 친우가, 이제 때를 맞아 그에게 묻고 있었다. 현영을 걱정하여, 그의 이야기에 귀 기울이고 고민을 함께 나누려하는 참된 친우가 지금, 옆에 있었다. 현영은 외롭지 않았으나, 두려웠다. 말하고 싶었으나, 또한 말하고 싶지 않았다. 그런 그의 방아쇠를 당긴 것은, 참을성 있게 기다리며 마음을 풀어주려는 듯한 유사쿠의 부드러운 눈길이었다.

"…총통은 언제까지 전쟁을 계속할 거지? 넌 히틀러가 유태인들을 잡아들이고 있다는 걸 아나?"

현영이 덤비듯이 쏴붙였다. 유사쿠도 친위대도 변하지 않았다. 변한 건 자신이다. 그랬어야 하니까. 그래서, 변하지 않으면 안 될 정도로 어리석었던 과거의 자신에 대한 분노가, 일거에 어지러이 분출되었다. 남의 무지라면 너그러이 이해할 수 있는 바도, 자신의 것이고 보면 가혹해지기도 한다. 그 반대가 존재하듯. 하지만 그 두서없는 말은 뇌관을 제대로 건드리고 있었다. 유사쿠는 경악하여 바라보다가, 먼저 평정을 회복하여 그를 진정시키고자 하였다.

"총통이 원해서 전쟁을 계속하는 줄 아나? 테러는 테러에 의해서만 파괴될 수 있고, 그래야만 새로운 시대를 건설할 수 있어. 총통은 우수한 인류의 존립을 위해 전 민족을 이끌고, 제 잇속만 챙겨대는 이기적이고 지리멸렬한 국가들을 해체해서 세계사를 다시 쓰려는 거야! 다 잊었나?"

유사쿠의 냉철한 어조에 담긴 확고한 믿음은 명백히 빗나간 것이었다. '전쟁은 민족을 위대하게 만드므로' 히틀러는 그의 독일이 '역사로부터 물러나 평화 속에서 시들지 않도록' 하였다. 그러나 앞 다투어 자원입대한 청년들은 평화가 목적임을 의심치 않고, 총통의 '새로운 시대를 건설하기 위한 전쟁'은 모든 전쟁을 종식하며, 그로써 세계 평화가 실현되리라 믿었다. 바로 그 총통이, 국민들에겐 나치스 독일은 평화를 갈망한다고 연설하고, 장군들에겐 전쟁이란 옳고 그름이 아니라 승리가 중요하다고 갈파했기 때문이다.

'전쟁을 끝내는 전쟁'의 기치는 항상 유효하여, 실패한 예가 없다. 그들은 목적과 닮지 않은 수단의 태생을 의심하지 않았다. 목적을 달성하면, 들었던 총을 내려놓으리라. 그러나 위대한 시대에 태어나 역사를 건설한다는 사명감에 넘쳤던 그들은, 남의 목숨으로 제 목숨 값을 치르는 전쟁터에서 자신들이야말로 쉽게 내동댕이쳐지는 연장임을 알아보았다. 역사는 그들 손에 건설되지 않고, 그들을 집어삼켰다. 그럼에도, 패배가 눈앞에 닥쳐온 후에도, 많은 이들이 자신과 총통은 옳았고, 그러나 실패했을 뿐이라고 생각하며 죽어갔다. '히틀러의 평화'를 거부하는 세계를 이해하지 못한 채로 죽어갔다.

각성의 대가로, 영웅도 지향점도 상실한 현영은, 이젠 슬픔도 분노도 몰랐다. 그는 자신의 무가치를 인정했고, 그런 자신이고 보니 비겁자라 가혹하게 몰아붙일 것도 없었다. 발작적으로 터뜨렸으나 곧 허물어지듯 가라앉았으며, 무표정한 얼굴로 중얼거렸다.

"우수한 인류란 뭔가? 인간이란 것만으론 부족해서, 그가 결정한 다른 무엇이라도 되는가?"

유사쿠는 생각보다 심상찮은 그의 변모에, 더욱 차분한 어조로 말을 이었다.

"'인간답게 살기 위해서는 이상에 몸을 바쳐야 한다, 어느 인간도 예외 없이'. 기억나나? 그는 자신의 말을 가차 없이 실행하지. 그의 엄격함을 이해하지 않으면 그가 말한 '의지와 결단력의 소수'가 될 수 없어."

마지막으로 조금 따끔하게 찔러줄 필요가 있었다.

"흔한 인도주의적 오류를 범하고 있구나. 다들 한번씩 거치는 통과의례지.”

“세계사를 다시 쓰는 소수?”

그러나 현영은 반응하지 않았다. 예전 같으면 발끈해서 분하게 여겼을 테지만, 이젠 도저히 그럴 수 없었다. 이 사상누각이 어찌나 견고한지, 이 허위가 어찌나 정교한지, 무서울 지경이었던 것이다. 그 기가 질린 얼굴을 여전한 무표정으로 본 유사쿠는, 씨도 안 먹힌다고 생각한 제 말이 그에게 어떤 타격을 입혔는지 전혀 알 수 없었다.

“그래, 너도 알고 있듯.”

모든 인간에게 예외 없이 적용되는 규칙과 세계사의 소수가 양립하는 모순, 히틀러에게 매료되어 있을 때는 느끼지 못한 것이, 현영의 머리 속에 잠시 명멸했다. 세계사의 소수가 되지 못하면? …그렇군, 죽이는 거군. 모순이 아닌데, 앞뒤 딱딱 맞는군……. 그러나 그렇게 간단하진 않았다. 히틀러는 항상 세계와 인류를 논했으나, 그 전제도 결론도 소수였다. 그가 인정한 가치와 생존은, 전 인류의 것이 아니었다……. 그렇듯, 히틀러의 온갖 모순들은 서로 긴밀하고 유기적으로 연결되어, 그 모태와 세계를 함께 얽어맨 거대한 그물로 자라났던 것이었다. 그러나 지금 현영의 문제는 히틀러가 아니었다.

…어떻게 말해야 할까, 네가 알아듣도록, 무슨 말을 해야 할까… 말로써 가능한 것일까? 내가 겪은 그 모든 것이? …너는 알아야 해, 유사쿠, 알아야만 해! 널 위해서라도!

…알아줄 텐가? …나를, 너는 알아줄 텐가?

그러나 먼저 입을 연 것은 유사쿠였다. 낮은 목소리로, 그 역시 현영에게 말하고 싶었던 이야기를 털어놓았다….

“이제 점차 때가 닥쳐오고 있어. 일본에게도.”

“뭐라고?”

"일본이 안남을 침공한 이래 미국이 얼마나 날뛰고 있는지 아나? 놈들은 석유를 끊었어! …우리에게도 길은 없어. 우리가 미국에 선전포고를 한다면, 그래… 만일이지만… 그렇게 된다면… 미국은 남방에 묶여 유럽 전선과는 영영 멀어지지. 그렇게 되면 독일은 영국을 물리치고 유럽에서, 일본은 동양에서 각기 제국을 세울 수 있게 된다…. "

현영은 충격 속에 말을 잃었다. 그가 제대로 알려고도 않던 대동아 공영권의 기치가, 그 자락의 그늘을 현실에 드리우고 있었다. 중일 전쟁으로 이미 일본의 힘은 다 소진된 게 아니었던가? 대동아 공영권이라니, 천황의 잠꼬대라 비웃었던 바로 그 제국?

"아직 불확실한 미래지만… 곧 닥쳐온다. 총통의 소련 침공은 일본의 남방 팽창을 위한 신호탄이야. 동맹국으로서 독일과 발맞춰야 한다고 나는 생각해. 넌 아나? 본래 총통은 영국과의 동맹이 성사되기만 하면, 일본과 독일이 협공해서 소련을 공격하려 했었어.[12] 그리 되면 배후를 걱정할 필요가 없으니까. 하지만 그 오만불손한 섬나라는 총통을 거부하더니, 이젠 볼셰비키와 손을 잡는군. 허! 제 무덤을 파는 짓거리지!"

유사쿠가 현영의 팔을 붙잡고 그의 얼굴을 들여다보았다.

"카오루, 넌 착하지만 나약해지면 안돼. 연민과 동정에 빠지지 마. 네 발을 묶고 네 눈을 가릴 거야. 약한 건 죄야! 총통이 독일 민족에 대해 뭐라 했는지 아나? 독일 민족이 생존과 희생을 위해 자신의 피를 바치지 못한다면, 더 큰 힘에 절멸되어야 한다."

낮은 목소리가 열기를 띠며 고조돼가다 다음 순간 침통한 속삭임으로 화했다.

"그렇게 되어도 나는 독일 민족을 위해 눈물 흘리지 않을 것이다……."[13]

그는 감동 속에서 하늘을 올려다보았다.

"그처럼 강해지지 않고는 그의 옆에 설 수 없어……."

'독일의 소련 공격처럼 일본의 미국 공격은 자살 행위다. 너희는 패망할

것이다! 그때까지 조선은 전쟁의 참화에 시달리겠지!'

친구의 미친 소리를 반박하려는 현영의 내면에, 부메랑처럼 돌아와 그를 찌르는 말이 있었다. 그것이 한마디도 할 수 없게 입을 틀어막았다. 돌처럼 굳어져가는 낯가죽 아래서 맹렬하게 소용돌이쳤다. 무의식에서 떠올라 곧바로 모든 걸 터뜨려 날려버린 기폭제.

너희는패망할것이다너희는패망할것이다너희는패망할것이다!

잘못된 꿈을 안고 잘못된 길로 돌진해간다면, 너희는 필연코 패배한다, 너희 한 사람 한 사람, 모두가 비참하고 끔찍하게 죽을 것이다, 일본이 불타고, 수많은 사람들이 죽고, 천황마저 죽을지 모른다!

…처음 보는 자신의 증오가, 모든 한도를 넘어서며 그를 몰아쳐갔다…….

어차피 우리 것이 아닌 미래다! 일제하에서 온갖 억압에 시달리며 죽어가느니, 짧은 기간 내에 무수한 희생을 치르더라도 너희한테서 벗어나는 것만이 우리의 살 길이다, 너희가 패망한다, 일본이 쓰러진다!

…숨이 막혀온다. 끓어오르며 그를 덮쳤던 증오가, 차갑게 얼어가는 마음이, 복수심으로 변모해간다. 잔혹하기 짝이 없는 싸늘한 감정에 매혹된다. 이것이 내 분노고, 이렇게 분노하는 자가 나다! 몇천, 몇만의 사람이 눈앞에서 죽어가도 눈썹 하나 까닥 않고 지켜보겠다, 희생이 필요하다면 너희가 죽어라. 그 말을 입에 담는 자부터! 내가 죽더라도, 나와 함께 너희가 죽어간다면, 어찌 웃지 않으리!

냉혹한 열광에 도취되며, 가장 깊은 곳에 숨겨졌던 마지막 말이 터져 나왔다…….

내 아버지도, 더 이상 너희의 개 노릇을 하지 않아도 되는 것이다! 그가 아무리 하고 싶어도 할 수가 없게 되어 버리는 것이다!

"카오루? 괜찮나?"

유사쿠의 목소리가 들려왔다. 빠져들 때처럼, 순식간에 깨어났다. 유사쿠이기 때문이다. 그래, 너 때문이다……. 현영은 자신을 들여다보는 근심 어린 얼굴을 넋을 잃고 쳐다보았다. 이 얼굴… 그가 잘 아는, 신념과 이상으로 굳게 뭉쳐진, 그가 사랑하는, 그를 사랑하는 얼굴… 또한 아버지의 얼굴…….

현영은 자신을 부축하려는 유사쿠의 손을 거절하며 조용히 고개를 젓고는, 그대로 떠나갔다.

히틀러가 살해한 무수한 사람들의 죽음을 용인했던 과거가, 그토록 가슴 쳤던 회한에도 불구하고 골수에 맺힌 환영으로 되살아나, 이제 조국의 사람들조차 집어삼켰다. 그 환영 속에, 그가 활활 타오르는 눈으로 보고자 했던 그 무수한 사람들 속에, 또한 그들이 있었다……. 그 감은 눈의 얼굴들을 이제 똑똑히 보았다. 차갑고 무서운, 그 죽은 얼굴들을 누가 만들었는가, 그토록 선명한 것이 꿈이겠는가, 누가 그 숨을 끊었는가…. 심연에서 솟구쳐 올라온 어두운 충동과 대면하고 나서야, 현영은 자신이 그들을 얼마나 사랑하는지… 또한, 그들을 얼마나 수치스럽게 여기는지… 비로소 깨달았던 것이다…….

감당할 수 없게 된 감정이 히틀러에 대한 더 큰 증오로 전이되었다. 지게 스조이레의 추억이 덧없이 스러지는 가운데, 그의 정체는 '사이의 가교'가 아니라 벽으로 드러났다.

현영은, 유사쿠와 아버지와 자신을 두고 도망쳤다. 이 도피는 결국, 변명도 용서도 불가능한 배신을 낳는다.
하나의 적으로 끝나는 투쟁이란 없다.

“…전쟁의 불을 유럽에 점화하는 자는 누구든, 혼돈 외의 아무 것도 바랄 수 없다. 우리는 우리들 시대에 서구의 몰락이 아닌 재생이 실현될 것을 확신한다…”

— 히틀러, 1935. 5. 21.

“…연민에 대해 마음을 닫아라… 무자비하라, 후회하지 말라, 세계의 의미는 힘에 의한 최선의 성공을 거두는 데 있다…”

— 히틀러, 1939. 8. 22.

2. 신생

A-1: 적색, 충성심이 매우 의심스러운 그룹. 총통이 군대 동원령을 내리는 즉시 체포.

A-2: 청색, 동원령이 대중에까지 알려졌을 경우 체포.

A-3: 녹색, 체포나 세심한 감독 요망.

그 외 공산당원 : 암적색. 마르크스주의자 : 담적색. 단순 불평분자 : 보라색.

— 라인하르트 하이드리히의 카드 색인

정치범 : 적색. 형사범 : 녹색. 이주 미수자 : 갈색. 정통 기독교 신자 : 자주색.

동성연애자 : 분홍색. 비사교적 인사 : 흑색

재범자 : 줄 하나. 특수 처벌자 : 흑색 원. 유태인 : 다윗의 별

남녀 종족 모독자 : 흑색 삼각형. 도망자 : 적색 원. 군인 : 적색 삼각형. 정신박약자 : 완장.

— 다하우 강제 수용소의 수용자 식별 도표

현영은 알렉산더 광장의 마리엔 교회로 가고 있었다. 현영이 아

픈가 싶어 찾아온 나쓰에가, 오는 길에 안드레스와 마주쳤는데 거기 스케치하러 가더라고 말했던 것이다. 그 이름을 듣자 다른 이름이 떠올랐다. 방에만 틀어박혀있던 현영은 나쓰에가 돌아가자 밖으로 나왔다. 로트만에 대해 말해주어야 했다. 그 이름만 떠올랐던 건 아니었지만, 그대로 끊어내 버렸다.

날은 점점 더워져가고 있었다. 시간이 흘러가는 것을 느끼고는 있었다. 아무런들 어떠랴… 교회에 들어서자 안은 어둡고 서늘했다. 오랜만에 � 한낮의 햇빛이 어지럽던 참이었다. 정신이 맑게 개이는 것을 느끼며 발걸음을 옮겼다. 혼자 스케치에 몰두하고 있는 안드레스의 모습이 보였다. 그를 찾아서, 여기 왔던 것이지… 현영은 다가가며 그를 불렀다.

"키르너?"

안드레스가 돌아보았다. 약간 의외라는 기색이긴 했으나 그닥 놀라는 빛도 없었다. 다시 고개 돌려 마지막 한 획을 긋고 나서야 천천히 스케치북을 덮으며 일어섰다. 그의 곁에 가자 15세기 작 '죽음의 무도' 가 정면으로 보였다. 손에 손을 맞잡은 사자의 행렬이 기다랗게 이어지고, 십자가의 그리스도가 그 중앙에 있었다.

인사가 오간 후 현영이 물었다.

"스케치 중이었나?"

"습관이지."

"토텐탄츠 말인가?"

현영이 가리켜 보이자 그가 고개를 끄덕였다. 들판에서 사람들과 손잡고 있는 죽음들은 백골이 아니라, 얇은 흰 망토를 두른 늘씬한 나체의 모습이다. 각 계급의 생자들, 황제와 사제, 기사와 농부들이 뻣뻣이 서 있는 가운데, 그들 죽음들은 경쾌한 발놀림으로 긴 다리를 꼬며 터럭 한 올 없는 매끈한 두상에 바람을 쐬고 있었다. 푸르른 들판에서, 생자 한 사람 한 사람과 짝지은 그들의 연노란 나신은, 그 둔중한 계급의 의복들 사이에서 밝은 색채를 띠며 눈에 가볍게 뛰어 들어왔다.

"멋지군, 좀 봐도…"

대화의 실마리를 잡기 위해 무심코 한 말이었으나 입 밖에 낸 순간, 안드레스가 이 그림을 어떻게 스케치했는지 정말로 보고 싶다는 것을 알았다. 순수한 흥미에 사로잡힐 정도로, 순간적으로 기분이 밝아졌던 것이다. 그러나 안드레스는 웃으며 고개를 저었다.

"그리 볼만한 건 안돼."

"아, 그래…….."

현영이 다소 당황해하자 안드레스가 부드럽게 말을 이었다.

"그런데, 내게 할 말이라도?"

"그렇군. 실은, 자넬 소개시켜 달라는 사람이 있어서… 나쓰에의 파티에서 만났는데…"

그때였다. 다시 교회 문이 열리고 누군가가 들어왔다. 안드레스가 현영보다 먼저 그를 보았다. 희미한 광선 속에서 더욱 날카로이 번득이는 은빛 기장의 검은 제복이 이쪽을 향해 똑바로 걸어오고 있었다. 안드레스의 심상찮은 기색을 느낀 현영도 고개 돌려 그를 보았다. 어둠 속에서 잔잔히 빛을 발하는 금발이 가까워질수록 안드레스의 눈동자가 점점 커져갔다.

"로트만 중위?"

현영이 놀라 말했다.

"안녕하십니까, 리? 우연히 지나던 길에 당신이 여기로 들어가는 걸 봤습니다. 인사나 할까 해서 들렀습니다."

이 또한 진심이었다. 현영은 그만 울화가 치솟았다. 우리가 친구인가 싶었지만, 그런 문제에 그의 주의를 환기시켜봐야 바보짓일 것이다.

"이 분은?"

중위가 안드레스에게 주의 깊은 시선을 던지며 물었다. 그가 안드레스의 뒤를 캐고 현영을 미행해 이런 상황이 된 것이 아니며, 현영이 안드레스를 그에게 밀고했다는 게 훨씬 설득력 있다. 둘 다 틀렸고 그의 말대로 정말 우연일 수도 있으니, 안드레스를 그냥 체포해가면 그만인 것을 그런 수고까지 들일 리 없다는 지당한 이치가, 지금 현영의 머리에는 떠오르지 않았다. 어쨌든 이젠 별 수 없었다. 들통 날 거짓말은 금물이었다.

"이쪽은 안드레스 키르너입니다. 키르너, 빌헬름 로트만 중위야."

안드레스는 침착하게 응대했다. 안색은 다소 창백했지만 씻은 듯이 태연해진 얼굴이었다.

둘은 악수했다.

"얼굴이 좋지 않군요."

초면에 대뜸 말하는 로트만이었다.

"전쟁 중이니까요."

"그렇군요, 전쟁 중이니까."

그렇게 말이 오갔다.

"나쓰에 양의 초상화를 보았습니다. 아주 아름다운 그림이더군요."

안드레스가 현영을 쳐다보았다.

"유사쿠의 친구야. 나쓰에의 파티에서 만났지. 꼭 자널 소개시켜 달라고 했는데, 생각보다 일찍 만나게 되었군."

믿지 못해도 할 말 없다고 현영은 생각했다. 로트만이 태연히 말했다.

"그렇게 되어 아주 기쁩니다. 그런 아름다운 그림을 그린 화가를 꼭 만나보고 싶었습니다."

"모델이 아름다우니까요."

마치 현영처럼 대답하는 안드레스에게, 로트만이 그때와 똑같이 강조했다.

"아니, 그림이 아름답단 말입니다. 물론 모델도 아름답지만."

"고맙습니다."

현영이나 안드레스의 반응에 여전히 아랑곳 않는 로트만이 말을 이었다.

"그런데 서명을 하지 않았더군요."

"아아, 그랬습니까?"

"잊었던 겁니까?"

"자주 그러죠."

안드레스가 쓴웃음 짓자, 로트만이 힘주어 말했다.

"안타까운 일이군요. 그런 매혹적인 그림에 화가의 서명이 빠뜨려져서야 되겠습니까."

"그 초상이 정말 마음에 드셨나 보군요."

"당신의 솜씨가 훌륭했기 때문이죠."

"거듭 감사합니다."

"꼭 서명을 넣으시기 바랍니다."

"그러죠."

서명 한 번만 더 안 했다간 체포하겠군… 현영은 몸을 돌리며 말했다.

"그럼, 난 이만 가봐야겠습니다."

"아, 나도 이만…"

안드레스도 가방을 챙겼다.

"그렇습니까, 아쉽군요. 그럼 다음에 만납시다."

로트만의 말에 안드레스가 그를 쳐다보았다.

"그렇군요. 아쉽지만 다음에."

그러면서 그는 스케치북을 챙겨들다 그만 떨어뜨리고 말았다. 그가 황급히 허리를 굽혔지만 로트만의 손이 먼저 닿았다.

"스케치북입니까?"

그는 곧장 건네주지 않고 천천히 푸른 표지를 들여다보았다. 그럴 필요가 없이는, 절대로 서두르지 않는 남자였다.

"…네."

"봐도 될까요?"

로트만이 여전히 표지만 보며 물었다. 묻지도 않고 휘리릭 넘겨보는 게 차라리 낫겠다… 속으로 비꼬던 현영이 곧장 대답하지 않는 안드레스를 흘깃 쳐다보다, 그 일견 태연한 얼굴에서 미묘한 긴장감을 감지했다. 순식간에 창백해진 현영이, 그런 제 얼굴을 감추려 그림 쪽으로 고개 돌렸다.

가슴이 뛰었다.

"아니, 그만두죠. 화가로서 미완성의 스케치를 보이는 건 별로 내키지 않을 듯하군요."

둘이 뭘 하건 쳐다도 안 보던 로트만은 그렇게 순식간에 스케치북을 돌려주었다. 안드레스는 무덤덤하게 받아들었다.

"알아주셔서 고맙군요."

"그럼, 다음에."

"네, 다음에."

"당신도, 오늘 감사했습니다. 그럼 다음에."

"네."

둘은 로트만과 차례로 내키지 않는 다음을 기약하고 헤어졌다. 현영이 먼저 통로로 나가고 안드레스가 뒤따랐다. 그런 그들을 지켜보던 로트만이 뒤에서 말을 걸었다.

"참, 안드레스, 당신의 고향은 어딥니까?"

안드레스는 허를 찔렸으나 내색치 않고 돌아보며 대답했다.

"프랑크푸르트입니다."

"큰 도시로군요. 그런 곳엔 숲이 잘 없지 않습니까? 있어도 슈바르츠발트만 하진 못하겠군요."

안드레스는 간단히 긍정했다.

"그렇습니다."

"난 시골에서 자랐습니다. 대도시는 베를린이 처음이죠. 그래서 고향의 검은 숲이 매우 그립습니다."

안드레스를 따라 멈춰 섰던 현영이 무심코 끼어들었다.

"아, 그래서 초상의 배경에…"

"네. 그 때문이죠."

현영에게 고개를 끄덕인 로트만이 다시 안드레스를 향했다.

"당신이 그 숲을 진정으로 표현해주어 아주 기뻤습니다."

"마음에 드신다니 저도 기쁩니다."

안드레스가 담담하게 대답했다.

"아름다운 숲이죠?"

"네, 몹시."

"언젠가 가봤나 보군요."

"오래 전 일입니다."

로트만이 처음으로 미소 지었다. 마음을 끄는 순수한 미소의 아름다움으로 푸른 눈이 맑게 빛났다. 현영은 저도 모르게 눈을 크게 떴다.

"그 후로도 잊지 못했던 거군요. 그 숲의 아름다움을."

안드레스의 얼굴에 아주 희미하고, 아득한 것이 감돌았다. 이름 없는 무언가가.

그는 더 말 않고, 조용히 목례한 후 등을 돌렸다. 통로 입구에 서있는 현영의 앞을 지나 묵묵히 밖으로 걸어 나갔다. 현영은 로트만을 바라보았지만 그도 이미 등 돌려 제단을 향하고 있었다. 현영도 말없이 안드레스의 뒤를 따랐다. 그들이 나가고 문이 닫히자 로트만은 천천히 '죽음의 무도'로 다가가, 조용히 응시했다.

너희를 위해 내 죽었으니

너희도 모두 죽어야 하노라

너희를 위해 내 날카로운 가시관을 썼으니

이제 모두 나와 함께 죽음의 춤을 추어라!

십자가 아래 쓰여진 그리스도의 말을, 로트만의 입술이 천천히 따라 뇌었다.

알렉산더 광장을 지나가던 미하엘의 눈에, 마리엔 교회에서 나오는 안드레스의 모습이 보였다. 씩 웃으며 가까이 가려는데, 그 뒤로 현영이 따라

나왔다. 놀란 미하엘이 잠시 지켜보는 앞에서, 둘은 짤막하게 인사를 나누고 곧 헤어졌다. 미하엘은 현영과 헤어진 안드레스의 뒤를 따르려다 순간, 발을 멈추고 다시 교회 쪽을 살폈다. 친위대의 검은 군용차가 한옆에 주차되어 있었다. 미하엘은 긴장하여 몸을 숨기고 기다렸다. 잠시 후 문이 열리고 로트만이 걸어 나왔다. 그가 운전병이 기다리고 있는 차에 올라타자, 차는 곧 출발해 미하엘의 눈앞을 지나갔다. 그를 쏘아보는 미하엘의 얼굴이 험악했다.

그날 저녁 현영이 돌아오자 악셀과 미하엘이 기다리고 있었다. 하숙집이 가까워오는데, 어느새 양옆으로 악셀과 미하엘이 따라붙었다. 미하엘이 현영에게 좀더 가까이 다가섰다. 손질 안 된 덥수룩한 금발 아래 잿빛 눈이 싱긋 웃고 있었다.

"안녕, 카오루."

"미하엘 리페른?"

"날 기억해주다니 영광이군. 남작의 자제분께서."

"날 그렇게 부르지 마."

현영이 미하엘을 노려보았다.

"왜? 나 같은 놈은 안 되고, 나쓰에 양만 부를 수 있는 이름인가?"

"하고 싶은 말이 뭐야."

현영의 목소리가 싸늘해졌다. 그때 악셀이 현영의 어깨를 짚으며 무표정한 얼굴로 말했다.

"윤이 자넬 부른다."

현영은 말없이 둘을 바라보았다. 둘도 현영을 바라보았다. 속아 넘어간 눈빛이 아니었다. 그들을 똑바로 향한 기묘한 눈길이 어느 순간 획 방향을 돌렸다. 그가 먼저 걷기 시작했다.

덕한은 없었다. 처음 와본 그의 방은 비어있었다. 현영은 한쪽 구석으로 처박히듯 떠밀렸다. 문을 등지고 선 악셀과 미하엘이 현영을 때려눕혔다. 그들도 현영에게 아무 말 하지 않았고 현영도 마찬가지였다. 대화가 무슨 소용이요… 어리석은 젊은이들이 서로를 거부하여 자신을 포기했다. 린치보다 무도한, 최악의 상황이었다.

문이 쾅 하고 열렸다. 숨이 끝까지 받힌 덕한이 뛰어 들어왔다. 바닥에 쓰러져 피를 흘리는 현영을 본 그는 충격을 금치 못했다. 악셀과 미하엘은 싸늘한 표정으로 돌아보곤 일단 물러섰다. 덕한은 현영의 상반신을 일으켜 안고, 얼굴을 들여다보았다. 필사적으로 의식을 잃지 않으려는 눈빛이 고르지 않게 번득이고 있었다.

"물."

덕한이 요구했다. 그 싸늘한 목소리가 현영의 귀에 닿았다. 미하엘이 말 없이 컵에 물을 따라 내밀자, 덕한이 받아들어 현영의 입에 갖다댔다. 터진 입술이 쓰라렸지만, 피 맛이 나는 물이 목구멍으로 넘어가자 서서히 정신이 들었다. 현영이 입을 떼자, 덕한은 그 물에 손수건을 적셔 그의 얼굴에 묻은 피를 닦았다.

"네가 심문해라."

그 앞에 우뚝 선 악셀이 짤막하게 말했다.

"안드레스의 일 말이냐?"

덕한은 눈도 돌리지 않고 대답했다.

"내 눈으로 봤다. 저건 게쉬타포의 개야."

미하엘이 앞으로 나섰다. 그런 오해일 줄 알아, 아무 것도 모르는 놈들이라 멸시하고 있었지만, 막상 듣자 얼굴에 침이 뱉어진 듯하였다. 아무 것도 느끼지 않으려는 가면 아래, 쥐죽은 듯 복종해온 내면이 저항하고 있었다…….

"그 일은 안드레스에게 들었다. 오해 마라. 밀고는 아니다."

"밀고가 아니라고? 게쉬타포에겐 한 번 걸리면 끝장이야! 이제 그자는 안드레스를 기억할 거다! 일단 A-3에 오르기만 하면 하이드리히식 계급

상승은 순식간이야!"

악셀이 미하엘의 흥분을 제지했다.

"알고 있을 텐데, 윤."

덕한은 말이 없었다. 현영은 시선을 허공의 일점에 꽂았다.

"그게 얼마나 위험한지 알면서, 그러는 이유가 뭐지, 윤?"

악셀의 나직한 목소리가 분명하게 울렸다. 덕한이 현영을 일으켜 세워 의자에 앉히고는, 뒤돌아 그들을 마주했다.

"물론 위험하지. 하지만 그는 몰랐고, 밀고도 아니다. 체포당할 상황도 아니었어."

"말 다했나?"

미하엘이 분격했다.

"그를 두둔하는 이유는?"

악셀의 추궁에 덕한은 간결하게 대답했다.

"그게 사실이니까."

"그가 동국인이라서가 아니고? 네 나라 반역자의 아들이라면서! 그 자신, 일본인들하고만 어울리잖나!"

"하지만 밀고자는 아냐. 그는 그러지 않았어."

덕한의 흔들림 없는 표정에 미하엘의 기세가 꺾이자 악셀이 나섰다.

"증거는?"

"안드레스의 말을 듣고 내가 그렇게 판단했다. 안드레스 역시 나와 같아. 너희는 날 믿지 못해 내 동의 없이 일을 벌인 건가? 날 구실로 삼았으면서?"

"밀고자 심문에 법도라도 있나? 네가 이렇게 나올 줄 알았다면 통보조차 안했을 거다."

"그는 막스의 일도 고발하지 않았어!"

"그 자신도 가담자로 몰릴 수 있으니 입 다문 거겠지. 우릴 안심시켜서 더 많은 걸 캐낼 심산이었거나."

덕한과 악셀의 시선이 맞부딪쳤다. 긴장이 고조되는 가운데 현영의 목소리가 침묵을 깨뜨렸다.

"증인은 덕한이다."

세 청년이 일제히 고개를 돌렸다. 의자에서 일어난 현영이 세 사람을 노려보고 있었다. 그가 다시 한 번 힘주어 말했다.

"그가 증인이다."

싸늘하게 냉정을 지켰던 악셀의 얼굴에 분노가 끓어올랐다. 미하엘은 기가 찬단 표정이었고 덕한은 백치처럼 보였다. 그런 그들을 제대로 보지도 않고 비틀거리며 다가온 현영이, 손가락으로 덕한을 가리켰다.

"그가 나의 결백을 증명한다."

관자놀이로부터 피가 흘러내리고 있었다.

"이유를 대라."

악셀이 힐문했다.

"현장에 있지도 않은 증인이 성립 가능한가?"

"증인의 동의 여부는?"

미하엘과 악셀이 번갈아 추궁하는 동안, 현영은 호흡을 골랐다. 덕한은 그 얼굴에서 눈을 뗄 수 없었다. 이윽고 그가 입을 열었다.

"그와 나는 동질자이기 때문이다."

아주 조용한 목소리가, 서서히 커져갔다.

"우린 같은 동국인이고, 조국의 현실에서 도망친 같은 도피자다! 남의 나라에 환상을 품고, 남의 현실에 기생하며, 그러면서도 제 나라를 잊지 못한다, 이게 그와 나의 정체다!"

그의 시선이 덕한을 꿰뚫었다.

"말해라, 덕한. 나는 유령이라 너희처럼 밟고 설 땅이 없다고! 누굴 구하며 누굴 밀고한단 거냐, 내가 그럴 내 민족은 내 손으로 버리고 왔는데, 유령은 유령을 알아보지, 네가 모른단 말인가? 나를? 너 자신을?"

"…안다."

덕한의 옆얼굴에 일던 경련이 가라앉았다.

"우리는…"

현영의 입술이 떨렸다. 덕한이 그 뒤를 이었다.

"패배자다… 운명이 내몬 길에서 단 한 걸음도 벗어나지 못한."

급작스런 통곡이 일었다. 미하엘이었다. 그가 허물어지며 오열했다. 악셀의 핏기가신 얼굴에, 이윽고 조용한 슬픔이 떠올랐다. 덕한과 현영의 시선이 서로의 눈 속에서 교차되었다.

결국 나는 너를 알고 있었다.

그리고 너도 나를 알고 있었다.

그것을, 지금에야 내가 말하고 네가 말한다. 이 얼마나 놀라우며, 신기한가.

이제 너와 내가, 얼마나 새로운가…….

조용히 문이 열렸다. 안드레스가 들어왔다. 놀랍고 당황스런 표정이었으나 아무 것도 묻지 않았다. 그의 부드러운 밤색 눈이 그들을 감싸듯이 바라보고 있었다.

아직 방안은 어둑했다. 한 줄기 희푸른 광선이 그 아늑한 어둠을 꿰뚫었다. 모포를 나눠덮은 다섯 청년이 맨바닥에서 자고 있었다. 어젯밤 함께 뒤흔들린 모두가 오늘 새벽 함께 뿌리 뽑힌 나무처럼 뒤엉켜 쓰러져 있었다. 홀로 깨어난 안드레스는 벽에 기대앉아 그 겹겹이 포개진 모습을 스케치하기 시작했다. 미하엘은 눈도 안 뜬 채로 손을 뻗어 술병을 쥐더니, 입에 대고 한 모금 한 모금 착한 소년의 아침 우유처럼 마시고 있었다. 서서히 눈을 뜬 덕한이 아주 느릿느릿 일어나 앉으며 머리를 긁적이다, 돌아누워 자는 현영을 넘겨다보았다. 반창고를 붙여둔 얼굴은 잠에 곯아떨어졌고, 그 옆의 악셀은 멍한 얼굴로 아기처럼 쌕쌕거렸다. 담배를 입에 문 덕한이 먼저 일어나있던 안드레스에게 손짓했다. 그가 성냥갑을 휙 던져주자 받아 챈 덕한이 불을 붙여 한 모금 피워 올렸다. 맛있게도 피고 있을 때,

현영이 뒤척이는가 싶더니 팔 하나를 등 뒤로 내밀었다. 덕한이 웃으며 피던 담배를 손가락에 끼워주자, 앞으로 슬쩍 돌아가더니 이윽고 담배 연기가 모락모락 올라왔다.

"깼냐."

덕한이 묻자, 돌아누운 채인 현영이 웅얼거렸다.

"아직."

덕한이 픽 웃었다. 한국어를 모르는 안드레스와 미하엘도 그들을 보다 눈을 마주치며 미소 지었다.

"더 자. 아침은 멀었어."

"그러니 일어나야지."

현영은 제 눈을 사정없이 비비며 일어났다. 쑤시는 팔다리를 억지로 기지개 펴더니, 아픔에 있는 대로 얼굴을 찡그렸다. 그런 그를 지켜보던 덕한과 현영의 눈이 마주쳤다.

"아침이 오면, 다시 시작하나?"

한동안 물끄러미 덕한을 바라보던 현영이 황망한 말을 툭 던졌다.

"무엇을?"

덕한이 그저 되묻자, 현영이 즉시 대답했다.

"유령간의 암묵. 서로 눈도 마주치지 않고 입도 열지 않는다는."

덕한의 얼굴이 굳어졌다. 현영의 맑게 개인 눈이 그를 응시하고 있었다.

"밤은 이미 지나갔단 거냐?"

"유령의 시간도 흘러가나?"

"…암묵은 이미 깨졌어. 되돌리잔 거냐? 그러고 보니 희한하군. 그건 뭐였지? 너와 나 사이의."

덕한은 말을 갑작스레 끊었다. 화가 치솟았다. 나는 이상한 말을 하고 있군… 그가 먼저 시작했어… 현영이 기름을 부었다.

"뭐건 의미 없어. 지금에선."

덕한이 현영을 쏘아보았다. 터진 입가에 흰 담배가 물려있었다.

“그러니까 아무 것도 아닌 거야. 아무 일도 없었던 거나 마찬가지라고.”

“…놀라운 고견이군.”

노골적인 조롱조가 낮은 으르렁거림으로 화했다.

“그러나 우리가 가질 수 있는 건 이것뿐이야.”

그때 현영은 뭔가 다른, 알 수 없는 것을 표출하고 있었다. 덕한은 그가 안다고 생각했던 현영의 변모를 목격하며, 그 이유를 짐작하였으나, 그것이 얼마나 세찬 바람인지는 몰랐다. 현영이 그리워한 동시에 거부해온 사람과 사람 사이, 시선과 말, 혹은 주먹이 오갈 토양과, 온기나 냉기가 통할 대기가 있는 어떤 공간이, 지금 이곳의 모두에게 타격이었던 사건 이후에 비로소 생겨났던 것이다. 서로 일격을 주고받고 그 여파를 함께 겪으며 극복해낸 공유의 경험이, 표피를 스쳐가던 이름 모를 것을 마침내 뿌리내리게 한 것이다.

“알았다 해도 그뿐이지. 계속 그렇게 살 거라면, 아무 것도 아니야. 한 톨의 의미도 없어. 우리가 서로 같다고 해서, 유령끼리 어울린들 뭐가 변하나? 변한 건 없어. 속지 마…….”

덕한의 얼굴이 창백해지고 눈빛이 들떴다. 현영의 얼굴도 마찬가지로, 서로의 주시 속에서, 서로를 닮아가고 있었다.

“아무 것도 없고, 변한 것도 없어. 우리가 아무도 아니고, 우리부터가 변하지 않기 때문이야. 그렇다면 그거라도 움켜쥐어야지! …거기서부터 시작하면 돼… 이 남의 땅에서 싸우는 거다. 이곳으로 도망쳐왔으니, 여기서 죽자. 더는 어느 곳으로도 가지 말자… 그 땅에 돌아갈 수 없다면 그리워하지도 마라! 도망자이길 그만두지 않으면 평생 도망갈 뿐이다…….”

…그러려고 했었다… 그건 두렵지 않았었지… 두려워한 건 너와, 너를 향하며 아버지에게 등 돌리는, 가야 할 어딘가가 있는 나였다…….

가라앉은 목소리는 언뜻 침착하게도 들렸다. 하지만 숨길 수 없이 배어나오는 열기가 덕한을 감쌌다. 현영도 자신의 목소리를 들었다. 나는 얼마나 차분하면서도 열정적으로, 그에게 말하고 있는가. 이것은 내 목소리고,

내 말이다… 내가 그에게 이리 고한다, 그는 나한테 무어라 대답할 것인가… 현영의 눈빛이 일렁거렸다.

"도망자의 운명을 끊어내고… 유령이길 그만두자… 이제 공중에서 내려와, 너는 날 붙잡고 난 널 붙잡고… 그렇게, 지금 우리가 있는 이 땅을 디디고 서는 거다……"

"…산다고… 이제…"

덕한의 한쪽 뺨으로 눈물이 타고 흘러내렸다. 이건 나의 말이다… 무슨 뜻인가, 산다니, 무엇이? …혼란 속에서 바라본 현영의 얼굴은 희미하게 미소 짓고 있었다. 붉고 푸른 멍이 든 얼굴의 부릅뜬 눈동자가 형형한 안광을 발하고, 일그러뜨린 입가는 일견 섬뜩하다. 넌 꼭 귀신같구나!

"그럼, 죽는 것도 가능하지."

그건 또 무슨 소린가? 바보같이! …덕한이 파안대소했다. 여전히 눈물이 흘러내리는 그의 얼굴에 크고 맑은 웃음이 넘쳤다. 현영의 얼굴 역시 마찬가지였다. 둘은 얼싸안고 웃으며 뒹굴었다. 한국말로 진지하게 대화하던 둘을 숨죽여 지켜보던 미하엘과 안드레스는 그 결말에 기가 찼다. 미하엘이 미친놈들이라 외치며 술병을 던졌다. 여튼 신이 난 안드레스가 그 진풍경을 스케치하기 시작했다. 막 잠이 깬 악셀이 투덜대며 외쳤다.

"저들을 체포하라, 하일 히틀러!"

그러더니 모포를 얼굴까지 뒤집어썼다. 미하엘도 합세한 세 청년의 몸뚱아리가 그 위로 구르자 노호가 터져 나왔다. 그 난장판 위로 여린 햇살이 흩뿌려졌다.

그 새벽에, 덕한과 나는 히틀러를 암살키로 했다……

16

"…이제 개인이 자기 자신으로 돌아가는 자유로운 공간은 없다… 개
인적 행복의 시대는 끝났다."

– 히틀러, 1933.

"당신은 병사들에게 너무나 많은 동정심을 느끼고 있소. 약간 거리를
두도록 하시오."

– 구데리안 장군에게, 1941. 12. 16.

미친 짓이었고, 명백한 자기파괴였다. 히틀러를 죽임은 곧 자신이
겨눈 표적과 일치된 자신을 죽임이었다. 히틀러여야 했던 이유가 거기 있
었다.

현영이 그렇게 자신과 친구들을 파멸로 몰아넣었을 때야말로, 그는 히틀
러에 가장 가까이 갔다. 그는 히틀러처럼 번득이는 직관으로 자신의 투쟁
을 발견했고, 그 자신, 누구보다도 확신했으며, 히틀러처럼 휘몰아치는 영
향력을 발휘하여 그의 새로운 친구들을 동지로 끌어들였고, 자신처럼 열
광케 하였다. 그것은 또한 그들 모두에게, 히틀러의 감화가 평생 못다 지
우도록 강력했기에 가능한 일이었다.

그러나 무엇보다도, 히틀러보다도, 그 다섯을 그렇게 만든 것은 그들 자신이었다. 당시의 청년들은 유례없는 억압의 시대에 종속되어 자유롭지 못했다. 그러나 진정 놀라운 것은 그들이 그 역사가 일상 속에 곧장 와 닿는 변혁의 시대에 태어난 운명과, 그 비극에 열광하였다는 사실이다. 그들의 그 가슴이 에이는 통분이야말로 열광의 진면목인 것이다.

각 민족이 히틀러의 말대로 '생과 사, 둘 중 하나를 통해 다른 것을 얻어야 하는' 시대에, 민족의 수난기를 극복해야할 그들은 분명 선택받은 자들이었다. 시대와, 역사와, 혁명, 투쟁, 민족, 변혁의 말들로 키워져, 노래하듯 그 말들을 읊었고, 이른 성숙을 강요당하여 윗세대와 아랫세대로부터 분리되었고, 그들 스스로도 결별을 선고하며 외따로 걸어 나왔다. 우리들의 시대, 시대를 이끄는 우리들이라는 의식이 유난히 강했고, 영광되게 생각했으나 그것은 망설임 없이 전체를 위해 자신을 내던지는 소명 의식의 어둔 이면, 그 밑 빠진 독의 함정을 낳기도 했다. 전체의 거대한 숙명은 위대함으로 혼동되었고, 그것에 삼켜지는 개인의 말살을 해방으로 느끼는 현혹에 빠졌다.

때문에 그러지 못한 자들은 양심의 가책을 느꼈다. 아직 수레바퀴로 뛰어들지 못한 이들은 밀려난 존재의 소외감을 느꼈다. 시대의 억압은 곧 중력이었고, 그것에서 해방된 자유는 그 어느 시대보다도 무거운 짐이었다. 그 자유가 주는, 시대와 유리된 개인으로서의 각성 또한 가혹한 것이었다.

그래도 그들은, 그 시대의 사람답게 얼어붙은 수면 아래 검은 물 속을 누비며 살아갔다. 억압을 견뎌내는 끈질긴 생명력서부터 부조리를 꿰뚫는 민감한 정신에 이르기까지, 온갖 유형의 승패를 낳으며. 그토록 온갖 일이 일어난 시대보다도, 그 일들을 겪어내며 죽거나 살아남은 개개인의 생애가 더 놀라운 법이다.

그렇듯, 본디 서로 저항과 변모를 주고받는 시대와 시대인의 관계에서 개개인의 승패가 도출되는 것이야말로 생의 이치이다. 개인에게 가장 잔인한 시대를 맞아 극도에 달했던 그 엄중한 이치야말로 엄청난 희생의 대

가로 주어진 유산이다. 양차 대전과 원자폭탄과 홀로코스트 아래 묻혀버
려, 아직까지 계승되지 못한. 그러나 그 거대한 것들의 의미는, 결국 그 유
산으로부터 부여되는 것이다.

　베를린, 1941년. 다섯 청년은 히틀러를 바라보고 있었다. 모두가 그랬고,
모두가 히틀러 아니면 그의 적이었다. 우상을 받들고 공유할 줄 알았던 마
지막 세대인 그들이 히틀러를 만나고, 히틀러가 그들을 만난 것이야말로
역사 그 자체였다. 장님이 아닌 이상, 히틀러를 보지 못할 수가 없었다.
　베를린, 1941년. 이현영은 다시 히틀러를 목표로 삼았다. 이제는 그와의
내적 관계를 외적인 것으로 재설정하는 비약적 전환이었다. 아버지와 조
국의 그 어느 편에도 '직접적으로는' 총부리를 들이대지 않는 '제3의 길'
을 발견하자마자, 모든 선택과 그에 따를 행위를 두려워하던 '유일한 행
위-무행위' 의 반동이, 그 길로의 돌진에 가속력을 더했다. 현영이 그를 말
하자, 다른 네 명도 자신들 속의 그를 재발견했다. 일단 그의 이름이 고해
지자, 그들 모두가 알아차렸고, 선택했으며, 원하였다. 다른 누구도 아닌
바로 히틀러를. 그렇게 그에게 그가 명령한 바가 아닌 그들의 행위를, 그
들의 자발적인 반응을 돌려줌으로써 그는, 그들, 그의 동시대인들에게 더
욱 가까워졌다. 그 역 또한 성립함은 물론이다.

　…그것은 또한 교묘한 흐름이었다. 그 모든 상처와 환멸을 겪고도, 또
다시 자아내는 끝없는 흐름… 소망하기를 소망하노라… 꿈꾸기를 꿈꾸
노라… 그토록 원하노니, 생 그 자체를.

　며칠 후, 덕한의 자취방에 모두 모여 있었다. 전날 밤에 또 술판을 벌였
었다. 험한 몰골들을 하고, 어제 악셀이 가져온 햄과 치즈 남은 것으로 늦
은 아침을 먹던 참이었다. 갑자기 현영이, 아닌 밤중에 홍두깨 격으로 무
슨 말인가 하여, 다들 순식간에 침묵했다. 폭탄을 맞은 듯한 셋을 두고, 덕

한과 현영은 열심히 먹고 마셨다. 놀라운 먹성을 보이며 순식간에 접시를 비운 현영이 큼지막한 흑빵을 집어 들고, 자신을 물끄러미 바라보는 셋에게 손으로 북북 뜯어 나눠주었다.

"일단 먹어라."

그리고는 자신이 먼저 먹기 시작했다. 덕한도 슈프누델을 만들 줄 몰라 독일인 친구들이 불평하건 말건 그냥 쪄버린 감자를 나눠주며 덧붙였다.

"참가는 자유다."

그리고는 둘이 계속 먹었다. 악셀이 제 앞의 빵을 집어 현영에게 던졌다.

"그만 먹어!"

"싫다."

현영이 악셀의 빵을 낚아채며 대꾸했다. 둘은 서로 노려보고, 안드레스는 한숨쉬고, 미하엘은 풋 하고 웃었다. 덕한은 시침 떼고 먹기 바빴다.

"난 먹겠다. 너나 먹지 마."

"내가 언제 안 먹겠대!"

미하엘은 모든 걸 농담으로 해석한다는 듯, 얼굴을 감싸 쥐고 웃음을 터뜨렸다. 그런 미하엘을 보던 안드레스가 시선을 돌렸다.

"설명을 요구한다."

덕한이 포크를 내려놓았다.

"내가 하지. 동방을 향한 히틀러의 유럽 제국과 남하하는 일본의 아시아 제국이 이룩되면, 미국은 태평양에 발이 묶이고 영국은 고립된다. 물론 그럴 가능성은 희박하지만 분명 진행 중인 현실이지. 아직 분쇄하지 못한 미래의 가능성이고."

"끝장나는 건 히틀러겠지."

안드레스의 침착하고 단정적인 어조에 모두 그를 쳐다보았다. 덕한이 말을 이었다.

"물론 그렇겠지. 그러나 그가 패망할 때까지 기다릴 순 없어, 절대로. 유태인 문제만이 아냐. 그는 전 독일 국민의 피를 요구하고 있어. 적들의 피는 말할 것도 없고."

"처칠도 피를 요구하지."

미하엘이 중얼거리자 악셀이 받았다.

"어쨌든 그가 일으킨 전쟁은 아니지. 히틀러는 자신의 패배를 우리 피로 갚게 할 거야."

"자신보다 더 큰 힘에 패배한 독일 민족을 위한 눈물은 없다…"

현영이 히틀러의 말을 입에 올리자, 다들 입을 다물었다.

"총통에게 동감이야. 우리도 그의 눈물은 필요 없지."

악셀의 냉소로 침묵이 깨어지자, 안드레스가 뒤를 이었다.

"그는 승리했을 때가 더 위험한 자다. 크게 승리하면 할수록 최후에 올 패배는 절멸에 가깝지."

"일본 역시 최후까지 항전할 거야. 유사쿠의 말대로 미국에 선전포고를 하는 자살 행위를 한다 해도 그들은 전선이 끝도 없는 독일보다는 오래 끌 거야. 미국은 결국 참전할 테지만, 나치가 빨리 패망해야 미국의 군사력이 일본에 집중될 수 있겠지."

덕한이 그 말을 받았다.

"최후의 일본인 한 사람에 이르기 전에, 전 식민지인이 모두 죽을 거다."

현영의 목소리는 가라앉았으나 그 눈은 빛났다.

"그들의 패망이 문제가 아니란 거군."

"우리 모두의 생존을 말하는 거야. 모든 한국인, 독일인, 영국인, 소련인, 중국인, 일본인, 앞으로의 미국인, 전 세계인이 하나라도 더 살아남기 위해 서다!"

현영이 나직하나 힘주어 말했다.

"거대한 계획이군. 조국을 등진 너희 둘은 세계를 향하나?"

악셀의, 조소는 없으나 찌르듯이 예리한 질문이었다.

"그래. 이미 중일 전쟁으로 착취당하고 있는 내 나라 역시 곧 말려든다."

덕한이 자조적이나 어둡지 않은 웃음으로 시인했다.

“나는 항복하지 않는다, 우리는 파멸할지 모른다. 그때는 화염에 휩싸인 전 세계를 함께 끌고 갈 것이다…….”

미하엘 또한 히틀러의 말을 되새겼다.

“그 세계를 태우는 불꽃 속에서 십자가에 매달리는 게 그의 꿈이지.”

현영은 빈정거리는 말투였으나 그 눈은 웃고 있지 않았다.

“총통은 구세주고, 소련은 게르만의 에덴동산이니, 착한 독일인들을 거기 데려가 살게 해준다는 거군. 열심히 싸우다 죽으면 말야.”

미하엘이 짧게 웃으며 말하자 안드레스가 받았다.

“대신 폐허만이 남겠지. 그것도 베를린의.”

“그가 낸 불 속에서 타죽기도, 그 잿더미 위에 살아남기도 싫어.”

덕한이 태연하게 말하자 잠시 정적이 흘렀다. 현영이 꾸밈없는 태도로 입을 열었다.

“더하여 한국인 둘이 천황을 노리지 않는 사적인 이유를 알려주지.”

악셀이 어깨를 으쓱하며 대꾸했다.

“윤이 그러는데, 한국인들 한 번 실패했다며?”[14]

“그 한 번 때문에? 천만에, 천황을 죽여 봐야 보복당할 뿐이야. 보복이라면 일본은 독일도 능가해. 하지만 히틀러가 죽으면 전쟁은 끝난다. 일본도 오래 버티지 못할 테고. 이 인류와 세계를 위한 위대하고도 합리적인 동기에 더해 ― 양팔을 벌려 히틀러를 흉내 내는 현영의 과장된 몸짓에 갈채가 쏟아졌다 ― 히틀러가 천황보다 더 크기 때문이야. 크고도 크지, 내 안에, 또한 우리 모두의 안에!”

그 연극조의 대사에 정곡을 찔린 좌중을 향해 현영이 미소 지었다.

“고해성사의 때가 왔다, 친구들.”

그러더니 허공을 향해 낭랑하게 부르짖었다.

“신이여, 용서하소서, 나는 그를 사랑했습니다. 사자들이여, 용서치 마소서.”

여지없이 자극당한 시선들이 교차하는 가운데 현영이 계속해서 말했다.

"나부터 할까, 젊은 시절의 고난을 딛고 민족의 영광을 일궈낸 지도자여! 그를 따르고, 그처럼 되라! 그러지 못해 한때 괴로웠었지! ― 그가 통렬한 웃음을 터뜨리며 잔을 쳐들었다 ― 그는 나고, 나는 그다! 유겐트리베 히틀러!"

그들은 어쩔 도리 없이 따라 웃었다. 괴로울 정도로 히틀러에게 빠져들었던 기억들을, 이 감정노도의 낭만적 행위가 사정없이 헤짚었던 것이다. 웃음이 아니면 눈물이었다……. 미하엘이 벌떡 일어나 잔을 치켜들며 외치자, 모두가 그 뒤를 따랐다.

"신이여, 나는 아직도 그를 사랑합니다, 오직 그만이 나의 원수이기에!"

"우상은 가라!"

"속인 자보다 속은 자가 더 나쁘다!"

"자유 만세! 독재자를 타도하라!"

"총통께 우리 다섯의 희생을 바친다!"

마지막 외침의 울림이 잦아들자 각오서린 눈빛들이 모였다. 가라앉은, 단호한 목소리들의 건배가 다시 이어졌다.

"총통에게라면 기꺼이!"

"샴페인처럼 넘쳐흐르는!"

"꽃다운 청춘의!"

"그 누구의 눈물도 필요치 않는!"

"약자에게 저주 있으라!"

낭만적인 구호들을 안드레스가 총통의 말로 엄숙히 마무리 지었다. 일제히 프로짓을 외치며 그들은 잔을 부딪쳤다. 누를 길 없이 터져 나온 환호작약, 그 순수한 희열이 그들을 도취시켰다…….

이유는 충분했고, 이미 알고 있던 바였다. 그중에서도 결정타는, 정확성과 오류가 뒤섞인 세계정세 분석보다 '히틀러의 전쟁'은 히틀러만이 끝낼 수 있다는 믿음이었다.

그들만의 진실일지 모르나, 그렇기에 더욱 의지가 되었다. 독선적이고 폐쇄적인 강령일수록 도리어 신뢰와 단결을 낳기도 하는 것은 어느 조직이나 마찬가지다. 그 믿음을, 그들이 서로서로 들려주고, 듣고 싶었기에, 연극의 한 막이 올려졌을 뿐이다. 그렇게, 아직 부드러운 입술들에서 바깥 공기로 발해진 '이미 아는 말' 들은 새롭게 싱싱해져 화자들을 매료시키며, 그 의식의 미학이 되었다.

히틀러를 죽이고자 함은, 잘못을 바로잡는, 뒤돌아보고 싶지 않은 과거와의 결별이었고, 그와 동일시했던 당시의 자신을 죽이고자 함이었다. 한편으론 아슬아슬하게 위태로웠으니, 이 혈기왕성하고 천진난만한 암살자들은, 만일 지척에서 히틀러가 자신들 아닌 다른 위험에 처해, 예를 들어 호수에서 익사할 지경이라도 되면, 앞뒤 가리지 않고 뛰어들어 구해버릴지도 모를 일이었다.

히틀러가 그들을 배신했다고 할 수 있을까? 그들이 그를 제대로 몰랐던 것이지, 그가 속이기만 했다고 할 수는 없다. 그는 자신의 중요한 주장들은 항상 일관되게 유지해 왔다. 그가 어떻게 교묘했든 간에, 속아 넘어간 자들의 잘못이나 책임이 덜해지는 것은 아니다. 그들이 그의 잘못을 가리키느라 자신들의 잘못을 도외시할 때, 또 다른 오류가 태어난다. 그들 한 사람 한 사람이 각자의 생으로 호되게 그 값을 치르고도, 그들의 아이들에게까지 남겨질 오류의 유산이. 인식이 곧 행동으로 이어진다고 할 수는 없는 반면, 인식의 오류나 부재는 행동의 오류나 부재를 반드시 낳는 법이다.

또한 히틀러가 그들을 그렇게 '배신' 하지 않았더라면, 그들이 히틀러를 배신했을지도 모른다. 순수한 자들은, 언제 어디서나 가장 무서운 부류인 것이다. 모든 것에 이면이 있으나, 더 어두운 이면이 있다. 그 본래 모습과의 격차가 클수록, 더 닮아있으며, 공유하는 내면이 더 깊다.

그날 밤 카페 슈바르츠블라우에서 다섯 청년이 다시 술잔을 쳐들고 있었다. 악셀이 먼저 시작하였다.

"독일 민족을 다시 높여준 것은 자유를 다시 획득할 수 있다는 확신이다. 하일 히틀러."

"세계사는 의지와 결단력의 소수에 의해 만들어진다. 하일 히틀러."

"세계관은 자신의 틀림없음을 스스로 표명한다. 하일 히틀러."

"소심자를 위협하는 목소리, 이것이 참된 투사의 집합신호다. 하일 히틀러."

"압제는 압제에 의해서만, 테러는 테러에 의해서만 파괴되며, 그때 비로소 새로운 상태가 건설된다. 하일 히틀러."

뒤이어 덕한, 안드레스, 미하엘, 현영의 순으로 은근한 조소가 일품인 낭독들이 행해졌다. 마지막으로 다 같이 하일 히틀러를 외치며 건배하자, 옆 테이블의 훈장을 단 노신사가 함께 앉은 부인을 돌아보며 기특한 듯 말했다.

"요즘 젊은이들은 마인 캄프를 달달 외우는군!"

그것이, 땅에 발을 디디고 선 유령이 아님을, 덕한도 나도 알고 있었다. 히틀러 숭배에서 암살로의 현기증 나는 낙하에 몸을 던진, 세상을 앞선, 우리 자신의 전복… 그것이 처음으로 꿈꾼 나의 모습이었다……

17

“우리는 평화를 사랑하는, 그러나 청동과 무쇠로 무장한 천사로서 세
상에 나갑니다.”

— 히틀러, 1937. 2. 24.

그들은 행동 속으로 활기차게 뛰어들었다. 안드레스와 덕한을 제
외한 셋은 나쓰에의 파티에 적극적으로 참여하여 쓸만한 정보부터 근거불
명의 가십, 퍼즐 맞추기에 필요할지 모를 사소한 단서들에 이르기까지 죄
다 긁어모았다. 이제까지의 비사교적인 이미지를 벗고, 쾌활하고 유망한
젊은 신사들로 거듭나는 데는 악셀의 배경과 이하라 남매와의 친분이면
족했다. 아름다운 나쓰에에게 바치는 사모를 이 갑작스런 태도 전환의 구
실로 내세웠으나 이하라 남매 역시 현영이 새로 사귄 친구들을 믿고 기꺼
이 환영해 주었던 것이다. 그렇게 만들어진, 여자 꽁무니나 쫓아다니는 사
교계 한량의 이미지는 전 국민 대상의 게쉬타포 감시망을 피해가는 데도
도움이 될 터였다.

또한 덕한과 악셀은 폭탄 제조에 골몰했고, 전원이 교외로 나가 명사수
악셀에게 사격 훈련을 받았다. 경험이 있는 것은 덕한과 미하엘뿐이었으
나 신통찮았고, 현영은 열의는 넘쳤으나 서툴렀으며, 능란하게 화필을 다

루는 안드레스의 긴 손가락은 아예 무용지물이었다. 그러나 안드레스를 제외한 전원이 빠른 발전을 보여, 교관인 악셀의 마음을 흐뭇케 했다.

아들론 호텔은 당시 베를린의 최고급 호텔이었다. 그곳의 호화로운 레스토랑에는 샴페인과 캐비아, 커피와 초콜릿이 넘쳤다. 유명 가수들과 코미디언들의 출연으로 인기 높은 카바레 델 코미카와 쌍벽을 이루는, 베를린 사교계의 축이었다. 지배인 매수가 다반사인 레스토랑에선 모든 육류의 주문이 가능했고, 그 낙원에서 배급표니 암시장은 농담에 불과했다. 고위급 인사들과 그들의 여인들이 진을 치다시피 했고, 상류층 젊은이들은 그들끼리 나이트클럽에서 파티를 열었다. 그곳에선 금발의 젊은 부하들에게 둘러싸인 장신의 하이드리히도 종종 눈에 띄었다. 전쟁은 전쟁이고, 삶은 삶이다, 당대의 표어는 자발적인 충성을 바치는 무리들 위로 드높이 군림하였다.

현영은 나쓰에와 춤추고 있었고, 악셀은 로트만과 대화하고 있었다. 그 옆으로 사람들에게 둘러싸여 시가를 꼬나문 채 처칠 흉내를 내는 미하엘의 모습이 보였다. "여러분께 피와 땀과 눈물을 약속합니다! 우리는 하늘에서도, 땅에서도 바다에서도 싸울 것입니다! 그리하여 오늘날 우리는 완전하고 절대적인 패배를 맛보았습니다!"[15] 그가 처칠식으로 눈을 부릅뜨며 주먹을 휘둘러 보이자 폭소가 터졌다. 유사쿠가 제일 크게 웃었다. 잠시 후 악대가 잠수함 군가 '우리는 영국으로 간다'를 연주하기 시작하자, 머리가 하얗게 센 노 웨이터가 힌덴부르크처럼 위풍당당한 모습으로, 꽃으로 장식된 유 보트 모양의 초콜릿 케이크를 들고 왔다. 흰 크림으로 그날의 선박 격침 수가 쓰여지고 그 수만큼의 작은 초들이 꽂혀있었다. 볼프강 뤼트! 게오르그 라센! 에리히 토프! 모두가 입을 모아 대서양을 제집처럼 누비는 '바다의 늑대', 유 보트 함장들의 이름을 연호했고, 3월에 포로가 된, 44척 26만 톤 격침의 오토 크레치머가 대미를 장식했다. '오토! 우리는 당신을 잊지 않는다!' 구호가 끝나는 동시에, 이국적 미모와 자유분

방하고 꾸밈없는 태도로 인기 높은 나쓰에가 케이크 앞에 서서 촛불을 후
후 불어 껐다. 갈채와 환호가 잇달았다. 나쓰에가 케이크 한 귀퉁이를 떼
어 장난스런 몸짓으로 현영의 입가에 갖다대자, 그녀의 손가락에서 받아
먹은 그가 쪼는 듯한 키스로 응답했다. 그때 공습경보가 울렸다. 악대의
연주가 멎고, 웨이터들이 침착하고도 우아한 몸짓으로 손님들을 질서정연
하게 인도했다. 당황하거나 서두는 사람도 없었다. 막 파티장을 나서기 전,
나쓰에가 황급히 뒤돌아서며 손가락질을 하자, 미하엘이 재빨리 뛰어가
유 보트 케이크를 머리에 이고 왔다. 모두 일제히 웃음을 터뜨렸다. 잠시
후, 9m 두께 철근 콘크리트의 호텔 지하 대피소에 다시 모습을 드러낸 케
이크 위로 샴페인이 부어졌고, 악대의 음악 대신 축음기로 재즈가 틀어졌
다. 나치가 금한 흑인 음악이었지만, 공습의 밤에 그 금지된 스윙 선율만
큼 어울리는 건 없었다. 손에 손에 가죽서류가방을 들고 유유히 피난 온
부모들과, 겸하여 그들의 정부와 마주치는 일도 비일비재했지만, 그 밤의
조우에 구태의연한 예법은 세련되지 못한 처신으로 간주되었다.

  덕한의 다락방에서 회의가 열리고 있었다. 그 동안 얻어낸 정보가 쏟아
졌다.
  "그의 경호대는 친위대의 사격 명수들로 구성됐지. 지휘관은 한스 라텐
후버 소령."
  악셀이 먼저 운을 뗐다.
  "모든 스케줄은 비밀. 늦게 도착해서 빨리 출발하고, 아예 참석을 안 할
때도 있지."
  "가는 곳마다 미리 수색되고, 대중 앞에 나설 때는 친위대로 사방을 둘
러치지. 그 군중 속에도 비밀 경호원이 잠복해있고. 그 자신이, 암살을 두
려워한다는 거야."
  현영과 미하엘이 연이어 말하자, 악셀이 다시 독특한 미소를 지으며 하
나하나 열거했다.

"지금부터 그 유명한 베르히테스가덴 산장의 실체를 공개하겠다. 커브 투성이 가파른 암벽 길을 올라, 해발 1700m의 계곡 위 다리를 건너. 바위를 뚫은 지하통로 130m를 지나, 마지막으로 청동 엘리베이터 130m를 오르면, 총 해발 1830m 높이의 일명 '독수리 요새'에 도착할 수 있어. 앨리스의 모험에 비하면 간단하지. 거기 전류가 흐르는 전선 8마일에 콘크리트 진지와 방공포대가 곁들이면 끝이야."

"…광인의 성이군."

"걱정 마라. 완벽한 작전이 있다. 팔쉬름예거(독일 공수부대)를 투입하면 문제없어. 아니면 엘리베이터를 고장 내는 거야. 일단 외부 진지와의 연결을 차단하고, 총통을 알프스 산속으로 납치하는 거지… 아프베어(방첩기관)면 틀림없는데… 브란덴부르거(특공부대)도 확실하고."

"그렇군! 그런 좋은 방법이 있었어! 미처 몰랐지 뭐야! 그냥 네가 총통해라!"

"그런, 만슈타인 장군[16]으로 족해. 난 겸손하다고."

"그럼 장군님, 아인자츠그루페(특별행동대)는 어떻습니까? 마침 바르바로사 작전[17]의 대영제국 왕실 접대용으로 영어까지 교습 받는 부대가 있습니다. 총통 역시 제국의 지도자시니 조금도 꿀릴 것 없습니다."

"둘 다 틀려먹었어. V-2[18] 한 방이면 끝난다!"

"아직 완성도 안됐다! …아니, 정말 만들고 있긴 할까?"

"그건 확실해. 총통은 뭐든 최신식에 무조건 크고 봐야 하잖아. 그런 완전 자기 스타일 장난감을 왜 안 만들겠어?"

"총통 전용 열차는 어때? 거긴 방공포와 SS 2백 명뿐이니, 텅 빈 거나 다름없지. 네가 떨거지 2백을 맡으면, 거물은 나 혼자 처치하겠어."

폭소가 터지며, 미하엘의 광기가 불러일으킨 소동이 겨우 가라앉자, 덕한이 생각에 잠겨 느릿느릿 말했다.

"전용 권총 휴대에 방탄조끼까지 착용한다고……."

"모자 무게가 3파운드 반이라는 거야, 그 안에 철판을 대놓았대. 그대로는, 살아남아도 대머리가 되고 만다……."

"괜찮아. 수염이 있으니까. 한데, 몸수색은 기본이겠지?"

"뿐이랴… 제국의 어느 누구든 무장 해제다."

"네 아버지도?"

"괴링이라 해도 마찬가지야."

"그거 웃기는데. 그럼 직속상관인 히믈러도 권총을 못 차는데 라텐후버는 차고 있단 말야?"

"뭐가 웃겨? 철두철미 나치식인데. 여기는 제3제국이야, 느슨해빠진 민주국간 줄 아나."

"총을 숨길 방법을 고안해야겠어. 아니면 폭탄으로 죄다 날리든가."

"열차를 날리고 싶어, 열차를. 난 열차광이었나봐."

"실은 거기 탄 SS가 좋은 거지?"

"그만들 해라. 흠, 군중에 섞여 접근하는 건 무릴까?"

"확률 반반이겠지. 하지만 이젠 자주 나오질 않잖아. 게다가 경호대는 총통을 해하려는 자와, 열광해서 몰려드는 선량한 시민을 구분하라는 지시를 받고 있다는 거야…"

"무슨 수로? 놈들 눈은 뢴트겐선이라도 쏴 댄다냐?"

"그러게, 놈들도 애로 사항이 많지 뭐야."

"여장이라도 해야겠군. 바바리아 전통의상 치마에 꽃다발을 들고 경호대를 향해 방실 방실 웃는 거야. 그러다 꽃 밑에서 총을 꺼내… 탕, 탕!"

"…뭐든 좋아. 너 혼자 뭐든 하라고!"

"막 수상이 됐을 때만 해도, 쉽게 죽일 수 있었는데. 뮌헨에 '오스테리아 바바리아'라고, 단골 레스토랑이 있어. 홀 옆의 작은 별실에서 식사하는데, 친위대원 2명이 밧줄로 입구를 차단하는 게 다였대. 나도 거기 가본 적 있는데, 히틀러를 보진 못했지만, 정말 가까운 거리더군. 홀에서 쏘면 딱인데."

악셀이 투덜대자 미하엘이 받았다.

"재작년의 암살 기도 때문이겠지."

"아니, 우리 이전에 누가 있었나?"

"뮌헨의 호프뷔르거켈러에서 폭탄이 터졌었지. 7명인가 죽고 수십 명 다치고. 게오르그 엘자란 놈이었지."

"그런데 그는 멀쩡했단 말야?"

"그가 떠난 지 10분 후에 터졌거든. 계획은 좋았어. 거기선 매년 비어홀 쿠데타 기념행사가 열렸는데, 그 10분 후라는 게, 원래대로라면 연설 끝내고 맥주마시며 잡담 나눌 시각이었어… 나치스의 고참들이 우글대고… 딱 알맞게 장치한 건데, 히틀러가 그날은 웬일인지 연설만 하고 후딱 가버린 거야. 신의 가호라고들 했지."

"엘자라는, 그자 단독으로?"

"배후에 영국 정보부가 있었다더군."

"아니면 게쉬타포거나. 총통의 암살 위기면 전쟁 찬성 여론의 결정타로 그만이지. 총통이 위험하다, 독일이여, 궐기하라! …보통은 그 반대가 아닌가?"

"게쉬타포인 편이 좋군. 신의 가호든 악마의 비호든, 정말로 그가 무섭게 운이 센 것보다야 조작 쪽이 백 배 낫지."

"…그때만 해도 성당에 뛰어가 울면서 기도드렸었는데."

"난 안 그랬네. 넌 그때 하느님까지 믿었나? 착한 소년이 타락했군."

"닥치게나, 전우여. 그나저나 꼭 그때마다 뭔가 터지는군. 38년의 크리스탈나흐트(수정의 밤)도 그 쿠데타 기념 축연 때쯤이었어. 동지들이 흘린 피를 피로 갚자는 건가. 그냥 넘어가는 법이 없군."

미하엘과 입씨름하던 악셀이 이맛살을 찌푸리며 음모론을 제기했다. 잠시 침묵이 흐르다 현영이 차분한 어조로 화제를 돌렸다.

"그에겐 자신이 직접 지은 별명이 있는데, 아무나 부를 수도 없고, 특별한 친구들만 부를 수 있다는 거야…"

"비니프레드 바그너나 브뤼크너 부인 같은 이들이겠지. 소문 자자했던 겔리 라우발은 물론이겠고.”

“그게 누군데?”

“조카딸이야. 자살했지.”

현영은 채 궁금증이 풀리지 않았으나 악셀은 슬쩍 시선을 피했다.

“여하튼 그건 볼프(늑대)야. 아돌프의 게르만어 원형태라는군. 세상은 정글이고 그 안의 그는 강인하고 공격적이며 고독한 늑대란 거지.”

현영이 감탄조로 말을 끝맺자 악셀이 중얼거리듯 뇌까렸다.

“폴크스바겐 생산 도시는 늑대성, 프랑스 사령부는 늑대계곡, 동프로이센 사령부는 늑대굴…”

“애견인 블론디는 늑대사냥개.”

미하엘이 웃으며 장단 맞췄다.

“나쓰에가 말한 소문인데, 그는 종종 휘파람을 분다더군.”

그렇게 말한 현영이 ‘아기 돼지 삼형제’의 주제가를 짤막하게 휘파람 불었다.

“디즈니 아냐?”

미하엘이 어처구니없어 했다.

“맞았어. 누가 크고 나쁜 늑대를 무서워하랴~~”

일제히 폭소가 터졌다.

“위대하군.”

덕한이 모두를 둘러보며 툭 내뱉었다.

“우리도 그처럼 되어야 해. 그가 자신을 볼프라 믿고 정글을 정복했다면, 우리 역시 늑대가 되지 않고선 그를 한낱 개처럼 때려잡을 수 없어… 그의 행동과 말을, 그의 모든 것을 따라 그에게 합치하고, 그의 방식으로 행동한다. 이것이 우리의 강령이다!”

덕한이 힘 있게 말했다.

“그의 수법으로만 그를 정복할 수 있어.”

“…선전포고 없는 선제공격… 급소를 물고 늘어지며, 죽음을 각오한.”

말없이 스케치만 하던 안드레스가 조용히 덧붙였다. 모두 그를 쳐다보는 가운데, 그가 스케치북을 돌려보였다. 늑대의 목덜미를 물어뜯는 또 다른 늑대가 살아 움직이는 듯하였다.

우리의 작전명이자 암호가 정해졌다…….

덕한의 방으로 악셀과 미하엘이 영사기와 영사막을 운반해왔다. 악셀이 집에서 가져온 것이었다. 영사기를 돌리자, 히틀러의 모습이 스크린 가득 비쳤다. 그의 연설을 담은 필름이었다. 다들 말없이 집중하는 가운데, 벨트에 한 손을 댄 자세로 어둠 속에서 나타난 히틀러가 한 줄기 파르스름한 조명을 받으며 엄숙한 표정으로 연단을 향해 걸어갔다. 무음의 화면은 그 생경함으로 더욱 인상적이었다.

미하엘이 비꼬는 기색 없이 담담하게 중얼거렸다.

"결코 좌우를 돌아보지 않고, 결코 웃지 않고, 홀로 독차지하는 조명. 메시아적 연출."

히틀러가 한 손을 내밀며 앞을 가리켰다. 이어 집게손가락을 치켜올리더니, 동의를 구하듯 양 손을 쳐들며 시선을 오른 쪽으로 두었다. 이어 왼쪽으로. 이맛살을 찌푸리고 개탄하듯 양 손을 아래로 펼쳐보였다. 왼손을 위협적으로 앞으로 뻗고, 오른손은 강하게 주먹을 쥐더니 이어 주먹 쥔 손을 강하게 위로 쳐들며 노호하였다. 영감을 받아 예언이라도 하듯 손가락을 쫙 펼친 양손을 위로 쳐들었다. 감정이 고조되는 듯 눈을 부릅뜨고 공중에 높게 쳐들린 손을 극적인 몸짓으로 꽉 주먹 쥐었다. 한 손만 서서히 내려와 그의 가슴에 놓였다. 절정에 이르러 주먹이 공중에서 부르르 떨리는가 싶더니, 이윽고 눈을 내리감으며 두 손을 가슴 앞에 포갰다.

나란히 늘어앉은 다섯은 말없이 응시하고 있었다.

"고백하건대, 그의 연설은 나의 첫 엑스타시야."

악셀이 말하자 현영이 그를 쳐다보았다.

"군중은 여자와 같아, 극단을 오가며 동요한다. 그들은 자유를 원치 않으니, 그들에게 힘과 의지를 강요하라!"

미하엘이, 남학생들 사이의 유행어인 히틀러의 말을 크고 똑똑하게 말했다.

"강자에게 지배받는 쾌감……."

"감성에 호소하라, 그들이 히스테리로 눈멀어 달려 나가도록……."

현영이 다소 더듬거리며 그 뒤를 잇자, 덕한이 마무리했다. 학생들은 히틀러의 이 말들을, 선동가의 것이라기보다 대중을 신부라 부르는 남자의 카리스마로 떠받들며 설익은 흉내를 내곤 하였다. 그러나 화면으로 다시 접한 히틀러의 소리 없는 몸부림은, 대중을 밀어붙이며 휘둘러대면서도 어떤 여성적인 면모를 보였다. 그가 먼저 히스테리에 빠져들었고, 너무나 극적인 제스처가 남발되었다. 제 감정에 겨워 흐느끼는 삼류 배우. 그러나 그 신파극의 효과는 엄청나다……. 그 신경질적인 여성성이 청중에게 투사되어 광범위하게 전염되는 게 아닐까 하고 현영은 생각했으나, 입 밖에 낼 정도로 제대로 표현할 순 없었다.

"어렸을 때 그의 연설을 들으러 간 적이 있는데… 그가, 연단에서 가죽 채찍을 휘두르는 거야, 이렇게."

악셀의 목소리에 고개를 들어보니, 그가 채찍을 휘두르는 동작을 멋지게도 해보이고 있었다.

"채찍을 휘둘러 독사의 무리를 성당에서 내치는, 유대의 독에 대항하는 그리스도의 무서운 싸움을 계승하겠다고… 얼마나 환상적인지… 그가 넋을 잃으면 우리도 넋을 잃고, 그가 꿈을 꾸면, 우리도 따라 꿈꾸는 거야. 그럴 때 저 혼자 제 정신이면 심히 불안해지지."

"도대체 왜 그렇게 그리스도를 들먹이지? 교회는 못살게 굴면서."

"옛날엔 사이좋았어. 기독교도는 거대표밭이잖아. 하기야 그땐 실업자도 많았고, 노동자도 많았지. 기업가야 돈이 많고. 이젠 과거지사지만, 돌이키면 참 잘도 각계의 비위를 다 맞춰줬었지. 속이 없어 보일 지경으로.

좋은 건 다 끌어들이고, 나쁜 건 다 욕하고. 그 기준이 뭐겠어? 여기선 이 말, 저기선 저 말이었지. 하지만 정권 잡은 후엔 죄다 배신했으니까, 그 점에선 공평했어."

"묵시록이라니까. 제국은 천 년을 가고 지도자는 그리스도 아니면 적그리스도여라. 그중 하난 이미 됐잖아. 그럼 몇 세기 전에 노스트라다무스가 예언해 준 셈이니, 얼마나 극적이야. 그의 취향에 딱 맞지."

"그러다 그가 죽어도 최후의 심판이 안 닥치면? 그때 가서 세계가 끝장 안 나면 허무할지 않을까."

"강림을 믿다니 참으로 순진하구나, 전우여. 그런 건 있거나, 혹은 없거나야. 반면에 적그리스도 출현은 100퍼센트 확실하지. 인간 무리가 좀 불어난다 싶으면 시대마다 꼭꼭 나타나잖아. 아틸라 같은 게 다 뭐겠어? 그게 적그리스도가 아니면 그렇게 무수히 죽어간 사람들은 다 뭐란 말야? 나 같음 분해서 무덤에서라도 기어 나온다. 그리스도 강림 같은 건, 죽지 말고 살라고 던져주고, 죽지 않고 살려고 매달리는 희망이야. 어차피 속임순데 신이 만들건 인간이 만들건 그건 중요치도 않고. 누군 몰라서 속나?"

미하엘이 기염을 토하자 악셀이 천진한 어조로 받았다.

"소원대로 그리스도 시켜주자. 우리도 묵시록의 넷 아니 다섯 기사가 될 수 있잖아. 암살당하면 그는 이번에야말로 불멸의 영웅이 될 거야. 지금이라면 가능해. 그에게도 행운이고. 비록 그가 우리의 사랑을 몰라주어도 말이지……."

"기억나나, 기사처럼 갑옷 입고 말 탄 히틀러의 초상. 한 손엔 성배를 들고, 파르치팔처럼 말이지!"

안드레스 역시 추억 속의 히틀러를 돌이켰다.

"지그프리드나 로엔그린은 어떻고, 바그너의 주인공은 다 해봐야 직성이 풀릴걸."

"어째서 신은 그에게 불세출의 정치가와 천재적인 사령관의 자질을 내린 거지? 성악의 재능을 내렸다면 독일도 그도, 보다 행복했을 텐데."

“오스트리아 놈들은 어떻고. 어째서 빈의 미술 대학에 곱게 넣어주지 않은 거야? 합병당하고 싶었냔 말이지.”

“그거 아냐? 33년에 리하르트 오이링거가 ‘도이치 수난곡’ 이란 오라토리오를 공연했는데, 이게 또 엄청난 걸작이었어. 나치스 예술의 정점이었지. 영웅이, 민족을 불쌍히 여기사, 패배한 독일 국민들에게 납시는 거야. 머리엔 가시관을 쓰고. 멍청한 대중이 그를 십자가에 못 박는데, 더럭 기적을 일으켜. 국민에게 무기와 삽을 나눠주고, 무덤 속의 전사자를 되살려서 사자와 생자 사이의 화합을 이룩하는 거야. 그게 바로 제3제국의 정체지. 유령이 출몰하는 제국! 사자와 생자의 구분이 없는! 그때 그의 상처에서 광채가 터져 나오고, 그는 다 이루었다고 외치며 승천하시지. 알겠나? 다 이루었다고! 그게 핵심이야. 다 이루기 전까진 절대로 승천하지 않아. 십자가에 못 박힌 채 그대로 순교하는 기독교적 수난은 패배주의적이므로 거부해. 그는 기적을 일으키는 거야, 십자가라는 무대가 생길 때까지 기다렸다가. 참으로 화끈한 구세주였지. 그리스도와 비교도 안돼. 최후의 심판 때까지 기다리게 하지도 않고, 지상천국쯤 순식간에 세워주고, 얼마나 통이 큰지… 포도주니 물고기니 하는 기적은 시시해서 눈에도 안 찬다니까… 지금 생각해도 놀라워. 교회를 속이고 공산주의자들을 속인, 제3제국 탄생의 비화를 있는 그대로 보여주거든. 이렇게 솔직해도 되나 싶게.”

히틀러가 대상인 재담은 유쾌한 것이었다. 우상을 누대에서 끌어내리고 오물을 끼얹는 행위는, 실은 외부로 발현된 고해성사였다. 그들의 비판은, 그토록 압도적이었던 그의 영향에 대한 진실한 응답이었다. 지금껏 쌓아올린 그와의 관계에서 우러난, 그들이 그에게 줄 수 있는 소중하고도 순수한 것.

분위기가 한창 무르익는데, 안드레스가 차분한 목소리로 선서하듯 말했다.

“우리는 거룩한 독일을 믿는다.

거룩한 독일은 히틀러다.

우리는 거룩한 히틀러를 믿는다.”

그러더니, 한쪽 입가를 끌어당기며 말했다.

“독일 철학을 총 망라한 이 삼단 논법이야말로 최고의 걸작이지. 감히 이의를 제기하겠나?”

그들은 웃음을 터뜨렸다. 히틀러 유겐트와 히틀러 청년단, 친위대는 막론하고, 모든 조직의 의무 사항인 선서는 넌센스의 꽃으로 봉헌되었다. 미하엘이 말을 이었다.

“오버아머가우의 수난극을 본 한 미국인 얘기 아나? 옆에 앉은 독일 여자가 십자가의 예수를 가리키며 말했다는 거야. 저기 그가 있어요, 우리의 히틀러가!”

그 일화는 히틀러가 그려진 한 포스터를 떠올리게 했다. ‘태초에 말씀이 있었느니라’ 가 표어인.

“과연 그를 본받을 수 있을지, 그의 양식을 계승할 수 있을지, 자신이 없군.”

미하엘이 뇌까리자, 악셀이 준열하게 꾸짖었다.

“그 무슨 나약한 소린가! 불가능한 일이 언제나 잘되는 법이라고 지도자가 보장하지 않았나! 가장 있을 법 하지 않은 일이 가장 확실한 일이라고 지도자가 말하지 않았는가? 감히 지도자의 말을 의심하는가? 그분이 해냈는데 그분을 따르는 우리가 못해서야 되겠는가?”

“용서하게!”

미하엘이 한 손은 가슴에 대고 다른 손을 앞으로 뻗는 히틀러의 제스처를 흉내 내며 간절히 부르짖었다.

“나는 승리하지 못해도 죽긴 싫네!”

“패배주의자! 너같이 약해빠진 놈은 나치가 될 자격이 없다!”

그들은 쾌활하게 히틀러를 주역으로 모신 그들만의 즉흥극을 공연하기 시작했다. 자조와 냉소로 일관하며 배회하던 그들의 청춘과 낭만이, 투쟁의 장을 마련한 후에야 꽃피어나기 시작했다. 그것이 아름답건 추하건 기괴하건 간에, 그들은 상관치 않고 자신들의 것을 누렸다.

그리고 그 모든 복합적인 요소의 이상성(異常性)은 그들만의 독창적인 훈련에서 양식화되었다.

시간을 재라. 시간을 줄여. 방탄조끼 밖으로 드러난 목 위를 노려라.

한 명이 스톱워치를 누르면, 다른 둘이 방안을 서로 교차해가며 걷기 시작한다.

"나는 그다, 나는 그다, 나는 그다, 나는 그다……."

"너는 그다, 너는 그다, 너는 그다, 너는 그다……."

끝없이 되뇌며, 시선은 정면에. 가상의 좁은 소로를 혼자인 양 걸으며, 마주치는 상대를 없는 듯이 스쳐간다. 그러다 어느 순간, 한쪽이 총을 꺼내는 동시에 상대의 머리에 들이대고 그대로 발사한다. 딸칵 하고 소리가 나면, 먼저 총을 꺼내지 못한 상대는 쓰러진다.

"너는 그다, 너는 그다, 너는 그다, 너는 그다……."

"너는 그다, 너는 그다, 너는 그다, 너는 그다……."

어느 순간 이제껏 존재하지 않았던 상대를 발견하자, 그에게 똑바로 다가가 하일 히틀러의 경례를 한다. 수직으로 들어올렸던 팔을 정면으로 내려, 악셀이 고안해낸 소매 속 용수철 장치의 총을 상대의 얼굴 정면에 발사한다.

"나는 그다, 나는 그다, 나는 그다, 나는 그다……."

"나는 그다, 나는 그다, 나는 그다, 나는 그다……."

하나가 다른 하나에게 싸인을, 각하! 라고 외치며 '나의 투쟁'을 내민다. 그가 막 받아드는 순간, 그를 껴안으며 책 속에서 꺼낸 칼을 목에 찔러 넣는다.

하나가 쓰러지면, 다른 하나는 그를 뒤로 하고 걸어가며 다시 읊조린다.

“나는 그다, 나는 그다, 나는 그다, 나는 그다……”

그 뒤에서 쓰러진 하나도 다시 일어나, 같거나 혹은 다른 음절을 읊조린다.

“너는 그다, 너는 그다, 너는 그다, 너는 그다……”

눈빛이 마주치거나, 동작이 물 흐르듯 매끄럽지 못하여 서투름이 노출되면 당연히 반격이 돌아왔다. 그 반격을 제압하고, 완전히 숨통을 끊는 훈련은 더욱 신속하고 치밀하게 이루어졌다. 분명 기회는 한번 뿐일 터였다. 경호원들의 허점을 파고드는 그 일순을 놓쳐버리면, 그대로 상황종료. 그러나 가능한 한 모든 상황을 그야말로 상상력을 발휘하여 설정하고, 대비책을 강구하여 훈련하는 것은 필수였다. 그렇게 하나하나의 상황을 ‘완성’해 나가는 것만이, 가능성 제로의 상황에, 바늘구멍의 틈새라도 비틀어 짜낼 물리적 힘이 되는 것이다.

그는, 히틀러일 수 있듯이 암살자일 수 있었다. 훈련이라기보다 차라리 의식에 가까운 그 순간들에서, 누가 먼저, 암살자의 호흡과 심리에 도달해 행동에 나설지는 예정된 바가 아니었다. 너로 본 그가 암살자라면, 자신은 히틀러일 것이니 막아야 하고, 나로 본 그가 암살자라면, 히틀러를 죽여야 했다. 너로 본 그가 히틀러라면, 나로 본 그가 히틀러라면……. 그들은 히틀러의 호흡과 암살자의 호흡을, 둘이 맞닥뜨린 상황의 반사적 행동들을, 다 같이 체험하여 숙지하고자 했다. 그때의 심리 상태를 무수한 반복 훈련을 통해 몸이 기계적으로 익히도록. 상황에 도달했을 때, 첫 순간의 발동과 함께 뒤로 물러섬 없이, 훈련된 마음과 몸이 저절로 움직여 예정된 절차를 밟아나가도록. 각 단계의 감각이 원활하게 자동적으로 이어지도록. 그들은 자신들의 젊은 혈기와 미숙함을 모르지 않았다. 감각까지 통제하는 기계적 수행만이 아마추어적 실패를 방지할 것이라 생각하여, 어떤 돌발적 상황에도 아랑곳 않는 ‘백금처럼 단련된’ 상태를 꿈꾸었다.

그것은 눈부시게 독창적인 동시에 무모한 생각이었다. 단검의 날이 예리하다 하여 눈이 붙어있는 것은 아니기 때문이다. 파괴적인 효과를 발휘하는 동시에, 실전에서 상황을 꿰뚫는 폭넓은 시야와 임기응변의 대처를 상실할 수도 있었다. 그러나 그것은 외부 상황에 휩쓸리지 않으려 의도적으로 감은 눈이었으며, 동시에 히틀러가 죽거나 죽지 않는 두 가지 상황만을 고려하는 바였다. 그것이야말로 무수한 위기를 극복해온 히틀러의 강점, 자신이 보고 싶은 것만을 보며, 때가 오면 놓치지 않고 돌진하는 그 직관, 그 대담함과 일맥상통하는 것이었다. 놀라운 성공을 낳았으나 그 때문에 더욱 위험해진 그의 무기, 위태로운 성공이 크면 클수록 항상 더 큰 실패로 갚게 하는.

또한 결정적인 차이가 있었으니, 이들에겐 패배가 뒤이어 올 다음조차 없는, 성공이냐 실패냐가 가름되는 단 한순간뿐이라는 사실이었다. 자신들의 죽음은 굳이 말할 것도 없이 기정사실화한 전제하, 단 한 번의 기회인 것이, 그전까진 사람을 쳐본 적도 없는 젊은 암살자들이 스스로 정한 표적에게 저지르는 첫 살인의 성공률을 높였다. 페르디난트 황태자와 이토 히로부미가 그렇게 암살당한 시대에, 이 또 하나의 그룹이 새로운 유형을 창조해내려 시도하고 있었다. 그들이 히틀러에게 맞서도록 스스로를 단련시키는 동시에, 그를 넘어서서, 새로운 인간이 되고자 하였기 때문이었다. 그 새로운 인간이 과연 무엇인지 그들이 분명히 알았을까? 아니, 그런 열망조차 명확히 인식하지는 못하였을 것이다.

그들은 다만, 암살자와 암살당하는 자의 두 가지 역할을 체험하고 수행하며, 그 경계를 무너뜨리는 것으로, 나와 타자, 인식과 행동 사이의 경계를 전복시키고자 하였다. 그 기본적 딜레마를 나름의 방식으로 해결하려는 시도는, 모든 시대에 공통된 젊은 몸짓인 것이다.

의식이 거듭됨에 따라, 그들이 자신의 역할로 화하며 그 호흡을 취하는 순간의 포착이 점점 빨라져갔다. 분초에 좌우될 일이었다. 안드레스는 자기 차례가 아닐 때면, 그들의 모습을 크로키 했다. 그러면 다른 넷은 그 무

시무시한 자신들의 초상을 신기하게 쳐다보다, 기밀 서류로 취급하여 불
태우며 재미있어하곤 했다. 암살자의 표정이 서서히 자리잡혀가는 와중에,
한편으론 재기발랄하고 유희를 즐기는 젊은이의 모습이 활기차게 되살아
나고 있었다. 순간이라면, 그 순간을, 즐기는 것이다, 살아가는 것이다.

18

…눈을 떠보니 밤이었다. 나는 입을 다물고 창밖을 내다보다, 그대로 시선을 돌렸다. 지금은, 그날 밤이 아니다… 지금처럼, 한 밤중에 눈을 뜨고, 주위를 둘러다 보았었다. 그들의 얼굴을 하나 하나 쳐다보고 그 이름들을 뇌었다. 그들을 사랑하는가? 질문이 어디선가 흘러드는 바람처럼 가볍게 스치고 지나간다… 그때는 나로부터 우러나와 그들을 향해가는 애정이 아름답게만 느껴졌었다. 그런 내 자신을 보듬으며 어느 순간엔가 잠이 들었었다… 그 밤이 저물고, 다시 찾아든 여명 속에서, 나는 그들에게, 내가 줄 수 있는 최상의 것을, 실은 내가 줄 수 있는 한도를 넘어선 것을, 주고자 하였다. 내 눈에 보이는 궁극으로, 그 너머로, 그들을 이끌어 가려 했다. 내 자신이 본 것을, 그곳까지 갈 수 있는 우리를, 추호도 의심하지 않았다. 그들을 통하여 처음으로 본, 일그러지지도 굴절되지도 않은, 나의 거짓 없는 모습이었던 것이다……

…분명히 망각한 무언가가 있다… 어느 날 망령처럼 나를 덮치면, 공포에 떨면서도 팔 벌려, 내 품에 감싸 안을 것이다……

백작가의 저택은 그뤼네발트 숲 근방에 자리 잡고 있었다. 친구들의 고미다락방을 순례하며 거의 집을 비우던 악셀이, 어느 날 밤 취한 채로 돌아왔다. 한 팔엔 술병을, 다른 팔엔 백합 꽃다발을 끼고 비틀거리며 들어와선, 노집사의 부축을 거절하고 계단을 올라, 혼자 긴 복도를 걸어갔다. 어느 방 앞에서 품안의 열쇠를 꺼내 문을 열고는 다시 소중히 간직해 넣었다. 안으로 들어서자 우미하고 화려하게 꾸며진 그곳은 폰 레넨캄프 백작 부인 생전의 침실 모습 그대로였다. 백작의 명령대로 무엇 하나 손대는 것 없이, 정기적으로 청소되었고, 부인의 기일과 생일날에는 백합이 꽂혀졌다. 백작의 절절한 마음이 곳곳에 배어있는 가운데 부인의 부재가 두드러졌다… 악셀은 벽난로의 맨틀피스 위에 걸린 커다란 액자로 다가갔다. 붉은 벨벳 휘장의 끈을 잡아당기자, 휘장이 걷히고 백작 부인의 초상화가 드러났다. 악셀처럼 검고 풍성한 머리에 푸른 드레스를 입은 백작 부인은 그 크고 아름다운 검은 눈으로, 생전에 그랬듯, 사람의 눈 속을 들여다보는 듯하였다. 그런 다음에는 가볍고 우아한 동작의 독특한 뉘앙스로 가식 없이 사람을 대했고, 그녀 앞에서 본심을 감추려들면 굳이 파고들지 않으면서도 속지 않았다. 그토록 섬세하고 민감한 개성으로 사람들을 매료시켰던 그녀였다.

악셀은 어머니를 올려다보았다. 어머니를 몹시 사랑했으나, 일찍 잃었다. 악셀은 백합을 가지런히 앞에 놓고는 술병을 쳐들어보였다.

"안녕하세요, 어머니. 당신의 아들에게 축복을!"

악셀은 병을 기울여 한 모금 마셨다. 취기는 서서히 걷혀가는 중이었지만, 어머니와 함께 비우고자 가져온 술이었다.

그때, 문이 열리며 폰 레넨캄프 백작이 들어왔다. 악셀은 물론 놀랐다. 동부 전선에 출정한 장군은 총통의 부름을 받고 짧은 휴가를 겸해 되돌아와 있었지만, 집에는 거의 들르지 못하고 베르히테스가덴의 산장에 머물러 있었다. 집사가 미리 귀띔하지 않았으니, 그도 지금 막 온 것이 분명했다. 오랜만에 만나는 아들에게 장군이 엄격한 목소리로 물었다.

"여긴 왜 온 거냐."

“제가 오면 안 됩니까?”

악셀은 짐짓 되물었다. 장군이 어머니의 방에 아무도 들어오지 못하게 하고 혼자 있는 모습을 오래 지켜봐오며, 그는 몹시도 외로웠었다.

“여기 있고 싶다면 어머니 앞에 예를 갖춰라. 술은 치우도록.”

악셀은 순순히 술병을 내려놓았다. 한동안 부자는 나란히 서서 초상화를 올려다보았다.

“어머니를 보러 돌아오신 건가요?”

악셀이 묻자 장군은 초상화에서 눈을 떼지 않은 채 말했다.

“요새 외출이 잦다고 들었다. 친위대 장교와도 자주 만난다고?”

“총통을 경애하는 독일 청년들의 모임이죠.”

악셀은 웃으며 대답했다.

“총통을 핑계대고 노는 무리겠지.”

악셀은 아버지의 단정한 옆얼굴을 바라보며 말했다.

“아니, 진심입니다.”

장군이 악셀 쪽으로 고개 돌리자, 악셀은 진지한 표정을 지어보였다.

“진심으로, 전 총통을 존경합니다. 로베르트 라이가 말했죠. 그는 절대로 잘못을 범하지 않는 유일한 사람이다⋯ 저도 이젠 그걸 압니다!”

장군이 악셀의 얼굴을 뚫어지게 쳐다보았다.

“그 주정뱅이의 우상숭배 같은 말 따윈 총통에게 어울리지 않는다. 너도 맹목적인 얼간이가 되려는 거냐.”

악셀은 미소 띤 얼굴을 장군에게 가까이 가져갔다.

“아버지의 반항적인 아들이 이제야 철이 든 겁니다. 항상 그걸 바라지 않으셨나요?”

“난 네게 아무 것도 바란 적 없다.”

장군은 조용히 말했다. 악셀은 가슴의 날카로운 통증을 내색 않았다.

“총통을 존경하든 하지 않든 네 자유다. 네게 뭔가를 강요할 마음은 없다.”

장군은 다시 초상화를 올려다보았다. 악셀은 아버지의 가슴 위 철십자 훈장을 다소 불경한 태도로 가리켰다.

"하지만 아버진 그를 존경하시죠."

장군이 나직하나 분명하게 말했다.

"그는 독일 역사상 최고의 승리를 가져왔다. 시대를 통틀어 그런 승리는 없었다. 나폴레옹도 아프리카에선 패했었지."

"러시아에선 완전히 무너졌고 말입니다."

장군은 눈썹 하나 까닥하지 않았다.

"총통은 나폴레옹과 다르다. 사욕에 의한 전쟁이 아냐. 독일 민족을 위한 전쟁이다. 설사 패하더라도, 우리 민족이 앞으로 나아갈 바를 그가 한 팔을 들어 가리켜보였음을 잊어서는 안 된다. 이 전쟁에 우리의 미래가 달렸다. 그는 과거를 청산했고, 이제 미래를 지향한다. 그 같은 영도자는 다시 없다."

"현재는? 현재는요, 아버지."

악셀이 그렇게 물었다.

"희생의 시기가 없는 역사가 있더냐. 민족은 우리를 요구한다. 다른 누구도 아닌."

"최악의 패배로 이어지더라도?"

그가 가라앉은 어조로 물음을 이어갔다. 장군이 아들을 향해 몸을 돌렸다.

"처음부터 그런 패배를 각오했기에 그런 승리로 이끌 수 있었던 거다. 총통은 1918년의 패배가 반복된다면 살아서 종말을 맞이하지 않겠다고 했다. 우리 가문 역시 프리드리히 대왕 이래 패배를 두려워한 적 없으며 배신을 몰랐다. 그와 승리를 함께 했으니, 패배도 함께 할 것이다."

아버지와 아들의 눈이 조용히 마주쳤다. 아들의 검은 눈동자는 그 어머니와 꼭 닮았고, 명백히 틀렸다. 닮은 만큼 더 두드러지는 차이가, 그 눈 속에 있었다.

"그렇다면 저도 아버지 곁에 있겠습니다."

아들이 말했다. 아버지가 고개를 가로저었다.

"우리는 사사로운 애정이 아닌 신념을 가진 청년들을 원한다."

"…총통과 아버지 말입니까?"

"그래. 날 위해서라면 필요 없다."

"아니요, 절 위해섭니다."

"그렇다면 안심이다."

맑고 침착한 눈길이 악셀을 감쌌다.

"네게 바라는 건 그뿐이다."

잠시 침묵이 흘렀다. 그가 서서히 시선을 돌려 초상화를 쳐다보았다.

"곧 모스크바 공략이 시작된다. 이제, 어머니와 둘이 있게 해다오."

가볍게 목례하며 물러난 악셀이 아버지의 등 뒤에서 조용히 문을 닫았다.

총통과 그의 장군들이 승리가 임박했다고 믿었던 7월의 일이었다. 하지만 모스크바 공략은 예정대로 시작되지 못했다.

안드레스의 방에 캔버스가 즐비하였다. 재미있고 희한한 그림들이었다. 히틀러의 콧수염을 단 뭉크의 '절규' 는, 붉고 푸른 두 소용돌이를 배경으로 수많은 유태인이 그를 둘러싸고 있어 외롭진 않았다. 키르히너의 '다섯 명의 거리의 여인' 은 바이마르 공화국 시절의, 소년 같은 단발머리에 길고 가느다란 실루엣의 창부들이, 비대한 괴링과 왜소한 괴벨스와 건달 같은 보르만, 어딘지 모르게 일본군인 같은 히믈러, 파리한 낯빛이나 그중 미남인 리벤트로프로 그려져 있었다. 파울 클레의 '포구와 범선' 은 단순한 선과 해체된 형태 속에 아른거리는 신선한 색채들이, 하켄 크로이츠의 굵직한 직선과 흑적 대비의 원색들로 변모해 있었고, 수틴의 '제복의 보이' 는 금단추가 달린 빨간 제복이 히틀러 유겐트의 반바지로 바뀌어 콧수염을 단 히틀러가 위엄 있게 착용하고 있었다. 두 다리를 쩍 벌린 채 양손을 허리에 얹은 자세는 그대로였는데, 귀엽다고 말 못할 것도 없었다. 샤갈의 '나의 마을'은 히틀러와 안드레스의 커다란 얼굴이 마주보는 가운데, 그들의 이마께에서 유태인들이 연기를 내뿜는 굴뚝으로 끌려가고 있었다. 에른스트 놀데의 '무희 그림이 있는 정물'은 상반신 나체의 무희들이 금발에 튼실한 몸매의 게르만 처녀들로 바뀌어 두 팔을 수평으로 쳐든 채, 이교적인 춤과는 대조적인 체조를 하고 있었다. 안드레스의 이 모든 반역적 작품들은 오늘 일제히 늘어서서 전체적 효과를 극대화하며, 저항의 드라마의 개막을 선포하고 있었다.

그림들을 하나하나 보아가던 악셀의 시선이 안드레스가 지금 막 그리고 있는 나쓰에의 초상에 닿았다. 그 새로운 초상은 모딜리아니 풍이었다.

어머니의 방을 나서자마자, 곧장 이리로 달려온 악셀이 안드레스의 뒤에서 말했다.

"문을 잠그게. 37년 퇴폐 미술전의 회고전을 열고 있다면 말야."

그가 그림들을 손가락질하며 괴벨스 흉내를 내기 시작했다.

"이것들이 다 뭔가! 미풍양속 훼손에 볼셰비키 미술이고, 정신병원 낙서에 독일 민족정신 훼손이 아닌가! 이 요설과 기만의 잔꾀를 전부 몰수하는 바일세!"

숨 돌릴 새도 없이 호통 치더니, 마지막으로 선언했다.

"전부 다 내 거야!"

그러더니 안드레스의 어깨를 끌어안으며 킬킬댔다.

"아아, 기막히군, 넌 천재야!"

"히틀러와 피카소 사이 양다리 걸친 내 사랑이지. 난 게쉬타포 앞에서도 떳떳해. 내 그림들은 퇴폐 미술의 해악을 가장 효과적으로 고발하고 있다고!"

안드레스도 웃으며 자랑스레 말했다. 겨우 웃음을 그친 악셀이 나쓰에의 또 다른 초상을 보고 말했다.

“그녀는 모욕으로 받아들일걸? 어째서 힐츠나 찌글러처럼 그리지 않는가? 제국의 최신 모드를 따라야지!”

“모딜리아니는, 총통이 싫어하는 유태계라고 그녀가 놀랄지 모르지.”

미소 짓던 안드레스가 부드럽게, 나쓰에가 곁에 있는 듯이 말하기 시작했다.

“하지만 나쓰에, 봐요. 이 긴 목과 길게 찢어진 두 눈에서 배어나는 우수를, 입 다문 채 먼 곳을 응시하는 그 비밀스런 표정을. 당신의 숨겨진 아름다움을 나는 압니다. 내가 당신을 슬픈 눈으로 바라보기 때문이죠. 그런 건 싫습니까?”

“…싫다.”

악셀이 간결하고 단호한 거부를 발했다. 안드레스가 웃으며 그를 돌아보았다.

“너한테 물어본 게 아냐.”

“그래도 싫어. 슬픈 눈을 한 사람은 상대도 자신을 슬픈 눈으로 바라보게 된다는 걸 몰라.”

악셀의 말에 안드레스는 말없이 붓을 씻었다. 그러다가 문득 말했다.

“언젠가 네 어머님의 초상화를 그려주지.”

“모딜리아니 풍으로?”

“아니, 안드레스 키르너 풍으로.”

“영광이군!”

악셀은 기뻐하였다. 안드레스는 쓴웃음을 짓더니 자기 그림들을 돌아보았다.

“그거야말로 모독일지 몰라. 난 퇴폐미술 모방밖에 못 하는 시대의 바보거든.”

“네가 바보라면 네 그림에 기뻐하는 나도 바보지. 내가 있으니 안심하고 바보가 되게.”

“든든하군. 말려야 소용없을 것이고. 나야말로 백작 부인의 초상을 그리게 되어 영광이다.”

안드레스가 웃으며 다시 화폭을 향해 앉았다.

“빨리 그려주게나. 그럼 나도 어머니의 초상을 하나 내 걸로 가질 수 있겠지.”

“갖고 있잖나.”

“아니, 그런 작은 복제화 말고 큰 걸 갖고 싶어. 아버지 것처럼. 그리고 네가 그린. 내 꿈의 실현이군.”

안드레스의 시선이 그를 향했다.

“그렇게 갖고 싶었으면 진작 부탁하지 그랬나.”

“기다렸지. 네가 먼저 날 위해 말해주길.”

…네가 사람의 얼굴을 그리고 싶어 하게 될 때까지… 진심에서 우러나왔으나 입 밖에 내지 않는 말이 있었다. 안드레스를 향한 그의 미소가 부드러웠다.

“악셀.”

안드레스의 눈이 가만히 이쪽을 바라보고 있었다.

“넌 우리와 달라.”

그러나 안드레스는 악셀처럼 그럴 수 없었다. 순식간에 험악해진 악셀의 시선을 맞받으며 그는 계속했다.

“리와 윤은 외국인이라 그들의 가족은 멀리 있고, 나와 미하엘은 홀몸이야. 넌 우리와 입장이 틀려. 레넨캄프 장군이 어떤 공적을 세웠건 사형당할 거다……”

“…아니.”

악셀이 부정했다.

“그 전에 자살하실 테지.”

흔들림 없는 표정으로 예정된 사실을 고하듯.

“악셀!”

안드레스가 자릴 박차고 일어나 악셀을 쏘아보았다.

"네 의사완 상관없이 우린 널 제외할 수도 있어."

"아, 그래?"

악셀은 담담하게 받았다.

"거기까지 생각하고 있었나? ― 그가 고개를 끄덕였다 ― 그래, 그럴 법도 한데 미처 생각을 못했군…"

안드레스의 손이 움찔 올라가다 주먹을 틀어쥔 채로 멎었다.

"안드레스."

악셀이 조용히 그를 불렀다.

"우리 가문에 배신자는 없으며 전장에선 물러서지 않는다. 내 아버지가 그렇게 말했다면, 나는 그것을 지켜야 해."

안드레스의 입매가 팽팽히 당겨졌다.

"아버지와 나의 싸움은 서로 다르다. 비극이지! …그렇다고 아버지의 말조차, 가문의 명예조차 지키지 못해서야 되겠나?"

악셀의 시선이 똑바로 향해왔다.

"아버지는… 자살하거나, 내려지는 형벌을 모두 감수하겠지… 나는 그와 그의 싸움을 알아. 그도 나와 내 싸움을 알게 될 거야. 날 이해할 수 없더라도, 적어도 내 아버지는 내가 비겁자도 도망자도 아니었으며, 끝까지 레넨캄프의 사람답게 싸웠음을 알게 될 거야… 그는 날 알아야 해, 내가 어떻게 싸웠는지 알아야 해… 나는 그의 부끄럽지 않은 아들이다."

또렷이 말을 맺었으나, 다음 순간 숨이 막혀왔다. 강하게 치미는 것을 억누르려다 짧게 신음을 토했다. 솟구치는 감정이 그대로 분출된 순간, 차오른 눈물이 흘러내려 얼굴을 적셨다. 암갈색 눈이 시꺼멓게 변한 안드레스가 그의 어깨를 강하게 움켜쥐었다.

"…놔."

낮은 목소리였다.

"…그것만이, 내가 그의 옆에 설 수 있는 방법이야……."

가까이서 본 그 눈동자가 눈물에 젖어 빛을 발하고 있었다.

"아버지가 히틀러와 최후를 함께 하도록 내버려두진 않겠어······."

안드레스가 움켜쥐었던 그의 어깨를 끌어당겨 안았다. 잠시 그친 듯했던 눈물이 다시 북받쳐 올랐다.

밤이 깊어갔다. 불을 끄고 차광막을 걷자 시원한 밤바람이 불어 더위를 식혔다. 함께 흘러든 노란 달빛이 늘어선 그림들을 비추었다.

"우리 아버진 싸움 따윈 몰랐지. 가르치려 들지도 않았고. 그는 내가 싸우는 걸 원치 않았어. 참고 견디는 법을 가르치려 했지, 명예롭게 죽는 것 따윈 몰랐다고. 내 아버진 내가 살아있기만을 바랐지······."

안드레스는 취해 있었다. 점점 불분명해지는 말꼬리를 삼켜가며 그는 잠시 조용해졌다. 그의 이야기를 듣고 있던 악셀은 미소 띤 얼굴을 그림들로 돌렸다. 나쓰에의 초상이 거기 있었다. 안드레스가 사랑한 그 얼굴이 또 다른 얼굴들을 그리게 한다, 그 얼굴이 또 다른 얼굴들을 떠올리게 한다… 어느 날 갑자기 나타나 덕한과 그의 모국어로 말하던 현영, 둘은 그로부터 참으로 오래도록 그 이국의 말을 서로 주고받지 않았었지······. 그러나 그 교차되는 시선들엔 둘만이 공유하는 풍경이 담겨있었다······.

"뭘 보나."

안드레스가 제법 또똑한 발음으로 불쑥 물었다.

"퇴폐미술 회고전. 이거 언제 한 번 리에게도 보여줘. 찌글러의 누드화가 현대 독일 미술의 대표작이라고 믿고 있어. 민족의 수치지 뭔가."

"이미 볼 것 못 볼 것 다 본 친군데 뭘 그러나. 하지만 재밌겠군. 곁들여 해줄 이야기도 많고 말이야."

안드레스가 비스듬히 기대고 있던 상반신을 천천히 일으켜 세웠다. 그가 악셀을 보며 씩 웃었다.

"퇴폐미술이란 말을 누가 최초로 썼는지 아나? 막스 노르다우, 유태인이지! 나치는 그의 이념을 계승한 데 지나지 않아. 작품을 몰수당한 놀데는 나치당원이었고, 키르히너는 탄압 끝에 자살했어. 히틀러 말고는 전부 바보야! 특히 유태인이! 히틀러가 처음부터 책까지 써가며 그토록 본색을 드러내줬는데도, 독일을 떠난 놈보다 고향이랍시고 넋 놓고 있다 당한 놈들이 더 많아! 어딜 가나 사는 게 다 그런 거다, 여기서 태어났으니 여기서 죽어야 한다고… 소원대로 됐지 뭐야! 히틀러의 손을 빌 것도 없이 내 손으로 다 죽이고 싶어, 그 바보들!"

안드레스의 암갈색 눈이 칼날처럼 번득였다. 그에게 드문 발작적인 분노 앞에서 악셀은 아버지와의 만남이 되살아나는 한편으로, 마음의 수면이 고요해짐을 느꼈다.

"붓으로 살해하고, 붓으로 고발해라. 넌 이 시대의 천재야. 이 시대를 똑똑히 그려낼 재능을 부여받고 태어나, 정확히 지금, 여기 있지! …천재의 요건은 시대를 앞서감이 아니라 시대와의 충돌이다."

악셀의 확고하고도 냉철한 말에, 안드레스는 잠시 멍하였다가, 낮게 중얼거렸다.

"저주인가……."

"혹은 축복이거나."

그가 미소 지었다.

구름들이 낮게 깔린 오후였다. 덕한과 현영은 라디오로 괴벨스의 연설을 듣고 있었다. 현영이 처음 독일에 왔을 때만 해도 집집마다 라디오가 있는 것에 놀라움을 금치 못했었다. 괴벨스가 직접 생산을 지시한 민족라디오 VE 3031은 저가형 모델이 35라이히스마르크 정도인 데다 할부도 가능했고, 수리하면 쓸 수 있는 중고도 널렸다. 라디오의 제국, 제국의 라디오야말로 괴벨스의 마스터베이션에 등장하는 환상이라고, 미하엘이 너무나 진지한 표정으로 주장하여, 모두가 동의해 준적도 있었다.

"…괴벨스는, 자기 입을 제국의 집집마다 걸어두고 싶었던 거야. 바로 아리안의 표지지. 그 표지가 없으면 유태인인 거고. 그 집의 맏아들만 죽이느니 하는 섬세함 따윈 위선이야. 곧장 전 가족을 소탕하면 그만인데.

계속해 나가면 언젠간 제국에 괴벨스의 입과 그걸 듣는 귀들만 남을 테고, 그러면 그 역사적인 날에 우리는 친애하는 요제프의 마스터베이션 실연 현황을 감상할 수 있을지도 몰라. 그가 선전의 가장 빛나는 순간을 놓칠 리 없으니……."

미하엘은 그걸 감상하기 위해서라도 필히 라디오를 구비하여 괴벨스의 연설을 들어야 한다, 우리는 역사에 다시없을 선전의 귀재를 장관으로 모셨으니 그의 역사적 증인이 되어야 한다, 운운의 주장을 펼쳤다. 그러나 그의 주장 없이도 모두 덕한과 악셀을 도와 중고 라디오를 납땜해서 수리하는데 열심이었다. 나치 선전 라디오 방송에서 랄레 안데르센이 부르는 신곡 '릴리 마를렌'을 필히 들어야 했기 때문이다.

그러나 그 뭐라 표현할 수 없이 가슴을 설레게 하는 아련한 선율 대신, 지금은 날카로운 목소리가 떠들고 있었다. 핏대를 세운 목이 절로 떠오를 정도였다. 그는 주정뱅이 처칠의 정신상태에 대한 자신의 근심과 분노를 여과 없이 털어놓고 있었다. 아직 처칠처럼 막역한 사이가 아닌 루즈벨트는 그의 소아마비 증세에 대해 간단히 언급하고 지나칠 따름이었다. 덕한이 '다스 라이히'에 실렸던 엘리자베스 뇔레 노이만의 기사에 대한 이야기를 꺼냈다. 루즈벨트는 언론 조작으로 미국민에게 전쟁을 부추기는 교활한 독재자라고 썼던 그녀는 괴벨스의 지시로 해고당했고, 그 이유는 공공연한 비밀이 되었다.

"감히 히틀러의 독창성을 루즈벨트에게 부여하다니, 괴벨스가 노여울 만도 하지."

덕한이 웃으며 말했으나 현영은 다소 골똘하게, 한편으론 멍한 표정을 하고 있었다. 어떤 느낌들에 사로잡혀 있었던 것이다. 그는 괴벨스의 연설을 들을 때마다 그 자극적인 말들에 도리어 둔감해지는 동시에, 미묘하게 고조되어가다 뚝 끊기며, 그 정체조차 알 수 없게 사라져버리는 감각들을 겪곤 했다. 피아노의 내부에 숨겨진 곧게 뻗은 현들이 이상스레 서로 교차되다 끊기고, 그 흔적조차 무수한 다른 현들 속에 파묻히는, 그런 이미지인 듯도 싶었지만… 내면에서 일어나는 현상들은 희미하게 감지될 뿐, 아무 것도 분명한 이름으로 알아볼 순 없었다.

"덕한, 나는 말이야… 괴벨스의 연설을 들으면, 잘 설명할 순 없지만……."

그가 무심코 그 느낌을 말로 옮겨보려 하는데, 누군가 문을 두드렸다. 노크는 형식이고 이름부터 불러대며 들이닥치는 친구들이 아니었다. 둘이 서로를 마주보았다. 곧 덕한이 일어나 문을 열었다. 문을 열자, 침착한 인상에 이지적인 눈매의 한국인 청년이 서있었다. 덕한은 그 자리에 굳은 듯 멈춰 섰다. 그가 먼저, 무작정 덕한을 힘 있게 끌어안았다. 덕한도 함께 얼싸안았다. 한켠의 현영이 놀라 쳐다보는 가운데 둘은 서로를 부둥켜안고 있었다. 겨우 몸을 떼자 서로의 얼굴을 마주보며 둘은 목이 메었다.

"…얼마 만인가!"

그 한마디 말에 사무친 감정이 한동안 말을 잊지 못하게 했다. 그러다 덕한이 더듬더듬 말을 이었다.

"자네가 어떻게…"

"자넬 보러 왔지!"

일견 차가워 보이는 얼굴이 눈물이 맺힌 채 빙그레 미소 짓자, 그만치 보기 좋은 것이 없었다. 덕한이 친구의 손을 덥석 쥐었다.

"이 친구야!"

덕한이 그를 하나 있는 테이블로 이끌었다.

"이쪽으로 앉게. 아, 이쪽은 이현영. 현영, 정형민이라고 내 고향 친구야."

덕한이 소개하자 아까부터 가슴이 찡했던 현영도 미소 지으며 손을 내밀었다.

"이현영?"

소개도 전에 쑥스러운 듯 웃으며 쳐다보던 형민이 악수하려던 손을 멈칫했다. 그의 눈길이 차갑게 식는 것을 보자 현영은 가슴이 얼음처럼 시려왔다.

"자넬 알지. 자네 아버지도 먼발치서나마 본 적 있네."

침묵이 흐르고, 덕한의 얼굴이 순식간에 어두워졌다. 형민이 현영을 쏘아보며 말을 이었다.

"한승호를 기억하나? 내 외가쪽 친척인데 자네와 경성중학 동창이지."

현영은 벗어두었던 웃옷을 집어 들고 목소리가 떨리지 않게 애쓰며 말했다.

"방해가 되겠군. 이만 가겠네."

"현영!"

덕한이 현영을 만류하려는데 형민이 나섰다.

"여기 있게. 난 자네 앞에서 못 할 말이 없네."

그가 현영을 똑바로 쏘아보며 말했다.

"형민!"

그의 이름을 부르며 형민을 돌아본 덕한은, 그 냉랭한 얼굴에서 자신을 향한 의혹의 빛을 발견하고 입을 다물었다. 셋은 말없이 자리에 앉았다.

"덕한, 자네를 데리러 왔어."

형민은 침착한 목소리로 그렇게 말했다.

"난 만주로 가네. 김일성 장군의 항일 유격대로 들어갈 거야."[19]

덕한의 눈빛이 날카로워졌다. 현영 또한 흥분을 감추지 못했다. 그런 두 사람을 지켜보며 그가 계속해 말했다.

"일제가 장군의 목에 현상금 만 원을 내걸었어. 20만 명을 동원해 유격대에 대한 참빗 수색까지 전개했지. 다행히 실패했지만, 최희숙이란 여성 동지는 잡혀서 고문 끝에 두 눈이 뽑혔다는 거야……."

파문이 번져가며 흥분이 고조되던 분위기가 침통하게 내려앉았다.

"김일성 장군과 함께 광복을 맞기로 결심했네. 살아서 보지 못한다면 그뿐이지."

그가 잠시 말을 끊었다, 가라앉은 어조로 다시 이었다.

"어머님도 모르시네, 자네에게 처음 말하는 거야. 같이 가세, 덕한!"

덕한은 눈도 깜박이지 않고 형민을 쳐다보았다. 현영은 불안감을 억누르며 그들을 외면하고 있었다. 셋은 그렇게, 서로들 외로운 모습으로 한 곳에 앉아있었다.

"형민, 나는 가지 않아."

이윽고 덕한이 무거운 목소리로 분명히 고했다. 형민의 표정엔 별 변화가 없었다. 그가 차분하게 물었다.

"이유가 뭔가."

"나는 이곳에 남겠네. 여기서 할 일이 있어."

덕한이 힘주어 말했다. 현영은 그의 드러내지 않는 간절함을 느꼈다. 형민이 고개를 끄덕였다.

"그런가. 독립 후의 국가 건설을 대비해 실력을 양성하는 것도 필요하지. 미안하군. 자네가 그리 결정한 것도 모르고, 예전의 자네라면 나와 함께 가리라 생각해서 찾아온 걸세."

덕한의 이마에 슬픔이 어렸지만, 그의 눈빛은 흔들리지 않았다.

"이해해줘서 고맙네. 자네와 같이 못 가서 미안할 따름이야."

형민이 두 손을 천천히 깍지 끼더니 덕한을 향해 고개를 쳐들며 물었다.

"어째서 미안한가?"

덕한은 대답하지 않았다.

"자네가 다른 길을 택했다면 어쩔 수 없지. 뭐가 미안한가, 자네가 변했다는 게?"

덕한의 옆얼굴은 팽팽히 당겨졌으나 입은 꾹 다문 채였다. 그는 형민에게서 고개 돌리지 않고 그 차가운 눈빛을 고스란히 받아내고 있었다. 그런 덕한을 바라보는 현영에게로, 형민의 시선이 돌려졌다.

"운길이 죽은 후, ― 덕한의 얼굴에 핏기가 가셨다 ― 자넨 도망치듯 독일로 떠났지. 하지만 난 항상 자넬 믿고 있었어. 그래서 예까지 온 걸세!"

눈썹 하나 까닥 않던 그가 자리를 박차고 일어섰다.

"왜 말을 못 하나! 친일파 자식 놈과 어울려 다니며 다 잊었나? 운길도 나도, 우리 모두를? 앞장서서 독청을 만든 자네가!"

"그런 게 아냐, 우린…"

현영이 자리에서 벌떡 일어나 외쳤지만 형민이 말을 잘랐다.

"하! 그가 너의 새로운 동진가?"

"그렇다."

홀로 자리에 앉은 채인 덕한이 고개 들어 형민을 향했다. 그 확고한 어투에 형민은 충격 받았고, 현영은 도리어 아픔을 느꼈다.

"그는 친일파가 아니라 내 동지고, 우린 베를린에서 할 일이 있다. 자네도 운길도 잊지 않았어… 하지만 난 이미 내 갈 길을 정했네. 여기까지 와 준 자네에게 차마 못할 말이나… 이제 자네와 함께 갈 수는 없어."

형민의 얼굴이 경련을 일으켰다. 그는 숨을 들이키며, 한 마디 한 마디 끊어 말하였다.

"아주, 잘 알겠네. 덕한."

"형민, 그는…!"

현영이 그대로 몸 돌려 나가려는 형민에게 황급히 소리 질렀다. 하지만 더는 말을 잇지 못했다. 무슨 말을 해야 할지 몰랐다. 신뢰받지 못하여 쌓여가던 그 무력감이 과거로부터 고개를 쳐들고 그를 옭아매었다. 그대로 굳은 듯한 현영을 향하여 형민이 천천히 말했다.

"오오세 카오루."

다시 그 이름이 현영에게 씌워졌다.

"자넬 간도 토벌대에서 다시 본들 놀라워 않겠네. 왜놈들보다 더 혈안이 돼서 제 동포를 사냥하는 놈들, 그토록 광복이 두려운 게지! ― 다시 침착해진 얼굴 위로 경멸감이 역력했다 ― 오오세 남작가라……. 그 영화가 광복 후에도 계속될 성 싶은가?"

현영의 얼굴이 하얗게 질렸다. 형민은 무표정한 얼굴을 덕한에게 돌리며 마지막으로 말했다.

"안녕이다, 덕한. 자넬 죽었다고 생각하려네. 잃은 것보단 낫지 않은가."

그리고는 뒤돌아보지 않고 문밖으로 걸어 나갔다. 그의 등만을 바라보는 둘의 눈앞에서 문이 닫혔다.

호박색으로 물든 구름들이 멀리 떠나가고 있었다. 붉은 해가 느리게 침몰하였다……. 덕한의 나직한 목소리가 둘을 감쌌다. 현영에게라기보다 그 자신을 향하여 덕한이 조용조용 말하고 있었다.

"…독청은, 운길과 내가 조직한 비밀결사였어. 독립청년단의 이름 아래 우린 제2의 의열단을 꿈꿨지. 총포 회사에 침입해서 권총을 훔치고. 폭탄도 제조했지.[20] 오오세 남작을 암살할 생각도 정말 했었다…"

눈앞에 펼쳐진 하늘만 바라보는 현영의 얼굴은 그저 고요했다.

"우리의 첫 표적은 정치곤이란 자였어. 치가 떨리는 밀정이었지. 우린 그자의 뒤를 밟았어. 개처럼 쏴 죽이려고. 즉결 처형이어야 한다고 내가 말했고, 직접 실행할 생각이었어……."

겨울날의 차갑고 맑은 대기가 얼음 같았다. 시퍼런 하늘에 눈이 시렸다. 인적 드문 시골길을 저만치 앞서 그자가 걸어가고 있었다. 그자의 등에 눈을 박으며 평양고보의 두 학생이 미행하고 있었다.

"나는, 실패했고, 운길은 죽었다……."

으슥한 산골로 접어들자, 덕한과 운길은 정치곤을 덮쳤다. 덕한이 정치곤을 땅바닥에 쓰러뜨린 후 총을 겨눴다. 정치곤이 입안의 흙을 피와 함께 뱉었다. 땅에 닿을 듯 숙여진 고개가 좌우로 흔들리고 있었다. 그 아래로 가느다란 흰 실 같은 것이 늘어뜨려졌다. 그가 서서히 고개 들자, 부어오른 눈두덩에서 퀭한 눈이 내다보였다. 턱밑까지 늘어진 침 줄기가 오락가락했다. 정치곤의 눈이 덕한을 향했으나 그를 보는 것도 아니었다. 흰 자위에 병적인 푸른 기가 돌고, 눈동자가 아주 천천히 돌아가고 있었다. 느리면서도 쉴 새 없이 돌아가고 있었다. 덕한은 토기를 느꼈다.

운길이 옆에서 지켜보고 있었다. 덕한은 눈을 부릅뜨고 그에게 들이댄 총구 끝을 이편에서 노려보았다. 손은 떨리지 않았으나 대신 철근처럼 무거웠다. 그의 손이 아닌 듯했고, 그 손에 쥐어진 권총은 너무나 가벼워 의지하긴커녕 위태로웠다. 그때 정치곤이 크게 고개를 흔들었다. 연이어 미친 듯이 도리질을 쳤다. 두 손을 움켜쥐고 덕한에게 내밀었다. 다물지도 벌리지도 못한 입에서 히익, 히익, 목구멍을 넘어가지 못하고 길게 끄는 신음 소리가 났다. 뭔가를, 사람의 말인 양 끝없이 주워삼켰다. 그 힘겨운 노력에 핏발 선 눈알이 툭 튀어나왔다. 얼굴이 잔뜩 일그러지며, 비통과 오열의 표정을 지었다. 그러나 그 눈에선 눈물 한 방울 나오지 않았다. 억지로 쥐어짜내려는 듯, 온 얼굴이 뒤틀리고, 눈알은 미친 듯이 돌아가기 바빴다.

덕한은, 그자를 죽이지 못하면, 자신이 그자처럼 될 것만 같았다. 역병이라도 옮을 듯한 공포심에 방아쇠를 당기려던 참이었다. 이젠 땅바닥에 엎드려 찰싹 붙어있던 정치곤이 번개처럼 몸을 날려 덕한의 얼굴에 흙을 뿌렸다. 그가 얼굴을 감싸고 주저앉았다. 운길이 소리 질렀으나 정치곤이 더 빨랐다. 운길을 떠밀듯 덤벼들어, 허를 찌르더니 휙 몸을 내빼 그대로 달음박질쳤다. 운길의 손이 어깨에 닿자마자 일어난 덕한이 눈을 문지를 새도 없이 잘 보이지도 않는 길을 무작정 달리기 시작했다. 꽉 깨문 어금니에서 흙 알갱이가 갈렸다. 엄청나게 쓰라린 눈 안쪽이 활활 타오르는 것만 같았다…….

그 셋이 앞서거니 뒤서거니 숲이 들어찬 언덕배기 아래 비탈길에 이르자, 겨우 몇 발짝 앞서 있던 정치곤이 호루라기를 빽 하니 불었다. 그 날카롭게 새된 소리가 고막을 긁었다. 더욱 분에 치받힌 덕한이 그대로 달려드는데, 언덕 위에서 일본 순사의 일대가 총검을 겨누고 우르르 쏟아져 내렸다.

"한국 독립당 간부를 체포하려 놓은 덫이었다……."

총검을 겨눈 순사들이 다가오며 위협하는 소리를 질렀으나 둘의 귀엔 제대로 들리지도 않았다. 그제야 간신히 떠진 덕한의 충혈된 눈에 그들 전부가 들어왔다. 그 가운데 정치곤의 얼굴은 일점 혈육인 양 빨려 들어왔다. 웃고 있었지만, 아까의 애걸하는 모습과 똑같았다… 머리가 하얗게 빈 덕한이 방아쇠를 당겼다. 정치곤이 쓰러지자, 통렬하고도 희열에 찬 감정이 그를 관통했다… 그와 동시에 운길도 그가 지니고 있던 폭탄을 던졌다. 순사들이 총을 쏘아댔으나 폭탄은 터졌고, 운길은 가슴에 총을 맞고 쓰러졌다. 폭발이 이는 가운데 덕한은 비탈길 아래로 몸을 날렸다. 몇 군데 총알이 스쳤으나 목숨은 붙어있었다.

그렇게 덕한은 살아남았다. 덕한과 운길이 먼저 정치곤을 덮치는 바람에 그의 공작을 피할 수 있었던 독립당 간부가 덕한을 업고 산을 넘어갔다. 덕한은 그들의 은신처로 옮겨졌지만 의식이 들자, 상처가 채 낫기도 전에 말없이 그곳을 떴다. 만신창이가 되어 돌아온 그를 가족들은 움을 파고 숨겼다. 그 얼마 뒤 덕한은 국경을 넘어 만주로 향했다. 거기서도 멀리, 더 멀리… 그는 도망치고 도망쳤다.

"내가 살았단 걸 안 이후로, 뒤돌아보지 않았다……."

현영은 말없이 눈을 내리감았다.

…그때, 그녀가 죽은 날에, 덕한이 내게 들려주었던 말들은, 덕한의 목숨으로부터, 또한 운길의 목숨으로부터 온 것이었다… 고통과 슬픔을 느꼈으나, 사무치는 감명 또한 받았다. 그 느낌이 너무도 소중하여, 아린 가슴을 그대로 간직하고 싶었다… 그러나 하나의 얼굴이, 탈바가지 같은 얼굴이, 불현듯 나타나 악몽을 꾼 듯 소스라치게 했다… 그건 누구의 얼굴이었을까… 나는 정치곤의 얼굴을 모른다. 도대체 이 얼굴은 누구인가…….

…어느 날 저녁이었다… 나는 아버지에 대한 한 가닥 믿음에 매달려 있었다. 그 정체가 무언진 모르지만 어쨌든 믿음이었고, 한 가닥이어서

더욱 절실했다. 그날, 한 아이가 아이인 내게 다가와, 네 아버지가 내 형의 손톱을 뺐다고 말했다. 나는 그 아이를 때렸다. 거짓말이라고 말해주었다. 그 아이는 더는 한마디도 하지 않았다. 나는 그 침묵의 눈길 앞에서 도망쳐, 떠밀리듯 아버지를 찾아갔다. 아버지는 총독부에 없었다. 나는 서대문엘 갔다. 아버지가 그곳에 매일 간다는 것은 알고 있었다. 어머니의 심부름을 왔다고 하자, 그들이 작은 방으로 데려갔다. 기다리라며 혼자 남겨둔 틈을 타서, 몰래 도망쳐 나와 아버지를 찾았다. 소리 내 아버지를 부르지 못했고 아버지의 목소리도 들리지 않았지만, 다른 소리가 나를 이끌었다. 지하의 작은 방에, 묶인 한 사람과, 그를 때리는 다른 사람이 있었다. 비명은, 그 앞에선 도리어 작게 들렸다. 나는 문에 난 철창에 얼굴을 갖다댔다. 그 다른 사람은 아버지가 아니었다. 그가 아니었다…… 그는, 그 뒤쪽에 서 있었다. 그저 가만히 서 있었다. 그러다가 그가 손을 들어 쇠 집게를 가리켰다. 나는 다시 도망쳤다…….

그건 누구의 얼굴일까… 맞는 자, 치는 자, 손을 쳐든 자, 그 누구의 얼굴도 아니다. 그들의 얼굴이 한데 뒤엉켜 만들어낸 가짜 얼굴. 세상에 없는 것, 아무도 아닌 것… 진짜는, 거짓이 아닌 건, 그 얼굴에 박힌, 내 눈뿐이다…….

19

다음날, 두 청년이 정신없이 자고 있는데, 누군가 문을 두드렸다. 응답이 없자, 다소 커졌다. 세 번째에야 반쯤 눈뜬 덕한이 어슬렁어슬렁 걸어가 문을 확 열어젖혔다. 거기 서 있는 나쓰에가, 헝클어진 머리칼을 쓸어올리다 그대로 움켜쥔 덕한을 말끄러미 올려다보았다. 그녀가 놀라고 어색하고 약간은 두렵기도 한 것을, 한꺼번에 꾹 누르며 인사했다.

"구텐 탁, 덕한."

평소의 밝은 미소와는 다른, 힘이 잔뜩 들어간 표정에, 덕한은 그만 웃음이 나왔다. 그도 따라 인사하며 술병이 나뒹구는 살풍경한 방으로 그녀를 맞이했다. 그러고 보니 밖이 훤한 게 한낮이었다. 놀라 잠이 깬 현영이 덕한에 비견할 몰골로 나쓰에에게 다가왔다.

"나쓰에? 여긴 어떻게?"

그는 무심코 나쓰에나 유사쿠와 함께일 때면 쓰는 일어로 말했다. 그러자 나쓰에가 악센트를 강조하며 독어로 말했다.

"오늘, 영화 보기로 한 거 잊었어?"

그건 덕한에 대한 배려였다. 현영은 담담히 미소 지으며 독어로 바꿨다. 덕한은 한옆에서 말없이 차를 끓이고 있었다.

"이런, 깜박했군. 미안해. 오래 기다렸지?"

“하숙집에 들렀다오는 길이야. 방에 없길래 악셀한테 전화해서 물어봤더니, 여기 있을 거라고…….”

“그랬군.”

현영은 긍정했다. 그도 여기 있고, 덕한도 여기 있었다. 그는 씻고 오겠다며 욕실로 들어갔다. 면도 안한 얼굴의 덕한이 거동만은 정중하게 자리를 권하고, 이어 차를 따라 내밀었다.

“고마워요.”

나쓰에는 시중 받는 귀부인마냥 거만하게 대답했으나 눈은 기쁨에 차 빛나고 있었다. 덕한은 조용히 웃으며 나쓰에의 옆에 앉았다. 둘은 말없이 그 아무 이파리나 섞어 끓인 차를 마셨다.

“덕한 씨도 같이 영화 보러 안 갈래요? ‘귀향’ 이라고 신작이에요.”

“고맙지만, 영화는 그리 좋아하지 않아서.”

나쓰에는 실망감을 애써 감추려 짐짓 뾰루퉁한 표정을 지었다.

“그럼 뭘 좋아하죠? 영화도 오페라도 파티도, 좋아하는 게 없군요?”

“재미없는 놈이죠.”

덕한이 미소 지었다.

“아뇨, 그렇지 않아요. 당신은 절대 재미없는 사람이 아니에요.”

그 단호한 부정에 놀란 덕한이 그녀를 쳐다보자, 나쓰에의 얼굴이 그만 붉어졌다. 그녀가 어색하게 웃으며 중얼거렸다.

“나를, 경박하다고 생각하죠?”

“아니, 그렇지 않아요. 나쓰에 양은 발랄한 아가씨죠.”

나쓰에는 기쁨을 내색 않으려 하며 다시 물었다.

“하지만 덕한 씬, 얌전한 아가씨를 좋아하지 않나요?”

덕한은 당황하여 그저 웃어넘기려다 잔뜩 긴장한 나쓰에의 눈과 마주쳤다. 그 진지한 눈길에 잠시 놀란 덕한이, 이윽고 잔잔히 웃었다. 가슴 속 깊이 스며드는 그 매력적인 웃음에 나쓰에는 가슴이 뛰었다. 흥분이 고조되는 가운데, 영감이 불꽃처럼 스쳐갔다…….

"…나는 그의 앞에 떨면서 서 있다… 그는 어린 아이같이 사랑스럽고, 고양이처럼 영리하며, 사자처럼 포효하는 거인이다… 한 인간, 한 남자……."

아까보다 더 당황한 덕한의 눈이 커졌으나, 자신에게 똑바로 향해진, 꿈꾸는 듯한 나쓰에의 눈길에 점차 매료되어갔다. 그 목소리가 낭랑하게 읊는 표현 하나하나가 매혹적인 울림을 띠었다. 그에 응하듯 떠오르는 덕한의 표정 변화를 나쓰에가 홀린 듯이 지켜봤다. 둘의 눈길이 마주치자, 잠시 고요했다. 나쓰에의 뺨에 붉은 기가 어렸다. 초여름 아침의 장미처럼 싱싱한 아름다움 속에 어떤 미묘함이 감돌았다. 덕한은 넋을 잃었다. 침묵은 짙어져가고 시간은 흐르지 않았다. 앞뒤 가리지 않고 감행한 대담성은 씻은 듯 사라지고, 나쓰에는 어쩔 줄 몰라 당황했다. 얼굴이 점점 달아오르는 와중에, 급히 태연한 척 꾸며낸 장난기 넘치는 표정에 명랑한 듯한 말투로 소리쳤다.

"괴벨스가 총통에 대하여! 착각하면 안돼요!"

…작렬하는 외통수였다. 덕한은 충격 속에서, 겨우 긁어모아 이어붙인 미소로 무마했다. 현영이 때맞춰 들어왔다.

"많이 기다렸지, 나쓰에."

"아, 아냐."

나쓰에는 황망스런 얼굴로 서둘러 대답하며, 벌떡 일어섰다.

"이제 갈까?"

"그래."

현영은 웃옷을 걸치고 나쓰에를 에스코트하며 덕한에게 작별을 고했다. 그 둘의 인사에 답하는 덕한의 얼굴은 평소와 다를 바 없었다.

영화 '귀향' 역시 후세에 길이 모범이 된 원조 선전영화였다. 폴란드의 압제에 시달리는 단치히의 독일인들 이야기로, 폴란드인들은 독일인 학교를 약탈하는가 하면 교회를 파괴하고 독일인들에게 린치를 가하는 등, 유태인들에 대한 친위대의 활약상을 충실히 답습하고 있었다. 학대받는 독일인들이 지하 은신처에 모여 히틀러의 연설을 라디오로 몰래 듣는 장면이나, 마침내 발각되어 물이 무릎까지 차오르는 지하 감옥에 갇히는 장면들은, 그 과장된 연기만 아니면 유태인들의 오늘날 현실에 대한 다큐멘터리가 되기에 부족함이 없었다. 독일로 끌려 온 폴란드 강제 노동자들이, '독일에게 전쟁을 강요하는 폴란드' — 우리가 전쟁을 일으킬 수밖에 없었던 이유 — 를 호소력 있게 전달하는 이 영화를 보면 통분을 금치 못할 노릇이었다.

나쁜 폴란드인 하나가, 뺨이 포동포동한 독일 소녀의 목에 걸린 하켄 크로이츠 기장을 강제로 떼어 내고 있었다. 그 표식이 무슨 금덩이라도 되는 양 알 수 없는 집착을 보이는 악한의 행동은 참으로 상징적이었다. 역시 막상막하의 집착을 보이는 소녀가 목을 비틀며 고통스러워하자, 나쓰에는 몹시 끔찍해했다. 그 소녀가 결국 돌에 맞아 죽고, 주인공의 약혼녀가 사살 당하자, 그녀는 그만 눈물을 흘렸다. 현영이 손수건을 내밀자, 눈물을 닦으며 그의 팔에 기댔다. 그 촉감이 부드러웠다.

마침내 히틀러의 군대가 진격해 들어와 그들 '고통 받는 아리안' 들을 구출해내자, 영화관은 박수갈채로 떠나갈 듯하였다. 가히 범죄적인 역설이었다. 현영은 벌떡 일어나, 급한 일이라도 있는 양, 나쓰에를 이끌고 서둘러 밖으로 나갔다.

해가 진 지 오래였지만 통금까진 아직 여유가 있었다. 잿빛 담벼락마다 익사자 위에서 고함치는 늑대 인간의 포스터가 붙어있었다. 헐리우드의 공포영화 주인공이 아니라, 유럽을 피에 빠뜨려 익사시킨다는 볼셰비키의 초상이었다. 현영과 팔을 끼고 거리를 걸으며, 나쓰에가 활기차게 말했다.

"감동적인 영화였어. 리펜슈탈 것보단 못하지만, 소녀가 죽을 때는 정말 치가 떨렸지 뭐야. 물론 영화를 다 믿는 건 아니지만."

"그래……."

"참, '소망음악회'란 영화 알아? 작년에 나온 건데, 혹시 봤어? 나는 마그다 부인이 필름을 구해줬어. 일제 베르너랑 칼 라다츠 나오는 거 말야. 둘이 만난 지 사흘 만에 결혼하잖아."

"아, 봤어."

"그 라스트 정말 좋지 않아? 바다사자 작전이 시작돼서 칼이 출정하는 걸로 끝나는 거. 해피엔딩 아닌 게 더 절절하고. 그 영화 정말 좋았는데… 일제 베르너, 참 예쁘더라. 크리스티나 죄더바움보다 낫지 않아? 더 신선하고."

"아아, 그 '국가의 부유하는 송장'…"

"어머, 그 별명은 너무 심해."

심한 말이긴 했다. 크리스티나는 아리안 처녀 희생양의 대표적 이미지였다. 검은 털이 나고 다리가 구부러진 흉측한 유태인에게 범해지는 금발의 처녀, 가장 순수한 혈통의 아름다운 꽃이 더럽혀지는 비극은 죽음, 즉 오점의 제거로 끝났다. 영화에서 유태인에게 강간당하는 여자들은 유태의 피가 섞인 아이를 낳을 가능성을 차단하기 위해 죽어야 했던 것이다. 인종교배에 대한 세세한 교육적 효과까지 배려한 결과였다. 물론 정절을 지키는 여성답게 자살의 형식으로. 그렇게 대국민 권장용의 나치스 윤리관이 완성되는 것이다. 그 자체보다, 그런 본질에도 불구하고 그토록 아름다울 수 있는 영상 쪽이 훨씬 섬뜩했다.

"하지만 어쩌면 그리 꼭꼭 물에만 빠져 죽는지. 한 번쯤 목을 매거나 총을 쏠 법도 한데."

"그야 그렇지."

나쓰에가 명랑하게 웃었다. 현영은 아직 신경이 날카로웠지만, 서서히 가라앉는 듯도 했다.

"그런데 리베나이너의 '나는 고발한다' 말야……."

그 나치스 인도주의에 입각한 안락사 권장영화만큼은 정말로 말하기 싫었다. 현영은 재빨리 나쓰에의 말을 잘랐다.

“나쓰엔 정말 영화광이군. 아까부터 영화 이야기뿐이잖아?”

“물론이야. 베를린에 와선 더한 걸. 헐리우드 영화보다 더 좋아. 그건 화려하기만 하고 독일 영화처럼 깊이가 없잖아. 캇짱은, 이젠 영화 별로 안 좋아?”

“헐리우드 스타일이 내 취향이라서.”

현영이 짤막하게 대답하자 나쓰에의 손가락이 그의 팔을 맵게도 때렸다.

“농담이야, 그냥 열이 식었을 뿐이야. 학업에 열중하느라.”

“오, 대단한데?”

“물론이지.”

“점점 덕한을 닮아가네. 영화도 싫어하고, 파티엔 나오지만, 날마다 덕한의 방에 틀어박혀 있고.”

“나쓰에가 질투할 일은 없어.”

현영은 농담처럼 말하다가 다시 한 대 맞았지만, 일단 말하고 보니 그에게야말로 농담이 아닌 소리임을 깨달았다. 그때 나쓰에가 문득 생각난 듯 물어왔다.

“아, 캇짱, 혹시 덕한의 일본 이름 알아?”

“…아니, 몰라.”

어둔 밤거리라 다행이었다. 표정 관리하기 힘들 정도로 기습적인 질문이었던 것이다.

“너한테도 말 안했어? 하지만 갖고 있긴 할 텐데.”

“글세…… 창씨개명령은 40년에 시행됐지만, 그는 그전에 한국을 떠났으니까.”

현영은 조용히 대답했다. 둘이 잠시 묵묵히 걸어가는데, 나쓰에가 정면만 쳐다보며 말했다.

“캇짱.”

“응.”

“덕한한테는 말하지 말아?”

현영이 나쓰에를 쳐다봤지만, 그녀는 여전히 시선을 주지 않은 채였다. 그녀가 현영이 못 알아들은 줄 알고 다시 말했다.

"그러니까, 내가 덕한의 일본 이름 물어봤단 거……."

"걱정 마."

현영은 어둠 속에서도 억지로 웃었다. 이 역시 자신에게 필요해서.

"캇짱… 나…"

나쓰에가 그제야 현영을 쳐다보며 무언가 말하려 했다. 그 조용한 미소에 현영의 가슴이 세차게 뛰었다. 그와 동시에, 사이렌이 울렸다.

거리가 일제히 뒤집혔다. 황급히 대피소로 뛰어가는 사람들 사이로 바람이 세차게 일었다.

"아직 통금도 전인데!"

나쓰에가 당황해서 소리쳤다. 현영이 그녀의 어깨를 감싸 안아 이끌었다.

"이쪽으로!"

둘은 사람들을 따라 뛰어가기 시작했다.

아들론 호텔의 방공호와는 판이하게 다른 분위기였다. 그보다 덜 안전하고. 그래도 유태인 전용 대피소보다는 나았다. 말하는 사람은 거의 없었지만, 기침 소리에 아기 우는 소리, 부스럭거리는 소리 등, 각종 자잘한 소음들이 내부를 꽉 채웠다. 이런 곳이 처음인 나쓰에를 현영이 보호하듯 팔로 감싸고 있었다. 눈길을 끄는 동양인 청년의 기사도적 자세에, 롤 웨이퍼를 감은 머리에 모자 대신 터번을 쓴 중년 부인이 야릇한 웃음을 던지며 지나쳤다. 현영은 못 보았지만 나쓰에는 보았다. 그녀는 그 터번에만 주의하기로 했다. 슬쩍 둘러보니, 모자를 쓴 여자들은 나쓰에처럼 밖에 있다 온 차림새의 이들뿐이었다. 집에 있다 나온 듯한 여자들은 전부 터번을 감고 있었다. 방공호에선 모자를 망칠 뿐더러 서로 불편하기 때문이었다. 민중의 이런 생생한 모습과 접하는 것은 신선한 경험이라고 나쓰에는 생각했다.

조금은 불안하면서도 태연하려 애쓰는 그 얼굴이, 문득 현영과 눈을 마주치자 싱긋 웃었다. 그녀다운 웃음이었다. 현영은, 자기 팔 안의 그 얼굴을 내려다보며, 밀려드는 안타까운 감정에 눈을 내리감았다.

"캇짱? 졸려?"

"아니."

현영이 대답했다.

"그럼 눈 떠봐."

그러나 현영은 여전히 눈감은 채, 고개 저으며 씩 웃었다.

"사실은 졸려."

"어머, 캇짱!"

나쓰에가 어이없다는 듯 웃었다. 작은 웃음소리가, 이 숨 막히는 곳에 상쾌한 바람처럼 일었다. 장님처럼 눈을 감은 현영이 따라 웃었다. 다시 웃음이 나려던 나쓰에가 갑자기 놀란 눈으로 그를 쳐다보았다. 여전히 눈뜨지 않고, 그녀를 꼭 안은 채 미소 짓는 카오루의 얼굴이 낯설었다. 그 친숙한 웃는 얼굴의 무엇이 이상한지, 도무지 알 수 없었던 그녀 또한 말없이 눈을 감았다.

공습은 오래 끌지 않았다. 예전보다 잦아지긴 했지만, 한두 달의 공백이 있을 때도 있었다. 다만 처음처럼 나치를 비난하는 삐라 살포로 화장지를 인심 쓰는 일 없이, 전량 폭탄 투하였다. 공습이 끝나고, 겨우 방공호에서 나온 둘은 서둘러 대사관으로 향했다. 곳곳의 방공호에서 쏟아져 나와 집으로 돌아가는 사람들로 거리가 혼잡했다.

대사관 정문으로 들어서자마자 유사쿠가 뛰쳐나왔다. 공습 때문에 나쓰에를 걱정했으리라 생각했지만, 그는 곧장 현영에게 달려왔다.

"카오루, 어디 있었나! 내내 찾아다녔어!"

"유사쿠?"

유사쿠는 잠시 말을 잇지 못했다. 나쓰에는 현영이 갑자기 자신의 손을 꽉 움켜쥐는 것을 느꼈다… 다음 순간, 현영은 그녀의 손을 놓고, 달려오다 멈춰 선 유사쿠를 향해 걸어갔다. 나쓰에는 그 자리에 서서 그의 뒷모습을 지켜보았다.

현영은 유사쿠에게 다가가, 그의 얼굴을 들여다보았다. 비통한 눈빛이 자신을 향해 밀려들었다.

"…오오세 남작께서…"

현영은, 그 자리에 선 채 꼼짝도 하지 않았다. 하늘과 땅이 아득하게 멀어져, 자신이 어디 처했는지 알 수 없었다. 그러나 각성은 그를 오래 버려두지 않고, 순식간에 찾아왔다…….

내 아버지는 결국 암살당했다……. 내 나라는 그를 더는 살려둘 수 없었던 것이다…….

아버지에게 편지를 쓰는 것은 그리 어렵지 않았다. 나는 먼저 안부를 묻고, 학업에 대한 보고를 하고, 자질구레한 내 생활을 설명했다. 베를린에 대한 감상과 경성에 대한 향수, 물론 총통에 대해서도 썼다. 어떤 시가 내게 어떤 느낌을 불러일으키는지, 총통에게 받는 감화의 정체가 무엇인지, 내가 진정 어느 쪽을 향하고, 무엇이 되어 가는지, 그가 가장 궁금할 것에 대해 나는 교묘하게 피해 나갔다. 모든 걸 말하며 아무 것도 말하지 않았다.

이하라 남매와 재회한 후엔 주로 그들의 이야기를 썼다. 일가와의 교제가 깊어지고 있음을 착실히 보고했다. 아버지는 안도할 것이다. 다른 독일인 학생들과도 사귀고 있다고, 특히 악셀에 대해 주로 언급했다. 아버지가 그를 마음에 들어 하리라 생각했다. 물론 아버지는 그를 좋아했다. 나는 나에 대해 숨기듯 내 친구인 그도 숨겼던 것이다.

장군인 부친이 없는 안드레스와 미하엘도 좋아하겠지만, 아마도 덕한을 제일 마음에 들어 할 것이다. 그러나 정말 만나게 되면 이미 돌이킬 수 없이 불온해진 아까운 청년을 얼마나 안타까이 여길 것인가… 덕한도, 내 아버질 만나면 그의 사람됨을 알아볼지 모른다. 그러나 바로 그 때문에 내 아버질 결코 이해할 수 없을 것이다. 내가 사랑하는 그 두 사람은 결코 양립할 수 없는 사람들이었다.

유사쿠와 나쓰에와의 교제는 거사를 위해서도, 아버지를 안심시킬 교우 관계로서도 유용했다. 그 유용한 관계란, 도대체 뭘까… 그렇다고 내가 그들을 사랑하지 않는가? 그럴 자격이라도 있는 듯이.

너는 왜 그들을 사랑하는가, 사랑하지 않을 수는 없겠는가?

…그들을 생각하면, 내 마음이 나를 꾸짖고, 결국에는 애원한다… 그들을 사랑하는 마음이, 그들을 사랑하는 마음에게.

유사쿠와 나쓰에, 덕한과 악셀, 안드레스, 미하엘, 마쓰다, 한경과 승호… 아버지는 그들에 대해, 나에 대해 듣고 싶어 한다. 그는 언제나 내게 귀를 기울이고 있었다. 내가 더 이상 본심을 말하지 않게 된 이후에도, 그 다문 입을 열고 그에게 말해주기를, 계속 기다렸던 것이다…. 간단한 귀가 인사 후, 서재의 문을 닫고 돌아서는 내 뒤에서.

그러나, 그들의 이야기를, 나의 이야기를, 그에게 어떻게 말할 수 있는가, 어떻게 말해야 하는가.

…아버지는, 어렸던 나의 거울이었다. 내가 자라면서, 아버지의 망상으로부터 깨어남에 따라, 그 거울은 빛이 바래고, 내가 따라야 할 모습을 더는 비추어 주지 못했다. 그러나 금 하나 가지 않고, 나의 굴절된 인간관계를 비추는 거울로 마음의 가장 깊은 곳에 놓여있었다. 그 모든 관계의 시초로서.

아버지는 내가 친구가 없는 것을 알았을 것이다. 아주 오래도록 내가 혼자임을 알았을 것이다. 그러나 그는 미처 깨치지 못한 무리들이 날 거부한다 여길 뿐, 나 역시 날 받아들일 이들을 거부하며, 스스로 고독하고자 했음은 몰랐을 것이다. 그는, 내가 그를 바라보는 눈이 예전 같지 않음을 알았을 것이다. 그는 내가 혼란을 겪으며, 젊은 혈기로 범하기 쉬운 오류에 빠졌다고 생각했을 것이다. 그 때문에 그 역시 고통스러웠을 것이나, 내가 그에게 돌아오기를, 한결같은 마음으로 기다리고 있었다……. 그렇게 희망을 버리지 않음에 그의 사랑이 있었을 것이나, 나는 그의 희

망을 실현시킬 수도, 그에 대한 나의 희망을 가질 수도 없어 괴로워했음
을, 내 아버지는 몰랐을 것이다……

나쓰에는 현영의 하숙방 앞에 서 있었다. 사흘 전 유사쿠가 그를
찾아갔으나 혼자 있고 싶다는 말만을 문 너머로 전해 듣고 돌아온 터였다.
덕한과 다른 친구들도 들어갈 수 없었다. 좀더 두고 보자는 데 다들 동의
했고, 그녀도 그럴 생각이었으나 오늘 무턱대고 와버렸다. 그저 와보기라
도 하고 싶었던 것이다.

발길이 저절로 향했었지만, 막상 그의 방문 앞에 서니 문을 두드릴 용기
조차 나지 않았다. 그녀는 노크하려 손을 내밀다 도로 거두었다. 카오루,
하고 불러보았다. 작은 목소리여서 들리지 않겠지만 크게 소리쳐 불러도
들리지 않을지 모른다, 들어도 움직일 수 없게 쓰러져 있는 건 아닐까, 온
갖 두려움이 쌓여간다……. 그녀는 무의식중에, 카오루, 카오루, 그의 이름
을 연달아 부르고 있었다. 정적 속에서 그 목소리는 더욱 높아가고, 그 견
딜 수 없는 울림을 지우려 다시 불러대는 일이 끝없이 반복되었다. 나쓰에
는 자신이 뭘 하고 있는지도 몰랐다.

어느 순간, 문이 열렸다. 그가 문으로 걸어오는 소리도 못 들었는데. 그
를 부르는 나쓰에 자신의 소리 때문이었겠지만, 미처 깨닫지 못하고 그녀
는 잠시 멍하였다.

현영이 나쓰에를 퀭한 눈으로 바라보고 있었다. 그러더니 그대로 나쓰에
의 팔을 잡고 안으로 끌어들였다. 문이 닫혔다.

방안엔 잠잔 흔적도 먹은 흔적도 없었다. 침대에도 시트에 주름 하나 없
었다. 방 전체가 다 그랬다. 아무도 살지 않는 빈 방 같았다. 현영은 문간에
되려 그가 객인 듯 서서, 방을 둘러보는 나쓰에를 쳐다보고 있었다. 말도
없이 그녀를 끌어들이더니, 지금은 그녀가 어떻게 여기 있는지 놀란 듯,
마치 벽을 뚫고 나타난 유령이나 되듯 쳐다보는 것이었다. 나쓰에는 자신

이 서 있는 삭막한 공간이 두려워져, 그에게 걸어갔다. 자신을 향한 불안한 눈길을 마주하자, 그를 지켜주고 싶다는 모성적 욕구가 고개를 들며, 마음이 안정되어 가는 걸 느꼈다. 그녀는 말없이 다정한 눈길로 현영을 쳐다보았다. 현영이 당황한 듯 더듬거리며 인사했다.

“안녕, 나쓰에.”

“안녕, 캇짱.”

그러자 그는, 참으로 아름답게 미소 지었다.

“당신이 보고 싶었어.”

“나도 그랬어.”

그러나 그녀는 따라 웃을 수 없었다. 나쓰에는 그의 손을 잡고 이끌어 그대로 바닥에 앉히고, 자신도 옆에 앉아 그의 눈을 들여다보았다. 예기치 못한 물음이 갑자기 입 밖으로 새어나왔다. 아이처럼 무구하나, 아리도록 천진한 물음이.

“캇짱, 울었어?”

현영이 소리 없이 웃었다. 일단 묻고 나자, 그녀는 멈출 수 없었다.

“울었어?”

그녀는 가차 없이 물었다. 일그러진 얼굴의 그가 무섭게 쏘아보자, 심장이 그대로 내려앉았다.

“울지 못했으면, 지금 울어. 나랑.”

말이 채 끝나기도 전에, 눈물이 흐른다. 아까부터, 실은 계속 울고 싶었던 것이구나……. 이제야 알 듯한 느낌이 희미하게 스쳐가고, 눈물은 계속해서 고여 뺨으로 흘러내렸다.

“난, 나난… 너무 슬퍼…….”

흐느끼는 나쓰에를, 현영이 품에 끌어안았다. 바보처럼 둥그레져 있던 눈동자가 어느 순간 젖어들었다. 후, 숨을 들이키다 간신히 내뱉은 그가, 아주 조용히, 몸을 떨며 오열하였다.

저녁 어스름이 내리깔렸다. 두 사람은 서로 붙어 앉은 채, 오래도록 꼼짝도 않고 있었다. 나쓰에의 품에 안겨 누운 현영과, 그런 그의 얼굴을 손으로 감싼 채, 간간이 머리카락을 쓸어주는 나쓰에, 부드러운 음영에 감싸인 둘의 뒷모습이 브론즈의 조상과도 같았다.

“나쓰에?”

“응, 캇짱.”

“나쓰에.”

“그래, 캇짱.”

현영은 나쓰에를 부르고 또 불렀다. 그녀의 이름을 부르면 화답하는 맑은 목소리가 부르는, 아버지가 지어준 그 이름이 귓가로 스며들어온다.

“캇짱, 남작님은 훌륭한 분이셨어. 나는 그분을 존경해.”

나쓰에가 현영의 머리카락을 쓰다듬으며 말했다. 그는 그 부드러운 손길에 자신을 완전히 내맡기며, 희미하게 켜지는 의식의 불빛을 외면했다.

“폐하께 반기를 든 불령선인들을 뿌리 뽑는데 앞장서신 분이라고 아버지가 그러셨어. 폐하를 향한 그분의 충정은 일본인인 우리도 본받아야 한다고.”

여전히 눈감은 채인 그의 관자놀이에 희미한 경련이 일었다.

“캇짱도 남작님의 뒤를 잇길 바라신다고 하셨어.”

잠시 말이 없던 그녀가 낮은 목소리로 계속했다.

“갈수록 불령선인들이 많아지는 건, 반도인의 유태화 현상 때문이래. 과거 독일의 유태인처럼 자기들 이윤만 추구해서 일본인을 압박한다는 거야.”

치받혀 오르는 것이 있다. 억누른다. 힘겹고 괴롭다.

“유태인의 해악을 경고한 총통의 선견지명이야말로 정말 놀라워. 그는 항상, 올바른 길로 우리를 이끌지.”

어둠은, 작고 부드럽고, 나쓰에의 따스한 손 너머로 희끄무레한 빛이 새어드는 아늑한 것이었다. 그가 보고 있는 어둠은…… 그 속에서, 어느새

뜨인 눈의 안광이 발하고 있었다.

"총통이 1차 대전에 참전했을 때의 일이야. 참호에서 전우들과 식사를 하고 있는데, 그때 갑자기 어떤 목소리가 총통에게 명했대. ― 나쓰에가 현영의 머리 위 허공을 향해 얼굴을 반듯이 들었다 ― 일어나서 그곳을 떠나라. 총통은 즉각 식판을 들고 20야드를 걸어갔지. 그가 그 자리에 앉자마자, 막 떠나온 곳에 포탄이 떨어졌어…… 방금 전까지 같이 식사하던 전우들이 전부 죽고 말았지……. 총통은 항상 자신의 소명을 잊지 않아… 그러기에 신의 가호가 그와 함께 하는 거야… 오직 운명과 싸우는 사람만이 은총의 섭리를 받을 수 있다… 그가, 그렇게 말하였지! 그러니까 캇짱도 힘내. 총통처럼 소명을 가져요. 이 시대의 청년들은 역사의 최전선에 서 있는 거야. 그렇기 때문에 훌륭한 시대라고, 나는 생각해."

스스로 나서지 못하는 안타까움과 그 청년들의 운명에 대한 동경이, 부드러운 표면 아래 뜨거운 열기를 전달하고 있었다. 빛나는 눈으로, 흔들림 없이 저 앞을 응시하는 그녀의 얼굴은, 그 얼마나 아름다운가! …간절하게 넘쳐흐르는 진실된 마음… 참된 열정… 그녀는 아름답고 선하며, 자신처럼 이중적이지 않고 순수하였다. 그녀는 자신 앞에 숨길 것도 없었고, 그로 인해 굴절되거나 비틀리지도 않았다. 아아, 그래서 그녀가 그토록 빛났고, 아름다웠으며, 그렇게도 날 끌어당겼구나… 지금까지도!

…그것은 또한 아버지의 모습이었다……. 떳떳하고 당당하게, 하늘 아래 한 점 부끄럼 없이 똑바로 선 아버지. 그러나 그 흔들림 없는 내면에서 우러나온 언행일치의 정체는 과연 무엇이던가, 그가 무얼 행했는가, 햇살 아래 그토록 멋지고 훌륭했던 아버지는 과연 누구였던가, 나와 어머니에게 그처럼 부드러운 그가, 다른 이들에게, 같은 민족에게, 무엇을 했던가……. 사람들을 해치고 집에 돌아온 그는 변함없이 다정한데, 그 따스한 손길이 무슨 짓을 하고 왔는지 어찌 알겠는가? …모를 뻔도 하였지! 모를 수도 있었지!

그들은 여전히 아름답다… 그토록 모르기에, 그토록 순수하구나… 그 얼마나 무서운 이들인가… 바로 그들을 나는 사랑한다! …이 얼마나 무섭고, 호소할 길 없는 고립인가!

현영의 심신이 크게 뒤흔들렸다. 외따로 솟구치다, 공중에서 정반의 각도로 급격히 꺾이는 그 압도적인 반동이, 곤두박질치는 위기에서 그를 구했다. 돌파구, 아버지를 죽인 자들을 죽일 수 없고, 차마 그들에게 향하지 못하여, 토해낸 자신에게 역행하는 분노와 증오의 다른 배출구. 그 역류에 휘말린 몸이 빨려들어가는 소용돌이. 예정된 것인 양 마련된 다른 출구.

"캇짱?"

그가, 씩 웃었다. 날카로운 미소가 입가를 면도날처럼 내리그었다. 번득이는 검은 시선이 날아올라 나쓰에를 덮쳤다. 그녀는 움찔했으나, 피하지 않았다. 하지만 시선은 나쓰에의 눈을 단번에 꿰뚫고는, 그대로 사라졌다. 헛것이었을까? 아니다! 나쓰에는 두려움을 누르며, 자신 품안의 그 얼굴을 들여다보았다. 그러나 어둠은 그새 더 짙어졌고, 그는 순식간에 감추었다. 동시에 그가 몸을 일으켰다.

"…나쓰에… 네 말이 맞아, 네가 옳아!"

그가 나쓰에의 어깨에 손을 얹고 얼굴을 가까이 가져왔다. 석양을 등진 역광으로 여전히 보이지 않는 얼굴에 흰 눈자위만 뚜렷했다. 처음 보는 모습의… 이 남자는 누굴까. 그녀는 소리 없이 자문했다.

"그래, 훌륭한 시대고, 훌륭한 청년들이야! 그러니, 날 위해 기도해 주겠지? 내가 맞서 싸운다면? …기도해 주어, 나쓰에!"

"물론이야, 기도할 거야, 언제나 너를 위해 기도하겠어!"

나쓰에가 마음을 다해 소리쳐 대답하자, 현영이 돌연 멎었다. 그 어떤 정지가, 그녀의 어깨에 놓인 그의 손으로부터 전달되었다. 그녀 안에서 넘쳐 흐른 절실함이 아직까지 파문을 일으키며, 전신이 미세하게 떨렸다. 그녀의 손에 그가 뺨을 갖다대었다. 차가운 감촉에 흠칫하면서, 그녀 또한 떨림이 멎고, 물밑에서 서서히 떠오르듯, 긴장이 풀려가는 것을 느꼈다. 넘쳐 흘러 비워진 내부에 다시 따스한 물이 차오르고 있었다… 그 사람의 차가운 얼굴이 스르르 미끄러지듯 그녀의 품으로 돌아왔다. 얼굴을 묻고 그대로 가만히. 잠시 꼼짝도 못하던 그녀가 팔 벌려 조용히 감싸 안았다.

"이겨내는 거야… 캇짱…"

이미 그는 조용하였다. 거의 무의식적으로 움직여오던 부드러운 동작이 멎고, 이제 그는 조용하였다… 그녀는 잘못 보지 않았다. 그 모두가 현영이었다. 어떻게 변해도, 그는 그녀의 카오루였다. 너무나 좋아했던 그 어린 소년이 이토록 변모하여, 두려울 정도로 낯선 남자로 다가와도, 그녀는 그의 앞에서 한 번도 물러선 적이 없었다. 항상 그의 눈을 똑바로 들여다보았고, 주저 없이 그에게 달려갔다. 때로는 어색하고 무섭기도 하였으나, 누를 길 없는 마음은 캇짱을 향해 이미 움직여가고 있었다. 그렇듯 그녀가 그에게 다가가면, 잠시나마 모르는 이가 됐던 그도 그녀에게 돌아왔다. 가장 소중한 친구에게 바치는, 그 숨김없는 진정은 항상 응답을 받았다. 그녀의 카오루를 향한 변함없는 믿음, 그것이야말로 그의 마음을 움직이는 그녀의 힘이었다.

그뤼네발트 숲과 맞닿은 레넨캄프가의 정원에서 덕한과 악셀이 사격 연습을 하고 있었다. 10살 때부터 아버지에게 직접 사격을 배운 악셀의 솜씨야 여전했지만, 상당히 실력이 늘었던 덕한은 울타리에 붙여둔 카드장의 표적을 번번이 빗맞히고 있었다. 악셀이 그만 하자고 말하려는데, 그 순간 날아든 총알이 덕한의 표적을 명중시켰다. 일제히 뒤돌아본 둘의 눈앞에 현영이 서 있었다.

"현영!"

둘이 함께 외쳤다. 현영은 초췌해 보이나 상복을 단정히 차려입었고, 얼굴 표정은 도무지 알아볼 수가 없었다.

"너…"

덕한이 그를 불러놓고 그저 쳐다만 보았다. 그 시선을 받으며 걸어온 그가 다시 리볼버를 들어 표적을 겨누었다.

"덕한."

덕한은 현영이 부르는 자신의 이름에, 가슴이 이상할 정도로 두근거려왔다.

"내 아버진 더 이상,"

탕!

"죄를 짓지 않아도 돼."

탕!

소리가 한 번 더 나고, 위가 찢긴 두 장의 표적이 나뒹굴었다. 그제야 현영이 덕한을 돌아보았다.

"다행이라고 생각한다."

그러나 그 오후가 저물자, 현영은 열에 들떴다. 갑자기 몸이 휘청이며 눈앞의 바닥으로 추락할 듯한 현기증을 느낀 직후였다. 그날 밤은 덕한과 함께 백작 가에 묵기로 되어있었다. 그는 덕한이 욕실에 있는 틈을 타서, 벽을 짚고 몸을 지탱하여 악셀의 방까지 갔다. 마침 객실로 오던 악셀과 복도에서 마주쳤다. 놀란 악셀에게 그가 소리 내지 말라고 중얼거렸다. 그의 표정이 하도 심상치 않아 악셀도 말이 나오지 않던 참이었다. 그가 부축하는 악셀의 팔을 잡고 덕한이 눈치 채지 못하게 집에 보내달라고 간신히 말했다. 악셀은 아무 것도 묻지 않고, 그를 부축하여 비어있는 별채로 데려갔다. 현영은 열이 높았고 이미 통금 시간이 가까워져 있었다. 덕한에게는 일본 대사관에서 차를 보내와 급히 떠났다고 하겠으며, 내일 그와 마주치지 않게 내보내주겠다고 약속했다. 현영은 덕한이 알지 못하게 해달라고 연신 부탁하며 식은땀을 흘렸다. 악셀은 일단 집사에게 그를 맡기고 황급히 본관으로 돌아왔다. 막 욕실에서 나온 덕한에게 현영의 일을 둘러대고는, 그가 걱정된다는 이야기를 하며 함께 저녁을 들었다. 잠시 한담을 나누다 악셀이 피곤하다며 먼저 일어섰다. 덕한도 객실로 들어가는 걸 확인하자, 다시 별관으로 향했다. 이 일련의 과정이 악셀에게 뭔가 느끼게 하는 바가 있어, 열이 올라 벌벌 떠는 현영을 보고도 놀라지 않았다. 현영은 그를 기다리고 있었다. 그는 간호하던 집사를 물러가게 하고, 침대 옆에 앉아 현영의 눈을 들여다보았다. 악셀이 간간이 땀을 닦아주는 가운데 현영은 그날 많은 이야기를 하였다. 손톱이라든가, 어떤 아이에 대해 말했다. 피 흘리며 맞는 아이를, 그가 때린 아이를 말했다. 아이가 하난지 둘인지 알 수도 없는 이야기가 조리 없이 이어져갔다. 아버지를 위해 죽고 싶다고도 하였다. 암살자가 총을 겨누어 쏘면 아버질 감싸고 자신이 대신 총에 맞아 죽을 것이라 하였다. 품에 안겨 죽어가는 자식의 호소라면 아버지를 변하게 할지 모른다, 그렇지 못하더라도 아버지를 가슴 아프게 할 수는 있을 것이다, 바로 그걸 원한다! 아버지에게 복수하고 싶다, 누구 손에 맡기겠느냐, 자식 손이어야 한다, 내가 아버지 자식이다, 라고 하였다. 그러나 나라를 위한 복수가 아니다, 어디까지나 아버지의 아들로서 사적인 것이라고 중얼거렸다. 부릅뜬 눈으로 어떤 한 무리의 남자들에 대해 소리쳤다. 자기 또래 청년들인데 아버지가 키워낸 사람들이라 하였다. 아버지가 자신에겐 말 안 했지만, 자신은 안다고 말했다. 아들인 그가 가장 늦게 알았다고, 이미 모두가 알고 난 후였다는 것이다. 그들이 한경을 죽일 것이고, 승호를 죽일 것이고, 형민도 죽일 것이라 말했다. 아버지의 사람들이 아버지의 죽음에 분노해서 보복을 벌일 것이라 하였다. 열에 들떠 헛소리를 하면서도 도통 멈추려 들지 않는 목소리가 높아지다 다시 사그라들곤 하였다. 생경한 발음의 한국말이 마구 섞여 이상한 이름들을 말하고 또 말하였다. 악셀은 묵묵히 들으며 현영의 이마를 차게 식혀주었다. 덕한의 이름도 나왔다. 덕한이 알아선 안 된다고, 거듭 힘주어 말했다. 그러면 덕한이 아버질 죽일 것이라고 말했다. 그러면 자신이 덕한을 죽여야 하지 않느냐고도 말했다. 그는 덕한은 모른다고 말해주었다. 몇 번이고 몇 번이고 말해주자 현영은 겨우 진정하여, 죽은 듯이 잠에 빠져들었다. *Gando tobelde*, 가장 많이 나온 단어를 곱씹어 보았지만 역시 아무 것도 알 수 없었다. 그 말을 몇 번이고 중얼거리고 있는 걸 깨닫고 놀라 입을 다물었다. 옆에서 되뇌면 현영이 악몽을 꿀지도 모른다고 생각했다. 기억 저편으로 가라앉았다 어느 날 갑자기 떠올라 현영이나 덕한에게 무심코 물어 보게 될지도 몰랐다. 잊어야 할 말이었다. 아니 반드시 기억해야 할 말이었다. 절대로 입 밖에 내서는 안 된다는 것을.

그러나 그는 그 정체 모를 말의 수수께끼를 풀려고 하지는 않았다. 덕한에게 넌지시 물어볼 수도 있겠지만, 자신이 그 말을 알게 된 내력으로 족하다고 여겼다.

다음날 아직 자고 있는 현영을 두고 덕한과 나갔다가 돌아와 보니, 현영은 이미 가버린 뒤였다. 그 후에 다시 만난 그는 기운을 회복해 있었고, 아무 것도 기억하지 못하는 듯했다.

…히틀러를 극복했으나 아버지를 극복하진 못했다. 그의 동조자도 반대자도, 나 아닌 다른 사람들이었다. 그토록 친밀했던 관계는 퇴색했으나, 그렇다고 다른 관계를 맺지도 못했다. 나는 그것에 안도한다. 나와 그 사이를 가로막는 다른 사람들의 존재에 안도하고, 이제 그가 영영 떠나가, 다시 돌이킬 수 없게 된 것에 안도한다. 나는 그를 다른 사람들 속에 내버려 두었고, 그의 생도 죽음도, 결벽증적으로 멀리하여 관여하지 않았다. 그의 사후에야 그가 나의 굴레인 것을 인정하였다. 그것은 비로소 그와 나의 참된 관계가 되었다.

이제 나는, 그와 나 자신에게, 내가 그의 좋은 아들이 되지 못했던 이유를 증명해야 한다. 내 힘은 분노이며, 그 원천은 나 자신을 비롯한 분노의 대상이다. 내가 분노하며, 그 대상이 그토록 많음이, 곧 나의 구원이다.

…가장 잔인한 감정에 의지하여 투쟁할 힘을 얻는다. 분노가 나를 일으켜 세우고 증오가 나를 지탱하며, 복수심이 나를 나아가게 한다. 이 짐승 같은 삶 속에서 나는 이미 볼프이다…

"신은 우리의 투쟁을 위해 넘치는 은총을 주셨으니 그중 가장 멋진 선물이야말로 적에 대한 증오인 것이다…."

"증오가 사람을 자유롭게 한다."

– 히틀러, 1926.

21

"미하엘!"

"어, 리!"

거리 저편에 있던 미하엘이 현영을 보고 웃으며 길을 건너왔다.

"안 그래도 지금 가던 중이야."

"나도. 놈들도 벌써 와 있겠지."

둘은 친구들과 함께 점심을 먹기로 한 카페를 향해 발걸음을 옮겼다.

"오늘은 과연 어떤 잡죽이 나올지 궁금하군."

미하엘은 이런 식이었다. 겨우 밖으로 나온 현영에게, 위로나 걱정은 털 끝만치도 비추지 않았다. 다 같이 힘든 시대니 특별 취급은 없다며, 스파르타식 교제 운운하는 헛소리와 변함없이 허를 찌르는 언동으로, 현영에게서 예전의 활기와 일상적 대화를 서서히 이끌어내고 있었다. 시답잖은 소리만 해대며, 거의 언제나 옆에 있었다.

"또 껍질 안 벗긴 감자가 들어있겠지."

"아, 제국의 장관께서 요리법까지 알려주시니 감사할 뿐이야. 티어가르텐으로 민들레 캐러가자는 캠페인은 안 하시나?"

미하엘은 라이히(제국)를 독특한 뉘앙스로 들먹거리곤 했다. 로마를 계승한다는 신성로마제국을 또 계승한다는 세 번째 제국, 지구상에 이런 제국은 다시없다고, 정말이지, 독일이여, 너는 제국이면 사족을 못 쓰나니, 하며 그는 덕한 방의 테이블 위에 올라 연설했었다. 검은 숲에서 뛰쳐나와 카이사르에게 저항했고, 급기야 로마를 무너뜨렸던 촌스런 게르만은, 제국의 휘황찬란한 독수리에 눈멀었나니, 자줏빛 옷을 휘감은 델릴라에 넋 나간 삼손이여, 네 머리칼을 자른 것이 누구더냐고 부르짖으며, 못말리게시리 친구들을 웃기다가, 그만 떨어져 무릎을 깬 적도 있었다.

"독일서도 민들레를 먹나?"

현영이 놀라 물었다.

"아니, 한국서도 먹어?"

"독초만 빼고 다 먹지."

"…민들레만도 벅찬데, 풀을 그렇게 많이 먹어?"

"맛있어. 한국 여자들은 요릴 잘하거든."

"흥, 아무리 잘해봐야 풀이지. 고기로 변신이라도 시키나?"

"…불쌍한… 나물을 못 먹어봤으니 야채를 싫어하지."

"내가 모르는 말 쓰지 마! 허, 채식주의자 따위 총통 하나로 족하지. 미안하지만 민들레가 좋다는 놈하곤 친구할 수 없네."

"어렸을 때 민들레 안 먹는다고 엄마한테 맞았지?"

"천사 같은 우리 엄마는 나한테 그런 거 안 먹였어!"

미하엘이 분개한 얼굴로 현영을 휙 밀쳤다. 현영은 재빨리 몸을 뺐지만, 미처 보지 못한 발밑의 돌에 걸려 넘어지고 말았다.

"이봐!"

미하엘이 놀라다, 풋, 웃음을 참으며 팔을 잡아 일으켜 세웠다. 가방까지 떨어뜨린 현영의 얼굴이 붉어졌다.

"내가 좀 세지."

"닥쳐."

가방 문이 열려 안의 내용물이 쏟아져 나왔다. 현영이 급히 검은 표지의 책을 집어넣는 걸 보고 미하엘이 말했다.

“그게 뭔가. 비밀 노트라도 되나?”

“그건 또 무슨 소리야.”

현영이 웃었다.

“덕한한테 빌린 거야. 한국 잡지지.”

“아, 그래? 정성들여 싸놨길래, 난 또 네가 시라도 남몰래 적어놓은 노튼가 했지.”

“그런 건 없어. 유치한 수준이라, 어디 써놓기도 뭐한 걸.”

“인할트 교수의 애제자가 할 소린가! 이봐. 시를 쓰라고. 많이, 아주 많이, 어서어서 쓰라고. 네가 할 수 있는 그나마 유일하게 생산적인 활동이 아닌가.”

현영은 잠시 미하엘의 얼굴을 응시하다, 고개를 끄덕이며 걸음을 옮겼다.

“그 말이 맞군.”

“내 말이 언제는 안 맞았나.”

“아무렴. 그런 너야말로 시를 써야 할 텐데.”

“아니, 내가 안 썼을 것 같은가?”

“정말 썼나?”

“이런 친구를 봤나. 난 안 해본 게 없는 사람이야.”

미하엘이 옆구리에 끼고 있던 책을 뒤적이더니 쪽지 하나를 찾아 건넸다. 놀란 현영이 얼른 받아 읽었다.

　가슴의 고동소리에
　귀를 막아라

　불안과 두려움을
　경건하게 맞이하라

네게 주어진 것이
그것뿐이기 때문이 아니다
네 스스로 팔 벌려 맞이하였음을
잊지 말라는 것이다

불안은 네 숨결에서 거듭나고
두려움은 네 심장의 고동소리에 발맞추어 자라난다

네 숨소리에 네 스스로
질식하는 이유는 그것이다

울지 말아라
다만 느리게 숨쉬어라

날은 이미 저물었다
갈 길을 재촉하는 말을 따르지 마라

"이게 끝인가?"
다 읽고 난 현영이 소리쳤다. 미하엘이 빙글거리며 말했다.
"천만에. 더 있는데 잃어버렸어. 거기 찢겨 있잖나."
그 말대로 누렇게 바랜 종이 조각이 반쯤 찢겨져 있었다.
"그래서, 내가 이 대작을 감상할 수 없단 말인가."
현영이 험악하게 말했다.
"그럼 다시 썼어야지. 미완성 시를 보여주다니, 너무하군!"
"과연 열혈 문학도다. 하지만 그 시의 뒷부분이 사라진 건 그 시의 운명
이야. 난 그걸 받아들일 뿐이지."
"말 같잖은 소리! 명령이다! 다시 써! 완성해서 사흘 내로 제출하도록!"

현영이 신출내기 중위 같은 거만한 말투로 못 박았다.

"다시 쓰라니! 잃어버렸다니까!"

"그러니까 다시 쓰란 말이다! 새 걸로!"

"난 잊어버리지 않았어. 잃어버렸단 말이야. 그러니 못 쓰네!"

"반항인가!"

현영이 인상을 쓰며 미하엘에게 위협적으로 다가서는데, 갑자기 쨍그랑하고 뒤쪽에서 소리가 났다. 놀란 둘이 동시에 돌아보니, 방금 지나쳐온 모자 상점의 쇼윈도 유리가 산산조각 나 있었다. 길 저편에서 겁에 질린 소년들이 혼비백산하다, 분기탱천한 여주인이 공을 들고 뛰쳐나오자, 삽시간에 와아, 하고 흩어졌다. 잘도 내뺀다며, 신통해하던 현영이 고개를 돌려보니, 미하엘이 깨진 유리를 밟고 서 있었다. 눈을 내리깐 얼굴이 무표정했다. 너무나 조용한 것이 불안감을 일깨웠다.

"미하엘?"

포석 위에 산산조각 나 있는 유리 위에 그의 구두가 사뿐히 놓여 있었다. 그것이 쳐들리더니, 우지직 힘을 주어 유리를 짓밟았다. 한 발짝 한 발짝 짓밟고 짓밟더니 급기야 구두 뒤축으로 힘껏 내리쳤다. 파열음과 함께 파편이 튀었다.

"미하엘!"

여주인이 뭐하는 짓이냐며 달려들자, 미하엘은 그제야 얼굴을 쳐들었다. 무표정했으나, 곧 이상하단 듯이 여자를 쳐다보았다. 왜 그러냐는 듯, 묻는 듯한 시선으로, 여자를 보다가 현영을 쳐다보았다. 여자도 현영도 아연할 따름이었다. 그런 그들을 이해가 안 간다는 듯 쳐다보다, 그대로 등 돌려 가버렸다.

겨우 정신을 차린 현영이 여자에게 대신 사과하고, 여자도 얼떨떨해하는 틈을 타 급히 미하엘을 쫓아갔다.

"미하엘!"

그는 놀라서 미하엘의 어깨를 잡았다.

"아니, 왜 그러나?"

미하엘이 침착하게 대꾸하며 현영을 쳐다보더니, 미소 지었다.

"아, 놀라게 했군."

"그야… 괜찮나?"

"별 거 아냐. 옛날 생각이 나서."

"옛날이라니……."

미하엘은 잠시 침묵했다. 그 옆얼굴에 담담한 표정이 떠올랐다.

"어느 날 밤에, 저렇게 유리가 깨진 적이 있었어. 그것도 아주 많이. 엄청나게 많은 유리가, 죄다 깨졌지. 아주 산산조각이 났어. 온 거리 사방이 유리 투성이었지……."

"뭐라고?"

"유태인 상점들의 유리였어. 맘껏 깨뜨릴 수 있었지. 모두 몰려다니면서 모조리 깨버렸어… 돌도 던지고 각목도 휘두르고… 식은 죽 먹기였지! 그 이틀 전에 파리에서 독일 외교관이 유태인한테 암살당했거든… 라트[21]라는 이름이었지… 괴벨스가 그자의 복수를 하자고 했어. 생판 남이지만, 뭐 어때? 한밤중에 모두 나가서, 떼 지어 다니면서, 깨고 부수고, 불을 질렀지. 유리 안의 물건도 마음대로 가져올 수 있었어. 엄청났지… 사람도 많이 죽었어. 유태인들 말야… 어디론가 끌려가서 다신 안 돌아온 사람들도 아주 많아……."

현영은 말로만 들은 삼일절 생각이 나려 했다. 끔찍한 기분이었다.

"…나도 그중의 하나였어."

"…뭐?"

"친구들과 함께 어울려서 밤새도록 뛰어다녔지… 전투라도 하는 기분이었어. 밤중에 다 함께 몰려다니는 게 들뜨고 신이 나서… 각목을 멋들어지게 휘둘러서 단번에 유리창 깨는 게 재미있었어… 나쁜 짓이었지. 괴벨스가 부추켜댔지만, 실제로 깬 건 나였어. 참 나쁜 짓을 한 거야… 유태인도 때렸어. 많이는 아니지만, 게쉬타포가 된 듯한 게 우쭐한 기분이었지."

그는 그렇게 조용히 고백했다.

"다음날 아침에, 유리조각이, 온 거리에 깔려있는데, 아침 햇살에 반사돼서 반짝 반짝 빛이 나더군. 밟으면 파지직 소리가 나고… 작은 파편이 바람에 마구 날리고… 동화에나 나오는 수정으로 만들어진 거리 같았어. 그렇게나 빛나는 건 처음 봤지… 눈이 부셨어. 너무 아름답더군. 평생 절대 못 잊을 거야."

정면을 똑바로 향한 미하엘의 시선이 넋을 잃고 있었다.

"…그걸 다시 본다면 난 죽어버릴 거야."

깨질 듯이 투명한 잿빛 눈동자로, 그가 허공에 대고 담담하게 고했다.

"당신은 이렇게 귀중한 물건을 많이 파괴시키는 대신 유태인이나 2백
명쯤 죽였으면 좋았을 걸!"

      – 괴링이 하이드리히에게, 부서진 유리 값 5백만 마르크에 대해서

단골 카페 슈바르츠블라우엔 안드레스와 악셀이 먼저 와 있었다. 가장 늦게 덕한이 합류하자 다 함께 점심을 먹었다. 이제 겨우 활기를 되찾은 듯했던 현영의 안색이 다소 나빴지만, 다들 굳이 입에 올리지 않고 화기애애한 분위기를 이어갔다. 제국의 요리법에 대해 여전한 독설을 늘어놓으면서도 감자 팬케이크를 기세 좋게 먹어치운 미하엘이, 커피를 한 모금 입에 머금더니, 고개 돌려 뱉어냈다.

"오늘 건 특히 심하군."

갈수록 빛깔과 맛이 오묘해져가는 커피 잔을 밀어내는 그에게 덕한이 물을 따라주었다.

"두고 봐. 나도 벨기에로 가서 커피 화폐를 벌어주겠어. 그리고 매일 20달러짜리 커피 타임을 가질 테다."

미하엘이 투덜거리자 모두가 한 목소리로 격려했다.

"잘해봐라."

"농담 아냐. 커피가 제일 확실해. 어느 교회의 탑인지, 성 커피의 탑이 있다는데."

"농담 마라."

모두가 부정했다.

"무슨 소리, 커피 밀수로 번 돈으로 헌금해서 지었대."

"진짜군."

모두가 인정했다. 가장 환영받는 화폐인 커피는 라이히스마르크보다 더 값지고, 금과 똑같은 효용을 지니고 있었다. 미하엘이 그 교회를 알아내어 견학 가겠노라고 포부를 펼치고 있을 때였다. 라디오에서 예의 팡파르가 울려퍼지고, 뉴스 속보가 시작되었다. 그리 크지 않은 카페라 확성기는 없었지만, '국민의 시간' 을 만드는 '공동체 청취' 체제가 순식간에 구축되었다. 나치스가 정권을 잡기 전, 트럭에 축음기를 싣고 다니며 레코드를 틀어 히틀러의 음성을 거리에 울려퍼지게 한 선거 유세전의 전통을 계승한 바였다. 볼륨이 높여지고 사람들이 귀를 기울이는 가운데, 아나운서가 박력 넘치는 목소리로 고하였다.

"제27 전투 항공단 제3중대 한스 요아힘 마르세이유 준위가 오늘 하루 허리케인 4대를 격추시켰습니다. 이로써 그의 기록은 총…"

아나운서의 말이 채 끝나기도 전에, 사람들의 박수갈채가 이어졌다. 맞은편에서 청년들에게 은근한 눈짓과 미소를 보내오던 아가씨들은, 어디선가 순식간에 마르세이유의 사진을 꺼내들고, 금발에 푸른 눈의 소년같이 앳된 얼굴에 키스를 퍼부었다. 그들의 테이블에선 악셀이 열정적인 박수로 전체 분위기에 동참하고 있었다. 그녀들이 그에게 사진을 흔들어 보이자, 손으로 키스를 보내며 소리쳤다.

"아가씨들, 내 몫까지 그에게 키스를!"

그가 쾌활한 몸짓으로 친구들에게 돌아앉으며 말했다.

"아아, 나도 마르세이유가 좋아, 그는 천재지! 베르너 묄더스나 아돌프 갈란트 못지않아. 그도 100기 격추를 달성해서 다이아몬드 백엽기사 철십자장을 받을 테니 두고 보라고! 그렇게 되면 전군에서 네 번째다. 멋지지 않나? 겔베 14번을 모는 아프리카의 별! 겨우 21세의 나이에, 우리 또래야!"

어이없어하는 날카로운 시선들이 그를 향했다.

"분홍색 카드 같은 소리."

미하엘이 낮게 중얼거렸다. 악셀은 시선이고 말이고 아랑곳 않고 계속했다.

"구름바다에서 적기와 신들린 댄스를 추는 거야, 육중한 메서슈미트 109와 늘씬한 스핏파이어의 한 쌍으로. 우아하게 턴을 돌고 나면 파트너를 쏘아 떨어뜨려, 순결을 영원히 지켜주는 거지. 그는 하늘에서 싸우고 하늘에서 죽을 거야. 땅 위의 일은 알려고도 않고, 알 필요도 없이, 공중에서 산화한 제 시체 조각이나 뿌려대면서 말야!"

"난 그가 부럽지 않아."

덕한이 차분하게 말했다. 질풍노도의 기세가 한 풀 꺾인 악셀은 그저 우울한 미소를 띠며 아무런 반론도 제기하지 않았다. 미하엘이 피식 웃었다.

"아니, 악셀의 진짜 영웅은 붉은 남작이야.[22] 1차 대전의 전설, 금발의 프러시아 귀족, 90대 격추 이후 장렬한 산화! 악셀이 원하는 모든 거지."

악셀의 얼굴을 똑바로 쳐다보며 열거하던 미하엘이 마지막으로 못 박듯 물었다.

"네가 그렇게 되고 싶은 거지? 요절한 천재, 가문의 영광… 폰 레넨캄프 장군의 후계자로서 말야. 왜 리히테르펠테[23]에 가지 않았나? 가문의 전통 아니야?"

악셀의 단정한 얼굴에 차가운 미소가 떠올랐다. 날카롭고 매서운 눈빛이 미하엘을 향했으나, 그 얼굴의 미소는 한 점 흐트러짐 없었다. 친구들의 고미다락방에서 소탈하게 어울리던 그였으나, 지금의 냉혹한 기품이 서린 표정은 과연 숨길 수 없는 귀족의 혈통이었다.

아무도 입을 열지 않았다. 침묵이 밤새 내린 눈처럼 쌓여갔다.

"누구나 원하는 청춘이고 원하는 말로니까."

안드레스였다. 모두의 눈빛이 솔직한 동조를 표했다.

"붉은 남작은 나치가 아니었고, 살아있었어도 그랬을 거다. 대다수 독일 군인들처럼. 연합국이 아니라 히틀러로부터 독일을 지키는 것이, 너의 전쟁이다."

거의 말을 않고 있던 현영이 그들에게만 들릴 정도로 나직이 말했다. 그리고는 악셀을 쳐다보았다. 그 맑은 눈을 마주한 악셀은 말없이 테이블 위에 올려져 있던 현영의 손 위에 자신의 손을 얹었다. 그 위로 세 개의 손이 차례로 포개졌다.

그것은 그들에게 필요한 말이었다. 전시는 점점 어두워져 가고 있었다. 빛나는 전승의 나날은 어느 순간 막을 내렸다. 사람들은 괴벨스의 열변과 총통의 승리선언에도 불구하고 조용히 깨달았다. 서로서로 말할 필요도 없었다. 나뭇잎이 떨어지고 바람이 서늘해지면 가을이 다가오는 법이다.

아직 승리는 계속되었으나 옛날의 광채는 사라진 지 오래였다. 서서히 전열을 가다듬기 시작한 소련군의 반격이 거세짐에 따라 사상자 수는 늘어만 갔고, 꼬냑과 초콜릿, 거위 간 통조림들로 채워졌던 전리품 보따리도 더 이상 없었다. 국민에게 '잡죽' 식사를 권장해온 괴벨스는 소시지 몇 개와 통조림 하나, 진 한 병이 든 꾸러미를 휴가 나오는 병사들의 손에 들려주고, '히틀러의 선물' 이라 불렀다. 그도 참 부지런한 사람이었고, 어쨌거나 섬세한 배려이긴 했다.

이제는 모피를 걸치고 향수를 뿌린 아가씨들과 팔을 끼고 거리를 활보하는 훈장 단 병사들도 드물었다. 대신 외팔과 외다리가 늘어났다. 그것이 가장 흔한 형태였고, 이어 상상도 못했으나 인간의 몸으로 불가능할 법도 없는 형상의 불구자들이 거리 곳곳에 나타났다. 그들도 햇살과 꽃과 여자들이 필요했지만, 그들의 존재가 거리의 그런 아름다움을 퇴색시켰다.

갈수록 먹고 살기 힘들어지자 몸에 밴 절약과 자제의 반동으로, 사치와

향락에 대한 집착은 극에 달했다. 상류층은 그들의 격리와 폐쇄를 유지하기 위해 몸을 사렸으나, 되려 일반 시민들이 대담했다. 그들은 식료품을 구하는데 하루 종일 걸리는 전시체제에 지쳤고, 생활을 꾸려나가는 인내와 요령을 발휘하는 것에 염증이 일었다. 기회만 닿으면, 한계에 달하면, 자포자기로 여한 없이 폭발해버렸다. 그 자기폭파의 양상들은 비루함에서 극적인 것까지 다양했으나 대개 뒤죽박죽 섞여있었다. 카바레 델 코미카에 입고 갈 드레스를 사느라 암시장에서 몇 달치 월급을 써버리는가 하면, 농부와 직거래한 새끼 돼지를 집에서 밀도살하는 이들도 있었다. 상류층의 주위를 맴돌며 감시해서, 그들의 부를 훔치거나 협박해서 뜯어내는 건 약과였다. 그것이 나쁘다고도 생각지 않았고, 스캔들이 두려운 이들도 상류층뿐이었다.

이상야릇한 혼란의 단편들이 일상 속에 맥락 없이 돌출되었다. 진주 목걸이를 들고 암시장에 나타난 하녀나, 새벽 나절 빈민가에 정차한 롤스로이스에서 내리는 외팔이 사병의 모습은 그저 하나의 풍경이었고, 아무도 놀라거나 몰라보지 않았다. 나태도 타락도 나쁠 것이 없었다. 숨통만 트이게 한다면야. 사람들은 뻔뻔스럽고 후안무치해져, 서로 허물없이 굴었다.

사람들은 그래도 겪어나가고 이해해나갔다. 한 바탕 터뜨리고 나면, 묵묵히 제 자리로 복귀했고, 터뜨리지 못해도 끈질기게 버텼다. 그들은 여전히 충성과 성실의 귀감인 독일 국민이었다. 그들은 볼셰비키로부터 서방을 지키는 '동쪽 십자군' 의 기치를 마음속에서 내리지 않고 있었다. 세계를 위한 우리의 희생이란 주제는, 포기하기엔 너무나 아름답고 위대한, 잃어버린 전설의 부활이었다. 거칠고 적나라한 생활 속에서 우리가 왜 세계를 위해, 고기와 구두부터 아들과 아버지와 남편까지 포기해야 하는가 하는 소박한 의문이 당연히 들었으나, 그들은 그 속된 마음과 싸우며, 참고 버텼다. 있는 그대로의 자신을 몰아세우는 싸움은 영웅적이었으나 그 결말은 예정된 바였다. 그 소박한 의문은 서서히 그들의 '전설' 이 흩뿌리는 광휘를 퇴색시켜 갔으니, 그것이야말로 참이었기 때문이다. 그러나 전설도, 의문도, 그들이 죽음으로 지켜주고 있다는 세계로부터 멀고도 멀었다. 그들은, 세계의 그 누구에게도 이해받지 못한 가운데, 고립되고 있었다. 처음부터 계속. 바로 그들이 그들 자신과 세계를 몰랐기에.

그들은 물론, 안다고 여겼다. 지금 우리가 겪고 있는 이 현실을, 우리가 모르면 누가 알겠는가! …그러나 진짜 '히틀러의 선물' 은 아직 흑막에 싸여있었다. 벼락처럼 닥쳐온 '생전 처음' 의 '상상조차 못한' 일들도, 그보다 더 큰 파도에 흔적 없이 밀려가는 격변 속에서, 그들은 결국 그 정체를 알 수 없을지도 몰랐다. 그러나 그들은 살아가고 있었다. 중요한 건 그것이었다. 가장 중요한 건 아닐지 몰라도, 틀림없이 중요한 것. 뭘 알며 뭘 모르느냐는, 그 확고한 단순성에 압도당하고 매몰되었다. 그리하여, 히틀러 이후에도 살아남은 그들은 독일을 지켜냈던 것이다. '우수한 자들이 다 쓰러진 뒤 남은 열등한 존재들이'.

그것은 그들에게 필요한 말이었다. 불패의 군대는 암울한 전세를 맞이했으나, 그럴수록 전쟁의 영웅담은 빛을 발했다. 특히 하늘의 별들이 빛났다. 아돌프 갈란트는 30세로 최연소 장관이 되었고, 에리히 루도퍼는 24세의 나이로 기사십자장을 수여받았다. 그 약관의 나이는 시작에 불과한 숫자로, 7분의 7기, 1분의 2기 같은, 분 단위로 세어야 할 격추 스코어가 줄을 이었다. 그야말로 눈부신, 생사가 오가는 시간의 속도였다.

전쟁은 기라성 같은 스타들을 낳았다. 콧수염이 트레이드 마크인 갈란트는 포로가 된 영국 공군의 에이스 더글러스 베이더와 맺은 기사도적 우정으로 유명했고, 만년 소위후보생 마르세이유는 반항적인 성격과 돌출된 행동으로 대중의 인기를 모으는 한편, 상관의 미움을 사 아프리카로 전출되었다. 그들은 4번이나 격추되고도 불사신처럼 살아남는가 하면 소련군의 포로가 되고도 기적적으로 탈출하는 등, 극적인 드라마를 살았다. 아프리카의 별이니, 우크라이나의 검은 악마니 하는 별명을 훈장처럼 단 명실상부한 적군의 공포인 그들은, 한편으로 우아한 로맨티스트의 면모를 지

녀 愛機의 꼬리 날개에 격추대수와 연인의 이름을 그려넣고 하늘을 누비
다가, 땅으로 내려와서는 괴링이 아낌없이 퍼부어주는 샴페인과 미녀, 시
가를 즐기며 대중의 동경을 한 몸에 받았다.

그들 다섯도, 자신들 또래의 젊은 전사들이 올리는 혁혁한 전과에 가슴
뛰는 흥분을 느끼며, 조국을 위해 싸울 뿐인 군인들이니 무고하다고 생각
하여 면죄부를 주었다. 그에 못지않은 전과를 올리는 무장 친위대와는 명
백히 달리 취급하였는데, 아마도 그들이 옳았으리라. 그러나 세 대륙에 걸
친 히틀러의 광활한 전쟁터는, 그 시대 청춘의 금자탑인 빛나는 전과들을
흔적도 없이 삼켜버렸고, 그 젊은이들이 남긴 것은 무적의 신화라기엔 드
리운 그늘이 어둔, 그들 각자의 비극적인 드라마뿐이다. 그들은 위대한 전
사들이었으나, 과연 누굴 위해 싸웠는가? 무얼 위해 싸웠는가? …뒤로도
앞으로도 창출해낸 결실 없이, 있다 해도 부정되며, 기억 속에서 가련한
동정을 불러일으킬 뿐임을 그들이 과연 어디까지 예감했을지… 분명 많은
이들이 느꼈으리라. 그러나 다행히 그런 치명적 감상에 빠져있을 틈도 없
이, 전쟁이 입을 벌려 그들을 삼켰다.

명령에 따라 나라를 위해 싸울 뿐인 그 전사들의 처지는 부러운 것이었
다. 그러나 그 단순함이 아름다워 보이는 상황이야말로 경계해야 마땅할,
빠져들기 쉬우며, 걸려든 자신이 용서되지 않는 함정이었다. 다섯 청년은
이를 몰랐으나, 그들의 것과 다른, 자신들을 있는 그대로 반영하는 현 상
황이야말로 시대로부터 스스로 쟁취해낸 유일한 몫임을, 분명히 깨닫고
있었다.

아직 전쟁의 낭만에 감수성을 자극받는 상태에서, 점차 동급생들 뿐 아
니라 김나지움도 채 졸업 못한, 그들보다 어린 나이에 자원한 소년병들의
낯선 눈빛과 마주하게 되었다. 그들에겐 미지의 세계로부터 돌아온 그 눈
빛은, 그 세계에 대해 아무 것도 알려주지 않고 그들을 지나쳐갔다. 같은
눈빛, 같은 회색 군복의 키가 크거나 작은, 마르거나 뚱뚱한, 부상당하거나
당하지 않은, 각기 다른 몸뚱아리, 거리를 배회하는 그 모습들은 황량한

겨울의 숲 같은 하나의 풍경을 이루고 있었다. 그 일부가 되지 않으면, 한 발짝도 들여놓을 수 없는 깊은 숲.

누군지 몰라도 거리나 학교에서 자주 마주치던 얼굴들이 사라져갔다. 사라진 얼굴들이 하도 많아 바람에 흩어진 듯 기억에 남지 않았고, 그들이 다시 돌아오면, 바로 그 귀환의 인상 때문에 알아보지 못하였다. 사라지지 않은 얼굴들도 변해갔으며, 그 최초의 변모는 거울 속에서 발견되었다.

그들 모두가 같은 것을 느꼈다고 할 수는 없다. 서로가 시국에 대해 활발히 논하면서도 정작 저마다 내밀한 부분은 그 자신 건드리려 하지 않았다. 아버지와 다른 길을 가는 아들들인 현영과 악셀은 서로의 상처를 덮어주기만 할 뿐이었고, 부모가 없는 안드레스와 미하엘은 상실감을 견디는 서로의 방식을 존중한다는 식이었다. 그들은 자신들을 여기까지 몰아온 사적 현실을 전체적 현실, 세계의 운명에 융합시켜 버리려 했다. 지금까지 질리도록 받아온, 그런 과거지사의 사람이라는 시선을 친구들에게만큼은 받고 싶지 않았던 것이다. 연민이건 편견이건 그 지긋지긋한 불순물이 포함된 시선이, 그들이 의지하는 이 우정의, 봄날의 녹음 같은 싱그러움을 망칠까 저어함이 그들 공통의 정서였다. 깊이 파고들지 않으면 이미 피어난 꽃들을 보전할 수 있으리라고.

그렇듯 그들의 우정은 서로 믿고 의지함이 굳건하면서도, 아직 충분히 성숙되고 뿌리 깊지 못하였다. 그들과 성장을 함께 하는 우정인 만큼, 그 주어진 시간 역시 짧았던 것이다. 안타까우리만치.

한편으로, 그들이 공유하는 체험인 히틀러에의 몰입이, 한정된 '해방의 고백'을 간간이 유발시켰다. 그 정도면 아직 내면의 비밀을 간직하는 청년들에게는 서로를 알아갈 단서로서 부족하지 않았다.

하지만 그것을 압도하는 또 다른 체험의 공유가 서서히 형성되고 있었다. 히틀러가 일으켰으나 그 체험의 충격에서 히틀러를 압도하는 전쟁이 그것이었다. 그들은 이방인이건 참전국민이건, 이 '세계적 전쟁'에 괴리되어 있다고 느꼈다. 그러나 잘못된 느낌이었고, 유령처럼 부유한다는 현영의 표현도 틀렸다. 그들 각자의 처지는 현실과의 괴리가 아니라, 정반대로, 전쟁 그 이전부터 시작된, 근원적 현실의 가장 엄혹한 인과에 의한 바였다. 디딜 곳을 잃고 떠도는 게 아닌, 현실의 기저로부터 뻗어온 숙명에 속박당한 삶. 물론 전쟁을 통해, 그 현실을 종료하는 입장에서 싸울 수도 있었다.

그러나 그들은 그렇게 하지 않았다. 전쟁을 증오했지만, 혐오감은 그보다 더 강했다. 내지른 총칼 끝에 꿰뚫린 사람 살의 감촉을 안 적도 없는데, 끔찍하다 못해 소름이 돋는 혐오가 나약하게 비칠까 싶어 아무도 언급하진 않았으나, 그것 또한 히틀러 이후 공통의 정서였다. 히틀러 외의 그 누구도 죽이고 싶지 않은, 그를 위해서만 목숨을 내놓으려는, 희생양의 뼈저린 자각.

또한 그들은 히틀러가 마련한 장이어도 정작 히틀러는 보이지 않는 곳에서 싸우고 싶지 않았다. 궁극의 주제는 궁극의 형식을 낳는다 여기며, 히틀러하고만 싸우는 암살을 미학적으로까지 느꼈다. 우리만의 전쟁이라는 말을 현영이 발견하기 전에도, 암살의 제안이 급속도로 받아들여진 것은, 그제야 눈뜬 내적 열망의 호응 때문이었다.

그들은 여전히 볼프가 되려 했고, 그들 자신 숨기려들지 않는 동일성의 욕구를 외면하지도 않았다. 그들은 히틀러의 마력적인 속박에서, 결코 완전히 자유로울 수도, 치유될 수도 없음을 알았다. 하지만 안과 밖에서, 히틀러를 넘어서는, 더 중요하거나 또는 전혀 다른 경험이 그들의 내면을 환기시키고 있었다. 그렇게, 히틀러를 극복해가는 현상이 시작되고 있었다. 히틀러를 향한 그들의 투쟁이 그들의 삶이자 죽음이 되어가고 있었기 때문이다. 그것은 또한 그들의 선택과 행동의 의미를 체험하는 과정이기도 했다.

자기 파괴의 길은 그 마땅한 인과에 따라 한 치도 틀림없이 불모지를 향해 뻗어있으나, 같은 이치로, 그 길을 선택한 의지에 주어진 대가로서 변화가 싹텄다. 꽃피우지 못한 채로, 혹은 피어나자마자 시들 운명이었으나, 미래 없이 태어난 그것이 無는 아니었으니, 그 존재는 이제 현실이었다. 부정될 수 없는 찰나의 신생, 투쟁의 소산.

 현영이 복귀한 이래 준비에 더욱 박차가 가해졌다. 악셀과 덕한은 교외로 나가 '놈들'을 위한 폭탄 개발 의욕에 불타는 물리학도의 탈을 쓰고 시제품을 실험했다. '총통을 위한 불꽃놀이'는 대성공이라며 그들은 희희낙락해서 돌아왔다. 예전같이 거대한 행사는 드물어졌으나, 히틀러가 대중을 멀리하고 라스텐부르크의 사령부로 칩거하기까지 아직 그해 겨울의 모스크바 퇴각과 42년의 스탈린그라드 공방전이 남아있었다. 악셀과 현영이 그를 접할 가능성이 제일 높긴 했으나, '동일시' 훈련은 전원이 행하였다. 그들은 리펜슈탈의 영화나 뉘른베르크 당 대회 기념 필름 등을 반복해서 보았다. 대독일 미술전처럼 상대적으로 규모가 작은 행사의 기록 필름이나 하인리히 호프만이 독점해서 팔아대는 히틀러 사진집도 상당히 유용했다.
 연설하는 히틀러의 모든 제스처와 뉘앙스. 그가 어떻게 걸어 나오고, 어떤 동작으로 경례하고, 사람들을 어떻게 맞이하는지. 어떻게 일어서고 앉으며, 어떤 모습으로 말하고, 어떤 버릇들을 갖고 있는지. 격식을 차린 동작부터, 반복되거나 간간이 드러나는 사소한 버릇까지 무엇 하나 놓치지 않으려 했다. 측근들에 둘러싸여 한 손에 모자를 든 채 걸어 나가고, 서류에 싸인하고, 다소 경직된 동작으로 악수하는 그. 한 손을 허리에 대고 다른 손엔 군모를 든 채 당당한 모습으로 정면을 응시하는 그. 그의 그 많은 모습들을, 그들은 지난날과는 다른 열정으로 뚫어지게 보았다. 전통적 영웅상처럼 화려하진 않으나, 금욕적이며 소박하고 더없이 단련된 민중의 영웅. 새로우며, 진정한 사람. 그 엄숙한 모습이 연설의 절정에 이르러 번개처럼 섬광을 터뜨리면 온몸에 전율이 흘렀었다……
 아직도 그는 압도적이었으나, 동시에 무섭도록 공허했다. 그들은 그의 정체를 알았다고 생각했으나 우상의 금박을 벗겨낸 청동인형의 이미지조차 아직 분명치 않았다. 그의 진면목은, '그와 함께 하는 현재'가 지나가고, 좀더 오랜 시간이 흐른 뒤, 좀더 많은 것이 알려진 후의 사유를 필요로 했다. 지금 그들이 보고 있는 것은 은닉과 방어의, 철통같은 요새인 그의 얼굴뿐이었으나, 그 겉가죽만으로도 실로 공포스런 현상이었다.

그러나 그들은 활기찬 돌격으로 맞섰다. 반복을 거듭하여, 필름이 돌아가면 그의 순간에 맞춰 그의 동작을 똑같이 따라했고, 나아가 자신의 동작을 끼워넣어 그를 제압할 자신의 순간을 낚아채었다. 자신들은 이제 그 행동과 습관과 표정을 낱낱이 알 정도로, 그에게 가까이 갔다고 생각하면서.

"난 그가 내 총구 앞에서 날 어떤 눈으로 바라볼지, 내 총에 맞으면, 어떻게 쓰러져서 어떻게 비명 올릴지, 그의 모든 반응이 선명하게 떠올라."

현영이 그렇게 중얼거렸다. 그것은 착각이었다. 외부행사 때의 모습이 치밀하게 계산된 행동임을 감안할 때, 그들은 그의 주위 사람이라 할 수 없었고, 예기치 않은 죽음과 맞닥뜨린 그는, 그런 모습에서 유추해낸 현영의 상상과는 크게 다를 수 있었다. 그러나 그런 행동들일지라도, 선택하여 실행한 주체는 히틀러였다. 자신을 완전히 감출 수 있는 사람은 없으며, 타인을 간파할 혜안을 지닌 자가 드물 뿐이라는 사실에 비추어 볼 때, 그 훈련은 예상을 뛰어넘는 파괴력을 지닐 수 있었다. 히틀러라면, 그 위험성을 알 것이다. 측근들은 되려 지나쳐버리기 쉬운 자신의 스타일을 하나하나 따라하는, 아이가 아닌 아이들의 어디까지고 쫓아오는 그 반짝이는 눈빛. 주어진 무대라면 어디서건 히틀러를 연출해야 하는 히틀러라면, 그 무서움을 알 것이다.

최후를 맞이해서는, 히틀러가 히틀러를 파괴하고 뛰쳐나올지도 몰랐다. 아니면 음모에 걸려 암살당하는, 자신이 꿈꾼 지그프리드적 종말을 맞이하여, 죽음의 장엄한 연출로 대미를 장식하여, 틀 안에 갇힌 생을 끝까지 완성하거나. 확률은 반반이었다.

나는 신념을 가졌다. 그것은 시련과 방황 이후 내 헐벗은 영혼이 이룩해낸, 유일한 나의 것이었다. 내가 나의 증인이게 한 그것이, 곧 나다.

처음 가졌을 때, 이제는 타인에 기대지 않을 것이고, 상실과 방황도 더는 없을 것이며, 내 인식과 행동은 일치되리라 생각하였다. 그것은 한낱 희망일지 모르나, 나약하고 안이한 몽상은 아니었다. 가슴이 부풀어 오르고, 맥박이 고동치는 힘이었다. 환상이 깨어진 후에도 그 힘은 줄어들지 않았으니, 꿈꾼 바와는 다르더라도, 나는 분명 거듭났던 까닭이다.

이제 다시 찾아온 시련을 딛고 일어나, 혼란 속에서 불을 밝히며, 깊은 고뇌로 인한 또 다른 통찰을 얻는다. 나는 진정한 힘을 가졌고, 그 힘을 세상과 내 자신을 위해 행사할 것이다. 나는 강자이다. 그러므로 나를 강하게 만든 것들에게 돌아간다.

…그리하여 아버지의 모습이 떠오른다. 유년기에, 아니 언제나, 강자로 보였던. 나는 그의 힘이 정말로 두려웠다… 나는 그가, 간도 토벌대 말고도 말하지 않은 일들이 있음을 알았다. 그가 내게 절대로 말하지 않을 비밀들의 존재를. 어쩔 수 없는 과거의 일이며, 나는 모르는 것이 낫다고 그가 믿고 있기 때문에. 그 어떤 명백한 사실들 앞에서도 그가, 그의 신념이, 흔들리지 않기 때문에. 그 역시 동조자고 가담자며, 때로는 주동자였기에.

사태가 돌이킬 수 없는 파국을 향해갈 수록 그의 신념도 돌이킬 수 없는 것이 되어갔다. 내 모든 것이 흔들릴 동안, 그는 바위처럼 꿈쩍도 않았다. 민족의 중심으로 흔들림 없이 서려 하였다. 그는 변신에 능사인 기회주의자들과 달랐고 명예나 권력에도 욕심이 없었다. 그를 그렇게 만든 것은 그가 신념에 몸 바친 결과였고, 그는 결코 신념을 버리려 들지 않았다. 신념을 버리면, 지금까지의 자신을 부정하는 길이었기 때문에. 신념이 곧 그였던 까닭에. 그는 후회를 나약하게 보았고, 비판을 배신이라 보았다. 망국의 역사를 통탄스럽게 여기고 민족의 오점에 분노했으나, 자신을 반성할 줄은 몰랐다. 그 행위를 돌이킨다는 것은 귀신들린 헛짓이었다. 이제 와서 어쩌란 말이며, 무슨 소용이랴? 이대로 꾸준히 해나가다 보면 언젠가 이룰 것이라고 그가 말한다, 무수한 이들이 말한다. 무엇을? 무엇이든! …통탄할 무지의 소치… 너무나 간단히 저질러지는 끔찍스런 죄.

그렇게, 그는 우국충정을 바친 나라와 민족에게 엄청난 해악을 끼쳤다. 나라를 망친다고 믿는 모든 것을 파괴하면서도, 정작 나라를 망친 주범인 자신의 신념은 파괴하지 않았기 때문이다. 그는, 살아생전에 이미 자신의 무덤이었다.

나는 신념을 혐오했다. 또한 갈구했다. 내 불안과 나약을 없애버리고 싶었기 때문이다. 그것들 또한 나였음을, 몰랐던 것이다. 신념을 가진, 흔들림 없는 '강자' 만을 원했기 때문이다. 바로 나의 아버지처럼.

이제 신념을 혐오하지 않으며 그 양면을 이해한다. 불안과 나약을 이해할 수 있기 때문이다.

아버지의 피로 물든 손이 나를 따뜻하게 안아줄 수 있었던 것을 이해한다. 그 몸서리쳐지는 위선은, 나로 인한 것이었다. 내 앞날을 위해서라면, 그는 얼마든지 더럽고 끔찍한 일을 해치울 수 있었다. 그의 손이 지금 더러울수록 훗날 내 손은 깨끗할 수 있으리라, 그는 그렇게 생각하였다… 그를 내가 몰라주어도, 내 손은 깨끗해야 했다. 그는 그렇게 원하였다…….

…그의 사랑이, 나를 울게 한다…

…그러나, 그 얼마나 무시무시한 잘못인가. 그는 그토록 사랑한 나를 삶이 아니라 죽음으로 이끌었다. 이 비극은, 지상에 현현한 지옥이다.

나는 그의 아들로서 내 운명을 받아들이나, 그가 저승에서 나를 굽어본다면, 가슴 치는 회오로 그는 두 번 죽을 것이다……. 그렇다면, 그는 영원히 모르는 편이 좋을까? 돌이킬 수 없는 죄를 저질렀다면, 고통으로 미쳐버리지 않도록, 영원히 모르는 것이 나을까? 결국 그는 깨닫지 못한 채로 죽었다. 다행인가? 끝까지 진실이 그를 저버리고, 그가 진실을 저버린 것이. 내 아버지가 날 영원히 이해하지 못하는 것이.

…다행이라 생각지 않는다면, 너는 왜 그토록 안도했는가.

…이젠, 어느 쪽이어도 좋다. 나는 곧 그에게 갈 것이고, 지금 이토록 그리운 그의 피 묻은 손에 나를 내맡길 것이다. 나 또한 피 묻은 손으로 그를 안을 것이다. 그는 죄인이고, 나 역시 그러하다. 우리에겐 서로가 있다.

…그렇게 나는 많은 것을 깨달았으나, 깨닫고 싶도록 나를 절실하게 만든 것은, 그리하여 그 깨달음의 힘에 도달케 한 것은, 아버지의 신념과, 그리고 나의 불안과 나약함이었다.

…그의 잘못된 삶을 속속들이 들여다본다. 그와 내가 다른 것에 안도한다……. 그처럼 될까 불안에 떨며, 두려움 속에서 되뇌었듯이. 결국 나는 그가 아니고, 나는 그처럼 되지 않아서, 이제 그와 나의 길이 완전히 상치되었으나, 그럴수록 그의 피가 내 속에 흐르고 있음을 실감한다. 그와 내가 닮았음을 알아본다. 제 아비를 감히 심판하는 후레자식이, 일그러진 모습으로 다시 자식의 거울이 되어, 그 치부를 드러내 자식을 깨우친 아버지의 품에 안겼다고 생각하며… 따스하다 여긴다…….

아버지는 내게 유산을 남겼다.

22

"…오늘날 그리스도가 온다면 독일인일 것이라는 이 신념처럼 강한 것은 없다. 우리는 진실로 악을 멸하기 위한 신의 도구이다… 신이여, 우리를 보호하소서!"

– 한스 프랑크, 1937.

악셀과 현영이 나란히 거리를 걷고 있었다. 둘은 악셀의 주장에 의하면, 베를린 관광 코스에서 빠뜨릴 수 없는 공공연한 비밀의 명소, 리히텐슈타인 다리에 다녀오는 길이었다. 양편으로 수풀이 늘어선 한적한 다리 위에서, 스파르타쿠스단의 지도자였던 로자 룩셈부르크의 시신이 던져진 시퍼런 강물 위로, 붉은 장미꽃 한 송이를 던지며 악셀은 그의 사회주의적 소풍을 끝냈다. 전혀 몰랐다는 현영을 촌놈이라 자극하며, 자신의 성지 순례에 끌어들인 악셀은, 그녀와 칼 리프크네히트가 살해당한 에덴 호텔에서 그녀를 마지막으로 본 하녀의 증언을 들려주었다.

"…난 절대로 못 잊을 거야, 그 가엾은 부인이 발길에 채이며 구타당하다 질질 끌려가던 끔찍한 모습을… 하고, 그 하녀가 얼굴을 감싸 쥐었다는 거야……."

"…넌, 이미 사회주의도 포기하지 않았나? 그래도 그 수중 무덤에 참배하는 습관은 남아있는 거군."

악셀의 말에 귀를 기울이던 현영이 입을 열었다. 악셀의 입가가 미묘하게 뒤틀렸다.

"물론 어찌 사상 편력을 다니지 않겠나, 이토록 사상들로 넘치는 시대에… 하지만 그 여자는 그럴 줄도 몰랐어! 지속적이고 올곧은, 정말 보기 드문 열정으로 자신의 사상을 사랑했고, 바로 그 때문에 죽어야 했어. 그녀는 볼셰비키 독재에 반대한 거의 유일한 사회주의자였는데도… 그녀라면 사회주의의 오류를 바로잡으면서 개선해 나갔을 거야… 뭐, 그 점에선, 그녀를 죽인 놈들이 제대로 본 거겠지. 그 어떤 과격파보다도 위험한, 절대로 살려둘 수 없는 가장 충실한 사회주의자. 하지만 그 여자가 이겼다면, 그녀도 변했을지 몰라. 그 여자는 순수성을 간직한 채 죽어간 '초기의 순교자' 야. 내가 경의를 표하는 건 그녀의 사상보다도 그런 면이지……."

"진실로 관용적인 사상은 없다고 생각해. 그래서 그들은 변할 수밖에 없어."

현영이 조용히 말했다.

"너무 비판적인데… 현명하고 관용적인 사상가는 있어."

"그들 개인으로야 그렇겠지."

"이봐. 사상으로 성립되려면 관용을 몰아내고 독단과 손잡아야 하는 거라고."

"그건 너무 비틀렸고……. 하지만 정말 이상한 건, 이것저것 다 떠나서도 나름대로 태연한 내 이 상태지."

악셀이 그를 웃으며 쳐다보았다.

"나도 그래. 허무하지 않다면 거짓말이지만 마음 한편에선 이미 그걸 받아들이고 있어."

"좋군. 우리 둘이 그렇다면, 이제 그건 모두의 현상이다."

"내 뭐랬나, 독단이 필요하다고 하지 않았나!"

둘은 함께 웃었다. 겨우 웃음이 멎자 악셀이 멋쩍은 듯 말했다.

"하지만 가장 큰 이유는 내가 베르테르의 진정한 후계자기 때문이지. 강물 속 여인의 무덤에 꽃을 바치며 낭만을 만끽하는 게 좋을 뿐이야… 아니 이건 랜슬롯 경인가……."

"나는, 순교한 혁명가에 대한 경의를 낭만으로 감싸는, 네 그 수줍고도 섬세한 감수성이 정말로 좋아."

현영이 따스한 눈빛으로 받아치자, 악셀은 심히 쑥스러워 하였다. 그때, 그들 앞으로 커다란 하켄 크로이츠가 펄럭였다. 빨간 바탕의 흰 원 안에 위풍당당하게 자리 잡은 검은 갈고리 십자가. 그 강렬한 흑적백의 색채와 신비로운 형상의 표식은 항상, 압도적이었다……. 갑자기 눈앞으로 무슨 전조처럼 들이닥친, 저버린 과거의 표상에, 둘의 가슴이 철렁 내려앉았다. 가슴이 설레며 눈을 뗄 수 없었다. 갈색 반바지 제복의 소년들이 힘차게 커다란 당기를 손에 손에 맞잡고 바람에 펄럭이게 하며, 운반해가고 있었다. 주위는 거들떠보지도 않고 그들끼리, 웃음을 터뜨리며, 힘차게 뛰어간다……. 아주 잠깐 동안의 일이었다.

"히틀러 유겐트들이군."

현영이 그들이 사라져간 방향에서 고개 돌리며 중얼거렸다.

"놀랐는데, 내가 죽인 히틀러가 눈앞에서 되살아나도 지금처럼 혼비백산하진 않을 거야. 말하기도 뭣하군."

악셀이 낮은 목소리로 솔직한 감상을 털어놓았다.

"바로 그거였어. 되살아난 과거의 망령. 확실히 무서웠지."

애써 부인 않고 두려움을 토로하며, 둘은 마주보고 쓴웃음을 지었다. 다시 발걸음을 옮기며 악셀이 말했다.

"저 갈고리 십자가가 어떻게 생겨났는지 알아?"

"크론 박사가 도안했다면서? 치과의사라는."

"그자는 깃발을 도안한 거지. 저건 본래 있던 거야. 예전엔 툴레 결사의 상징이었지."

"툴레?"

"비밀 결사야. 게르만주의에 신비주의까지 더해서. 유태인이 아리안을 절멸한다는 헛소리도 거기서 나온 소리지."

"도대체 툴레가 뭔데?"

"거의 선사시대 때부터 내려오는 북구의 전설이야. 사라진 섬의 이름인데, 게르만의 아틀란티스지."

"가라앉은 고대 문명, 이런 거 말인가?"

"맞았어."

현영이 멍한 얼굴로 하아, 하고 감탄을 표했다.

"그래서, 그 섬이라도 찾아내서 떠올리잔 건가?"

"넌 놈들보다 더하군. — 악셀이 피식 웃었다 — 차라리 그게 낫겠다. 하지만 놈들의 목적은 고대 유산을 물려받아 순수 아리안의 초인을 탄생시키는 거였어."

"초인이라니, 니체의 '지구의 주인'?"

"니체는 인종 따위는 안 따지잖나. 놈들이야 뭣도 모르면서 말만 그럴싸하면 다 끌어들이지. '인간들이여, 초인이 되어라'가 아냐. 아무나 될 수도 없고 모두가 되어서도 안돼. 고대서부터 보존된 순수 혈통, 아리안만이 가능하지. 하긴 그런 게 존재한다면 어찌 초인이 아니겠나. 내가 아니라 다행이지. 하지만 뭣 때문에 초인이 필요한진 오리무중이야. 니체를 끌어들였댔자 그 말뜻도 모르는 놈들인데. 초월자가 유태인과 아리안을 구별이나 할 것 같아? 하면 초월자가 아니지."

"간단해. 초인에게 불노불사를 요구하려는 거야."

태연하게 아는 척 하는 현영이었다.

"그렇구나! 왜 그게 아니겠어!"

악셀이 웃었다.

"아아, 하지만 그건 기본이고, 실은 신인류를 창조하려는 거야."

"왜, 자기들은 현 인류가 아니라서?"

"바로 그거야. 놈들은 자기가 누군지도 몰라, 그러니 초인도 신인류도 알 리가 없지! 신인류를 창조한답시고 떠들어대지만, 왜 신인류가 필요한지도 제대로 말 못해. 세계의 운명이니 진리니 하는 거창한 소리만 앞세울 뿐이지. 그래서 놈들 주장이 심오하단 거야. 아무 것도 없으니, 알 수도 없지. 뻥 뚫려서 바닥조차 없으니, 얼마나 깊이 있는 이론인가! 무한과 영원을 지향하는 주장이지. 우주적 철학이고말고. 정말 대단한 놈들이야. 과연 막강해."

악셀로부터 나치에게, 항상 바쳐지고 있는 조소 어린 찬사였다.

"현 인류를 쓸어버리기 위해서겠지. 놈들 자신부터 시작해서 말야. 그래서 이솝 우화의 개구리들처럼 왜가리 왕을 모시게 되는 거지."

둘은 배를 잡고 웃었다. 하지만 그 뒷맛은 씁쓸하였다. 죽음의 이야기. 죽음의 이야기에 대한 웃음.

그 맛이 채 가시기도 전에, 문득 현영의 입에서 나온 말이 있었다.

"…너, 일본의 미카도, 아니 텐노를 아나?"

"알지만 그게 뭐. 그냥 황제 아닌가?"

"…흠… 시작도 끝도 둘둘 말려 있는 이야기가 되니까, 다음에 하지. 그래서, 히틀러는 그 툴레단을 계승한 건가?"

"그렇지. 독일노동자당(나치당의 전신)에 입당한 것도, 툴레단이 그 뒤에 있다는 걸 알고 한 짓이야."

"그럼 툴레의 고대 유산을 물려받아 성공한 거군."

빈정대는 말투로 농담한 것을 악셀이 곧장 긍정했다.

"그래, 맞아. 독일노동자당원이자 툴레단원인 에카르트[24]에게 장미십자단과 성당기사단의 흑마법을 전수받았다는 거야, 쿤달리닌가 하는. 그것도 실은 인도에서 온 거지. 하켄 크로이츠[25]도, 인도에선 태양을 뜻하는 행운의 상징 스와스티카야."

"농담이겠지!"

"쉿. 목소릴 낮춰. 아무도 없지만 조심하라고… 그래, 무슨 고딕 소설 같지? 물론 사실이라곤 할 수 없지만, 그렇게 농담으로 쳐버리는 것도 바보

짓이야. 그의 최면을 거는 듯한 마력을 잊었나? 정치가 아니라 무슨 종교 집회처럼 사람들이 황홀경에 빠져 넋이 나가잖나… 우리가 바로 그들이었지! 기억 안 나나?"

기억 안 날 리 없었다.

"그는 사람들을 조종할 줄 알아. 그의 카리스마는 눈에 보이는 현실이고. 흑마법은 아니어도 심리적 에너지를 발휘하고 있다곤 할 수 있지. 정말 마법인지 아닌진 몰라도, 그가 마법적 효과를 끌어낸다는 건 사실이야. 사람들의 마음으로 파고드는 그 힘의 원천은 결국, 그 결과에서 찾아야하지 않겠나? 그런데 그 결과는? …그 자신조차 기적적이랬지. 사실 그래!"

"그도 결국 군중 위에 군림하는 스타일뿐이야. 신비스런 이미지를 꾸며내는."

현영은 자신도 잘 믿지 않는 소리를 쏴붙였다.

"그럼 그 군중 속의 한 사람에게 물어야겠군. 그의 이미지는 꾸며낸 건가? 그 카리스마도? 넌 그저 속아 넘어간 것뿐이고? 아니 그 전에 스타의 이미지란 그저 꾸며낸 것에 불과한가?"

악셀도 곧장 받아쳤다. 조롱기가 뚜렷한 말투였지만 그 눈은 진지했다.

"혹세무민은 중세의 길거리 마술사도 능히 해냈어. 네게 신기해 보인다고 해서, 그 교묘한 속임수가 과학으로도 설명 못할 초자연적 사실이겠나? 그 기적 같은 현상에서 찾아낼 수 있는 건, 그 기적을 만드는 데 너도 참여했다는 것뿐이야. 그래, 나도 너도 그저 속기만 한 건 아냐. 우린 속고 싶었고, 기꺼이 그의 공범자가 됐지. 그가 네게 발휘하고, 네가 그에게 부여한, 그게 그 마력적인 카리스마의 정체야!"

현영은 날카롭게 논박하면서도, 왜 그런지 심히 흥분하고 있었다. 악셀은 미소 지으며 말했다.

"이거 손들었군. 네 말이 맞아. 하지만 그렇게 이치만 따지지 말고, 빗나간 방향의 가능성도 한 번쯤 살펴보잔 거지. 이미지가 조작되었다 해서, 그것을 성공적으로 구현한 자가 그 이미지와 내적인 관련이 없다고 단정지을 수 있나? 그 반대가 말이 안 되지 않을까? 그야 전혀 신비스럽지 않은 인물도 신비스런 이미지를 연출할 수 있을지 모르지. 하지만 이미지에도 진짜, 가짜를 구분하는 얼간이들이 왜 있겠어. 전면에 내세우는 이미지 너머의 진면목을 꿰뚫어보는 것도 중요하지만, 그가 그 이미지를 구현해냈다는 건? 그것 역시 사실이고, 그가 실현한 행위지. 내가 그에게 카리스마를 부여했다면, 그건 네가 지적한 대로 그가 발휘한 카리스마에 대한 응답이야. 적어도 그가 날 참여케 한 것은 사실이지. 그에게 홀린 탓이겠지만 분명 내 의지로. 그는 말뿐인 선동가라고 비판받았지만, 사람들이 가장 듣고 싶어 한 말이었다는 게 문제야. 그는 그 말들을 할 줄 알았어. 사람들 속에서 끄집어낸 것에 불과할지 모르지만, 그렇다면 그걸 끄집어낼 수 있었다고 해두지…….”

“네가 말하고 싶은 건, 그의 이미지가 그를 말한다는 거겠지. 그가 그 이미지를 선택하고, 몸에 맞게 재단할 수 있었던 건, 그가 본질적으로 그 이미지와 상통하는 요소를 지녔기에 가능하다고? 모든 사기꾼에게 면죄부를 주는군.”

현영은 말을 가로채며 악셀을 비꼬았다. 그러나 악셀은 고개를 크게 끄덕였다.

“정확해. 헌데 속인다는 것에 너무 집착하는군. 전쟁에선 적을 크게 속일수록 천재적인 지략가라고. 종교만 봐도 그렇지. 이미지로 먹고 살지 않는 종교가 어디 있나? 항상 들어맞는 법칙은 아니겠지만, 몇몇 예외적인 경우에는 단서가 될 수 있다고 생각해. 이미지는 인간이 만들고 인간이 소유하는 거지만, 그 역도 가능하지. 완성도가 높을수록 그 효과가 강력해지는 건 이미지도 마찬가지니. 물론 단순히 히틀러가 자신이 만들어낸 이미지에 구속됐다는 건 아냐. 그의 경우엔 더 복잡하지… 분명 뭔가가 있어…….”

비꼬려던 게 실패한 건, 실은 동조하기 때문인가? 어조는 비틀렸으나 내용은 충실히, 악셀의 결론을 정리해냈던 것이다. 그가 그걸 눈치 채지 못할 리 없었다.

"차라리 영화를 찍지 그래. 노스페라투 1941. 부제, 총통의 신비."

그래서 현영은 화가 났다.

"좋은 생각인데! 너도 천재다!"

"너만 하겠어!"

"네가 그렇게 예민하게 구는 것만 봐도, 이 엉뚱한 생각이 예리하다는 건 증명됐군."

악셀은 거리낌 없이 유쾌해했다. 현영은 그런 악셀과, 그런 악셀에게 동조하기 싫어하는 자신 둘 다에게 화가 났다. 악셀의 말마따나 자신은 왜 그렇게 그 이야기가 마음에 안 들고, 신경에 거슬리는 것일까. 그런 게 싫다면, 좋은 건 뭔가? 무엇이라면 마음에 들겠는가? 자신은 대체 히틀러의 신비가 사실이길 바라는가 거짓이길 바라는가. 속았다는 것으로 과거를 송두리째 부인하면 모든 게 깨끗이 정리되는 걸까? 그때의 히틀러에 그때의 자신까지 한데 묶어서, 쏴 죽이려 하는 지금이지만, 과연 그것으로 끝나는 이야기일까. 히틀러를 부정하면서, 히틀러를 숭배한 자신 또한 부정하는 건 당연한 게 아닌가.

실은, 그는 과거의 자신에게 귀를 기울이고 싶지 않았던 것이다. 변명을 용납지 않겠다는 구실로, 자신에게서 자신의 권리를 빼앗았던 것이다. 현재와 단절되지 않도록 자신을 변호할 과거의 권리를.

그렇게, 잘못된 과거와 절연하면, 다시는 그런 잘못을 저지르지 않을 수 있는 양.

그리하여 사족으로 남은, 그 싫은 감정. 정확히는 두려움. 드라큘라 백작에게 홀렸던 자신. 위험에 처한 자신. 괴담의 핵, 그 가장 무서운 부분.

"점성술사들을 거느리고 있단 소문도 있어. 아버진 부인하시지만, 몇몇 장군이 점성술사를 매수해서, 그의 작전을 바꿔보려 했다는 거야… 사실이라면 딱한 노릇이지."

현영을 놀리고 난 악셀이, 더 깊이 파고들지 않고 슬쩍 옆길로 샜다.

"그 정돈 아닐 거야. 여자들이 퍼뜨리는 가십이겠지."

현영은 얼굴을 찌푸렸다. 과거의 우상이 그렇게 터무니없는 짓을 한다는 건 확실히 믿고 싶지 않았다. 악셀이 씩 웃으며 말했다.

"그래, 나도 안 믿어. 하지만 툴레로부터 인간 심리의 조종법과 그 야망을 계승한 건 확실해. 겸해서 깃발까지. 툴레의 것은 꽃다발과 칼로 장식되어 있었지."

"유치해라!"

"그걸 크론이 새로 도안하고 히틀러가 왼쪽으로 45도 기울였지."

"잘했군 그래. 근데 넌 마치 봤다는 듯 말하는데."

"사실 봤어."

"뭐? 언제?"

"1919년."

악셀이 즉각 잊지 못할 연도를 댔다.

"그해 1월에 로자와 칼이 죽었지. 그 석 달 뒤엔 툴레 결사 8명이 체포되어 루이트폴츠 고등학교 운동장에서 총살당했고. 역시 재판은 없었지. 그 8명 중에 하일라 폰 베스타르프 백작 부인이 있었는데, 내 대고모님 되시지."

현영이 아연해하는 가운데 그가 덧붙였다.

"그분 유품에 툴레의 상징을 수놓은 손수건이 있었어. 자네 말대로 유치하지. — 그가 비틀린 웃음을 지으며 오만한 눈길로 앞쪽을 응시했다 — 물론 내가 정말 19년에 본 건 아니지만, 그때로부터 물려받은 유품이지. 히틀러가 정권을 잡기 전부터 그 이야길 가문의 전설로 듣고 자랐어."

잠시 침묵이 흐르다, 현영이 눈을 번쩍이며 가장 혼란스러웠던 것을 물었다.

"사회주의자 다음엔 극우가 총살당했단 말야? 도대체 뭔가, 내란이라도 있었나?"

"혁명."

악셀이 짧게 대답했다.

"독일 혁명."

"…혁명… 혁명이란 그런 것인가?"

현영은 창백해진 얼굴로 단순한 질문을 했다. 말없이 앞만을 주시하는 악셀의 시선은 매섭고, 입가는 굳게 다물려 있었다. 그가 겨우 입을 열었다.

"그 정도로 끝났으니 다행이지. 더 많이 죽을 수도 있었어… 혁명이라 할 수조차 없게 됐을 수도 있었어……."

악셀의 푸르도록 검은 눈동자가 현영에게 똑바로 돌려졌다.

"명칭에 속지 마. 껍데기에 붙이고 있는 이름 따위 믿지 말라고. ― 그리고는 거의 속삭이듯 덧붙였다 ― 놈들의 수법이 그랬지… 파시즘이 주는 유일한 교훈이다."

알렉산더 광장이 보이기 시작했다. 그 끝의 카페에서 덕한과 미하엘이 기다리고 있을 터였다.

감청색 하늘에 흰 별이 드문드문 박혀있었다. 오늘따라 텅 빈 듯한 광장에, 혼자거나 결코 서너 명을 넘지 않게 무리지어, 검은 외투 차림으로 고개 숙여 빨리 걷는, 동일한 행동 양태의 이들이 눈에 띄었다. 아침저녁으로 바람이 서늘해진 가을이지만, 아직 이른 감이 있는 외투로 전신을 감싼 그들의 가슴엔 여지없이 노란 육각형의 '다윗의 별'이 달려있었다. 그걸 달고 있는 한, 결국 잡혀가고야 마는 운명의 별이었다. 오직 그것만이 틀림없는 사실로, 그때가 언제며, 예고가 있을 것인지 없을 것인지, 집에서 가족과 함께 끌려갈지, 홀로 길가다 그대로 트럭에 실려질지는 운명의 장난에 달렸고, 잡혀간 후의 운명은 그대로 암흑이었다. 별 단 가슴에 손을 얹고 미리 마음의 준비를 해두라는 건지, 신고 대상의 안면을 미리 익혀두라는 건지, 유태인과 독일인 모두를 생각한 듯도 싶은, 이 알쏭달쏭한 별 달기가 9월 1일, 히틀러가 내린 새로운 '유태인 의무조항'이었다. 조항이 지금까지 총 몇 갠지, 유태인만이 알 것이다.

유태인 남자에게는 이스라엘, 여자에게는 사라라는 미들네임을 갖게 했듯이, 히틀러는 박해 속에서도 조국이라 여기는 독일 땅에서 어떻게든 살아가려는 유태인들에게, 끝없이 그들 고유의 민족적 정체성을 깨우치는 작업을 해오고 있었다. 자신의 유태 혈통이나 민족적 뿌리에 별 관심 없이 독일 사회에 융화되어 살던 젊은 세대들은, 마음의 정신적 지주가 확립되지 않은 상태에서 철퇴를 맞았는데, 고리타분한 랍비들이 해내지 못한 '민족적 자각'을 히틀러가 단칼에 해치운 셈이었다. 이 '히틀러의 선물'이 낳는 결과는 아직 먼 훗날의 일이었다.

그러나 학살의 서곡은 이미 시작되고 있었다. 독립적으로 비밀 임무를 수행하는 친위대 특수부대는, 독일 육군을 뒤따라 들어간 동부 전선의 점령지에서 어마어마한 성과를 올렸지만, 그 규모에도 불구하고 아직은 은폐되고 있었다. 간간이 새어나오는 이야기들은, 그때나 지금이나 믿기 어렵다. 그럴 리가 있겠는가, 우리 독일인이, 라는 말 한마디면, 진정되어 침착해질 수 있었다. 그것은, 말 자체로는 죄 될 것이 없는 강력한 마법의 주문으로, '샤워실'에 입장한 유태인들 또한 불안에 떨며 되뇌던 것이다.

상대적으로 독일은 잠잠해진 듯했다. 거리의 인간사냥도 최근엔 사그라졌다. 유태인들은 여전히 트럭에 실려 갔지만, 이젠 새벽이나 밤에 조용히 소개되었다. 그들은 다른 곳으로 '이주' 되는 것이었고, 미리 예고되어 짐과 음식물을 챙길 여유가 주어졌다. 개별적 연행이 여전히 행해졌지만 이런 집단적 이주야말로 효율적이고 조직적인 처리방식이었다. 친위대는 이제 그럴싸하게 속여서 일을 무리 없이 순차적으로 처리하는 기술을 터득했지만, 이는 유태인들이 아직도 '조국의 정부'를 믿고자 했기 때문에 가능한 일이었다. 후대의 눈에는 어리석어 보이는 믿음이나, '정의건 부정이건 나의 조국'이라는 부헨발트 수용소의 정문 표어는 시대를 막론하고 먹혀드는 원론적 가치다. 또한 그보다 앞서 그들이 독일인(유태계)임은, 그들에겐 당연지사로, 믿고 말고 할 문제가 아니었던 것이다. 너희는 독일인이 아니라고 정부가 말하고 법으로 정해진들, 독일 땅에 태어나 독일어를 쓰며, 1차 대전 때도 독일을 위해 싸우며 살아온 나날들을, 10년도 안된 정권과 종잇장의 법령 때문에 버리란 말인가? 독일 국적을 취득한 지 10년도 안된 저 오스트리아인보다 내가 더 오래 독일에서 살았다! 그자의 말 한마디로 내 나라가 사라지다니, 어떻게 그럴 수 있는가! …그들은 할 수가 없었다. 그것은 그렇게 말한 정부가 해야 할 일이었다.

그런 연유로 그들이 하루하루 생사를 걸고 SS와 벌이는, 쫓고 쫓기는 고양이와 쥐 싸움은 아직 본격화되지 않았다. 그래도 어떤 이들은 아예 사라져 지하로 들어가기 시작했다. 아침에 본 이웃이 저녁에 보이지 않으면, 여행이 아니라 '증발'이었다. 그들을 밀고하는 독일인도 있었고 도와주는 독일인도 있었다. 서류위조 전문가까지 속한 '에밀 아저씨' 같은 조직이 완비되기엔 일렀지만, 44년 히틀러가 베를린을 '유태인 없는 도시'로 선언한 후에도 잠적하여 살아남은, 5천 명에 달하는 베를린 인간 U-보트들이 물 밑으로 가라앉아가던 시기였다.

그들 다섯은, 막스 벨트너 때처럼 유태인 구조로 나아갈 수도 있었다. 그러나 그들이 망설임 없이 나아간 방향은, 생명 구원을 통한 '산출'이 아닌, '파괴'의 길이었다. 종말이야말로 신생의 시작이라 말하면서도, 전자만을 바라보며 후자는 소외시켰다. 깊이 있는 통찰이었으나 한낱 수단으로 이용되면서 그 의미가 내리 깎였다. '히틀러의 죽음 이후'를 생각지 않고, '그의 죽음'만을 무책임하게 세계로 수류탄처럼 투척하며, 자신들도 그와 함께 소멸함은, 바로 그런 성향의 정수였다. 마치 긴 꼬리를 끌며 지구에 출몰하여, 공포를 흩뿌리다 사라진 중세의 혜성처럼. 그것은, 히틀러가 그들을 물들이기도 하였으나, 대전 직후에 태어나 대전을 겪는 세대의 감성이기도 했다. 타고난 숙명으로 받아들이는 모습에 도리어 위아래 세대가 단절과 괴리를 느꼈으나, 정작 그들은 무심한 시선으로 답하였다. 자신들이 겪는 내면의 폭풍을 표현할 길을 몰랐기에.

그러나 그 동질성에도 불구하고 그들은 결국 히틀러와는 다른 방식으로 그들이 자라난, 시대의 그 좁고도 깊은 틈새에, 예리한 쐐기가 되어 박혔다.

"초저녁의 노란 별들이 떴군. 잠시 반짝이다 8시면 사라지는."

현영이 무표정한 얼굴로 촌평을 가했다.

"낮에는 보이지도 않아, 어디들 있는 걸까."

"그래도 1세 이하의 아기는 예외잖나. 놀랍지 뭔가. 그런 예외를 둘 줄 아는 감성이."

현영의 말에 악셀의 입가가 비틀렸으나, 그 옆얼굴은 음울했다. 그는 잠시 입을 다물었다, 낮은 목소리로 물었다.

"너 아리안이 뭔지 아나?"

"아리안이 뭐라니? 그야 너희 독일인, 게르만, 튜튼, 뭐 그런 거잖아."

"아아, 그래… 그렇다고들 하지… 하지만, 다 허상이야. 헛소리라고."

"하지만 그건 인종학자들이 뒷받침하는 이론이잖아. 자를 들고 코와 턱의 치수나 각도를 재면, 혼혈 정도까지 알 수 있다면서."

"미치겠군. 그런 어용학자들 말을 믿어?"

악셀이 소리를 버럭 지르다 황급히 입 다물었다. 인적 드문 거리여도 조심하고 조심하는 것은 필수였다. 다시 둘만의 소곤거림 수준으로 돌아간 악셀이 빠르게 말을 이었다.

"그건 과학이 아냐. 그 반대지. 대체 어디서 그런 희한한 이론이 성립됐는지 몰라. 고비노나 체임벌린이 독일인의 머리에 불어넣은 망상이라고. 유태인이 아니라 놈들이야말로 독일을 멸망시키기 위해 거대음모를 꾸민 거 같아. 난 차라리 그게 믿겨져……. 나치즘에 한창 빠졌을 때 정말 조사해 봤었지… 그런데, 아무 것도 없더군!

아리아란 산스크리트어로 '고귀한' 이란 뜻이야. 그들은 선사시대에 이란과 인도 북부에 살던 민족이고, 바로 그들의 말에서 인도유럽어족이 나왔지. 그들이 유럽 인종의 조상인 건 맞아. 하지만 선사시대 아리안들이 금발에 파란 눈의 백인이었단 증거는 없어. 그건 튜튼족의 특징인데, 그들은 게르만의 한 분파일 뿐이야. 독일도 아닌 유틀란트 반도에 살았던 종족인데, 벌써 로마시대 때 사멸했지. 로마인들이 그 후로도 게르만이라면 튜튼이라 싸잡아 불렀을 따름이야. 알겠나? 게르만이 아리안족의 순수성을 가장 잘 계승했다는 증거는 이미 멸족당한 지 오랜 종족인데, 그 종족이 과연 아리안과 닮았는지는 아무도 모르는 일이야! 뭐 이런 빌빌 돌아가는 이론이 다 있나! 게다가 그 생김새대로라면 순수 독일인보다 유태인들이 더 그들에 가까워. 체임벌린도 인정한 바대로. 당연한 오류지. 어족을 인종으로 끼워 맞추려드니 말이 될 리가 있나…”

“…잠깐, 어족이라고?”

빠른 속도의 설명에 갈피를 못 잡던 현영이, 정말 충격적인 소리에 놀라 되물었다.

“바로 그게 가장 심각한 거짓말이야. 아리안이란 아리아어를 사용하는 사람들이란 뜻으로, 본래 언어학상의 용어야. 언어집단의 뜻일 뿐이지 인종이 아니라고. 아리안의 학문적 용법은 인도유럽어족이야. 더 정확히는 인도이란어족. 집시어도 거기 속해. 고비노의 엄청난 착각 이래 사람들이 혼동해서 쓰는 틀린 말을, 나치가 완전히 사실로 못 박아서, 독일인은 갑자기 아리안이 돼 버렸고, 그 나머지는 아리안이 아니라고 하지. 허, 그럼 아리안이 그 이름을 얻은 인도는? 페르시아는? 그들의 첫 발생지인 시베리아와 투르키스탄은? 거기 사는 사람들은? …인종의 순수성이라는 말부터가 귀신 들린 헛소리야… 순수한 인종이란 존재하지 않아. 멸종되지 않고 지금껏 살아남아있는 것 자체가 혼혈이란 증거야. 그렇지 않으면 진화하지 못해! 놈들이 원하는 초인이 못된다고! …고귀하고 순수한 혈통이라니… 합스부르크의 주걱턱이나 로마노프의 혈우병이 퇴보가 아니면 뭐란 말이야.”

현영은 속사포처럼 쏟아지는 어족 및 인종학 강의에 어리둥절했으나, 혼란 속에서도 얼굴이 달아올랐다. 나치의 인종주의는, 히틀러를 숭배하는 동양인답게 일부러 눈 돌린 금기의 영역이었던 것이다. 비단 현영 뿐 아니라 대다수 조선 청년들이 그러했다. 그것이 히틀러의 결점 정도가 아니라 그를 형성하는 본질이자 핵이라는 사실을 깨달은 뒤에야, 그에 대한 자신의 이해가, 구미에 맞는 것을 취사선택하는 피상적인 것이었음을 알았다. 적당히 눈감으며 건너뛰는, 우상에게 면죄부를 남발하는 자세는, 우상과 자신의 진면목을 둘 다 보지 못하게 한다. 숭배하고 숭배 받는다 하나, 그 이유도 그에 기초한 관계도, 허위에 불과하다.

자신의 모든 것이라고까지 하면서, 그토록 불성실하고 무책임했던 것이다. 자신에게도 우상에게도… 현영은 그렇듯 자책하였으나, 인종학에는 여전히 무식했다. 악셀의 결론은 겨우 이해갔으나, 그 자세한 내용은 채 따라잡지 못하고 있던 그에게, 악셀이 바닥에 지옥문이라도 열린 듯, 시선을 수직으로 떨구며 낮고 열띤 목소리로 말했다.

"…고비노가 독일이 순수 아리안의 혈통을 보존하고 있다는 증거로 든 건, 기껏해야 라틴족보단 덜 잡종 백인이란 것뿐이야……. 어린애도 안 믿을 미친 소리 때문에 다른 인종을 마구 학살하고 있으니……. 유치해서 웃기지도 않는 삼류 코미딘데, 사람이 엄청나게 죽어나가! 이 비극을 봐, 미추를 넘어선 형상이지! …이런 게 세계의 이치인가? …신이라도 이렇게는 못해……. 나는 무서워, 리… 인간이 신의 영역을 벗어나서 전적으로 인간만의 창조성을 발휘하고 있다는 게, 바로 이것에서, 다름 아닌 이것에서, 처음으로 느껴져… 어머니와 시스티나 성당에 갔을 때도, — 그가 입술을 꽉 깨물었다 — 히틀러에게 그토록 감격했을 때도, 느끼지 못했던 것이… 지금 여기서, 곧장 날 엄습해… 히틀러 한 사람이 문제가 아냐. 이건, 모두가, 각자의 위치에서 맡은 바 역할을 다했기에 돌릴 수 있는 수레바퀴야. 그런데, 그 돌아가는 수레바퀴는 무얼 뜻하지? 각자의 위치에서 맡은 바 역할이라니… 우리는 지금 대체 뭘 하고 있는 거야?!"

낮으나 깊은 신음이 그의 입에서 흘러나왔다.

"유태인들은 소를 통째로 구워서 신에게 바쳤지만, 지금은 우리가 그들을 그렇게 태워버리고 있어… 하지만 신에게 바치는 것인가? …바로 우릴 위해서라잖아… 그들을 죽여야 우리가 산다고… 그게… 뭐야? 인신공양을 받는 인간이라니… 게헨나의 몰록도 아니고[26]… 우린 신이 아닌 인간이야… 인간이라고… 도대체 우린 누구야? 인간을 태워야 살 수 있는 인간이, 도대체 뭐냐고? ― 그의 낯빛이 새하얗게 질렸다 ― 그게 '새로운 사람' 인가? 새로운 괴물이지! …그러고도 우리가 사상의 민족인가? …우린 끝장났어… 민족우월론에 홀려서 우리 정신을 잃어버렸어… 우리가 왜 유태인을 죽였는지 해명하지 못하면, 철학이고 시고 이제 없어…….”

“…그건 너희의 히틀러를 해명함인가?”

압도당했던 현영이 저도 모르게 물었다. 그러자 악셀은 더욱 절망적인 눈초리로 되받았다.

“그보다 더 커. 히틀러의 우리를 해명함이다…….”

침묵이 길어졌다. 악셀의 고뇌를 이해하고, 또한 진심으로 위로하고 싶었으나, 이상한 기분이 마음 한켠을 찌르고 있었다. 친구로서 가슴 아프고 안타까이 여기나, 이 전쟁의 피해자 측 일인으로서 그런 가해자 측 개인의 속내를 접하는 것은 생경스러웠다… 또는 피지배―지배 민족간… 이는, 지게스조이레에서 있었던 유사쿠와의 일과는 근본적으로 달랐다. 그는 결국, 일본의 침략을 부정하고 생존전쟁이라는 히틀러식 주장을 내세우고 있었다… 악셀처럼 '자신의 손으로 자신을 더럽힌 민족' 이라는 고뇌가 그에겐 없었다…….

현영은 지금 혼란스러웠다… 피해자가 가해자를 동정한다? 인도적으로 들리기도 하나 생전 처음, 정체불명의 소리다. 프로이트라도 뒤져봐야 하나… 아, 그의 책도 불탔지… 그런데, 악셀은 가해자인가? …그런 식으로 생각해 본 적은 한 번도 없었다. 그는 생긴 것부터 다른 백인이고, 외국어로 대화해야 하는 다른 나라 사람이었으나, 소중한 친구였고, 뜻을 같이 하는 동지였다. 악셀은 악셀이었다. 그에게 현영이 현영이듯. 그리고 나는

피해자라… 그렇게 당당하게 말할 염치가 어디 있는가… 혼란은, 익숙한
자조로 빠져들었다.

　그렇듯 현영은, 그에게 찾아드는 낯선 경험의 새로운 감성들을, 자유로
이 누리지 못하곤 하였다……. 창조력을 발휘하며 나아가다가도, 돌연 뒤
로 후퇴하였다. 그래야 아버지완 달리, 자성하고 있다며 안도할 수 있었
다……. 그것은 두려움을 모르는 전진처럼 눈부시진 못하였으나, 고뇌의
진실한 모습이었다. 굴레일지 모르나, 퇴보라 할 수 없는, 그저 한 인간의
모습이었다.

　"아, 레마르크 말인데 잘 읽었어. 네가 가지고 있어 다행이군. 옛날부터
보고 싶던 책이야."

　"천만에, 전우여."

　한동안 멈췄던 발길을 다시 옮기면서도, 침묵이 지속되었다. 위로할 바
를 몰라 무력감마저 느낀 현영이 어쭙잖은 위로 대신 애써 가벼운 말투로
화제를 돌리자, 악셀이 루프트바페 파일럿들의 관용어구로 대답했다. 후
미를 공격받는 동료를 지원하여, 감사의 말을 들으면 이렇게 되돌려주는
것이다.

　"케스트너의 책도 빌려줄게. '파비안'이란 소설이 죽이지. 20세기의 베
르테르가 성과 모랄의 환상적인 모험을 겪으며 싸돌아다니다, 애인과 친
구를 잃고, 사고로 익사해. 자살할 기회마저 잃는 거야."

　다시 원기를 회복한 듯한 악셀의 악명 높은 자의적 해석을 현영은 웃으
며 들었다. 사람을 대하는 태도가 서툴고 어색한 것이 현영 생각엔 거의
구제불능이었으나, 모두가 각자 스타일대로 정답게 받아들여주는 것이었
다. 그런 그들이 되려 자신을 다정하다고 여김을 알았을 때는, 가슴에 사
무쳤었다…….

　"다들 잘도 숨겨갖고 있군."

　"물론이지, 너 헤르츠필트의 '아르바이터'(노동자) 봤나?"

　"응, 안드레스가 보여줬지. 예전엔 다 갖고 있었는데 이젠 몇 개뿐이라

며 여간 분해하지 않더군. 난 특히 그, 도끼날을 단 갈고리 십자가가 좋았
어. 비스마르크의 '피와 철'이 쓰여진 거."

"아, 나도 좋아해. 총통이 그걸 싫어한다는 게 도무지 믿기지 않아! 그만
큼 나치스의 이념을 잘 보여주는 게 어딨다고. 국민 계몽 포스터로도 좋고.
그걸 뱃지로 만들면 나도 달고 다닌다."

"뿐인가, 수탉 앞에서 칼 가는 거."

"<염려 마라, 그는 채식주의자다>?"

"그래, 전 세계에 그의 채식주의를 전파할 수 있을 거야. 모두가 그 채식
주의자의 도살 솜씨를 배우려 들잖나."

"그런, 불온한 사상이다. 네 등급을 녹색에서 청색으로 높이겠다. 거기에
적색까지 덧붙여주지."

"오, 그럼 고기와 빵은 확보된 건가?"

그들은 전 국민의 이름이 올라있는 하이드리히의 정치적 성향 카드 색
인과 식량 배급 카드²⁷⁾의 동일 색깔끼리 결부시킨 신종 농담을 주고받으며
걸어갔다. 현영이 진지한 얼굴로 계산하며 말했다.

"이봐, 네가 유태인 기독교도에, 동성애자 형사범이면 우유에 과일, 오트
밀에 계란까지 먹을 수 있어. 대단한 성찬이 아닌가."

"정치범도 추가. 난 육식주의자야. 고기도 먹어야 해."

악셀이 어깨를 으쓱하며 메뉴에 세심한 지시를 내렸다. 그들은 키득거리
며 걸어갔다. 악셀이 또 다른 농담을 꺼냈다.

"알아? 괴벨스가 자랑했다는 거야. 나에게 단 하나의 문장만 주면 누구
든 감옥에 보낼 수 있다고. 가령 네가, 나는 아버지를 사랑한다고 해봐? 그
럼 괴벨스는, 조국은 사랑하지 않는단 말이냐며 널 감옥에 처넣는 거지."

현영은 잠시 정면만 노려보았다. 창백한 얼굴에 이를 악물고 있었다. 우
는 듯 웃는 듯한 그 기묘한 표정에 악셀이 놀라고 있는데, 갑자기 폭소를
터뜨렸다. 그 발작적인 웃음에 악셀은 그만 섬뜩했다. 그도 처음엔 민감하
게 반응했으나, 곧 저항 의식을 가장 자극하는 농담으로 좋아하게 되어,

그 예리한 냉소가 자신처럼 뼈저리게 느껴질 현영에게 말한 것이었다. 자기 취향의 일방적 강요긴 했으나, 예상 외로 심각한 반응에 아연실색한 악셀을, 곧 기억 저편의 영상이 덮쳤다. 식은땀을 흘리며 창백한 얼굴로, 뭔가를 끝없이 호소하고 호소하던 현영의 모습. 그것은 악셀을 향한 것도 덕한을 향한 것도 아니었다. 바로 그의 아버지를 향한 것임을 알아차렸을 때부터, 악셀은 무의식적으로 자신의 모습을 겹쳐보고 있었던 것이다. 그 농담은 자신과 현영에게 반동과 극기를 불러일으킬, 가차 없는 극약 처방이었다. 무신경한 말이었으나 불쑥 내뱉고 나서야, 고의가 아니었다고 할 순 없는 내적 요구가 있음을, 그 말도, 그 말을 현영에게 하는 것도, 악셀 자신에게 필요해서였음을 느꼈…… 현영에게서 받은 충격이 일으킨 반응으로, 그가 현영에게 그 말을 했듯, 현영도 그에게 나름의 반응을 돌려줄 따름인… 어떤 흐름이, 끝없이 흐르고 있었다…….

저편에서 걸어오던 파리한 유태 처녀가 다른 곳에 시선을 두다 지척에서 현영과 맞닥뜨리고는, 그만 그의 모습에 놀라 자리에 멈춰 섰다. 그녀의 무방비한 시선이 정면에서 꿰뚫듯이 날아들자, 현영은 그만 비틀거렸다. 악셀이 현영을 부축해 거의 다다른 카페로 데려갔다. 그들의 등 뒤로 처녀가 도망치듯 달려가는 소리가 돌을 깐 광장 위로 맑게 울려퍼졌다. 자리에서 일어나 그들을 보고 손짓하던 덕한이 놀라 굳은 것이 눈에 들어왔다. 이 웃음은 어떤 반복이었다. 전에도, 이렇게 웃은 적이 있었다……. 이제 이것이 내 웃음임을 알아본다. 추하지만, 이렇게 웃고 싶은 게 나로구나, 하고. 안될 게 무언가, 받아들이지 못할 건 하나도 없다… 속에서 터져나오는 웃음을 막을 수 없는데, 어찌 웃지 않으랴… 무엇하러 막는가…….

…눈물이 글썽한 현영이, 입가엔 삐딱한 미소를 건 채로 자리에 앉자, 기가 막힌 미하엘이 말했다.

"이봐, 정신병자는 색깔이고 뭐고 없어. 즉각 T-4[28) 행이지."

현영의 뒤에 우뚝 서 있는 악셀의 그림자가 광장에 길게 늘어졌다.

23

"왔나?"

안드레스가 고개 돌려 이쪽을 쳐다보더니 싱긋 웃었다. 갈색 종이 봉지를 움켜쥔 채 문간에 버티고 선 현영의 얼굴이 잠시 굳었다가, 순식간에 붉어졌다. 붉은 기가 뺨을 스치며 일렁대다 확 전면으로 퍼져가는 걸 보며, 안드레스가 늙은이처럼 허허 웃었다.

도저히 눈앞의 광경에서 눈을 뗄 수 없었다. 햇살을 받으며 옷을 벗고 있던 블론드의 아가씨는 곧 침착하게 몸을 돌려 가운을 걸치고, 칸막이 너머로 사라졌다. 부스럭거리며 옷을 입는 소리가 들려왔다.

"아니, 놀랐어?"

그걸 말이라고, 놀리는 줄은 알겠지만 얼굴이 너무 화끈거렸다. 게다가 눈 돌리긴커녕 크게 뜨고 주시하기까지 했으니, 그 무슨 파렴치한… 하지만 크고도 흰 젖가슴과 풍만한 둔부가 대리석상도 아니고, 이토록 밝은 햇빛 아래 살아 움직이는 장면은 참으로 경이로웠던 것이다. 거기다 햇빛에 반사된 금빛 체모가 곱슬곱슬하니 돌돌 말려있는 것은, 다시는 떠올리고 싶지 않을 정도로 동물적이면서, 뭐라 표현조차 못할 강렬함이었다.

곧 아가씨가 옷을 차려입고 나왔다. 블론드에 검은 베레모를 눌러 쓴 아가씨는 코트를 손에 걸치고 안드레스에게 말했다.

"그럼 다음에."

"다음에."

안드레스는 미소 지으며 인사했다. 아가씨는 황망해하는 현영에게도 가볍게 목례하며 방을 나섰다. 당황해서 한국식으로 넙죽 절을 하니, 안드레스가 킬킬거렸다.

"닥쳐."

현영은 빠르게 쏘아붙이고, 아가씨가 나간 문을 멍한 눈길로 돌아보았다. 아가씨의 단정하고 침착한 옆얼굴을 보자, 그 전의 누드나 지금의 모습에 경기 일으키게 놀라는 자신의 태도가 참으로 세련되지 못하게 느껴졌다.

"그녀는 갔어."

안드레스가 테이블에 앉아, 빵 써는 나이프를 휘두르며 현영을 불렀다.

"나도 알아."

현영이 대꾸하며 의자에 앉았다. 테이블 위엔 성찬이 그득했다. 흑빵에 진짜 고기 순대, 소시지에 사과주도 한 병 있었다. 안드레스와 미하엘은 부모가 없었지만, 유산을 물려받았다는 미하엘과 달리 안드레스는 친구들, 특히 악셀의 도움으로 살아가고 있었다.

"이게 다 웬 건가?"

"마르가레테."

안드레스가 순대를 썩썩 썰어 빵에 올려놓으며, 나이프로 그녀가 나간 방문을 가리켜보였다.

"누드모델까지 해주면서 음식까지 갖다 준단 말인가!"

현영이 불만을 토하며, 감자를 넣어온 갈색 종이 봉지를 멋쩍게 테이블 한옆에 올려놓았다.

"그거야 그림값이지. 이만하면 싼 편이잖나."

안드레스가 감자 봉지를 쥐고 들어보며 웃는 눈으로 감사를 표했다.

"저 아가씨가 자기 누드를 그려달라고 했단 말이야?"

현영이 우렁차게 소리쳤다.

"그렇게 놀랍나? 아까부터 너 귀엽군."

안드레스가 킥킥댔다. 현영은 눈까지 둥그레져 있었다.

"그녀는 당원의 애인이야. 아마 대관구 지도자쯤 될 걸. 당당한 황금의 꿩(나치 관료의 별명)인데다 고향집은 큰 농장을 한다니 신흥 귀족이지. 그 시대의 총아께서 애인의 누드를 갖고 싶다는 거야."

"남자가 시켰다고?"

"물론."

"우오…"

현영은 이상한 신음 소리를 내다 말고 경청했다. 이해할 수 없는 것만큼 호기심을 자극하는 건 없는 법이다.

"그 남자는 날 몰라. 그녀가 날 찾아온 거지. 우린 그림과 먹을 걸 물물교환하고 있어. 그림재료는 따로 받고. 괜찮은 거래야. 아니, 여전히 명청한 얼굴인군. 모르겠나? 게르만 처녀의 빛나는 나체는 숭고한 예술이고, 누구나 좋아해. 침실이나 거실에 걸어두면, 근사한 애인을 가진 예술 애호가가 되는 거야. 유행도 타고 총통도 본받고, 그만이지."

안드레스가 턱 끝으로 그림을 가리켰다. 한 손으로 의자를 붙잡고서 체크무늬 양말을 벗고 있는 나체 여인의 전신상이었다. 의자 등받이를 짚은 팔로 한쪽 가슴이 가리우고, 다리를 앞으로 내밀며 살짝 꼰 탓에 음부는 그늘 속으로 사라져, 적나라한 나체는 되지 않고 있지만, 양말을 벗고 있는 통속적인 포즈나 그 반쯤 보이고 반쯤 가려진 교묘한 자태가 상당한 성적 감흥을 불러일으켰다.

"전원의 비너스?"

"맞았어."

그건 젭프 힐쯔의 그림이었다. 현영은 백림에서 서양 미술을 처음 접하게 되었을 때, 금세 매료되었던 문학과는 달리 다소 거리감을 느꼈었다. 특히 가장 접하기 쉬운 나치의 미술은 순결한 처녀나 게르만 여신을 테마로 한 나신이 많고도 많아, 면역이 없는 현영으로선 소화하기 어려웠다. 히틀러를 본받아 예술을 사랑하고자 하는 의지는 확고했지만, 근육질의 몸매를 꿈틀거리며 과시하는 여신이나 지나치게 딱딱해 석고상에 색을 입힌 듯한 처녀들은, 여체의 신비나 성적인 매혹을 도리어 산산조각내기 일쑤였다. 총통 같은 예술적 감각은 없는가 하고, 남몰래 고민까지 했던 현영이 처음으로 마음에 들어 한 작품이 바로 이 '전원의 비너스' 였던 것이다. 그 소박한 사랑스러움으로 다소나마 에로티시즘에 눈뜨게 해준 가냘픈 처녀.

안드레스는 마르가레테를 모델로 '전원의 비너스'를 복제했지만, 실은 그녀의 초상에 힐쯔의 비너스가 복제된 것이었다. 본래의 그림보다 더욱 육감적인 몸매는 완전히 그녀의 것이었지만, 그 얼굴은 어색하게 꿰어맞춘 느낌이 강했다. 그녀의 쌀쌀맞으면서도 묘하게 부드러운 표정도 힐쯔의 순박한 백치미로 대치되어 있었다. 성숙한 인상을 주는 풍성한 금발도 양치기 소녀처럼 전원풍으로 땋아 올린 원화의 머리모양으로 그려져, 그녀에겐 전혀 어울리지 않았다.

"완전히 복제화군. 주문대로야?"

현영은 눈살을 찌푸리며 그녀의 얼굴을 가리키다 흠칫했다. 그에게 고흐나 모네부터 시작해서, 서양 미술의 휘몰아치는 색채의 파도와 틀에서 벗어난 자유분방한 선을 가르쳐준 것은 안드레스였다. 자신 같은 문외한도 아는 것을, 그 불꽃같은 예술성의 키르너가 모르고 했겠는가. 그가 제국의 미술을 어떻게 생각하는지 알면서도, 생활고로 원치 않은 일을 해야 하는 친구의 처지를 두고 무신경한 말을 했다는 자책이 일었다.

"그야. 저 불균형을 봐. 사상의 개입을 그대로 고발하지 않나? 이런 게 바로 시대의 얼굴이지."

안드레스는 되려 싱긋 웃으며 핵심을 푹 찔렀다. 그다운 어투로.

"웃기지 않나? 안 그래?"

장난기로 반짝이는 눈빛을 따라, 현영도 쿡 하고 웃었다. 그건 그랬다.

듣고 보니 재밌었다.

"찌글러나 힐쯔가 역시 인기야. 찌글러의 여자들은 정말 풍만하지만, 힐 쯔는 더 가냘프면서도 에로틱하지. 캄프의 건장한 여인들도 호응이 높아. 그 여자들 근육은 너나 나하곤 비교도 안돼. 엔겔하르트 건 상대적으로 드 물지만 나름대로 인기가 있지."

안드레스가 프로다운 말투로 설명을 늘어놓았다.

"이 일이 얼마나 심도 있는 균형을 요구하는지 알아? 우선 고객의 요구 대로, 찌글러 풍이라든가 힐쯔 풍으로 맞춰야 해. 거기다 총통식 표준에 따라 풍만한 가슴과 평평한 배, 긴 넓적다리에 가는 종아리 등등을 갖추는 거야. 마지막으로 모델의 특성을 살려야 해. 엉덩이의 점이라든가, 유난히 큰 유두라든가 말야. 표준에 때려 맞춘 몸에, 이번엔 반대로 그들만이 알 아볼 수 있는 애인의 육체라는 감성을 살려줘야 해. 도전 정신을 요구하는 만만찮은 작업이지."

그들 중에서도 손위뻘인 그는 미하엘처럼 공격적이진 않았으나, 간혹 표 출하는 신랄함은 그야말로 용서 없었다. 그의 쾌활한 풍자에 말려든 현영 은 다른 그림들까지 궁금해졌지만, 안드레스는 이미 고객들에게 건너졌다 고 현영 못지않게 섭섭해 했다. 그렇게 복제누드화를 그려대면서도, 로트 만이 주문한 슈바르츠발트의 풍경화는 손도 대지 않고 있었다. 지금 저지 르고 있는 위험천만한 짓에 대해선 말 한마디 않는 안드레스였다.

배불리 먹은데다 시큼한 사과주로 달뜬 둘은 마르가레테의 다른 초상을 보고 있었다. 그것은 가로 세로 20cm 정도의 캔버스 조각에 그려져 있었 다. 크레용으로 찍찍 그어진 몇 개의 선이 썩썩 그려낸 얼굴의 음영엔 목 탄이 마구 뭉개져 있었다. 그런 희한한 필치로, 허공을 가만히 응시하는 시선과 부드럽게 다물어진 입매가 적나라한 질감으로 살아나고 있었다.

"이런 표정을 지어?"

"가끔 창밖을 내다보면서."

안드레스가 짧게 대답했다.

"흠, 내 쪽을 봐줬으면 싶군."

"호오…"

"그러니까, 이 여자 때문에 내가 외로워지는 기분이야."

"정답인데. 네가 그녀 애인 해야겠다."

그 말은 안드레스의 나직한 웃음소리와 어우러져, 가볍게 불어온 산들바람에 잔물결이 이는 듯한 느낌을 낳았다. 안드레스는 나쓰에를 사랑하고, 자신도 나쓰에를 사랑하며, 나쓰에는 덕한을 사랑한다. 안드레스는 숨기진 않지만 그 어떤 말도 하지 않는다. 자신은 나쓰에의 친구인 척 하지만, 그녀를 이용하고 있으며, 배신하게 될 것이다. 그런 내 마음이나, 덕한의 마음에 대해서는 알려 하지 않는 편이 낫다. 묻어두고 등 돌려야 한다. 우리에겐 다른 할 일이 있다…….

지금까지, 그렇게 막연히 흘려보낸 것들이, 다른 아름다운 처녀의 초상을 보는 지금, 아련하게 마음을 파고들어왔다. 나쓰에는 포기하고 마르가레테와 사귀라고 돌려말하는 농을 가볍게 거는 안드레스의 태도, 거기 예민하게 반응해서 걸고 넘어져, 둘이 치고 받거나, 아니면 그런저런 우여곡절 끝에 정말로 마르가레테와 사귀는 일이 벌어질지도 모른다. 지금 있을 수 없는 그런 삶을, 자신이 상상할 수 있고, 충분히 이해할 수 있다는 것이, 신기롭고도 자연스럽게 느껴졌다.

창으로부터 어둠이 밀려들었다. 안드레스가 차단막을 치고 불을 밝혔다.

"이거 잘 봤다."

현영은 그제야 방문한 목적을 상기하고, 꼭꼭 싸서 숨겨온 '아르바이터' 지를 내밀었다. 히틀러가 수상이 되자마자 체포령을 내린 풍자화가 헤르츠필트는, 급습을 받고도 아파트 뒷창문으로 유유히 탈출해 그의 수많은 팬들을 안도케 했다. 프라하로 본거지를 옮겨 발행된 문제의 잡지 '아르바이터'는 전쟁 전만 해도 국내로 활발히 밀반입되었고, 판화와 몽타쥬 기법을 사용한 그의 포스터들은 제국 언더그라운드 문화의 주류였다. 빗셀의 농민화 액자 뒷면에 헤르츠필트의 포스터를 숨겨놓거나 케테 콜비츠의 판화 '전쟁은 그만'이 분필로 담벼락에 그려지는 등, 히틀러와 괴벨스의 취향에 따른 표층 문화 아래, 손에서 손으로 돌려지며, 한국에서 태극기 감춰놓듯 저마다 숨겨놓고 몰래 꺼내보는 지하 문화가 있었다. 양자가 서로에게 '그들만의 취향'의 '그들만의 문화'가 되어, 그 차이는 커져만 갔다.

둘은 머리를 맞대고 킬킬대며 포스터를 한 장 한 장 넘겨봤다. 엑스 레이 사진으로 처리된 히틀러의 상반신은, 척추는 금화로 가득 차고 심장엔 갈고리 십자가가 박혀있었다. '금을 삼키고 고철을 내뱉는 초인'이라는 표어였는데, 정작 고철은 안 보이고, 열변을 토하는 듯 크게 벌린 입만 그려놓은 암시가 희한했다. 십자가를 지고 있는 예수의 성화에 나치 당원이 판자를 덧대어 갈고리 십자가로 바꾸는 포스터의 표제는 '십자가는 아직도 그리 무겁지 않다'였는데, 참으로 비극적이면서도, 폐부를 찌르는 기지를 번득이는 역설이었다. 비스마르크의 '피와 철'의 구호 아래, 피가 뚝뚝 흐르는 도끼날 갈고리 십자가는, 그 실용적이고도 화끈한 인상이, 악셀의 말마따나 나치가 싫어하는 이유를 알 수 없게 하였다.

"이거 말고도 많았겠지?"

현영이 아쉬워하며 다 본 포스터를 정리했다.

"그랬지."

안드레스가 찬장 뒤 비밀 장소에 포스터들을 감추며 말했다. 그 안에 겹겹이 쌓여진 캔버스들이 보였다. 현영도 한 번 본 적이 있는 퇴폐 미술 '회고전'이었다.

"이런 그림 보면 정말 놀라와."

현영이 '절규'를 집어 들고 말했다.

"이 놀라운 형상을 봐, 해골바가지 아냐? 뭉크라고 했지? 어떻게 이런 선을 그릴 수 있었을까. 어린애 장난 같은데, 그래서 더 무서워. 뒤의 이 구불구불한 선을 봐. 붉은 것이 석양이겠지만, 이 귀신이 토한 피같이도 보여.

그리고 이 표정, 경악하는 건지 위협하는 건지 알 수가 없어. 하지만 또 얼마나 백치 같은지! 얼굴을 감싸 쥔 손이랑 이 율동하는 듯한 몸은 또 어떻고, 갑자기 웃음이 치밀어! 그 때문에 백배는 더 무시무시해지지만.”

현영은 그림을 바라보며, 눈에 힘을 주고 정치 얘기를 할 때와는 다른, 순진무구한 표정으로 아이 같은 감상을 토하고 있었다. 그 얼굴을 물끄러미 주시하며, 안드레스는 자신이 덧붙인 히틀러의 콧수염이나 유태인 무리가 없는 본래의 원화를 현영이 충실히 보아내고 있음을 알았다. 그것이, 직접 그려서라도 이 그림을 다시 한 번 보고 싶었던 자신의 본래 마음을 상기시켰다. 결국 완전한 복원을 해내지 못한 상처와 굴절 또한. 마음 가는대로 따랐을 뿐인 붓끝의 숨김없는 행로.

“한국 그림은 참 달라. 그것도 많이 본 건 아니지만, 이렇게 적나라하게 감정이 드러나는 선이나 색채는 없어. 물감이 아니라 먹으로 그리는데, 넌 상상도 안 갈 거야…… 아니, 일본 판화 같은 게 아냐. 그렇게 화려하지도 않고 거의 무채색이지. 하지만 은근히 눈에 배어드는 아름다움이 있어.”

현영이 고개를 들고, 떠오르는 기억에 골몰한 표정으로 말했다.

“서양 미술은 여기 와서 처음 봤지만, 이런 그림은 정말 상상을 초월해.”

“4년 전, 뮌헨에서 퇴폐 미술전이 처음으로 열렸지.”

안드레스가 조용히 이야기를 시작했다.

“아, 그래. 게르만 순수 미술전과 같이 열렸다며?”

현영이 활발하게 대답했다.

“총통은 그들을 원시 시대 야만인들이라 불렀어. 피카소, 고갱, 샤갈, 뭉크 같은 이들을 말야… 정신병자들의 드로잉이 함께 진열됐지. 그들의 ‘증상’을 서로 비교해 보라고… 얼마나 섬세한 배려였는지.”

안드레스가 천정을 향해 웃었다.

“전국을 돌며 열렸는데, 뮌헨에서만 2백만이 봤을 거야. 아니면 언제 또 보겠어? 웃기는 건 처음엔 현대 미술 따위 엿 먹으라며 나치에 동조하던 사람들까지 우르르 몰려갔단 거야… 싫든 좋든 이런 건 이젠 정말로 못 보겠다 싶으니까 그제야 아쉬웠던 거지… 재미있지 않아? 정부나 국민이나……. 그 그림들, 놈들이 다 몰수해 갔어. 외국에 헐값으로 팔아버리는가 하면 5천 점이나 불태워버렸지.”

안드레스의 눈가에 작게 주름이 잡혔다. 그 상태로 다시 웃는다. 그가 얼마나 태연하게, 다른 누구도 아닌 그 자신에게 그토록 소름끼치는 일을 해치우고 있는지… 깨달음이 곧 충격으로, 정수리에 내리꽂혔다. 나는 계속 모르고 있었구나, 그런 채로 그 초상들을 보며 그와 함께 웃었구나……. 하지만 눈앞의 그의 웃음은 거짓이 아니다. 그는 자신이 함께 웃기를 바란다. 현실의 일격에 그 자신, 적극 동참해서 가차 없이 내리친다. 바로 자신에게, 마치 타인인 양! 그도 그 자신의 가해자 중 하나였다. 더 무거운 돌을, 더 날카로운 칼날을, 더 뜨거운 불꽃을! 너희는 악하고도 강하나, 나는 너희의 강함이 필요 없으니, 모든 형벌의 모든 고통을 구현하는 나는, 약자로다.

아무도 내게, 나보다 더 가혹하지 못하노니.

…그는 현상에 어떻게 맞서는가? …정말 좋아하지만 정말 이상한, 그래서 더 좋아지는 친구의 방식이 여전히 이해되지 않은 채로, 이것이 예술가의 한계가 없는 정신인가 하고, 현영의 눈이 몰입해 들어갔다.

“넌, 그 그림들을 못 봤겠구나.”

“아, 그래.”

현영은 괜스레 당황하며 고개를 끄덕였다.

“나도 거의 못 봤어.”

안드레스가 조용히 말했다.

“그래?”

잠시 둘 다 말이 없다가 현영이 무심결에 덧붙였다.

“정말 보고 싶겠구나.”

“그래.”

“나도.”

현영의 말에 부드럽게 웃던 안드레스의 눈이 어느 순간, 차갑게 가라앉았다.

"그림이 불탄 건 아무 것도 아냐."

"그보다 더한 것들이 불태워지지."

"…결국 그것도 그림들이 불태워졌기 때문이야. 그때부터 시작된 거였어."

"하지만 우린 보고만 있었지. 타오르는 그림들을."

나는 안드레스의 말을 듣고만 있었다. 그의 말에서 공포를 느꼈지만, 어느 순간 그보다도, 히틀러에의 공포보다도, 안드레스의 고통이… 내게 공포를 전할 수 있을 정도로, 그를 변화시킨 고통이 나를 사로잡았다. 냉소적이면서도 그토록 부드러운 그 눈빛에 감싸여, 함께 웃으며 흘려보낸 것들이 다시 되돌아와 나를 스쳤다. 그런 그림들을 그리는 것에서, 그의 강함과 고통의 결속을 느꼈다. 막연한 인상에 불과했지만, 그 순간에 그토록 묻고 싶은 뭔가가 있었다… 그 결속은 그 어떤 이상화될 수 있는 순수함과는 거리가 멀었다. 일종의 근친상간이라는 말이 나를 강하게 치고, 싸늘한 통증만을 남긴 채 그대로 사라졌다… 그것은, 내가 추락하여 겪었던 심연과는 또 다른 어둠이었다… 그것이, 그의 것이었…….

그의 나지막한 목소리가, 우리가 함께 있는 적막한 방안에서, 산사의 종처럼 깊이 가라앉아갔다…….

3. 투쟁

24

비가 내리고 있었다. 아침부터 내리더니 오후가 되어도 그치지 않았다. 우산을 쓴 나쓰에가 덕한의 셋방 아래 서 있었다. 얼마나 그렇게 있었는지 모른다. 돌을 깐 포도 위로 무수한 빗방울이 그녀의 발목까지 경쾌하게 튀어 올랐다. 간간이 바람이 가느다랗고 곧은 빗발을 흐트러뜨리며 스쳐지나갔다……. 그녀는 몇 번째인가, 또 다시 그의 방 창문을 올려다보았다. 마침내 그녀가 안으로 들어갔다.

덕한은 테이블에 앉아 책을 읽고 있었다. 그때 문이 조용히 열렸다. 거의 소리가 나지 않아 눈치 채지 못한 그가 바람이 불어오는 기색에 고개를 드니, 거기 나쓰에가 있었다. 투명하게 비칠 듯한 흰 얼굴에 밤처럼 검은 눈이, 똑바로 향해왔다.

"당신에게 할 말이 있어요."

그녀가 말했다.

"덕한."

간절하게, 그녀가 그의 이름을 불렀다. 일본식 악센트가 거의 없는 정확한 한국어 발음으로, 덕한, 항상 그렇게 분명하게 부른다. 덕한의 얼굴이 슬픔으로 물들어갔다.

가을비가 낡은 집들이 늘어선 거리를 청회색으로 물들어갔다. 다락방 창의 열어젖혀진 색 바랜 덧문이 바람에 흔들렸다. 그 안쪽에, 덕한과 나쓰에가 마주보고 서 있었다. 무언가 말을 하는 듯도 했지만, 많은 말은 아니었다. 말이 끊기고, 침묵 속에서 마주한 둘은, 이윽고 서로를 끌어안았고, 키스했다.

문이 조용히 닫혔다. 가슴팍이 풀어헤쳐진 셔츠 차림의 덕한이 침대에 앉아있었다. 무겁게 떨어진 고개가 총이라도 맞은 듯했다. 갑자기 미친 듯이 창가로 달려가, 들이치는 빗발 속에 몸을 내밀어 나쓰에를 찾았다. 저 아래, 우산도 쓰지 않은 그녀가 천천히 거리를 걸어가고 있었다. 덕한은 그녀의 이름을 부르려 하였다. 그러나 그러지 않았다. 몇 번이고 부를 수 있었지만, 몇 번이고 부르지 않았다… 덕한은 그 자리에 허물어지듯 주저앉았다. 가슴이 막혀 숨을 쉴 수가 없었다. 목에서 짐승처럼 그르렁대는 소리가 귀에 똑똑히 들렸다. 이를 악물고, 바닥에 엎드려 간신히 숨을 들이키며, 신음을 뱉었다. 눈앞에 외따로 던져진 손이 하나, 경련을 일으키고 있었다. 그 잘려나간 손을, 무섭게 부릅뜬 눈이 노려보았다.

차가운 가을비가 온몸을 적신다. 그 엷은 막처럼 둘러쳐진 빗줄기에 감싸여 한 걸음 한 걸음, 가볍고도 거침없이 내딛는다. 골목을 휘돌아 나온 바람이 얼굴 정면으로 빗방울을 흩뿌린다. 물방울을 머금은 머리카락이 바람에 나부껴 흰 이마가 드러난다…….

그녀는 그에게 갔었다. 단 하나만을 소망하며 그에게 갔다. 사람의 눈 속으로 조용히 스며드는 그의 눈길이 그녀를 향할 때면 불투명한 막을 치고, 그녀를 보려고도, 자신을 보이려고도 하지 않았다. 그 막을 걷고, 그토록 사랑하는 아름다운 눈길을, 전신에 고스란히 받아내며, 그 눈동자에 비치는 제 모습을 바라보고 싶었다. 그녀를 절망케 하는 동시에 남모르는 희망 또한 자라게 했던 막을 걷고서. 그런 후에야, 도망쳐 주겠노라고 자신에게 약속하며, 그녀는 그의 앞에 섰다.

그에게 고백했을 때, 그의 칠흑처럼 검은 눈이 타올랐고, 빨려들어갈 듯한 깊은 나락이 그녀 앞에 펼쳐졌다. 그이는 나를 사랑한다! 소리 없는 부르짖음이 내부로 메아리쳤고, 머리부터 직격한 희열에 전신이 떨렸다. 예기치 않은 놀라움을 산산이 부수며, 알고 있었어, 나도 알고 있었어… 이제야 알았지만, 실은 이미 알고 있었던 거야! …그렇게, 밀려드는 환희로 그녀의 얼굴이 빛났다. 그녀에게서 떨어지지 못하는 덕한의 눈이 성큼, 아주 가까이로 다가왔다. 딱딱하게 굳은 얼굴에서 눈만 살아 움직였다. 그 남자다운 입매가 떨리고, 어찌할 바를 모르겠다는 듯 일그러지는 얼굴에, 막막한 눈길이 스쳐갔다. 솟구치는 애정으로 가슴이 조여 온다. 청명한 목소리의 바람 같은 속삭임… 와요… 내게… 이제 당신이 다가와요, 내게로… 바보 같은 사람! …눈물이 맺힌 채 그녀는 섬광처럼 웃음을 터뜨렸다. 그리고 덕한이 다가왔다. 여전히 불안하게 흔들리는 눈동자에 어느 순간, 어둠이 짙게 깔렸다. 숨김없이 드러나, 똑바로 자신을 향해오는 그의 욕망에 매혹된다. 그녀의 부드러운 입술이 살짝 벌려지며, 짧은 숨을 토했다.

현영은 권총 소제 중이었다. 작게 노크 소리가 났지만, 듣지 못하고 계속하고 있었다. 다시 노크 소리가 났다. 흠칫 놀란 현영이 급히 권총을 숨겼다. 문간으로 가 누구냐고 물었지만 대답이 없었다. 잠시 망설이다 문을 열었다. 비에 흠뻑 젖은 나쓰에가 서 있었다. 다음 순간 쓰러지는 나쓰에를 놀란 현영이 소리 지를 새도 없이 받아 안았다. 흩어진 코트 자락 사이로 맨발이 드러났다.

침대에 누운 나쓰에의 입술이 파랬다. 현영이 타월로 닦은 그녀의 몸에 담요를 덮어주었다. 그는 아무 것도 묻지 않고, 조용히 시선을 내리깔며, 그녀 곁에 있었다. 그러나 그녀는 그의 마음을 돌아보지 않았다. 그럴 수가 없었다.

"그는 날 원하지 않아."

그녀가 말했다.

그는 날 사랑하지 않아! …그녀는, 그렇게 말하려 했다. 이루어지지 않은 사랑을 송두리째 부정하여, 산산이 바수고 싶은 강렬한 욕망에 사로잡혔다. 그가 잔인하게 대한 자신에게, 그녀도 잔인하려 하였다… 그러나 현영이 더 빨랐다. 조상처럼 미동도 않던 현영의 입술이 움직였다.

"덕한을 사랑하는구나."

그가 눈을 들어 그녀를 쳐다보았다. 항상 그녀를 감싸는 듯한 현영의 눈길, 지금 더욱 부드럽고, 또한 낯설었다.

"그가 안아주길 원했어?"

나쓰에가 고개를 끄덕였다. 이제는 돌이킬 수 없었다. 감은 눈으로 눈물이 흘러내렸다.

"불쌍한 나쓰에……."

그의 목소리가 다정하게 들려오고, 그의 손이 젖은 머리카락에 와 닿았다. 부드럽게 쓰다듬으며, 그녀의 이름을 나직이 부르다, 어느 순간, 그녀의 목을 쥐었다.

"그래서 내게 온 거야?"

그 손의 차가운 감촉이 전신으로 퍼져나간다… 조용히 이는 현기증에 몸을 내맡긴다… 끝없이 아래로 가라앉고, 가라앉는 침잠… 저 아래 깊은 곳에서 다시는 떠오를 수 없게 돼서야, 비로소 눈을 떠야지…….

"…말해."

현영의 눈빛이 날을 세웠다. 그의 손이 나쓰에의 목을 조르기 시작했다.

"말해, 말하란 말야!"

그가 악을 쓰며, 그녀의 목을 졸랐다. 뭘 말하라는 건지 그 자신도 몰랐다. 그저 아무 것도 듣고 싶지 않았다. 저항하지 않던 나쓰에가 어떤 예감에, 그 순간을 맞아 눈을 뜨자, 현영의 어둔 동공이 들어왔다. 깊고 컴컴한,

뻥 뚫린 텅 빈 동굴 같은… 그 얼굴이다! 그 안쪽으로 순식간에 차오르는 게 있었다. 그 남자를 다시 보았으나, 곧 흐려지며, 얼굴로 뜨거운 것이 떨어졌다.

"너, 넌… 왜, 넌 내게… 항상!!!"

나쓰에의 목에서 그의 손이 떼어졌다. 고개 돌려 흐느끼는 그의 비탄에서, 나쓰에는 자신이 미처 보지 못한 또 다른 막을 보았다. 그녀에게 숨김없이 내보이던 따스한 애정, 바로 그 자체인. 다른 성질의 것인 양 꾸미어 더욱 철저하게 감추었던 그의 마음이, 이제 그 갈가리 찢긴 막 사이로, 그들 사이에 드러나 있었다.

"넌, 항상 내 곁에 있었지. 나의 카오루… 미안하지 않아, 미안하지 않아…….."

간신히 몸을 일으켜, 기다시피 다가간 나쓰에가 현영의 어깨를 끌어안았다.

"…날 위로해줘. 내가 널 위로해줄 수 있게……."

새벽녘 공기처럼 맑은 목소리가 가냘프게 흔들리다, 낮게 가라앉았다.

"널 사랑했어."

현영은 목이 메어 말했다. 슬픔이 그의 가슴을 치고 또 쳤다.

"…그래도 이게 나야. 다른 남자에게 입은 상처로 너를 찾아온, 네가 사랑하는 나쓰에. 날 있는 그대로 바라봐줘. 너도, 있는 그대로의 카오루가 돼서, 더 이상 숨기지 말아… 무엇으로부터? …누구로부터? …난 너를 알아… 카오루… 네 슬픔을 알아… 너는 항상 슬퍼하고 있어… 나를 위해, 네 사랑도 슬픔도 말하지 않았지만, 그러지 말아… 카오루, 그러지 말아… 네가 내게 있듯, 내가 네게 있어… 그 슬픔을 알아줄 수 있는 건 나뿐이야……."

현영의 입술이 떨리며 뭔가 말하려 했다. 나쓰에가 조용히 고개 저었다. 네 슬픔을 내게, 내 슬픔을 네게… 더는 아무것도 필요치 않아! …한숨 같은 속삭임이 귓가에 일었다. 현영의 손이 그녀의 뺨에 닿았다. 그녀는 그 손에 얼굴을 내맡기다, 살짝 고개를 틀어 입술을 갖다댔다. 현영의 팔이 그녀를 끌어안고, 고개 숙여 그녀의 눈에 입을 맞추었다. 미세하게 움직인 입술이 낮게 더운 숨을 토했다, 속눈썹이 움찔하다 고요히 내리덮였다. 다시, 눈꺼풀 위에 살짝 닿았다 떨어진다, 숨결은 높이 떨리다 낮게 사그라지고… 나비 날개처럼 가녀린 떨림이 교차하는 순간, 둘 사이로 전율이 흘렀다… 시작이었다.

새벽에, 누군가 문을 두드렸다. 덕한이 황급히 문을 여니 현영이 있었다. 그가 덕한의 얼굴을 찬찬히 바라보았다.

"밤을 샜구나, 덕한."

"아, 너로군…"

덕한이 중얼거리자 현영이 웃었다.

"누구 기다리는 사람이라도 있나?"

가벼운 말투로 툭 던지더니, 덕한의 곁을 지나 안으로 들어갔다. 덕한이 말없이 문을 닫고 돌아서자, 현영이 바로 뒤에 있었다. 그가 물었다.

"나쓰에를 사랑하나?"

기습당한 덕한은 말을 잇지 못했다. 그가 한 번 더 물었다.

"아니면 사랑하지 않나."

"…나쓰에는 어디 있나?"

덕한이 간신히 입을 열었다. 그는 현영을 보지 않았고 현영은 그만을 보고 있었다. 짧은 침묵이 무겁게 내리눌렀다.

"나쓰에는 어디 있어!"

덕한이 갑자기 부르짖었다. 현영의 시선이 이상한 빛을 발했다.

"그녀를 보내놓고 그건 왜 묻지? 말해라, 그녀를 사랑하나?"

"현영, 난…"

덕한의 간절한 목소리에 현영의 눈이 번득였다.

"사랑한다면 왜 그녀를 안지 않았나? 그토록 널 원한 그녀를 왜 밀쳐냈

어! ─ 그가 이빨을 드러내고 악착같이 덕한을 몰아세웠다 ─ 사랑하지 않
는다면 왜 안지 않았나! 일본 대사 딸의 협조는 절대적인데!"

모욕감과 분노와 자책이, 그보다 더 큰, 그저 아프고 아플 따름인 순수한
고통에 삼켜졌다. 덕한이 짐승처럼 신음하며 현영을 쳤다. 현영의 고개가
휙 돌아갔다. 덕한의 주먹을 피하지 않은 그의 입가가 터져 피가 흘렀다.

"현영!"

덕한이 그의 얼굴에 손을 가져갔으나, 그는 그 손을 막아 단단히 붙잡았
다.

"나쓰에를 안았다… 그녀와 결혼하겠어. ─ 그가 덕한의 손을 천천히 걷
어냈다 ─ 그녀를 이용해 볼프를 죽인다. 내가 곧 볼프다."

문간에 도달한 그가 뒤를 돌아보았다.

넌 그러지 못했지.

그럴 수 없었던 거야.

나는 달라.

이젠 사랑하지 않아. 포기하고, 그만둔다.

내가 그 대가를 치를 때, 넌 내 뒤에서 지켜봐야 해.

네가 할 수 없던 것을, 내가 어떻게 행하는지, 똑똑히 봐라.

그 눈도 입도, 움직이지 않고 정지한 얼굴은 그저 담담했다. 처음 보는
얼굴이었다. 덕한은 뭔가 말하려 했다. 그러나 그토록 낯선 얼굴이, 말하지
않아도 안다는 표정으로 고개를 끄덕이고, 그대로 돌아서서 가버렸다.

좁은 방에 덕한이 홀로 남았다. 망연한 눈길로 허공을 헤집으며 사방을
서성였다. 시간은 멎었고, 그는 없었다. 갑자기, 혹은 아주 오랜 후에, 거울
이 눈을 번득였다. 작은 틀에서 사각의 광선이 반사되더니, 다음 순간 선
명한 상을 비추었다. 처음 보는 얼굴이었다. 시간이 흐르기 시작한 뒤에야
알아본 얼굴은 여전히 낯설었다. 이제는 그가 자신이었다. 변모는, 곧 결별

이었다. 덕한의 마음은 그를 두고, 어디론가 사라졌다. 차마 함께할 수 없었다.

　아침의 시린 공기 속에서, 더 따스하게 느껴지는 햇살의 온기에 나쓰에는 눈을 떴다. 현영의 침대에서 몸을 살짝 일으켜 시트로 감고, 주위를 둘러보았다. 구구구구, 비둘기의 소박한 울음이 창밖에서 들려왔다. 방 안엔 아무도 없었다.
　"카오루?"
　없는 줄 알면서도, 그녀는 소리 내어 그를 불러보았다. 마치 듣기라도 한 양, 문이 열리며 현영이 들어왔다. 붉은 장미 꽃다발을 들고 있었다. 그가 미소 지으며 꽃다발을 내밀었다.
　"일어났어? 이걸 찾아 온 베를린을 헤맸지."
　나쓰에가 두 팔을 그에게 내밀었다. 아침의 첫 햇살에 물들어가는 어슴푸레한 그늘 속에서 그녀의 흰 가슴이 싱그럽게 드러났다. 그녀에게로, 현영이 다가갔다.

　일본 대사관은 발칵 뒤집혔지만, 외부로 알리지 않고 아침까지는 기다려보던 참이었다. 현영은 나쓰에와 함께 들어가, 자신의 무례를 사죄하고 그녀와의 결혼을 정중히 청했다. 뜬눈으로 밤을 지새운 대사 부처는 몇 마디 엄중한 설교를 하였으나, 오랜 친우의 아들을 사위로 맞는 기쁨을 표하며 현영을 끌어안았다. 나쓰에는 부모를 부끄럽게 하는 몸가짐에 대해 좀 더 가혹한 질책을 들었으나 역시 용서받았고, 축복의 말 또한 들었다. 유사쿠가 오히려 당황한 표정이었으나 그도 물론 기뻐하였다. 그러면서도, 나쓰에를 바라보는 시선에 의혹이 남아 있었다.
　그들은 다 함께 늦은 조반을 하러 식당으로 들어갔다. 텅 빈 홀에는 나쓰에의 초상화 아래, 현영이 가져온 붉은 장미꽃이 꽂혀 있었다.

25

오토 라시 소장 휘하 친위대 특수부대 C, 1941년 12월까지 9만 5천 명
말살

– 프란츠 슈탈레커 대장 휘하 특수부대 A

1942. 1. 31. 22만 9052명 학살 보고

"…사람들이, 헝겊 하나 걸치지 않은 알몸으로 내려가서 쓰러진 이들
의 머리 위를 넘어, SS대원이 지시하는 장소로 갔다. 그리고는 죽거나 상
처받은 사람들 위로 엎드렸다. 어떤 자는 아직도 목숨이 붙어있는 사람
을 쓸어주며, 가느다란 목소리로 말하고 있었다. 이윽고 연이은 총성이
들려왔다……."

– 1942. 우크라이나 두브노

친위대와 우크라이나 민병대에 의한 유태인 5천 명의 집단 처형에 대하여

뉘른베르크 재판의 독일인 목격자 증언

현영은 아직 아버지의 상중이므로, 약혼식을 생략하고 그 사실 또한
외부로 알리지 말아줄 것을 청했다. 나쓰에의 순결과 체면에 대한 이름뿐
인 배려는 여기까지였다. 그녀의 약혼자가 되면 히틀러에게 접근할 기회

가 늘어날 것은 자명했다. 그녀는 분명 이용해야 할 대상이었다. 그러지 않는 것은 잘못이자 죄악으로까지 느껴졌다.

거사를 앞두고, 일을 차례차례 해치워가는 와중에도 끝없이 고개 쳐들어 발목을 잡는 자책을, 그 나약함을 꾸짖으려 했으나 자신을 속일 수 없음을 깨달을 뿐이었다. 덕한은 그런 현영을 막아서지도 지지하지도 않았다. 그후 나쓰에에 대해서는 일절 말이 없는 덕한에 대하여, 현영은 음울하고 험악한 기분에 사로잡혔다. 누를 길 없는 질투와 분노, 자기혐오…. 하지만 뚜렷한 상으로 맺힌 것 하나 없이, 지리멸렬하게 흩어져갈 뿐이었다. 차라리 분명하게 드러났다면, 외면할 수 없으니 극복할 수 있을지도 모를 것을.

내가 그보다 더 나쓰에를 사랑한다. 내가 그보다 더, 사명에 투철하다.

이 괴이한 소리는, 나쓰에와 조국에 대한, 서로 등 돌린 두 사랑 사이에서, 그가 덕한을 이용해 만든 숨구멍이었다. 이도저도 아니고 그게 무어냐, 그렇게 그는 덕한을 힐난했다. 아무 것도 행하지 않는 자는, 아무 잘못도 저지르지 않겠지. 그러니 너는 아무 것도 이루지 못한다!

나는 도망치지 않는다, 모든 것의 정면으로 나아가, 나는 언제나 가장 치열할 것이다!

그렇게, 자신의 선택과 결정 앞에, 그는 단호하고 충실하였다. 그러나 그것은 충분한 숙고 없이 감행한 결단이었고, 그가 망설이지 않고 내쳤다고 생각한 감정들은, 일제히 반기를 들고 역습을 가해왔다. 너는 나쓰에를 사랑하고 덕한을 질투하였지! 그리고는 도망치고 눈 돌렸었지! 이제는 산 채로 생매장을 하려드나, 나는 너인 것이다!

…덕한을 향한 것은 무엇이든 갑절로 현영에게 돌아왔다. 현영에게로 돌아오기 위해 덕한을 향해 갔던 것이기에.

그러나 현영은 굴하지 않았다. 어떤 곡절이 있었건, 결국 나쓰에를 이용해서 거사를 도모하는 행동에 본격적으로 나서는 것은, 현영이었을지 모른다. 그 뼈저린 자각은 달고도 쓰나, 부인키 어려운 진실. 그게 진실인 이유는, 현영이 가장 깊은 열정을 가졌기 때문이다. 나쓰에와 투쟁 둘 다에게. 더 굶주리고, 더 매달리고, 더 의지하였기 때문이다.

사랑할 누군가도, 가질 그 무엇도, 나아갈 그 어딘가도 없었던, 그 오랜 나날의 고독과 공허.

그것이, 현영이 가진, 그 누구보다 강한 힘이었다.

또한 지금 현영을 무너지지 않게 떠받치는 것은 덕한에의 의지였다. 그것이 가능했던 것은, 덕한이 자신에게 쏟아지는 불투명한 감정들을 감내하며, 분명코 자신보다 더 강하고 뜨거웠던 그의 열정과 욕구를 받아들이며, 내적 폭풍에 휘말린 그의 곁을 바위처럼 지켰기 때문이었다. 그것은 또한, 결단을 내리지 못한 덕한 자신에게 필요한 일이었다. 그 사무치는 좌절의 시간을, 스스로 버티어라. 나아갈 길을 발견하지 못해 무너졌다면, 그곳에서부터 일어서라. 공중에 매달린 외길을 불안하게 걷는 친우의 의지가 되도록. 그가 너를 의지하는 것에, 그 혼란스런 감정들 기저의 너에 대한 신뢰에, 너 또한 의지할 수 있을 것이다… 흔들림 없이 서라. 그를 위해서, 너를 위해서.

…그렇게 덕한이, 나쓰에에 대한 사랑을 서서히 질식시켜가고 있을 때, 현영은 단 하나의 새하얀 것을, 또한 더럽혀버린 것을, 돌아보지 않으려 할수록 더욱 간절해지는 마음으로 키워나가고 있었다. 내쳐버린 자신의 잔인함에 되려 속박당해, 그 애틋하고 소중한 것이 그를 얽매는 굴레로 자라나게 하였다.

하지만 아직, 그들 사랑의 행로는 그들의 죽음만큼이나 알 길 없었다. 예감이 안개처럼 짙어져가더라도, 마지막 순간에 다시 대면할 자신을 알아볼 수 있을지는, 지금 돌아보기엔 힘겨운 문제.

그는, 그렇게 자신을 다는 몰랐다. 나쓰에가 그를 알아주기를, 그가 택한 길을 이해해주기를… 모든 일의 훗날에 그가 왜 그랬는지, 고뇌하며 생각하고 생각한 끝에 그를 발견해주기를… 마음 어딘가에 숨어, 원하고 또 원하는, 굶주린 눈을 한 자신을…….

그녀를 이용해서라도 사명에 철두철미하고자 하는 그의 마음에는, 한 남자로서 그녀 앞에 서기에 부끄럽지 않으려 하는, 극도로 이기적인 동시에 아련토록 낭만적인 순정이 깔려있었다. 그것은 유사쿠에 대한 배신과는 달랐지만, 그 돌이킬 수 없는 결과는 더 참혹할 터였다.

그러나 그는 이제 내부로 침잠하지 않고, 아무 것도 알려지지 않았다. 이제 다만, 겪을 따름이었다… 모든 것을. 지금처럼 강한 무력감을 맛본 적은 없으니, 그는 이제 투사였기 때문이다. 그래서 더욱 분노하였고, 아버지의 죽음 앞에서 빠져들었던 분노의 나락은, 바닥에 닿았다고 느낀 순간, 발밑이 푹 꺼지듯 다시 깊어졌다. 그렇다면 다시 떨어져갈 뿐이다. 히틀러조차도 감당할 수 없는 깊이에, 그는 자신을 던져넣었다.

하지만, 나락이 아니었다. 바닥 없는 깊이가 아니었다. 비어 있지 않고 가득 차 있었다. 스스로 외면한 그가, 한편으론 놓아주지 않아, 사라져가지 못한 그 생생한 아픔들로.

…고통으로 충만하여라.

현영의 청은 받아들여져, 두 사람의 몇몇 친구들만 모인 간소한 파티만 행해졌다. 대사 부인은 친구들이라도 많이 부르길 원했지만, 현영이 미소 지으며 어머니께 보낸 편지도 아직 도착하지 않았을 것이라 하자, 부인도 고개를 끄덕였다.

나쓰에의 여자 친구 몇몇과 악셀과 미하엘이 함께 한 가운데, 유사쿠가 샴페인을 터뜨리자 모두 한 목소리로 그들 중 약혼 제1호를 축하했다. 악셀이 피아노로 가 앉자, 나쓰에가 노래를 부르기 시작했다. 미하엘이 '릴리 마를렌'을 열렬히 요청했다. 랄레 안데르센의 약간 쉰 듯하고 우수어린 목소리와 다른 청아함이 홀 안에 울려퍼졌다. 그녀 노래의 마를렌은 내리깐 금빛 속눈썹의 매혹적인 눈길을 지닌 성숙한 여인이 아니라, 애잔한 느낌의 가냘픈 아가씨였다. 관능적이진 않지만 사람들의 얼굴을 하나하나 들여다보는, 그 다정스런 환한 눈빛.

    밤안개 짙은 거리
    가로등 외로워
    그대 지금 어디에
    다시 보고픈 그 눈빛으로
    함께 있고픈 그 눈빛으로
    언젠가처럼 릴리 마를렌
    그리운 릴리 마를렌

현영은 그 노래를 좀더 멀리서 혼자 듣고 싶어, 슬며시 발코니로 빠져나왔다. 밤바람이 스치는 가운데 입에 문 담뱃불이 빨갛게 명멸했다. 나쓰에의 목소리는 그 자체가 바람인 양 높이 날아올라 정원의 검은 나무들 사이로 사라지는 듯했다. 그때 그곳, 나무들 사이에 몸을 감추고 있는 사람이 보였다. 가만히 지켜보자, 이윽고 상반신을 반쯤 내민 그의 얼굴이 달빛에 비치었다. 현영이 발코니를 떠났다.

처음에 떠오른 얼굴은 아니었지만, 그다지 놀랄 일도 아니었다. 그가 서 있는 자리로 가니, 과연 노래하는 나쓰에의 모습이 보이는 창가 아래였다.
"안드레스."
안드레스도 과히 놀라지 않았다. 현영 쪽으로 고개를 끄덕이더니, 다시 창을 올려다보았다.

    잊지 않으리 이별의 눈물을
    꿈을 꾸리라 재회의 순간을
둘은 말없이 노래를 들었다. 그 단순한 가사의 서정은 그대로 가슴 속에

스미고, 달콤하면서도 애상적인 선율은 어느 순간 날선 칼이 되어 베어낸다. 현영은 새 담배에 불을 붙이며, 안드레스에게도 담뱃갑을 내밀었다. 불을 붙여주며 그가 물었다.

"초대는 사양하면서 항상 이곳에서 그녀의 노래를 듣곤 했나?"

"그래, 초대장이 있으니까 들어올 수 있지. 그리곤 아무도 모르게 혼자 그녀의 모습을 바라보는 거야. 난 낭만적인 연인이거든."

그가 미소 지으며 다시 창을 올려다보더니, 현영에게 고개 돌렸다.

"약혼을 축하하네."

"고마운 말이나 제발 거둬주게. 난 견뎌낼 수가 없어."

현영은 지극히 조용하게 지금 심정을 고했다. 안드레스가 그를 물끄러미 바라보다가 고개를 끄덕였다.

"아아, 너 역시 그녀를 사랑하지…"

그 담백한 긍정에 현영의 마음이 다소 풀렸다. 안드레스가 말을 이었다.

"그리고 윤도… 우리 모두가 사랑하는 그녀는 얼마나 아름다운지!"

"…그래서 기쁜가."

"무척."

현영의 표정은 어두웠으나 안드레스는 가만히 웃었다.

"그녀는 덕한을 사랑해."

안드레스의 고요한 눈길이 현영을 향했다.

"덕한은 그녀를 사랑할 수도 배신할 수도 없어. 하지만 난 그렇게 할 거야. 뭐든 못하겠나! ― 그가 잠시 말을 끊었다 ― 난, 내가 그녀를 사랑하지 않길 원해. 하지만, 그녀가 날 사랑하지 않는 것만도 다행이지 않아? 그녀를 배신하는 게 덕한이 아니라서 다행이야."

그 목소리의 울림에 안드레스는 아무 말도 할 수 없었다.

"더는 헤매지 않아. 모든 게 내 결정이고 선택이지. 나의 투쟁이다."

잠시 침묵이 흘렀다. 나무들 사이에서 두 청년은 한동안 말이 없었다.

　　그리운 노래처럼

그대 모습 멀어라

그대 지금 어디에

"리, 난 유태인이야."

현영의 눈이 경악으로 얼어붙었다.

"너한텐 아직 말하지 않았었지. 내겐 힘든 이야기라서."

그가 조용히 웃더니 구름 떼가 떠가는 밤하늘을 쳐다보았다.

"위조신분증과 악셀의 도움으로 살아가고 있어. 나 역시 베를린의 U-보트야. 내 고향은 프랑크푸르트도 아니고……. 어차피 이젠 없어. 가족도 고향도."

그가 김나지움을 졸업한 해였다. 대학 진학을 위해 고향을 떠나게 된 그가 몇 가지 필요한 것을 사서 집에 돌아오던 길이었다. 유난히 일찍 찾아온 봄으로 길가의 나무마다 새잎이 파릇했다. 그의 조부가 보리수를 빙 둘러 심어놓은 집이 길 저편에 막 보이기 시작했을 때, 가볍던 그의 발걸음이 순간 멎었다. 집 앞에 군용트럭이 세워져 있었고, 게쉬타포들이 그의 부모와 누이동생을 강제로 끌어내고 있었다. 그의 아버지와 어머니는 창백한 얼굴로 말없이 시선을 떨구었지만, 누이동생은 울면서 그의 이름을 소리쳐 부르고 있었다. 그 자리에 못 박혔던 그가 무작정 달려가기 시작했다. 그때, 이쪽을 쳐다본 누이동생의 눈과 마주쳤다. 울부짖던 누이가 그 순간 입을 다물었다. 그리고는 희미하게 고개를 흔들었다. 가슴이 콱 막혀오는 아픔이 안드레스를 쓰러뜨렸다. 누이는 더 이상 울지 않고 순순히 끌려갔다. 어머니와 함께 말없이 트럭에 오르며 뒤돌아보지도 않았다. 그 여린 뒷모습이 안드레스의 가슴을 에였다. 그러나 공포가 더 컸다. 숲 속에 몸을 숨긴 안드레스의 눈앞에서 그의 가족이 짐짝처럼 실린 트럭이 떠났다. 드리워진 휘장 아래로 가녀린 흰 손이 작별을 고하듯 조용히 떠올랐다.

"그 애의 머리카락도 검고 아름다웠지. 나쓰에처럼."

그가 미소 지었다.

"그녀처럼 노래를 잘 하진 못했지만. 그 앤 노랠 불러달라면 화를 냈어."

그것이, 안드레스의 말하지 않은 이야기였다. 아아, 그런 것이 있었구나… 숨긴 것은 아니나, 말해지지 못한 이야기가 있었다… 그의 다락방에 함께 마주앉았을 때, 희미하게 느껴지던 공백감… 그것은 비어있지 않았고, 채워진 지금에는 현영의 것이 되었다. 소중한 사람의 소중한 이야기, 가장 깊은 곳에 간직할 마음의 보석.

…아직 몰랐던 그때가 한 없이 멀리 느껴진다. 그러나 실은 손에 잡힐 듯 가까운 과거인 것이다… 안드레스에게 안드레스의 시간이 그렇듯… 저 위에서 나쓰에가 노래의 마지막 절을 부르고 있었다.

　　대지의 기약처럼
　　꿈이 피어나네
　　추억이 돌아오네
　　기다리리 그대 입술을
　　씻어드리리 그대 눈물을
　　언젠가처럼 릴리 마를렌
　　그리운 릴리 마를렌

칠흑같이 어두운 밤하늘로 나쓰에의 노랫소리가 아득하게 울려퍼졌다.

"아름다와. 얼마나 아름다운 목소리며, 아름다운 사람인가."

안드레스가 탄식하듯 속삭였다. 눈물이 차오른 눈으로 안드레스를 바라본 현영은 그 냉혹한 표정에 그만 핏기가 가셨다.

"내 누이와 그녀는 검은 머리카락만 닮았을 뿐이야… 둘은 전혀 같지 않아. 내 누이는 절대 히틀러를 위해 케이크를 굽지 않아!"

그의 시선이 현영에게 돌려졌다.

"그러나 내가 사랑하는 그녀는 히틀러에게 넋이 나갔지! …나는 그런 그

녀를 사랑하네. — 그가 신음했다 — 도저히 그러지 않을 수 없었어… 그
녀를 사랑하지 않을 수 없으니, 그런 날 용서할 수도 없어… 나는 유죄
다… 무고하지 않아… 히틀러는, 양심이란 유태인이 만들어낸 결점이라
했지만, 내겐 양심이 없어. 나 역시 그의 사람이다.”

그가 가만히 눈을 내리감았다, 다시 떴다.

“…지금 나는 그녀의 노래를 듣고 있지… 아주 행복해. 그녀가 사랑하는
윤이나, 그녀가 사랑하고자 하는 너, 네게 사랑받는 그녀보다도 더… 가장
행복한 사람은 나야.”

“너는…”

현영은 무슨 말을 해야 할지도 모르면서 입을 열려 했으나 더는 말이 나
오지 않았다.

“나는, 행복해. 그럴 수 있다니 놀랍지 뭔가! …네가 볼프가 되길 바래.
네가 그걸 바란다면. 볼프가 되어 행복하지 않아도 자신을 용서할 수 있다
면. 윤이 나쓰에를 받아들일 수 없었고 네가 볼프가 되어야 했다면… 모두
들 행복하거나, 혹은 자신을 용서하길 바래… 그 어느 하나라도 찾기를…
그토록 헤맨 끝에…….”

그걸 찾아 헤맨 게 아냐… 그러려고 헤맨 것이 아냐!

알고 있어. 네가 구한 것과는 다른 것이 구해지기를, 찾아지기를… 너를
아는 내가, 너를 위해 기도한다.

안드레스를 노려보는 현영의 눈에서 서서히 눈물이 흘러내렸다. 안드레
스가 그런 현영을 직시하며 말했다.

“우리가 정녕 히틀러를 죽일 수 있으리라 믿나? 성공한들 그것으로 해결
되리라고? 전쟁은 끝날지 모르지. 허나 우리의 나쓰에는 총통을 위해 상복
을 입을 거야. 나의 유태인과 너의 한국인은 피의 보복으로 더 많이 죽어

갈 테고. 너희는 여전히 히틀러에게 모든 것을 걸고, 그를 의지하고 있어.
저 로트만처럼… 그와 똑같이 나로부터 멀다.”

여전히 눈물이 흘러내리는 현영의 얼굴이 싸늘하게 굳어갔다. 그가 안드
레스를 향해 똑바로 걸어왔다. 자신을 응시하는 그 얼굴에 대고 배신자,
라 내뱉었다. 그리고는 그를 지나쳐 가버렸다. 안드레스는 고개 돌려 그의
뒷모습을 바라보다 말없이 눈감았다. 살아남기 위한 삶은 이제 싫었다. 가
족의 희생을 저버리지 않기 위해 자신을 질타해왔다. 생의 탈진보다 강한
혐오가 그를 지탱했다. 가족의 꿈에 짓눌리는 나날의 틈새로 작게 피어난
나쓰에는 아름다웠다. 그 모든 굴레를 사랑하며, 또한 그것이 없는, 그저
누이를 사랑하고 나쓰에를 사랑할 뿐인, 다른 삶을 꿈꾼다. 그 모든 일 이
후로도 꿈꾸는 존재이기를 그칠 수 없었다…….

볼프가 되는 것은 그 존재의, 정신적 자살의 목적이자 수단이었다…….

나야말로 히틀러에게 모든 것을 건다. 그에게 그로 인한 이 모든 것의,
‘끝’을 요구한다.

현영의 뒷모습이 멀어져 간다.

내가 네게 무슨 말을 했던가, 네 믿음을 깨뜨리려 했으나, 정녕 그것이
내 진심인가? 표피를 스친 상처와, 그것에 갇혀 꿈틀대는 생살을 너는 알
아보는가? 내가 나보다 너를 알듯, 너 또한 그렇게 된다면, 기쁘고도 가슴
아플 것이다. 그 어떤 회한도 내 뒤로 남기고 싶지 않다… 너에게 아직도
못 다한 이야기가 남아있지만, 사람과 사람 사이란 결국 그런 것이리
라…….

말하지 못한 말, 행하지 못한 행동이 얼마나 많은가… 우리들 짧은 생의
끝에서, 뼈저린 무지와 무능을 대면했을 때, 회한 속에서도 자신을 용서하
라. 결코 자신을 내치지 말아라, 그 누구도 자신을 포기할 권리는 없다…
가혹한 회오가 벌거벗긴 자신을 감싸 안아라…….

내가 하지 못한 것을 너희를 통해 꿈꾸며, 그런 나를 또한 용서한다… 나로부터 받은 이 단 하나의 용서가 나를 구원한다…….

…우리 모두, 평화로운 얼굴로 죽어갈 수 있기를… 사랑하는 이들아…….

안드레스는 조용히 노래하기 시작했다.

그리운 노래처럼 그대 모습 멀어라… 그대 지금 어디에…

26

"여기야, 윤."

미하엘이 한 손을 쳐들며 활기차게 덕한을 불렀다. 슈프레 강의 다리를 건너온 덕한이 옆으로 난 계단을 빠른 걸음으로 내려갔다. 구석진 곳의 가로등 아래, 미하엘이 서 있었다.

"오래 기다렸나."

"나도 막 온 참이야."

덕한이 어깨에 메고 온 빈 가방을 열자, 미하엘이 발치의 배낭에서 꺼낸 금속 부품 몇 가지를 집어넣었다. 꺼내나 집어넣나 잽싼 솜씨였다.

"참, 넌 못 따라가겠군."

"그야, 암시장의 거물이 될 분 아닌가."

"포부가 큰데."

둘은 웃으며 보통인 짐을 들고 운하를 따라 걷기 시작했다. 불룩한 가방으로 암시장 단속반의 시선을 끄는 건 금물이었다. 운하의 고요한 수면 위로 나무 그림자가 아른대고 있었다.

"잘도 구했군."

"그럼, 엄청난 위업이지. 등사기 구하기가 하늘의 별따기야. 샴페인이랑 맞먹는다니까. 의심받기도 쉽고, 웬일인지 수요도 많아. 우리 같은 놈들이 한둘이 아닌 것 같아."

미하엘이 씩 웃으며 말했다.

"저런, 선수라도 뺏길까 걱정되는군."

말과는 달리 덕한은 느긋한 어조였다.

"설마. 우리만 하겠나? 기껏해야 삐라 뿌리는 게 다겠지. 이제 슬슬 카드나 그런 게 좀 나도는 추세야. 베를린서도 소문이 나돈다고. 이 거리 저 거리서 새벽에 집집마다 신문처럼 돌려진다는데, 신출귀몰하다지. 그걸 또 놈들이 후다닥 치우지만, 몇 개 빠뜨린 게 또 돌려지고 한다는 거야… 게쉬타포를 청소부로 부리다니, 통쾌하지 뭔가."

"뮌헨 대학에서도 시끄러운 모양이던데."

"슈바빙 놈들이 본래 기가 세. 마르크시즘이건 나치즘이건, 새로운 이념이면 제일 먼저 들끓지. 이념의 실험장이 따로 없어. 뮌헨서 성공 못하면 그건 정치가도 아냐. 그리고 꼭꼭 반동을 일으키는데 그것도 첫째가지. 그런데 슈바빙내기들은 그걸 자랑으로 알거든."

쿡, 하고 덕한이 웃었다.

"넌 또 뭘 잘났다고 웃나?"

미하엘이 사정없이 면박을 주며 짐짓 심각한 얼굴로 말했다.

"삐라는 놈들이 훨씬 앞서갈지 몰라… 그 쪽엔 '기술 책자'가 많을 텐데…"

"그게 뭔데?"

"인쇄 기술 지침서. 8절판짜리로 딱 4 페이진데, 공산당의 지하 제작물이야. 35년인가 암스테르담에서 들여온 건데, 지금껏 나돌고 있어. 나도 한 번 봤는데, 별 게 다 있더군. 리노리움 제판, 국악판, 온갖 방식에다 도구 사용법까지… 소비에트의 별 스탬프 제작법까지 있더라니까. 하하, 그거 진짜 볼만했는데, 누구 아이디언지 참."

미하엘이 경쾌한 웃음을 터뜨렸다.

"그렇군. 공산당들 제법인데."

“그러게. 쥐도 새도 모르게 끌려가서 죄다 총살당한 줄 알았더니, 그런 것도 찍어내고 말야. 그거 괜찮은 생각이지 않아? 실제로 유용했다고. 초기엔 다들 그거 보고 삐라 제작했대. 공산당이건 아니건.”

“기억나는 방법 없어?”

“전혀. 그림 구경 잘했단 거지. 난 그런 기술 없어. 봐도 모른다고.”

“그런데 그런 건 어떻게 구해봤어? 꽤 많이 나돌았나 보군.”

“그랬지. 그 책자 자체를 인쇄해서 돌리기도 했다니까. 난 어떤 남자가 보여줬어. 웃기는 작자였지. 담벼락마다 분필로 낙서하고 다니질 않나…….”

“‘전쟁은 그만’ 따라 한 낙서는 나도 봤어.”

“그런 건 어려워 그리지도 못했어. 아무튼 무지하게 못 그렸거든. 안 그래도 담벼락에 분필로 그리는 건데, 얼마나 삐뚤빼뚤한지 일부러 저런 건가 싶었지. 보는 사람 정신을 흔들어 놓으려고 말야. 정말이지 선 하나까지 불온한 낙서였어.”

“뭘 그렸는데?”

“그게 참 뼈아픈 내용이야. 좌파의 두 세력이 서로 싸우다 뻗으니까, 히틀러가 채찍질 한 번으로 때려눕히고 정권을 잡는다는. 히틀러를 욕하는 건지, 좌파를 욕하는 건지, 헷갈리게 하더군.”

“부인 못할 진실인데. 양쪽 다겠지.”

“아니, 누굴 욕하는 거냐고 정말로 물어보니까, 놈은 히틀러를 칭찬하는 낙서란 거야. 게쉬타포에 끌려가도 살아나올 길은 있다면서. 그렇게 교묘하고 아리송하게 되도록 얼마나 심혈을 기울여 대는지. 절대로 히틀러 때문에 죽지는 않겠다는 게 놈의 신조였어.”

“재밌는 사람이군. 지금은 뭘 하나?”

“죽었지. 지붕에서 떨어졌거든. 그 정도면 소원대로 된 셈이지.”

냉정한 말투에 덕한이 조용히 물었다.

“친구가 아니었나?”

"친구는 무슨. 그런 자가 제일 싫다."

미하엘이 이맛살을 찌푸렸다. 한동안 말없이 앞만 노려보며 성큼 성큼 걷다, 갑자기 덕한 쪽으로 고개 돌려 물었다.

"만약 히틀러가 죽으면 누가 뒤를 이을 것 같나?"

"그야 괴링이겠지."

"히틀러가 총애하는 건 슈페어라고들 하는데."

"군수상 말야? 그야 뭐, 그나마 낫겠지. 나치 광신자도 아니고 그리 막돼 먹은 자는 아닌 것 같지만… 그래도 그보단 괴벨스나 히믈러가 위 아니야? 그들이 얌전히 물러나겠나? 리벤트로프도 있고… 그렇지, 누구보다 롬멜이 있잖나."

"롬멜은 안돼. 국민적 인기를 누리니까. 그 전에 제거될 걸."

"육군이 가만있겠나?"

"흥, 밖에 나가서나 호령하지. 안에선 나치스가 무서워 벌벌 떤다고."

"그럼 넌 누가 될 거라 생각하는데? 어이, 법대생."

덕한이 놀리듯 말하자 미하엘은 어깨를 들썩였다

"법이라면 말 꺼내지도 마. 제국에 그런 게 어딨나? 함무라비에 나폴레옹이 와도 처치 불가능한 게 제3제국의 법이야. 하긴 전쟁광 황제에 전쟁광 총통에 전쟁광 국가 원수까지 없는 게 없는 제국에, 법이 왜 필요해? 군엔 원수가 열둘이나 되고, 덤으로 호엔촐레른 가 왕자들까지 우글대는데……. 내가 걱정하는 건 — 그는 잠시 말을 끊었다 — 아니, 걱정한다기보다 꼴도 보기 싫은 건, 황제는 황제대로 망명했고,[29] 히틀러는 히틀러대로 죽겠지만, 그 뒤를 이은 괴링이나 히믈러의 자손이 황제라도 되는 꼴이야. 독재 계승만도 끔찍한데, 더해서 혈통 세습이라니, 역겨워 참을 수가 있나… 구역질난다."

날카롭게 갈린 잿빛 눈에 강한 반감이 서려 있었다. 묵묵히 귀 기울이던 덕한이 입을 열었다.

"넌, 히틀러도 히틀러지만, 나치를 정말 싫어하는군."

"내가, 나치를? — 미하엘의 눈초리가 번개같이 날아들었다 — 흥! 나치 따위 별 감정도 없어. 그런 건 히틀러의 도구에 지나지 않아. 나치즘도 껍데기뿐인 허깨비 소리고. 내가 싫은 건 그들, 그 한 놈 한 놈의 사람들이야. 괴링, 히믈러, 하이드리히, 괴벨스, 그런 놈들 말야. 돼지 새끼들, 놈들 하나하나가 다 싫어. 이놈은 이래서 싫고 저놈은 저래서 싫지. 냄새나고 혐오스러워. 한 놈이라도 가까이 오면 토하고 말 거야."

진지하게 욕설을 내뱉는 심각한 말투는, 전혀 농담이 아니었다. 입을 꽉 다문 채 다시 걸음을 재촉하는 미하엘의 곁에서, 그의 친화력으로도 어찌해야 할지 모르던 덕한에게, 문득 떠오른 것은 오오세 남작의 얼굴이었다. 더 깊은 골로 빠져드는 암담함에, 정신이 아득해져 있는데, 미하엘이 또다시 불쑥 화제를 돌렸다.

"리가 그러는데, 일본의 천황은 내버려두는 게 낫다면서?"

"아아… 뭐?"

덕한의 느린 반응에 미하엘이 힐끗 쳐다보며 말을 이었다.

"뭐, 넌 못 들었어? 그도 나처럼 제정이라면 치를 떨잖아. 제국이라기보다 황제에 편중된 느낌이지만. 황제라는 건 다 똑같아서, 저만 살면 제국도 산다고 생각한다는 거야. 카이저도 그랬고, 로마노프도 똑같고, 고-조옹? …그 너희 황제 있잖나… 그, 대한제국. 무능한 비겁자라고, 무지하게 싫어하더군. 에티오피아의 메넬리크 2세나 하일레 셀라시에를 봐라… 얼마나 용감무쌍하냐. 한국이랑 똑같은 처지였는데 결국 나라를 지켜내지 않았느냐. 자기네 황제가 그렇게 나가 싸울 줄 몰랐던 건, 전통 때문이라고. 그거 안 지키면 나라 망한다고 붙들고 앉았다가 결국 망했으니, 얼마나 대단한 전통이냐, 세계 어디에도 다시없는 거라고, 자랑인지 욕인지 막 흥분하는데… 너무 오랜 왕조는 고여 썩은 피다, 인간이 무슨 포도주도 아니고, 두고 봐라, 천황도 국민을 배신하고 저 살 궁리만 할 거다, 그러면 천황의 은덕 운운하는 일본인들도 정신 차릴 거라며, 한국은 그것 하난 확실히 깨쳤다고 하더군. 어찌나 열을 내는지… 가라앉히려다 나까지 불붙는 바람에, 하하, 참… 제일 어린 게 제일 급진적이라니까.”

“…그렇지. 애국심이 분출되지도 못하고 쌓여만 갔으니… 속이 어찌 멀쩡하겠나.”

덕한은 처음으로 가까이서 봤던 현영의 얼굴을 떠올리며 조용히 말했다. 현영은 히틀러나 일본이라면 눈에 불을 켰지만, 한국에 대해서는 상대적으로 말이 없었다. 말을 꺼내면 진지하게 응하긴 했으나, 자기 쪽에서 먼저 입에 담는 경우는 드물었다. 대한제국과 고종에 대한 그의 생각을 미하엘을 통해 처음 들으며, 현영이 유일한 동국인인 자신에게는 말하지 않은 것을, 왜 그가 그랬는지를, 차분히 생각하고 싶었으나 강물처럼 흘러드는 슬픔에 가슴이 시릴 뿐이었다.

분명 처음에 그와의 관계를 결정한 요인은, 히틀러보다 그의 아버지였다. 히틀러로 인해 전환의 길이 찾아들기도 했으나, 그 초기의 것은 손대지 않고 남겨진 탓에, 그대로 금기가 되었다. 친우의 그런 낌새를 미처 알아채지 못한 것도 변명의 여지없는 둔감함이었지만, 그리 된 것엔 그 자신, 건드리고 싶지 않았기 때문이기도 하다… 둘 사이의 금기가 어느 한쪽의 탓이랴… 헛, 사람이 참 우습구나… 처음에는 그리 걸고넘어지며 못 잡아먹어 안달이지 않았는가……. 어찌해야 할까… 모른 척 이대로 두는 게 더 좋지 않을까… 지금에 와서 뭐래겠는가, 서로 의식하여 어색해질 따름이다…….

분명 틀린 생각은 아니었다. 현명함이란 그런 것일지 모른다……. 그러나, 자신은 현영의 고뇌를 들어줄 수도 위로할 수도 없을 것이다. 서로 친애하는 정이 깊어가도, 그는 내게 말 못할 것이, 내가 말하지 말기를 바라는 것이, 나도 차마 말 못할 것이 언제까지고, 있을 것이다…. 피해가기에는 그 확고부동한 존재감… 정녕, 무력하구나… 정녕, 다른 길이란 없어, 이리 될 수밖에 없었던 것일까… 현영과의 사이에서도, 우리의 앞날에서도, 수많은 가능성을 일찍부터 차단해 버렸는지 모른다……. 돌아보지 않으려 한 과거엔 어떤 길들이 뻗어나가려다, 그대로 멎어, 끊어졌을까…….

한적한 곳을 벗어나자 사람들의 왕래가 잦아지기 시작했다. 한동안 입 다물고 걷던 미하엘이 나직하게 혼잣말하듯 물었다.

"그런데 삐라를 쓸 우리의 아낙커[30]는 누가 되나?"

"너라면 족하지."

"내가? 난 됐어. 내 독설은 놈들에겐 너무 아까워. 암시장에서 자본주의 찬양하기만도 바쁘다고."

덕한은 쿡, 하고 웃으며 미하엘을 쳐다보았다. 언뜻언뜻 아무렇지도 않게, 여여로이 다가오곤 하는 그 정 깊은 눈길에 미하엘이 잠시 말을 잊었다.

"너는…"

"응?"

"…아니, 아무 것도 아니야."

"싱겁군. 이 친구."

"…너나 리나, 도대체 그게 무슨 소리야? 사람이 맛없다고?"

"너 같은 사람 두고 하는 말이 있지."

헛헛, 앞을 보며 웃는 덕한이었다.

"…네 눈은 참 특이하군."

"뭐, 눈?"

"그래. 리의 어딘가 우수어린 눈도 아니고, 악셀의 고상한 눈도 아니야. 절대 그 둘과 여잘 꼬시러 가면 안 되네."

"그냥 들어넘길 수 없는 모욕이군!"

덕한이 노호했다.

"위험을 무릅쓰고 충고를 감행하는 진정한 우정을 몰라보나?"

둘이 서로의 옆구리에 가벼운 잽을 주고받으며 계속 걸어가는데, 자전거를 탄 젊은 여자가 그들 옆을 지나쳐갔다. 선명한 붉은 머리가 바람에 나부꼈다.

"와, 정말 저런 머리색은 봐도 봐도 놀라워."

덕한이 턱없이 감동하고 있었다.

"저런 붉은 머리도 다시없지만, 어째서 다린 보지 못했나. 마를레네 디트리히 저리가라던데… 후우… 그년도 참… — 미하엘이 한숨쉬었다 — 떠나도 그렇지, 웬 양키? 뭐, 가버린 여잔 그렇다 치고. 아까 그 여자, 얼굴은 그저 그런데, 머리카락과 다리는 일품이더군."

"…도대체 언제 다 봤나?"

"그러게 네 눈은 반편이라니까. 허허대고 웃기밖에 더 하나."

"이거야, 물고 늘어지는군."

덕한이 투덜대는데, 미하엘이 불쑥 말했다.

"리는 안 쓴다나? 우리 중 유일한 국문학도가."

"쓰기야 쓰겠지만, 그 말고도 여럿이 쓰면 좋지 않나. 다 함께 조금씩 써 보는 게 어때."

"그게 뭔데, 킨더가르텐(유치원) 솜씨자랑인가?"

"이 친구가!"

미하엘이 오른편의 운하로 시선을 돌리며 피식 웃었다.

"그런데 악셀과 리는 상당히 친해졌더군. 아무래도 처지가 비슷하니 그런가?"

"…처지야 우리 모두 비슷하지."

"그렇긴 하지만, 처음의 일을 생각하면 격세지감이 느껴져서."

"…왜 아니겠나."

"그래, 여러 가지 일이 있었지… 지금도 그런 중이고. 신기하지 않나? 사람과 사람이 화학 작용처럼 영향을 주고받고, 그 위로 우연과 필연이 겹겹이 쌓이고, 그런 끝에 모종의 관계를 낳고… 그런데 거기서부터가 시작이지. 엄청난 일이 일어나거나 아무 것도 안 일어나거나, 그 사이의 가능성은 또 얼마나 무한한가? …얼마나 놀라운지… 내가 신이었어도 지구상에 인간 안 만들고 못 배겼을 거야. 나는 정말 신기해서 이 사람 저 사람을 봐. 너와 리, 리와 악셀, 안드레스와 나 식의 동병상련이나, 그걸 넘어서서, 같아서 친해지고 달라서 친해지고, 또 싸우고, 그런 끝에 거기서 생겨난 일을 봐. 놀라운 정도가 아니지……. 그러려고, 우리가 이 세상에 태어나 지금까지 살아왔다는 생각마저 들어… 경이롭지 않나? 이 얼마나 미친 소린가! …리를 봐, 미친놈이지. 그 동안 너무 고독해서 미쳐버린 거야. 안드레스는 고행자고. 자기 학대가 거의 변태적이야. 악셀은 소탈한 척해도 뼛속까지 귀족 놈이지. 놈에겐 거사가 노블리스 오블리제라고. 따가닥따가닥 말 타고 돌격해서 용을 죽이는 기사의 피가 불탄다 이거지! 그리고 윤, 넌 어린 아이야. 사랑스럽지만 아무 짝에도 쓸모없는 어린 아이지! 사람들을 사랑하고 사람들에게 사랑받지만, 그뿐이야! 만약 이 시대에 태어나지 않았으면, 의지박약자가 되서 마냥 웃고 있었을지도 몰라. 아, 생각만 해도 눈에 선하군, 네가 백치처럼 웃는 모습이. 우스워 죽겠어!”

그렇게 미하엘이 덕한의 면전에서 하하하, 밝게 웃었다. 그가 말하는 동안 얼굴빛이 붉으락 푸르락하던 덕한은, 이젠 바위처럼 꿈쩍도 않고 말했다.

“그래서.”

“그래서? 하!”

미하엘의 잿빛 눈이 빛났다. 석양에 물든 금발이 바람에 나부끼는 것을 신경질적으로 쓸어올리며 그가 확 내뱉었다.

“뭐긴 뭐야! 그런 병신 같은 네놈들 없으면 못 사는 나야말로! …위대하지! 안 그런가!”

“아아, 그래그래. 미하엘 리페른은 엄청난 참견쟁이지. 누가 어떤 문제를 안고, 어떻게 대처하며, 어떻게 살아가는지 궁금해서 못 견디지. 누구 아버지가 죽건, 누가 누굴 사랑하건, 본인들 못지않게 마음 쓰고 지켜보면서, 그 지리멸렬한 행동들에 안쓰럽다 못해 화내고, 어이없다 못해 감동하지. 아아, 어쩌면 저렇게 바보 같을까, 완전히 미쳤구나… 잘도, 저러고 사는구나 싶어 기가 차지! 인간 하나하나가 신기하고 경이로워, 입 딱 벌리고 쳐다보는 게 너 아냐?!”

미하엘은 정말 입을 딱 벌리고 그 큰 눈으로 덕한을 쳐다보고 있었다. 둘 다 입 다문 순간, 운하로부터 강바람이 불어왔다. 맑고 서늘한 바람이.

"…안 그래?"

"그래."

"거 보게."

둘은 다시 어깨를 나란히 하고 걸어갔다.

"…언제부턴가?"

"뭐가."

"날 그렇게 생각한 게?"

"헛, 그런 게 때가 어딨나. 옆에서 겪다 보면 다 알지. 넌 안 그랬나?"

"안 그랬어. 난 처음부터 다 알아봤다고. 너희들이 안 그런 척 행동하거나 거짓말로 꾸며대도, 난 절대로 속지 않았었어! 한눈에 꿰뚫어 봤다고!"

"잘났군. 그럼 초인 하게나."

"초인?"

"그래. 너 같은 초인은 괜찮겠어. 바보들의 왕이면 어엿한 초인이지. 아, 종교를 하나 만들어 보면 어떤가. 히틀러처럼 당을 만드는 것도 좋고."

"미친 소리!"

"뭘 수줍어하고 그러나. 그런 초인이 좋다니까."

"네 취향 따위 신뢰할 수 없어!"

"네 취향은 어떻고 그래. 우릴 좋아하면서. 기죽을 거 없어, 힘내라고. 우리가 있잖나."

"넌 구제불능이야!"

미하엘이 소리 지르자, 덕한은 아까처럼 웃는 눈으로 힐끗 쳐다보더니, 흥하고 콧방귀 뀌며 성큼성큼 걸어가 버렸다. 그 뒤를 정말로 화가 나 쫓아가며, 미하엘은 얼굴이 뜨겁게 달아오르는 걸 느꼈다. 자신이 너무도 잘 아는 그들 또한 자신을 너무도 잘 알고 있었다… 그럴 수가! …하지만, 그게 당연하지! …나는 정말로 그들 중 하나가 되어버렸구나, 이젠 한 발짝 물러서서 지켜보거나 하지 못한다! …인간이란 얼마나 희한한가! …바로 나부터가!

덕한의 뒤를 급히 따라가던 미하엘이, 갑자기 멈춰 서서 하늘을 올려다보다, 휙 고개를 꺾고는 이미 저만치 앞서간 덕한을 쫓아 달려가기 시작했다.

27

일본 대사관에서 또 다른 파티가 열리고 있었다. 의례적인 사교 모임이었지만, 이날은 홀 중안에 놓인 하얀 크림 케이크가 돋보였다. 흰 리본으로 장식된 5단 케이크를 사람들이 둘러싼 가운데 나쓰에가 밝게 웃으며 총통의 말을 외쳤다.

"러시아는 게르만족의 에덴동산이다. 이제 이 커다란 케이크를 우리 마음대로 자를 것이다!"

그리고는 날렵한 은제 나이프를 들어 커팅 했다. 옆에서 웃고 있는 현영이 동참하진 않았으나, 그것이 현영와 나쓰에의 약혼 케이크 격임을 아는 사람들은 알고 있었다. 일본이 총통의 바람대로 소련을 공격하는 대신, 중립 조약을 맺어버린 것은 아쉬우나 어쩔 수 없는 일이다, 비공식 파티에서 사사로이나마 우호적인 제스처로 일본의 마음을 전하도록 하자… 뮌헨 협정 당시의 눈부신 외교술은 다 어디 갔는지, 독일은 일본의 능란함에 여지없이 농락당하고 있었다.

곧이어 샴페인으로 임박한 모스크바 공세의 축배를 들었다. 8월로 예정되었던 공격이 9월인 지금까지도 시작되지 않고 있었던 것이다. 하지만 독일군의 진격은 파죽지세로, 폰 보크 원수의 중앙군단은 모스크바를 불과 2백마일 남겨두고 있었다.

파티장에는 두 연인의 친구들도 있었지만, 나치 고위급 인사들도 눈에 띄었다. 현영에게 턱시도 성장을 요구한 이하라 대사가 미래의 사위라는 말은 않았지만, 앞날이 유망한 젊은이로서 극구 칭찬하며 그들에게 소개했다. 그때 대사에게 달려온 비서관이 뭔가 속삭였다. 대사가 급히 자리를 뜨더니, 옆방으로 가서 전화를 받았다. 몇몇이 수군거렸지만, 대사 바로 옆에 있던 현영은 아무것도 눈치 채지 못한 듯했다.

그리 오래지 않아 대사가 돌아오더니, 다시 사람들을 접대하기 시작했다. 별다른 표정 변화가 없었으나, 틈을 보아 현영에게 뭔가 속삭이며 눈을 빛냈다. 아직 여러모로 서투른 현영은 전혀 예상치 못했다는 듯 놀라워했지만, 곧 솔직한 기쁨을 표하며 고개를 끄덕였다. 그와 대사와 나치 인사들에게서 멀찍이 떨어져 있던 악셀과 미하엘이 눈짓을 주고받았다.

잠시 후, 나쓰에에게 댄스를 청하겠다며 현영이 홀을 가로지르자, 반대편에서 오던 악셀과 미하엘이 그와 엇갈렸다. 현영의 입술이 소리 없이 움직였다. 둘은 태연한 얼굴로 그를 지나쳐갔다.

유사쿠가 히틀러에게 바치는 송시를 읊고 있었다.

　　수많은 밤들이 이렇게 흘러가네
　　우리는 잠들고, 당신은 두려운 근심 속에서 깨어 있네.
　　수많은 밤들이 그렇게 스러져 가리라.
　　당신은 생각에 잠긴 채, 그러다가 아침이면
　　밝은 눈으로 아침빛을 바라보시리.

히틀러 청년단의 텍스트 중 하나였다. 유사쿠의 중후한 목소리가 절제된 감성을 담아 낭송하니 퍽 듣기 좋았다. 사람들이 갈채하는 가운데, 나쓰에는 그를 얼싸안고 키스했고, 현영은 이젠 제법 능숙하게 그럴싸한 표정을 짓고 있었다. 오히려 무리들 틈에 있던 로트만의 표정이 냉담했다. 그는 사람들에게서 천천히 떨어져 나와 나쓰에의 초상화 쪽으로 다가갔다. 검은 제복의 소매에서 흰 붕대를 두른 손이 삐죽 나와 있었다. 유사쿠가 그를 발견하고 현영과 함께 다가갔다.

"얼마 만인가, 로트만! 동부 전선으로 자원해 갔었다면서! 부상은 어떤가?"

"대단치 않네."

간결하게 대답한 그가 현영을 향해 말했다.

"약혼을 축하합니다."

동맹국 대사 딸의 비공식적 약혼을 모르면 SS가 아니겠지……. 어두운 기분을 누르며, 밝은 표정으로 응대하는 현영이었다.

"감사합니다. 쾌차하시길."

"장하군. 철십자를 받게 된다고 들었네!"

유사쿠가 들뜬 목소리로 말했지만 로트만은 미소 띤 채 술잔만 기울일 따름이었다. 유사쿠가 뭔가 더 말하려는데, 나쓰에의 친구인 레나테가 그를 불렀다. 유사쿠가 그쪽으로 가자 현영과 로트만 둘만 남았다. 현영이 사교적인 목적에서, 또한 알고 싶은 마음에 물었다.

"동부 전선은 어떻습니까?"

"모릅니다. 난 싸우지 않았습니다."

안드레스의 그림을 바라보며 로트만이 말했다.

"유태인을 죽여야 했기 때문이죠. 그들은 많았고, 우린 적었습니다. 그들은 죽어 쓰러졌지만 우린 그럴 수도 없었죠. 상부에선 일일이 총 쏠 필요 없는, 좀더 효과적인 수단을 강구하겠다고 했지만, 우린 이미 쏠대로 쏘고 난 뒤였습니다. 그래도 우린 다 못 죽였습니다. 죽여도 죽여도 끝이 없을 겁니다. 그래도 우린 죽이고 죽일 겁니다. 수많은 밤이 스러진 후, 총통이 밝은 눈으로 내린 명령을 받들어, — 그가 나직하나 힘 있게 말했다 — 하일 히틀러. — 그가 유사쿠 쪽을 돌아보았다 — 총통의 명령으로 손을 피로 물들인 적이 없는 자의 송시도 아름답긴 하군요."

현영은 오한을 느꼈지만 시체처럼 굳은 몸은 떨리지도 않았다.

"여전히 아름다운 그림이군요. 줄곧 이 그림을 생각했고, 이것을 보러 돌아왔습니다. 그들을 쏘고 나자, 매우 보고 싶었습니다."

현영은 어금니를 꽉 깨물었다. 그때 로트만이 물었다.

"그는, 안드레스 키르너는 어떻게 지내고 있습니까?"

"잘 지냅니다."

단순한, 그저 그런 대답. 별다를 것 없는 평범한 태도. 자신의 얼굴을 한 번 쳐다보지도 않는 이자 앞에서 평정을 유지하는 것은 대단히 힘들었다.

"동부로 떠나기 전, 그에게 그림을 주문했었죠. 슈바르츠발트의 풍경화를 말입니다."

"…그랬었습니까?"

손에 땀이 배어나왔다. 그의 방에 풍경화가 있기나 하던가?

"시간이 걸릴 거라 하더군요. 직접 그곳에 가봐야 한다고 말입니다."

"그건 그렇겠죠."

"나쓰에 양의 초상화에 그려진 정도로도 좋다고 했습니다만."

"화가의 뜻에 따르는 게 최선입니다."

현영은 당연한 사실을 말할 뿐이라는, 무심한 어투로 말했다.

"그렇군요. ― 그가 잠시 말을 끊었다 ― 난 그가 좋습니다."

"뭐라고요?"

현영은 그만 솔직한 놀라움을 표출했다. 로트만이 그를 돌아보았다.

"그렇게 놀랍습니까."

"아, 아뇨… 왜죠?"

사교적으로 매끄럽게 넘긴다는 것이, 그만 한순간에 직통으로 물어버리고 말았다.

"사람이 좋은 것에 이유가 있습니까?"

분명 항거할 수 없는 논리였다. 그가 계속했다.

"옛날에 요제프 헬트라는 친구가 있었습니다. 고향에서 함께 자란 친구죠. 우린 비슷한 구석도 없었지만, 서로 잘 통했습니다. 별말 없이도 같이 있으면 좋았죠… 그 후론 그런 친구가 없었습니다."

"그래서요?"

현영이 묻자, 로트만은 그 뒤가 있다고 생각하는 것이 의외라는 듯, 눈썹을 치켜올리며 말을 맺었다.

"그러다가 그 친구가 떠난 뒤로 소식이 끊겼습니다. 나중에 알아보니 죽었더군요. 유태인이었던 겁니다."

"무슨 이야기들 하나?"

유사쿠의 쾌활한 목소리가 들렸다. 그가 데려온 사람들이 그들을 둘러싸, 현영의 표정은 그 속에 가려졌다.

새벽녘, 덕한의 방에 다섯 청년이 모여 있었다. 네모나게 도려낸 안에 리볼버가 숨겨진 호화 장정의 마인 캄프가 테이블 위에 펼쳐져 있었고, 그 옆에 플라스틱 폭탄이 장치된 서류가방이 놓여있었다.

호위를 받으며 대사관의 계단을 오르는 히틀러.

현영: 9월 27일, 3국 동맹 기념일에 볼프가 대사관에 온다.

덕한: 무기는 총과 폭탄. 저격은 제1의 볼프가, 폭탄 투척은 제2의 볼프가 행한다.

악셀: 총은 '나의 투쟁' 속에 숨겨서 운반, 폭탄은 대사관 근처에서 대기.

미하엘: 볼프 1이 볼프에게 접근하기 시작하면 엄호를 맡은 자가 신호로 알린다.

초침까지 동시에 맞추어지는 두 시계. 마인 캄프를 든 채 총통에게 걸어가는 남자의 등. 대사관의 특정 창문가에 나타난 남자의 상반신. 기폭 장치를 작동시키는 손.

안드레스: 볼프 1의 성공 시, 볼프 2는 대사관을 에워싼 병력이 진입할 때 폭탄을 투척한다. 볼프 1의 실패 시, 볼프가 경호대에 둘러싸여 대사관

뒷문으로 나올 때 투척한다. 다른 비상 통로는 없다.

총을 맞고 쓰러지는 히틀러.

경호대에 휩싸여 대사관을 빠져나오는 히틀러, 방탄 모자를 눌러 쓴 모습. 그들을 향해 올라가는 손, 던져지는 폭탄 가방.

현영: 볼프 1은 나다.

덕한: 볼프 1의 엄호는 악셀. 볼프 2는 제비를 뽑아 결정한다.

악셀: 다른 볼프들은 반 나치스 궐기를 촉구하는 삐라를 뿌린다.

미하엘: 삐라를 뿌린 후 자결한다. 생포되면 이용당할 뿐이다.

현영: 우리는 성공한다. 그와 더불어 죽는다면. 나는 그의 머리에 대고 쏠 것이다.

안드레스: 우리는 너와 더불어 죽겠다. 우리 모두가 볼프다.

다섯 손이 제비를 뽑았다. 한 손이 붉은 표가 쳐진 제비를 펼쳤다…

"내가 말하는 것은 유태민족을 근절하는 문제이다……. 백 개의 시체가, 혹은 5백이나 천이라도 좋지만, 여기 저기 뒹굴고 있다면… 그것을 최후까지 인내하고 동시에 완전한 인간으로서 남는 것은, 우리를 단련시켜 준다. 이러한 사실은 일찍이 쓰인 적도 없고, 다시는 쓰일 수도 없는 우리의 영광스런 역사의 한 페이지다."

          – 히믈러, 1943. 10. 4. SS의 장교단에게 한 연설 중

먼저 '자정 작용' 이 시행되었다. 각 지방의 반유태주의자들이 게토를 불사르고 수천 명을 살해했다. 그들이 지치면, 가스 트럭의 차례였다. 일산화탄소가 뿜어 나오는 트럭은 15~25명을 10~15분 만에 처리했다. 마지막으로 야외사격이 있었다. 키예프의 우만 시에서는 '인구조사' 의 공지가 나붙고, 공항 근처 들판에 도랑이 길게 파였다. 민병들이 시체를 분해할 표백제를 그 안에 미리 뿌렸다. 유태인들을 태운 트럭들이 도착하자, 수많은 융커스 52기가 착륙하여 친위대 특수부대를 쏟아냈다. 옷을 벗고 나체가

된 유태인들을 줄 세우고, 특수부대가 그들 뒤로 갔다. 먼저 1열이, 그 다음 1열이, 사격을 받고 도랑으로 굴러떨어졌다. 학살 개시 9시간 후인 오후 5시까지, 총 2만 4천 명이 죽었다. 이후 2주간 계속되어 바비야르 협곡에서 끝났을 때는, 7만 5천 명이 죽은 뒤였다.

가스실 작동은, 푸른 수정 빛 결정체를 통풍구 구멍으로 휙 떨어뜨리면된다. 이 간편하고 성능이 뛰어난 찌클론 B는, 격무에 시달리는 특수부대의 복지에 효과적인 대안이었다. 아우슈비츠의 루돌프 회스 소장이 처음으로 인체 실험을 행하여 고무적인 성과를 거둔 후 아이히만과 회스가 널리 권장했으나, 마이다네크, 트레블링카 등의 5개 수용소에서는 가스발생속도가 느린 일산화탄소를 애용하는 감독관 때문에 다른 곳보다 죽는 속도가 느렸다. 찌클론 B의 공급 책임자였던 친위대의 쿠르트 겔슈타인 중위는 천재적인 화학자였다. 사실 그는 T-4 계획으로 잃은 의붓 누이의 복수를 위해, 그 계획의 실태를 조사하여 세계에 공표할 목적으로 친위대에입대한 자였다. 그는 찌클론 B를 아우슈비츠에 공급하는 한편, 이 학살 계획에 대한 극비 정보를 가톨릭교회와 스웨덴 대사관, 네덜란드의 레지스탕스에게 제공했으나, 모두에게 묵살당했다. 그가 할 수 있었던 일은, 가스의 화학식을 수정하여, 죽음을 특히 괴롭게 하는 물질을 제거하는 것뿐이었다. 종전 후, 그는 자수한 뒤, 군 형무소 내 독방에서 목매달아 자살했다.

시체 소각을 위한 간단한 설비 조달에 관하여 귀하와의 구두 담화에의거해서, 당사의 완전한 시체 소각로의 설계도를 제출합니다. 이것은석탄을 사용해서, 오늘날까지 다하우와 루블린에서 여러분에게 충분한만족감을 선사한 것입니다……. 당사는 소각로의 우수성과 동시에 내구성, 최상의 재료 사용, 완전무결한 제작기술을 보증하는 바입니다. 지시를 기다리며 하명을 간절히 바랍니다. 하일 히틀러
 － C. H. 코리 회사, 베오그라드 강제수용소의 시체 소각로 입찰 경쟁에 대한 서한

모를 수가 없는 사실이란 없다. 그 의미가 너무도 절실하여, 그 부재가
돌이킬 수 없는 결과를 초래한다 하더라도, 어이없도록 간단히 모를 수 있
다. 어려운 것은 인식이지 그 반대가 아니며, 행동을 결정짓는 절대적 요
인은 물리적 상황이지 인식의 유무가 아닌 탓이다.

학살의 숫자들은 일일이 거론할 수 없다. 숫자들은 거대하고, 그 수는 많
다. 그들을 '인간 아닌 인간'으로 규정하건 말건, 그들은 눈앞에 서 있는
물리적 현실이어서, 죽이려면 굶기거나 총으로 쏘거나 가스실로 보내야
했고, 죽어서 시체가 남으면 태워야 했다.

그들의 이름 역시 일일이 거론할 수 없다. 그 한 사람 한 사람의 이름은,
아인자츠그루페의 오렌도르프 대장이 죽인 9만분의 1, 또는 아우슈비츠의
백만분의 1인 것이다. 그러나 개개인의 이름이 사라질 정도로 거대했던 그
들 전체는 오늘날까지 엄청난 발자취를 남기고 있다. 그들의 기념비는, 가
스실의 '벌거벗은 핏덩어리 피라미드' 말고도 강철제국 크루프와 지멘스
의 이름이 새겨진 번쩍거리는 동판 그 자체이기도 한 것이다.

히믈러의 가명 '막스 하일리거'의 계좌로 입금된, 금니에서 금테에 이르
는 온갖 금이, 제국 은행의 금고를 넘쳐흘러 베를린 공공 전당포까지 마비
시킨 후 암염의 폐광을 점령했다. 점령국으로부터는 400억 달러와 800만
강제 노동자, 그것이 '연합국으로부터 유럽 문명국 보호의 대가'였다. 함
부르크의 두 회사에 의해 생산된 3톤의 찌클론 B로 인해, 수용소 지역의
하늘은 송장연기로 흐렸고, 강은 재로 뒤덮였다. 기차역에서 수용소까지
아사 직전의 행렬이 지나가면 길거리에 시체가 나뒹굴었고, 아이들은 싸

울 때 '굴뚝 행'이란 욕을 썼다. 굴뚝 또한 엄연한 물리적 현실이었으며, '행동하는 실재'였던 까닭이다.

친위대는 '민족을 위해 그 일을 떠맡고 비밀을 무덤까지 가져가고자' 했으나, 살인의 수혜자들로부터 그 비밀을 완전히 감추려면 먼저 그들 눈앞의 굴뚝을 때려 부숴야 했다. 다음으로 단치히의 한 회사가 배출되는 지방으로 비누를 생산하려 했던 시체 더미와 금의 산을, 눈에 안 띄게 처리할 수 있는 유일한 방도인 블랙홀을 만들어내고, 피점령국민을 아사시켜가며 빼앗아온 빵을 독일의 식탁에서 치워버려야 했을 것이다. 섬멸 계획도 어려운 일이나, 은폐는 아예 불가능한 일이니, 동부점령지역성 차장 오토 브러이캄의 말에 의하면, '이미 다 아는 사실로서 비밀도 아무 것도 아닌' 바였다.

일본은 원자탄 없이도 히로시마와 나가사키의 희생자 수를 압도하는 35만 명을 난징에서 죽였다. 그들은 무슨 일이 일어나는지도 모르고 번쩍하는 섬광과 동시에 죽어간 것이 아니라, 고문과 강간 끝에 가족의 목을 친 대검이 자신을 향해오는 것을 지켜보며 죽어갔다.

피점령국도 못되었던 식민지 한국의 징용군인, 노동자, 정신대, 양민 학살 등의 희생자 수와 수탈당한 자원의 양은 근접 지수조차 창출해낼 수 없다. 그 어마어마한 숫자는, 한 줄기 연기처럼 사라져버렸다.

난징의 일본군은 장군과 사병을 막론하고 중국인은 돼지라고, 같은 황인종끼리의 학살에 기겁한 서양인들에게 설명하였다. 그러나 그 돼지들을 고문하고 강간하고 죽이지 않으면, 그들은 태양신의 자손인 성스러운 일본인으로 존재할 수 없었던 것이다. 관동대지진 때 흉흉해진 민심을 달래기 위한 희생양으로 한국인을 던져준 일본 정부와, 놀라운 호응으로 학살에 탐닉한 일본인들은 지진과 유언비어의 상황에 책임을 돌린다. 그러나 사건의 본질은, 자신들의 정부가 살인을 선동하고 방조하는 것을, 자신들의 국민이 7천여 명을 살해하는 것을, 자신들의 수도가 무고한 이들의 피로 물드는 것을, 당연시하며 적극 참여할 뿐, 아무도 막거나 반대하지 않았다는 데 있다. 이 현기증 나도록 일치된 전체의 상은, 결국 일본의 혼이라고밖에 말할 수 없다. 군인도 나섰으나 그 주된 성격은 민간인에 의한 민간인 학살이었다. 살인자 조부를 둔 일본 국민이 얼마나 많을 것인가. 그러면서도 아무도 이를 슬퍼하지 않으니, 죽은 자들의 비극일 뿐, 자신들의 비극이라고는 생각지 못한다.

도쿄전범재판에서 일본은 사실상 제1 전범인 천황을 사력을 다해 보호했다. 일본의 혼을 대표하는 천황의 유죄 선고는, 일본 자체에 내려진 유죄 선고가 될 것이기 때문이었다. 죄를 저질렀다는 절체절명의 진실이 아니라, 그 죄를 인정하여 죄 갚음을 해야 한다는 것이야말로, 그들에게는 견딜 수 없는 정신적 죽음이었다. 그들이 그들의 혼에 오점을 남길 수 있는 것은 결국 그들뿐이라는 진리를 외면했을 때, 민족적 정체성 또한 포기한 것이다. 자신의 죄에 대한 책임 없이는 주체적 인간의 품위도 없는 것이다.

'그것은 학살이 아니다' 라는 말 속에는, 그것은 인간이 아니다, 인간이 아니므로 학살도 아니다, 고로 죄가 아니다, 라는 또 다른 말들이 들어있다. 이것도 저것도 아니라면, 그것은 뭐겠는가. 그것이 일본이다, 일본의 정신이며 본질이다, 로 귀결될 뿐이다. 일본의 혼, 일본의 전통, 진정한 일본적인 것, 그것들이 무엇인지 알며, 그것들을 구현하는 자는 일본인이기 때문이다. 타국은 결국 일본의 행위로부터 일본을 알아가는 것이다.

전통이란 지켜간다기보다 결국 역사와 함께 만들어나가는 것이다. 그들이 본래의 전통에 따랐을 뿐인지, 새로운 전통을 만들어낸 것인지는 그들만이 알 것이다. 그들이 자신들은 잘못하지 않았다, 그것은 죄가 아니기 때문이다, 그것은 일어나지 않았기 때문이다, 라고 말한다면, 자신들의 역사에 대한 부인 자체가 일본이다. 우리는 그것을 모른다고 말한다면, 그 무지 자체가 일본이다. 그것이, 그들이 원하여 만들어낸 일본이다.

그들은 과거로부터 도피하여, 그것으로 끝났다고 여기나, 그 도피는 현재와 미래를 볼모로 잡고 있다. 학살의 과거 이후, 학살을 부정한 현재. 그것은 단절이 아닌 계승이다. 이 국가적 규모의 정신적 자살에 동참하지 않는 소수는 나라의 배신자로 지목받는다.

시간만으로는, 과거도 미래도 만들지 못한다. 한 민족은 젊은 세대까지 원죄의 악몽에 무겁게 눌려있다. 세대간의 골은 깊고, 극복은 요원해 보인다. 그러나 그것은 고통을 직시하는, 극복을 위한 필연적 과정이다. 한 민족은 진심어린 사죄나 제대로 된 보상 없이, 언제까지 과거를 말할 것이냐며 미래를 향할 것을 주장한다. 과거를 언제까지고 끌고 가는 것은 그들이며, 그런 그들이 향하는 미래는 언제 터질지 모르는 시한폭탄이나, 과거 없이는 미래가 없다는 말도 일본에게는 일본만의 의미가 있는 것이다. 자신이 한 짓을 차마 자손에게 밝힐 수 없었는지도 모르나, 자신이 그 죄과를 치르지 않으면 고스란히 자손에게 물려줄 따름이다. 그 얼마나 끔찍한 유산인가. 감춘 세대와 속은 세대의 관계란, 패일 골도 없는 단절이다. 그 다음 세대란 어디서 온 자들이며, 그 근본은 무엇인가. 제 나라의 진면목과 참된 역사를 모르는 자가 과연 그 나라 국민인가.

누구나 죄를 짓는다. 그것은 불가항력이고, 우주의 이치며, 진실이다. 인간은 죄를 저지르고 그 때문에 고통 받는다. 인간은 고통 받기 위해 죄를 저지른다. 그리하여, 세상의 끝처럼 보이는 그 시점에서 참된 인간의 영역이 시작된다. 그곳에서만 인간은 자신의 모든 것을 관장할 수 있다. 인간은 비로소 신이든 운명이든, 외적인 것에서 벗어나 자유로운 존재가 되어 자신을 실현한다. 죽음의 증식인지 생의 증식인지.

그것이 바로 속죄의 영역이다. 자신에 대한 자신의 책임. 타인은 용서의 영역에만 존재하여, 아무도 범할 수 없는 자신의 고유 영역.

한 사람은 자살했고, 한 사람은 천수를 누렸다. 둘 다 죄를 부인했다. 한 민족은 사죄하나 우리 대다수는 몰랐다고 하며, 한 민족은 동족의 희생에 의지하여 가해자였던 과거를 부인한다. 한 민족은 그들 자신과 그들 나라의 본질적 현실을 '몰랐고 알려 하지 않았음'을 역사로 선택하고, 한 민족은 그 철두철미한 부인으로 인해, '실은 알고 있었음'을 증거한다.

어찌 죄를 짓고도 고통스럽지 않을 수 있는가. 천황이 본보기를 보였듯, 아무도 책임지려 하지 않고 기피하는 일본의 고통은 어디로 갔는가… 일본은 정녕, 고통스럽지 않은가?

인간이 인간에게 못할 짓은 아무 것도 없다. 그 대부분이 짐승에게는 소용없는 행위로, 인간에게만 통용되는 행위다. 아무도 돼지를 고문하거나 강간하지 않는다. 돼지라고 부르는 것이야말로, 인간이라 인식한다는 증거다. 돼지라고 불러서라도, 같은 인간에게 폭력을 휘두르고 싶은 숨김없는 마음. 본능적이라기엔 너무도 교활한 문법을 구사하는.
때문에 그 언행이 일치하지 않음은 당연하다. 놀라운 일은, 그들의 그 완벽한 자기기만이다. 아무도 속지 않는데, 그들만이 속아 넘어간다. 바로 그들 자신에게.
그것이 일본의 딜레마라면, 독일에겐 독일의 딜레마가 있다. 그들은 '우리는 몰랐다'고 말하나, 그 대상은 유태인이나 홀로코스트가 아니라 그들 자신이다. '우리는 우리를 몰랐다'고 독일인이 말한다. 그것은 독일적 특성인가? 아니면 비독일적 특성인가.
전 독일인이 그렇게 말할 때, 그것은 독일의 새로운 전통으로 거듭난다.

그러나 진정한 비극은, 두 딜레마가 두 나라의 고유한 것이더라도, 그 어느 나라도 어느 한 개인도, 그로부터 자유롭지 못하다는 데 있다. 그들만의 죄라면, 그들이 그랬듯 죽이면 그만이다. 악이라 생각되는 것을. 그러나 그 악은 우리의 것이기도 하다. 그런 악이 저질러졌음에 우리는 공포에 떨었으나, 더한 공포는, 그 악이 인간의 심연에 본래 존재하여, 최초도 최후도 아니라는 사실이다. 누구나 그 죄를 저지를 수 있으니, 설사 그들의 희생자라 할지라도.

또한, 그것이 그들만의 악이기를 바라느니, 그들처럼 되지 않을 강함을 바라도록. 불가능한 것보다 어려우나 가능한 것을. 우리들 심연의 어두운 초상은, 자신을 향한 기만과 왜곡을 도리어 기뻐하니, 그로써 우리를 정복할 수 있기 때문이다.

진실을 모를 수 있는 능력은 인간의 능력 중 한계가 없는 유일무이한 것이다. 그것이야말로 우리 각자의, '나의 투쟁' 의 대상이며, 투쟁하지 않으면 우리를 자멸케 할 적인 것이다.

28

나는 패배했다. 처음부터 예정된 바였다. 모르지 않았으나, 동시에 진심으로 승리를 갈구하였다. 내 인생에 있어 진실로 원한 바는, 끝을 위한 싸움. 스스로 정한 종착점을 향해 머리를 들고 나아가며, 내 모든 사랑하는 이들을 파멸로 이끈다. 그들을 죽이고 나를 죽이며, 오직 다만 승리하고자 한다. 승리에의 갈망, 그 냉혹한 가면을 쓴 광증에 이미 패하였다. 나를 모르는 이여, 패배자로서 길 위에 쓰러져도, 내 감기지 못한 눈의, 열린 동공이 하늘로 향함을 누가 막을 것인가. 패배의 길로 나아가, 내 스스로 내 투쟁을 정화하는 불꽃이 되었나니 운명의 여신이여, 그대 이름이 승리건 패배건, 그대 가혹하고 가혹한 만큼, 그대 향한 내 사랑이 타오르고 타올랐노라!

1941. 9. 27. 새벽, 현영이 쓰고 태우다.

9월 18일, 총통은 레닌그라드와 모스크바의 항복이 있어도 수락치 말라는 명령을 내렸다. 현영은 둘이 처음 만난 잔다르멘 마르크트의 카페 레기네에서 나쓰에를 기다리는 중이었다.

그날 우체국에서 받아온 어머니의 편지가, 그대로 테이블 위에 펼쳐져 있었다. 반듯하고 섬세한 필치를 앞에 둔 현영이 한참을 들여다보았다. 그리운 체취 앞에 고요히 내리깔린 검은 눈이 한 글자 한 글자를 새겨 넣고 있었다.

어머니는 아버지의 암살에 대해서는 한마디도 없이, 장례에 대해서만 세세히 들려주었다. 늘 집안에만 있던 어머니는, 크게 웃는 일도 슬피 우는 일도 없었다. 어린 현영을 처음 만나 끌어안았을 때도 아주 조용히 흐느꼈을 뿐이었다. 그러나 외가의 상을 입었을 때는 혼절했다 일어난 어머니의 곡소리가 집안에 크게 울렸다. 어머니를 그토록 사랑했던 아버지의 위로도 아무 소용이 없어 그는 얼마나 침통한 눈빛이었는지 모른다.

숙명여고보를 다니던 어머니가 아버지와 연애하여 외조부의 반대를 무릅쓰고 결혼했다는 이야기를, 다 자란 후에야 집안에 오가는 친척 여자들의 입으로 듣게 되었다. 어머니의 순종적인 모습으로는 상상도 못할 일이었으나, 어머니의 심지가 꿋꿋하니 굳은 것을 모르는 바는 아니었다. 어머니는 아버지가 오물을 뒤집어쓰는 봉변을 당했을 때나 저격당했을 때에도, 충격을 빨리 극복하고 침착하게 대처하며, 의연함을 잃지 않았었다. 마치 어느 때고 닥칠지 몰라, 각오하고 있었던 듯.

지금에 와서야 그런 어머니의 사랑이 얼마나 고독한 것이었는가를 알았다. 아버지의 친일을 마음 속 깊이 거부하면서도, 외가로부터 연이 끊기다시피 하면서도, 항상 아버지의 곁을 지켰던 어머니의 간절한 사랑이, 기억 속에 되살아났다.

어린 현영에게도 애지중지 귀여워하며 응석을 받아주는 일은 드물었으나, 그는 항상 어머니의 시선이 자신을 감싸고 있음을 느꼈다. 고개를 들면 조용히 자신을 지켜보는 어머니의 시선과 마주쳤고, 그러면 현영도 당연한 듯 느끼며 다시 놀곤 하였다. 어머니는 그렇게, 그가 자라면서 아버지를 멀리하고 자기 속으로만 파고들 때도, 한결같은 태도로 현영의 불안정한 마음을 지탱해주었던 것이다. 이국으로 떠나온 뒤에야, 그 단절된 대기의 품이 얼마나 절대적이었는가를 알았다. 한 번도 의심할 수 없었던 그 당연한 존재를.

어머니는 확고한 태도로, 여기서는 징병에 끌려나가기 십상이니 공부를
마칠 때까지는 돌아오지 말라고 명하며 편지를 끝맺었다.

　…어떻게든 살아남아라. 너는 아직 젊다. 몇 번이고 다시 시작할 수 있
　다. 견뎌내며 사는 것이다. 언제고 때가 올 것이다. 사람은 살아야 하는
　것이다…….

　현영은 고통스러운 감동 속에서 어머니의 마음을 안다고 여겼다. 그러나
어머니가 필사적으로 전하려는 유산을 이해하지 못하고, 그저 끔찍한 자
식 사랑이라 여길 따름이었다. 누구나 사랑하는 사람들을 자신이 미처 모
를 수도, 오해할 수도 있다는 생각은 꿈에도 하지 못하기 마련이다…….
어머니의 필적이 눈에 배이도록 바라보다가, 현영의 손이 그것을 고이 접
었다. 이 편지에 대한 답장을 쓸 수 있을지 모르는 채로 간직해 넣자, 가슴
안 쪽에 서늘한 감촉이 느껴졌다.
　나쓰에는 아직이었다. 그는 맥주를 한 잔 주문하고, 웃옷 주머니에 손을
넣었다. 오래된 금가락지의 반들반들한 표면이 만져졌다. 조선을 떠날 때
어머니가 간직하고 있으라고 준 외조모의 유품이었다. 향수에 시달릴 때
간간이 쓰다듬곤 하던 것이었다. 오늘 무심코 시선이 닿자, 그대로 집어
들어 주머니에 넣고 문을 나섰다. 나쓰에에게, 주고 싶었다. 하지만 나쓰에
에게 자신의 유품처럼 남겨질 그것을 주고 싶은 마음은 이기적이라고밖에
생각되지 않았다.
　현영이 방심한 눈초리로 반지를 만지작거리고 있을 때, 나쓰에가 들어왔
다. 현영은 주머니에서 손을 빼고, 그녀가 좋아하는 베를리너바이세(시럽
든 맥주)를 주문하려 했다.
　"아니, 나 술은 됐어."
　그녀는 고개 저으며 웃어보였다. 가을바람에 달아오른 그 뺨이 얼마나
아름다운 붉은 빛인지, 현영은 넋을 잃고 쳐다보았다. 아아… 나는, 그녀를

참으로 사랑하는구나! 그녀의 색채는 다른 것과 다르고, 그녀가 있는 곳의
공기는 다른 곳과 다르다. 나는 완전히 나만의 빛과 음영을 그녀에게 드리
워놓고, 범상한 세상 속에서 그녀만을 달리 보누나…… 그토록 생생하게
밀려든 자각이, 현영을 관통하여 흘렀다.

"이거."

나쓰에가 작은 나무 차통을 내밀었다.

"일본에서 보내온 말차야. 어제 막 받았어. 어머니가 네게도 갖다주라
고."

"그런 귀한 걸… 고맙다고 전해드려. 나도 인사드리겠지만."

나쓰에는 밀봉된 뚜껑을 뜯고 살짝 열어 현영의 얼굴에 갖다댔다. 산뜻
한 초봄의 여린 녹색에, 뭐라 말할 수 없는 싱그러운 향내가 감돌았다. 아
버지는 이 차향을 즐겼었다. 현영은 잠시 숨을 멎었다, 깊이 들이쉬었다.

"아아, 얼마 만인지…"

"그렇지? 나도 그랬어."

나쓰에가 잔잔히 미소를 띠었다. 차향과 그녀의 미소가 어우러지며 마음
이 한없이 설레는 가운데, 현영은 기다리고 있었다. 아무런 예고도 없었으
나, 직감적으로, 이미 기다리고 있었던 것이다. 뭔지도 모르면서 나는 기다
리고 있구나… 그럴 수 있는 것은, 너로부터 나를 향해오는 것이기 때문이
다… 나는 그것을 안다. 이제는 안다… 누군가를 기다릴 줄을. 이전엔 몰
랐던 것을… 기다릴 누군가가 없는 줄 알았었지! …하지만 돌이켜보면, 나
는 항상 너를 기다려 왔던 것이다. 다시 만난 후에야 깨달았던 내 안의 공
허함, 그 자각 못한 기다림.

나는 너를 기다려 왔었다. 그러지 말았어야 했을까? 기다리지 말고, 내가
네게 갔었다면, 우리는, 모든 게! …지금과는 달랐을까?

그랬겠지. 그랬다면 좋았을 것을. 그랬어야 했던 것을.

하지만, 나는 네게 가지 않았고, 앞으로도 그럴 것이다. 다시 시작할 수
있다면, 나는 너로부터 멀리 가버리겠다… 너를 두고 등 돌려 멀리 가버리

겠다…….

"…나, 임신했어."

…그랬던 것이구나… 그럴 수 있는 일이지… 순순히 받아들인다고 생각했지만, 그의 표정은 여지없는 충격의 표출이었다.

"…그래? …기쁜데…"

"…기쁘다니 다행이야."

나쓰에는 그 표정과 말의 격차를 지적하지 않았다. 그것을 알아차리고 현영은 민감해졌다.

"나쓰에야말로 별로 기쁘지 않은가 보군. 덕한의 아이가 아니라서?"

그렇게 내뱉는 현영을 나쓰에는 가만히 쳐다보았다.

"내게 상처주고 싶은 거야? …그러지 마. 결국 네가 더 아플 거면서… 나는 네 아이를 원해. 네 아이를 낳아, 너와 결혼해서… 그러면 언젠가는, 너를 더 사랑하게 될 거야… 너를 기다리게 해서 미안할 뿐이야…….."

침잠하는 목소리가 잠시 막힌다. 다물렸다 다시 열리는 입술이 미세하게 떨렸다.

"…내가 너를 사랑하지 않는다고는… 생각지 말아…….."

"…후회하지 않아?"

현영이 그렇게 묻자, 나쓰에는 힘 있게 고개를 저었다.

"절대로, 후회하지 않아."

"…나 역시 후회하지 않아."

둘은 서로를 향해 웃었다. 서로의 눈에서 맑은 물기를 발견하며, 마음속에서 우러나는 두 미소가 합쳐졌다.

나쓰에는, 목이 메는 것을 억누르며, 의연한 태도로, 그리 말했다. 간절히 자신의 마음을 내게 고했다… 그녀의 표정 하나하나가 내 손으로 새긴 듯이, 눈앞에 선연히 떠오른다… 나는 그때 왜 그렇게 묻고, 나 또한

그렇다는 말을 왜 했던가… 자신에게 후회하지 않음을 들려주는 것으로
부족해서, 그녀에게 말했어야 했단 말인가? …훗날, 그녀는 어떤 마음으
로 그때의 내 표정과 그 말들을 떠올릴 것인가… 지금 내가 그러 듯.

　나를 용서하지 마, 너를 속이고 이용하고 더럽혔다. 네가 괴로워하며
나를 믿고 내게 다가왔을 때, 내 속에 차오른 충동의 어둠을 너는 모른
다… 도움을 구하는 네 손을 잡아 내게로 끌어당겨, 너를 안았다… 나락
으로 떨어지며, 널 끌고 간다… 날 상처 입히던 네 순수함이, 내 배신으로
가련토록 짓밟혔다… 너를 상처 입혀서라도, 네가 모르는 나를 알리고
싶었다……. 너는 나를 알게 될 것이고, 나를 잊지 못할 것이고, 내게서
벗어나지 못할 것이다……. 그런 너를 남겨놓고 죽길 원했다……. 내 뒤
에 너를 두고, 돌아보지 않고 떠나가고 싶었다……. 너를 상처 입히더라
도 너를 안고 싶었다……. 볼프가 되어서라도 너를 갖길 원했다……. 너
를 안는 순간에야 진정으로 볼프가 되었음을 알았다. 언제고 너는 그 끔
찍한 내 모습을 알아보고, 내가 볼프임을 증거할 것이다……. 어둡고도
더럽구나……. 사랑이라 하지도 않겠다……. 너는 내 것이고, 나는 네 것
이다……. 너는 나를 알지 못했으나 나도 너 이전엔 결코 나를 알지 못하
였다…….
　나를 용서하지 마, 나의 나쓰에……. 나는 그것을 원하지 않아……. 나
쓰에, 나쓰에, 나의 나쓰에…….

　나의 어머니, 나의 나쓰에……. 나의 아기……. 나는 그들을 뒤로 하고
죽는다… 내가 곧 그들의 죽음이다… 내 생명인 그들을 나로부터 빼앗아
간 자는 누구인가… 손끝에 가락지의 차가운 감촉이 느껴졌다…….

현영의 방문 앞에서 유사쿠가 기다리고 있었다. 고개를 수그린 채 묵묵
히 계단을 올라온 현영이 그를 보고 놀라 소리쳤다.

"유사쿠! 날 기다렸나?"

그가 창백한 얼굴로 웃어 보이며 대답했다.

"그래, 자넬 기다렸어."

현영은 잠시 그 얼굴을 쳐다보다가, 그를 데리고 방으로 들어갔다.

"앉아. 곧 차를 끓이지. 자네 어머님이 보내주신 진짜가 있어."

현영은 그에게 의자를 가리키고 간이 부엌으로 가려했다. 그때 유사쿠가 마룻바닥에 무릎을 꿇었다.

"무슨 짓인가! 유사쿠!"

"마음을 다해 사죄하네, 용서해주게!"

유사쿠는 바닥에 머리를 대고 침통하게 말했다.

"이 무슨! 당장 일어나지 못하겠나, 어서!"

현영이 급히 유사쿠를 일으키려 했으나 그는 뿌리쳤다.

"면목이 없네. 나쓰에를 용서해주어! 그 애는 덕한을 사랑해……."

"…알고 있어…"

"그 애도 그렇게 말하더군. 자길 사랑하는 자네 마음을 이용한 거라고."

"아니, 나도 마찬가지야… 덕한에게 거절당한 그녀의 상처를 이용한 거지……."

현영이 유사쿠의 어깨를 감싸 안으며 나직이 말했다. 현영을 쳐다보는 유사쿠의 눈가에 눈물이 맺혔다.

"그 애를 용서해 줄 수 있겠나?"

"그녀를 사랑해… 용서라니 당치도 않아."

유사쿠가 얼굴을 일그러뜨리며 외쳤다.

"덕한 같은 불령선인에게 마음을 빼앗긴 그 애를!"

"…젊은 아가씨의 한때 실수지… 자네야말로 너그러워지게."

유사쿠가 현영을 끌어안았다. 감정에 북받쳐, 몇 번이고 고맙다고 말하는 그의 목소리를 들으며, 현영의 눈빛이 떨리고 있었다.

대사관이 미리 수색되지만 않는다면, 폭탄을 그 안에 장치했을지도 몰라. 차라리 그게 더 낫지 않았을까. 너와 네 가족을 네 사랑하는 총통과 함께 아무 것도 알 길 없이 날려버리는 게! …나 역시 친구와 연인과 아기, 바로 내 생명과 함께 죽을 수 있을 텐데…….

현영은 입술을 깨물었다. 무섭도록 일그러진 얼굴에 가느다란 눈물이 흘렀다.

…살아남아도 일본인인 너는 할복하겠지…….

안드레스의 방에서 미하엘과 악셀이, 해체해서 날라 온 부품으로 조립한 등사기로 삐라를 인쇄하고 있었다. 안드레스가 가능한 한 예술성을 가미했으나, 헤르츠필트의 감각적인 포스터완 천양지차였다. 다만 더 신선한 말, 더 뜨거운 열정. 틀에 박히지 않아 사방으로 흩날리는 불꽃, 분수의 물줄기처럼 높이 솟구치는, 덧없는 아름다움.
그들은 완성품을 노끈으로 묶어 바닥을 뜯어낸 비밀 장소에 차곡차곡 쌓았다.
"안드레스가 늦는군."
악셀이 고개를 쳐들며 중얼거렸다. 미하엘이 손을 멈추지 않고 대답했다.
"곧 오겠지."
악셀이 삐라 한 장을 집어 들었다.
"독일인이여, 더 이상 총통의 범죄에 동참하지 말라! 독일의 이름하에 저질러지는 범죄를 직시하라! 영광이 아닌 오욕의 시대에, 진정한 독일인으로, 독일의 양심으로, 각성하라! …어떤가?"
미하엘은 거들떠보지도 않고, 손만 놀렸다.
"명문이군, 나의 투쟁 이래."

악셀이 노려보자, 그가 손을 멈추고 지친 얼굴로 악셀을 향했다.

"너도 알잖나. 우리의 삐라는 군중 속의 비밀 경호원들이 전부 수거할 거야. 설사 소수의 사람이 읽는다 해도 무용지물이지. 그들도 어쩔 수 없어."

악셀이 조용히 대답했다.

"그거면 충분해. 한 명의 독일인이라도, 그렇게 생각하는 독일인이 자신만이 아님을 알게 되는 걸로."

한 명의 독일인이 그렇게 생각했다. 한 명의 독일인이 삐라를 썼다. 그 한 명이 곧 한 명이 아니게 되었다. '최후에는 몇십 몇백 명이 카드를 쓸 것이다, 우리는 베를린을 이 카드로 온통 메울 것이다……' 라고 늙은 오토 크반겔이 썼듯이.

크반겔은 최초의 시민 저항자들에 속한다. 40년 6월, 프랑스 항복의 뉴스로 전 베를린이 열광했을 때, 그는 아들의 전사 통지서를 받았다. 라디오 조립을 좋아하고 약혼한 지 얼마 안 됐던 외동아들이었다. 이런 전쟁에 끌려나가느니 팔이라도 잘라버리겠다던 그 아들이, 영웅적인 죽음으로 병사의 귀감이 되었다는 통지서의 표현에 안나 크반겔은 자제력을 잃고 외쳤다. '거짓이다, 그 아이는 전쟁을 원치 않았다! 당신과 당신의 총통이 저지른 일이다!' 그 말이, 당원도 아니며 단 한 번 총통에게 투표한 것뿐이던 평범한 노동자의 가슴에 박혔다. 평생을 같이 산 아내의 비난이 부당하건 말건, 그 스스로 그 말에서 자유로울 수 없음을 알았다. 그는 일요일마다 필적을 감추는 연습을 했고, 마침내 최초의 카드를 썼다. '어머니! 총통은 내 아들을 죽였다. 어머니! 총통은 당신의 아들도 죽일 것이다……' 라는 것이 그 내용이었다. 아파트와 공동 주택의 계단마다 놓여진 카드는 모두 게쉬타포의 손에 들어갔으나, 그들의 생각대로 신고 되려면 읽혀져야 했다.

사건 담당 경부가 두 명이나 해임되는 동안, 아무도 당 간부 집의 위층에 사는 성실한 가구 공장 직장장을 의심하지 않았다. 크반겔 부부는 2년 동안 276매의 카드와 9통의 편지를 쓴 끝에, 밀고 되어 단두대에서 처형당했다.

여성 정치범 유디트 아우어는 '내가 네게 줄 수 없는 기쁨을 네가 다른 사람들에게 나누어 주어라'는 편지를 어린 딸에게 남기고, 사형에 처해졌다.

20세의 직공 한노 귄터는 타자로 친 비합법 신문 '다스 프라이에 보르트' — 자유로운 말 — 에 히틀러의 승리는 영원한 전쟁이며, 민중의 승리는 전쟁의 종결이라고 쓴 뒤 동지들과 함께 체포되었다. 반역죄로 사형당하기 전 그는 어머니에게 '당신께서 결코 절망하지 않으리라 믿는다'는 유언을 남겼다.

백장미 그룹의 한스 숄과 소피 숄 남매는 30만 독일 청년들의 희생에 대해 총통에게 감사한다는 삐라를 썼다. 어느 시대에나 젊은이들은 그들만의 저항의 언어를, 그 뉘앙스를 발견해낸다. 그들은, 스탈린그라드에서 죽어간 영령들의 요구를 독일 대학생들에게 전하는 삐라를 뮌헨 대학의 강의실 지붕에서 눈송이처럼 뿌려대다가, 체포되어 단두대에서 처형당했다.

16세의 헬무트 휴베너는 나치의 허위 선전을 폭로하는 삐라를 썼다. 그는 재판 과정에서 자신의 정치적 성향에 대한 확고한 신념을 침착하게 증명하여, 소년법의 적용에서 제외되었다. 그는 단두대에서 죽은 첫 미성년자였다.

히틀러 암살을 주도한 슈타우펜베르크 백작이나 안락사 정책 비난 강론으로 큰 반향을 불러일으킨 갈렌 주교는 거물들이었고, 그들은 거사를 일

으켰다. 그러나 오토 크반겔이 아내에게 말했듯, '크건 작건 들키면 죽음'
이었고, 그들은 저마다 자신이 할 수 있는 일을, 그들이 사랑한 이들을 위
해, 그들을 사랑한 자신을 위해 행하였다. 그리하여 그들이 원한 바대로
살았고, 원한 바대로 죽었다.

　집행은 베를린의 프렛센제 감옥에서 있었다. 프렛센제의 처형실에는 한
개의 단두대와 여덟 개의 교수대가 있었고, 사형수는 단두대서 목이 잘리
거나 쇠갈고리에 매달렸으며, 유족은 상당한 액수의 사형집행 비용 청구
서를 받았다. 히틀러는 그 가운데 작전명 발퀴레[31]의 반역자 여덟 명이 최
대한 시간을 끌며 교살당하는 장면을 촬영토록 명했다. 히틀러는 그들을
알았고, 몇 번이나 돌려 본 그들의 죽음 또한 알았다. 그러나 같은 곳에서
일어난 다른 2천여 명의 죽음은 지켜보지 않았다. 저항하는 일개 시민을
한 사람 한 사람 잡아내면, 그냥 죽여 버릴 따름이었다.

29

안드레스는 교외로 나가 린첸 호숫가를 거닐었다. 거울 같은 수면 위로 가지를 뻗은 나무들이 서서히 물들어가는 이파리를 한 잎 두 잎 떨구고 있었다. 스케치북을 팔에 낀 채 몇 시간이고 나무들을 바라보다, 한 번 펼쳐보지도 않고 다시 터벅터벅 걸어 돌아왔다. 그가 사는 거리 근방에 이르러 지친 다리를 이끌고 상당한 경사의 오르막길을 올라가고 있을 때였다. 맞은편에서 친위대원 둘이 다가왔다. 안드레스는 태연한 표정이었고, 그들도 그를 거들떠보지 않고 지나쳤다. 안드레스는 여전한 걸음으로 걷다 옆 골목으로 꺾어 들어갔다. 잠시 후 다른 친위대원 둘에게 양팔을 잡혀 끌려나왔다. 앞서의 친위대원들이 총을 겨누며 다가왔다. 저항 없이 끌려가는 안드레스에게 길을 터주며, 외면하는 사람들이 총총히 사라져갔다. 안드레스는 하늘을 올려다보았다. 투명할 정도로 희푸른 하늘이 그의 눈에 담겼다. 그 뒤로 땅에 떨어진 안드레스의 스케치북이 바람에 나뒹굴었다. 전경에 지프와 그 옆의 로트만이 흐릿한 검은 실루엣으로 눈에 들어오다 곧 사라졌다. 하늘의 비칠 듯한 푸른 정맥이 눈에 보이는 듯하였다. 그때 그를 끌고 가던 친위대원 하나가 짤막한 비명을 지르며 고꾸라졌다. 옆구리에서 피가 흘렀다. 다른 하나가 그를 부축하고, 앞의 둘이 소리치며 총을 겨누었다. 안드레스는 제 목에 나이프를 들이대었다. 이런 미친 유태인은 처음이었다. 경악한 친위대원들이 멈칫하는 새, 그들에게서 떨어져나간 안드레스는 천천히 앞으로 걸어갔다. 곧 총구가 그 등을 겨눴지만, 로트만의 제지하는 손이 공중에 쳐들렸다. 안드레스는 오르막길을 올라갔다. 나이프가 떨어져 챙캉 하는 소리가 났다. 하늘은 점점 백색이 압도하고, 푸른 기가 엷어져갔다. 그 하늘에 눈을 베였다. 토막토막 잘려나간 푸른 정맥이 눈동자 속을 헤집으며 떠다녔다. 그 누구의 얼굴도, 목소리도, 떠오르지 않았다. 누가, 있는가? …누군가가? 안드레스는 그렇게 속삭였다. 눈을 감자, 암흑이었다. 다시 뜨자, 하늘은 그대로 눈앞에 펼쳐져 있었다. 순수하고, 순결한 색이었다. 존재 그 자체, 그 범접치 못할 진실… 색채를 하나의 진실로서 믿었던 때가 있었다… 드러나 있으나 간파할 수 없는, 세계의 비밀… 그 후로 부정도 불신도 없이 그대로 생매장된 믿음이 있었다…….

…파랗고도 희어라……. 너를 내 손에 움켜쥐려 했었지… 오직 너만을… 나는, 너로써 족하였지!

…나는 너를 본다, 너는 나를 본다… 네가 그곳에 있기에, 나는 여기 있다…….

탕! 총성이 울렸다. 안드레스의 어깨가 꺾이고, 그 상반신이 수그러지더니, 두 다리가 풀썩 나뒹굴었다. 그 뒤로 권총을 손에 든 로트만의 형체가 검은 윤곽을 드러냈다. 바람에, 안드레스의 스케치들이 한 장 한 장 흩날리고 있었다. 그의 아버지와 어머니와 누이동생의 얼굴들이, 바람에 나부끼며, 휩쓸려갔다.

상복 차림의 네 청년이 덕한의 다락방에 모였다. 새벽의 찬 공기에 단 하나 켜져 있던 촛불이 일렁거렸다. 밤을 지새운 창백한 낯빛들이 어둠 속에서 희뿌옇게 떠올랐다.

덕한이 오랜 침묵을 깨고, 냉혹한 얼굴로 말했다.

"다시 제비를 뽑는다."

낮게 흐느끼던 미하엘이 눈물을 닦지 않은 채 고개 들어 말했다.

"그 전에 해명을 요구한다."

모두의 시선이 집중된 가운데 그가 또박또박 말했다.

"안드레스가 죽기 직전, 리가 로트만과 그에 대해 말하고 있었어."

현영을 노려보는 눈길에 증오가 담겼다.

"안드레스가 유태인이란 걸 마지막으로 안 것도 그다."

현영은 잠시 말도 이을 수 없었다. 안드레스가 죽고, 미하엘이 자신을 의심한다. 거짓, 꿈, 엉터리 연극, 기만, 망상… 그러나 이미 일어난, 바로 내 자신의 현실.

"미하엘? 날 의심하나? …뭐라는 거야, 미하엘!"

현영이 넋 나간 표정으로 되묻다가, 북받치는 감정에 소리 질렀다. 미하엘을 향해 크게 열린 그의 눈동자가 마주친 것은, 뭐라 말할 수 없는 감정이 소용돌이치며, 마치 괴물이라도 보는 듯 끔찍해하는 시선이었다. 상상도 못한 미하엘의 모습, 머리가 돈 게 아닌가 싶도록 공포에 질린 그 모습이, 그를 두렵고 소름끼쳐 하며, 믿을 수 없노라 고하였다… 정신이 아찔했다…….

네가 그를 죽였어! 너는 배신자고 살인자야! 그를 죽이지 않았다면 무엇을 했지? 대체 안드레스를 어떻게 한 거야? 그는 죽었어! 왜 죽었지? 왜 죽었느냐고!

…그를 고발하는 미하엘은 물러서지 않고 그를 똑바로 응시했으나, 현영은 차마 그 시선을 맞받아 볼 수가 없었다. 공포와 증오로 일그러진 친구의 얼굴이 가슴 아팠다. 친근하고 다정했던 그 얼굴의 변모… 나는 널 위해 싸울 수 있는데, 너는 나를 무서워한다! 내가 너를 해칠까 두려워한다! 나를 경계하고 불신한다… 어떻게 네가 나를 그런 눈으로 바라보느냐? 너

는 내 친구가 아니냐? 너는 나를 좋아했고, 나도 너를 좋아했고, 우리는 함께 그토록 즐거웠는데! 이제 너는 날 미워하고 싫어하는구나! …내가 너의 적이란 말이냐? …너는 날 믿지 않는구나… 내가 너를 속였단 말이냐? 날 저버리고, 내게서 떠날 거냐?

현영 또한 슬프고도 무서웠다. 심장이 쿵쿵, 큰 북처럼 울렸다.

"몇 년 동안이나 들키지 않다가, 갑자기 체포됐어. 네가 알고 난 후 막바로!"

현영은 이를 악물었다. 눈물을 보이느니 죽는 게 나았다.

…언제건, 그 누구건, 아무 것도 떠올리지 않는다. 그런 기억들에 더는 발목 잡히지 않겠다. 그 언젠가와 비슷할지 몰라도, 같지 않다… 이젠 그 근거 없는 두려움에 휘말리지 않는다. 나는 아무도 해치지 않았다. 너희가 멋대로 날 악하다 여기고, 너희가 지어낸 그 악함을 두려워한다. 마음대로 하여라. 너희나 평생 그런 겁쟁이로 살아라…….

"…해명은 않겠다. 해명이 요구될 짓을 한 적 없고, 날 신뢰 못하는 자를 동지로 생각지도 않는다."

…그는 무서운 거다. 그래서 정신이 나간 거야… 겁먹고 의심하지! …누구나 그럴 수 있다… 누구나 약하다… 안드레스를 잃었는데, 미하엘까지 잃을 수는 없다… 그가 날 떠나도, 나는 떠나지 말고, 그가 돌아오기를 기다려야 한다… 저토록 두려움에 떠는 그를… 혼자 내버려둬선 안 된다… 친구라면, 위기에서 그를 구해야 한다… 그가 날 의지하도록, 그의 곁을 지켜야 한다…….

"로트만에게 속아 넘어가 단서라도 제공한 게 아냐?"

"날 바보로 아나?"

현영이 고함치며 미하엘을 노려보았다. 이대로 정신을 못 차린다면, 그 대로 패죽여버리고 싶었다. 미치게 놔두느니, 정말로 죽여주겠다고 그가 이를 갈았다.

"그의 빈 자리를 불신으로 채우는 너야말로 바보다!"

미하엘이 의자를 박차고 일어나 현영의 멱살을 움켜잡았다.

"그는 고발당했어! 누가 봐도 그건 분명한 사실이야!"

"내부 고발자란 증거는 없다. 밀고자는 어디나 있어!"

덕한이 소리쳤다. 현영이 싸늘한 목소리로 말했다.

"좋다. 내가 밀고자인지 아닌지, 내가 그를 쏘고 나면 알게 되겠지."

분노로 이글대는 눈을 하고, 현영이 미하엘을 밀쳐내고 밖으로 나갔다. 미하엘이 자리에 무너지듯 주저앉아 손에 얼굴을 묻었다.

"제비는 뽑지 않는다. 안드레스의 뒤는 내가 잇겠다."

덕한이 선언했다.

"볼프는 스스로 되는 거다. 볼프가 아닌 자는 가라."

덕한이 강철 같은 눈빛으로 주위를 둘러보았다. 미하엘이 넋 나간 표정으로 고개를 쳐들었다. 내내 한마디도 않던 악셀의 눈은 아무 것도 보고 있지 않았다.

9월의 황혼녘, 저무는 날의 마지막 금빛 광선이 아련하게 떠돌고 있었다. 로트만은 단골 카페 크란츨러를 나와 근처의 자택으로 걸어 돌아가던 참이었다. 그 근처를 지나가는 악셀을 보고, 그가 다가가 말을 걸었다. 둘은 잠시 서서 이야기하다, 곧 어깨를 나란히 하고 음영이 짙어오는 거리를 걷기 시작했다. 짤막한 말들이 오가다, 잠시 멈춰 서서 대화를 나누기도 하였다. 그러다 다시 걸어가며, 로트만이 문득 생각난 듯 물었다.

"동부 전선에 있을 때 디트리히 에서만이라는 육군 중위를 알게 되었는데, 그가 당신 이야길 하더군요. 그로스-리히테르펠테의 동기생이었다고 말입니다."

악셀이 고개를 끄덕였다.

"에서만이라, 기억납니다. 하지만 나는 도중에 사관학교를 자퇴하여, 그 후론 만난 적이 드뭅니다.”

“그렇습니까.”

그는 침착한 태도로 그렇게만 말하더니, 시선을 들어 하늘을 보았다.

“날이 상당히 어두워졌군요.”

“요새는 해가 빨리 저무는군요.”

“아, 그런데 그는 당신 이야길 많이 했습니다.”

“내 이야길요…”

“당신이 리히테르펠테를 그만두어 무척 아쉬웠다더군요. 무슨 이유라도 있었습니까?”

“그곳이 맞지 않았습니다. 적성이 아니었던 거죠.”

“그랬군요. 아, 이쯤이 아닙니까?”

“아직 좀더 가야 합니다.”

“아, 네… 그래도 당신은 우등 메달도 탔던 우수 생도였다고 들었습니다. 디트리히의 말로는 백작 부인의 장례식을 치르고 나서, 당신이 학교로 돌아오지 않았다고 하더군요.”

“그랬죠. 어머니의 죽음으로 상심이 컸었습니다.”

“그랬겠군요. 결국 그 때문에 자퇴한 게 아닙니까?”

“당시엔 그 이유도 컸지만, 적성에 안 맞았던 건 사실입니다. 지금도 후회 없는 결정이라고 생각합니다.”

“그렇군요. 적성이란 중요한 것이죠.”

그렇게 이야기를 나누며 걷다가 악셀이 퇴락한 벽돌집 앞에 멈춰 섰다.

“이곳입니까?”

“그렇습니다.”

로트만은 고개를 쳐들고 올려다보았다. 아무도 살지 않는 빈 집의 지붕 밑 창을 악셀이 가리켜보였다. 한 팔을 쳐든 악셀의 상반신이 그늘에 가려졌다. 로트만이 고개를 돌리자 악셀의 얼굴이 바로 옆에 있었다. 위를 향한 눈동자가 무심했다.

검은 하늘이 창밖에 휘장처럼 드리웠다. 덕한의 방에서 현영이 리볼버를 소제하고 있었다. 그 옆의 덕한은 폭탄을 마지막으로 점검하는 중이었다.

"단추를 누르면 유리 캡슐이 부서지면서 산성액이 유출돼. 그게 스프링을 누르고 있는 금속선을 부식시키면, 스프링이 튀어나와 격철을 뇌관으로 밀어 넣으면서, 폭탄이 터진다. 방식이 복잡한 대신, 소리가 나지 않아. 이 플라스틱제 하나면 150mm 포탄과 맞먹지… 이렇게 금속선을 가늘게 하면 10분이면 폭발해……."[32]

그가 폭탄을 가리키며 설명하고, 현영이 옆에서 들여다보고 있었다. 채 말이 끝나기도 전에 누군가 거세게 쾅쾅, 문을 두들겼다. 둘의 손이 민첩하게 바닥의 비밀 공간에 총과 폭탄을 감췄다. 덕한이 문의 빗장을 벗기자마자, 문을 밀쳐내듯 하던 미하엘이 뒹굴듯이 들어왔다. 악셀, 숨이 턱에 찬 그가 겨우 내뱉었다. 띄엄띄엄 뭔가 말하는 그를 잡아끌다시피 하며 덕한과 현영이 미친 듯이 달려 나갔다. 9월 26일의 밤이었다.

악셀은 안드레스의 방에 있었다. 그가 꺼내놓은 그림들이 기다랗게 늘어서 있었다. 그는 방안을 천천히 걸어 다니며 몇 번이고 그것들을 들여다보았다. 그리고는 멈춰 서서 안드레스에게 말을 걸었다.

"난 사실 네 그림을 좋아하지 않았어. 너무 지나친 아름다움이고, 반대로 너무 적은 슬픔이야. 사람을 홀리게 하는 이면으로, 혼자 슬픔을 품고 내보이지 않지. 그러나 그 슬픔은 속에서부터 배어나와, 네 가식적인 아름다움을 멍들게 해. 모든 미를 의심케 하는… 네가 창조한 비극이지. 나치가 퇴폐라 부름은 곧 너의 영광이야… 그렇지 않나?"

마지막 말은 안드레스에게 한 것이 아니었다. 그가 웃으며 돌아다 본 구석에, 의자에 묶인 채 재갈이 물린 로트만이 있었다. 그는 이제 마취에서 깨어나 있었다. 악셀이 그에게 다가가 재갈을 풀고 여전한 미소로 물었다.

"그림이 마음에 드나?"

"물론. 매우 아름답다. 약속대로 보여줘서 고맙군."

악셀이 그 앞에 한쪽 무릎을 꿇고 앉아, 로트만과 같은 높이로 얼굴을 가져갔다.

"그의 슬픔을 이해하나?"

"물론. 매우 슬프다."

로트만의 대답에 악셀이 천천히 고개를 끄덕였다. 그리고는 계속 들고 있던 권총으로 로트만의 이마를 내리쳤다. 이마에서 턱으로, 피가 흘러내렸다. 한쪽 눈으로도 흘러들었다. 다른 눈은 여전히 악셀을 쳐다보고 있었다. 무표정한 두 시선이 교차했다.

"너는 모른다."

악셀이 말했다.

"슬픔도, 아름다움도, 네 것이 아니다. 너는 그들을 저버렸고, 그들도 너를 저버렸어. 그들의 세계에서 너는 추방자고, 그들이 없는 네 세계는 황무지다."

이거 히틀러지?

검은 뿔이 달리고, 가슴이 어린 아이의 피로 물든 검은 우상. 유태인의 정체에 대한 계몽 포스터전 당선작, 안드레스 키르너 作.

뜯어온 포스터를 그 앞에 던지고, 검은 얼굴의 음울한 청색 눈길을 가리키며 그렇게 물었었다.

그래.

일말의 주저도 없는 긍정.

너, 유태인이군.

그래.

난 집시야.

그래.

알고 있었나?

둘 중 하나겠지. 이 그림을 알아봤잖나? 네 눈은 알고 있는 걸 알아보겠지.

그렇게 말한 그가, 웃었다. 악셀의 눈을 들여다보며, 자신의 눈을 내보이며.

악셀은 다시 포스터의 히틀러를 보았다.

아름다워,

미쳤구나.

아니, 끔찍하지 않아. 아름다워.

그가 손가락으로 그림을 가리켰다.

네 슬픔과 분노가 여기에 있어.

충계를 뛰어올라오는 발소리가 어지럽게 나더니, 곧이어 문 두드리는 소리가 세찼다. 악셀은 움직이지 않았다. 문 너머에서 친구들이 그의 이름을 불렀다. 둘 다 아무 소리도 들리지 않는 듯 서로에게서 눈을 떼지 않았다. 문이 뒤흔들렸다. 아무리 크게 뒤흔들려도 잠긴 방안은 심해처럼 고요했다. 쾅! 문에 몸을 부딪쳐 부수다시피 열어젖히고, 셋이 뛰어 들어왔다. 그들은 묶여서 피 흘리는 로트만을 보고 경악을 금치 못했다.

"악셀!"

현영이 외쳤다. 맨 먼저 정신을 수습한 덕한이 재빨리 문을 닫고, 그 앞에 의자를 대놓고는 돌아서서 낮은 목소리로 물었다.

"…어쩌려는 거냐."

"그를 봐. 갸름한 얼굴, 금발에 푸른 눈, 붉은 기를 띤 흰 피부… 총통의 아리안 인형, 인종의 예술품이지…….."

악셀이 그의 턱을 잡고 옆으로 돌려 관자놀이서부터 흐르는 핏줄기를 보였다.

"피는 유태인처럼 붉은데 말야!"

"집어 치워!"

미하엘이 씹어뱉듯이 외쳤다.

“나도 그게 이상했지.”

로트만이 냉철한 목소리로 대답했다. 멍한 시선들이 일제히 그를 향했다.

“그들의 피를 아주 많이 봤지만, 모두 붉더군.”

그가 덧붙였다.

“피만 봐선 알 수 없어.”

네 사람이 숨을 들이켰다. 악셀이 말없이 눈만 번득이며 총을 치켜들었다. 현영이 알아들을 수도 없는 소리를 부르짖으며 그의 팔을 부여잡았다.

“네가 뭘 하려는지 알기나 해?!”

덕한이 다른 쪽 팔을 잡고 소리쳤다.

“잘 알아! 지금 여기서 죽일 거야, 안드레스의 방에서! 아니면, 그가 당한 바로 그곳에서 총살시킬까!”

“미친 소리!”

미하엘이 공포서린 눈길로 낮게 중얼거렸다. 덕한이 악셀의 팔을 잡고 비틀어 총을 뺏었다.

“거사를 앞두고 이 무슨 짓이야. 고작 히틀러의 하수인 하날 죽이면 안드레스의 복수가 된단 거냐?”

현영이 분노로 몸을 떨며 악셀에게 다가갔다.

“말해, 안드레스가 진정 원하는 게 이거라고, 어서 말해봐!”

악셀이 미친 듯이 현영에게 달려들었다. 바닥에 쓰러뜨리고 얼굴을 후려갈겼다. 덕한과 미하엘은 말없이 서 있었다. 다시 쳐들렸던 주먹은, 그 옆 바닥에 꽂혔다. 이어서 악셀의 머리가 그 바닥에 짓찧었다. 바닥에 누워 천정을 올려다보며 저항하지 않던 현영의 얼굴에 슬픔이 어렸다. 그가 고개 돌리고 상반신을 일으켜 악셀을 감싸 안았다.

“그가, 안드레스를 죽였어… 개처럼 쏴버렸다고! …견딜 수가 없어… 내 눈앞에서, 그가 살아 움직이는 게!”

악셀이 현영의 품에서 흐느꼈다.

"내가 그를 쐈다."

로트만이 입을 열었다. 그의 목소리가 적막 속에 파문을 낳았다.

"내 손으로 아우슈비츠로 보내느냐 죽이느냐… 후회 없는 선택이었지."

끝없는 적막 속에서 그가 악셀을 바라보았다.

"내가 두렵나? 악셀 폰 레넨캄프. 자이스 폰 레넨캄프와 마틸데 폰 레넨캄프의 아들, 집시의 피가 섞인!"

악셀의 검은 눈동자가 싸늘하게 빛났다. 그 눈에 어렸던 물기가 그대로 얼어붙었다.

"너는 자이스 장군의 인질이다. 군부에 대한 SS의 공작에 꼭 필요한 존재지. 넌 죽지 않아. 그걸 몰라서 우리가 두려웠겠군. 그를 위한 건가, 네 자신을 위한 건가? ― 그가 웃었다 ― 난 누굴 위해 죽는 거지?"

악셀의 흰 이마에 잿빛이 감돌았다. 단정한 입매가 미묘하게, 면도날처럼 날카로이 어긋났다… 쾅! 하는 소리가 악셀에게서 눈을 떼지 못하던 현영을 화들짝 깨어나게 했다. 덕한이 휘두른 주먹에 로트만이 의자째 쓰러져 있었다. 챙그랑, 그의 제복 바지 포켓에서 안드레스의 나이프가 떨어졌다.

"재갈을 물려."

덕한의 말에 현영이 따랐다.

"이렇게 된 이상 죽여야 한다. 네 손으로 해치워라."

덕한이 악셀을 돌아보고 말했으나 그는 반응이 없었다. 덕한이 악셀의 어깨를 잡아 흔들었다. 로트만에게 재갈을 물리던 현영이 그 옆 바닥에 떨어진 나이프를 발견하고 집어 들었다. 돌아서서 악셀의 눈앞에 그것을 들이댔다.

"안드레스의 나이프다. 로트만이 갖고 있었어."

그가 칼날 쪽을 악셀의 손에 쥐어주었다.

"이걸 써라."

현영이 칼날을 갖다대고 꽉 누르자 악셀의 손에서 피가 났다. 그가 고개를 쳐들었다.

"아직도 모르겠나? 저자의 물음에 대답해라. 안드레스와 너를 위해서라고!"

칼날을 쥔 악셀의 손에 강한 힘이 들어갔다. 주먹 사이로 피가 흘러내렸다. 생생한 아픔이 고개를 쳐들고, 그를 일깨웠다.

30

가련한, 가련한 아돌프, 모두들 당신을 떠났군요, 모두가 당신을 배신했어요!

　- 에바 브라운. 1945. 4. 27

그날의 서광이 비쳐들었다. 거무스레한 세 그림자가 안드레스의 방 밖에 서 있었다. 덕한과 현영이 미하엘의 배웅을 받고 있었다.

"우린 이제 가야 한다. 악셀이 끝내면, 함께 시체를 처리해."

미하엘이 고개를 끄덕였다.

"곧 뒤따르겠다."

셋은 말없이 서로를 마주보다 일제히 경례를 주고받았다. 서로 끌어안지도 악수하지도 않았다. 서로의 몸에 닿는 것을 무의식적으로 피하였다. 덕한과 현영은 즉각 등 돌려 계단을 내려갔다. 미하엘은 그 자리에 선 채, 그들의 뒷모습을 끝까지 지켜보고 있었다.

로트만은 의자에 묶인 채였다. 그는 어젯밤 네 청년이 교대로 파수 보며 지키는 가운데 태연히 잠들었다가, 새벽에 눈을 떴다. 물을 요구했을 뿐, 더는 한마디도 하지 않았다. 숨이 끊어진 뒤엔 이 방에 밀폐될 예정인 그는, 지금 눈앞의 악셀을 쳐다보고 있었다. 그에게 다가서는 악셀의 흰 붕대를 감은 손에 나이프가 들려있었다. 너무 꽉 쥐어 붕대에 피가 배어나왔으나 개의치 않았다. 그는 가벼운 발걸음으로, 머뭇거리지 않고 곧장 다가왔다. 나이프가 공중에 쳐들렸다. 조각한 듯한 눈꺼풀이 내리덮이다, 번쩍 뜨이며 흰 섬광을 발했다. 로트만은 그 한순간 한순간에 눈을 부릅뜨고 있었다. 공중에 쳐들린 나이프가 그대로 내리꽂히려는 순간, 악셀의 등 뒤에서 그보다 더 높이 올라간 곤봉이 더 빠른 하강을 감행했다. 둔탁한 소리가 나고 악셀이 쓰러졌다. 쿵, 하는 소리에 바닥이 울렸다. 그 뒤로 아직 곤봉을 내리친 자세 그대로인 미하엘의 모습이 보였다. 로트만은 어금니를 깨물었다.

미하엘이 곤봉을 한쪽으로 집어던진 후, 악셀의 나이프를 주워들고 로트만에게 다가와 우선 재갈부터 풀었다.

"너였나, 키르너를 고발한 유디트가?"

재갈이 풀리자마자 로트만이 아직 묶인 채로 물었다. 로트만의 등 뒤로 돌아가려던 미하엘이 경례를 붙였다.

"하일 히틀러. 암호명 유디트, 인사드립니다."

그가 결박의 매듭을 칼로 베면서 덧붙였다.

"유디트로서 대면하는 건 처음이군요. 로트만 중위님."

"그렇다면 너도 유태인이군."

로트만은 제 손으로 밧줄을 걷어내고 일어서며 말했다. 미하엘이 담담한 시선으로 고개를 끄덕였다.

서 있는 그들의 발치에 악셀이 묶여 있었다. 로트만이 미하엘에게 지시했다.

"대사관에 가기 전에 그들을 잡는다. 일을 크게 벌려 동맹국간의 우호를 상하게 해선 안 된다."

"이자는?"

미하엘이 악셀을 가리키며 물었다.

"그자는 유용한 인질이다. 그자로부터 스스로를 보호할 자신이 없다면 은퇴하라."

그가 그 은퇴의 의미는 알 바 아니라는 어조로 말했다. 그대로 나가려다 다시 등 돌려 덧붙였다.

"이 그림들을 포장해 놓도록. 퇴폐 미술품이니 모두 압수다. 내가 직접 관장하겠다."

로트만이 나가자 미하엘은 문을 닫고 묵묵히 그림들을 포장하기 시작했다. 악셀의 눈은 그런 미하엘의 일거수일투족을 쫓고 있었다. 미하엘이 이젤에서 들어낸 그림들을 거칠게 바닥에 내던지다 악셀을 보고 싱긋 웃었다.

"왜, 살살 다루란 건가? 그래주지. 넌 고가의 인질이니까… 할 말이 많은 얼굴이군. 하고 싶은 말이 있으면 해. 난 듣고 싶어."

악셀의 얼굴을 들여다보던 그가 재갈을 풀었다. 악셀은 아무 말도 없이 미하엘을 노려볼 뿐이었다.

"왜, 할 말이 없나? 동병상련이라도 느끼나보군. 집시와 유태인끼리. 훗, 나도 나지만 너도 참 잘도 숨겼군. 전혀 몰랐지 뭐야? 이제야 네 콤플렉스가 모두 이해돼! 철없는 귀족 자제의 배부른 소린 줄만 알았는데! — 그가 악셀의 정면에서 미소 지었다 — 미안하군, 정말 미안해. 하지만 그럼 좀 어떤가. 걱정 마, 모든 게 다 잘될 테니. 나를 믿어! 넌 네 아버지 덕에 혼자 살아남아, 아버지한테 또 반항하면 돼. 달라지는 건 하나도 없어. 히틀러도 또 죽여봐. 내친 김에 아예 괴링도 히믈러도 하이드리히도 모두모두 죽여 줘! 넌, 나완 달리 게쉬타포의 개도 아니고, 매달 할당량을 채울 필요도 없 잖아? 하고 싶은 것만 하고 살아 좋겠군! — 그가 얼굴을 바짝 갖다댔다 — 그 할당량이 뭔지 아나? 내가 어떻게 내 동족들을 사냥하는지 아무리 말 해줘도 네가 과연 알아들을 수나 있을까? 네가 나처럼 잘 할 수 있을까? — 그가 고개를 저었다 — 아니, 넌 못해. 절대로 못해."

미하엘이 굽혔던 몸을 일으키며 악셀을 내려다보았다.

"네가 나였다면 벌써 죽은 목숨이야."

그가 결론지었다. 악셀이 미하엘을 똑바로 올려다보았다. 시리도록 맑은 시선이었다.

"왜?"

그가 물었다.

"넌 왜 히틀러를 죽이지 않는 거지?"

미하엘은 할 말을 잃었다.

"우리 모두 그를 죽이기로 했잖나. 그가 누군지, 우리가 누군지, 잊어버렸나?"

"하!"

미하엘의 얼굴이 일그러졌다. 그가 웃기 시작했다. 오래 웃다가 그치자, 비로소 말했다.

"난 볼프가 아냐. 너희 편도 아니고. 난 안드레스를 밀고해서 죽이고, 리를 모함했어. 서로를 향한 의혹과 공포로 자멸케 하는 공작이지. 적어도 한 사람한텐 성공했어. 바로 나. 너희한테 휩쓸려 죽는가 싶어 진짜 무서웠지. 다른 고발자가 선수를 치면 꼼짝없이 한패로 몰렸을 거야. 정말 아슬아슬했어."

오래된 과거를 회상하는 듯한 어조였다.

"그럴지도 모르지."

악셀은 천천히 말했다.

"넌 볼프가 아닐지도 몰라. 우리의 적이고. 하지만 넌 우리 중 하나야. ― 그가 서슴지 않고 말했다 ― 넌 우릴 좋아하잖아."

아아, 그래? …그렇단 말인가…

"넌 리를 좋아하고, 윤을 좋아하고, 안드레스를 좋아하고, 그리고 나를 좋아하지… 나도 그래. 너를 좋아한다. 신기하지만 사실이지."

악셀의 눈에 순수한 의문이 감돌았다.

"난 지금 널 싫어할 수가 없어."

"왜 그런 거지?"

"…미워하는 것도 쉽지 않아."

"안드레스에게 미안해. 하지만, 그는… 그라면 이해할 거야… 나보다 더 잘 알지도 모르지… 내가 널 미워할 수 없는 이유를……."

미하엘이 악셀을 쳐다봤다. 정말 몰라서 물어보고, 지금은 눈을 내리깐 채 혼자만의 생각에 빠져있는 악셀. 알고 있다. 지금의 이 모습을 알고 있다. 타고난 그 오만한 시선과 도도한 표정은 따라갈 자가 없고, 거침없는 행동거지엔 자연스럽고도 우아한 품격이 배어나는 백작가의 후계자. 모두와 격의 없이 어울리면서도 변치 않는 그만의 무엇을, 미하엘은 항상 찾고 있었다. 리히테르펠테를 자퇴한 것도, 아버지와의 관계로 번민하는 것도 다 알고 있었다. 한 번 결정한 바는 돌이키지 않는, 결국 아집에 갇힌 근성과, 외면적인 대범함 아래 민감하고 섬세한 감수성을 어렵지 않게 꿰뚫어 볼 수 있었다. 거기서 멈추지 않고 그가 구애되는 것, 그럼에도 그가 선택하는 바를 낱낱이 관찰하고 비평했다. 그의 내면을 알면 그 외관의 매료에서 벗어나리라 생각했지만, 그 시점에서 미하엘이 발견한 것은 바로 그가 찾던 해답이었다. 명백히 다른 존재면서도, 자신의 특질을 천재들처럼 부담스러워 하지 않고, 눈썹 하나 까닥 않고 받아들여, 자신이 자신인 것에 털끝만한 의심도 품지 않는다. 그 어떤 번뇌보다도 결국엔 그가 더 강했다. 그 강함은 또한 변화를 모르는 굴레. 그로부터 벗어날 수 없는, 손끝까지 완성된 강력한 자아가 그의 천품이었다. 남들처럼 노력할 필요 없이 확립된 개성의 그 기막힌 자연스러움이 그를 돋보이게 하고 위화감을 낳게 했다. 그를 모방하려는 댄디들이 실패하는 이유, 마음 내키는 대로 행하나, 그답지 않은 바가 없는 그만의 개성. 자아와 스타일, 그 본질과 형식의 조화를 처음부터 타고난 인간. 오랜 혈통의 산물. 천재는 아니나 진짜 귀족인, 강하나 창조적이지는 못한.

정작 본인은 알아차리지 못한 그의 본질을 미하엘이 대신 인식했다. 지금 여기 있는 악셀을, 그는 잘 알았다. 냉혹할 정도로 매서우나 한 번 허용한 자에게는 도저히 자신을 감추지 못하는, 바로 그가 미하엘의 악셀이었다. 예리한 분석과 복합적인 감정으로 빚어낸, 미하엘만의 악셀.

그 익히 아는 모습에 미하엘은 생소한 반응을 보이고 있었다. 유리로 만든 왕자님이군. 약해빠져서, 아무 것도 모르고, 아무 것도 못하지! 그런 주제에 히틀러를 죽이겠다? 우스워라. 기가 차고 한심해서, 비웃음이 난다. 입가가 비틀리고, 눈동자가 가늘어진다. 면전에서 비웃어주마……. 그렇게, 억누를 수 없이, 그는 웃었다. 저절로 미소가 생겨나, 막을 도리 없이, 이미 피어났다. 마음 깊은 곳에서 우러나는… 아아, 이럴 수조차 있구나. 네가, 그리고 내가! 인간이란, 정녕 얼마나 경이로운가… 그 극치로구나… 놀랍고도 놀라워라, 너는 누구냐? 나는 누구냐?

내 마음 깊이, 무엇이 있던가.

너를 좋아한다. 동시에 너를 싫어한다. 나는 그럴 수 있어.

내가 너희에 속했다면, 너희로부터 나올 수도 있다.

나를 죽이면 너희를 살릴 수도 있다

너희를 죽이면 내가 살 수도 있다.

그 이면의 진실을, 그 역의 논리를, 너는 모른다. 내가 누군지, 내가 뭘 할 수 있는지.

나는 사람이다. 사람이란, 본래 못할 짓이 없다. 그걸 아는 내가, 바로 초인이다.

"가르쳐줄까?"

미하엘이 무릎 꿇어 악셀과 눈높이를 맞춘 채 조용히 말했다.

"내가 안드레스를 왜 고발했는지… 그걸 결정한 건, 그가 제비를 뽑았을 때였어."

"왜?"

악셀이 다시 물었다. 미하엘이 다시 웃었다.

"어차피 죽을 목숨이잖아."

그가 나직한 목소리로 차근차근 말하였다.

"너희 같은 미치광이들과 함께 죽으려고 지금까지 살아남은 줄 아나? 내 목숨은 비싸. 몇 사람 몫이라고. 아니, 더 많아……."

그는 기억해내려 했다.

"…모르겠군… 하여간 많아… 안나, 발터, 하인리히, 막스, 에르나, 그리고 안드레스… 그게 다는 아냐. 다는, 기억 못해. 새 사람 하나가 옛 사람 하나를 잊게 하지. 나는 어차피 죽을 그들을 대신해서 살아남는 거야. 바로 이 내가, 그렇게 결정했으니까. 살아남고자 하는 내 열망이, 내 의지가, 그들 중 가장 압도적이니까. — 잿빛 눈이 불꽃처럼 타올랐다 — 그러니까, 모두 내게 속는 거야. 죽는 순간까지 날… 몰랐을 걸."

그가 악셀의 곁을 떠나 방안을 배회했다.

"처음엔 재밌었어. 한 여름 밤의 꿈이었지. 너무너무 유쾌해서 자랑하고 싶었어! 내가 히틀러를 죽이려 한다고, 게쉬타포한테 말야! 안나와 발터와 막스에게도… 내가 히틀러를 죽이려고 너희 대신 살아남은 거라고! 너희 는 너희의 영웅인 날 위해 희생된 거라고!"

어두운 눈빛의 미소.

"…나야말로 너희에게 속았지. 우리가 히틀러를 죽인다고? 하, 히틀러가 죽는다고? 그가, 죽어?"

그가 또박또박 말을 이었다.

"…안드레스도 믿지 않았어. 그가 믿은 건, 히틀러가 아닌 자신의 죽음이 야! 안드레스는, 히틀러의 품에서 죽으려 한 거야… 혼자 살아남은, 죽는 것도 사는 것도 아닌 생을 끝낼 기회만 노렸던 거야! …그래서 고발한 거야. 어차피 처음부터 배신할 생각이었지만, 안드레스는 특별했지… 그게 다 뭐란 말야! 이도 저도 아니고, 포기한 주제에 이제 와서! …눈 가리고 아웅이지, 비루하기 짝이 없어! 결국 그렇게 죽을 거라면, 내놓으란 말이다! 그 목숨이면 날 얼마동안이나 살릴 수 있는지 알아? 죽고 싶은 놈은 죽고, 살고 싶은 놈은 살고, 그럼 그만이지! …난 놈이 미웠어… 가족을 잃었다고? 하, 누군들! ― 그가 분을 토했다 ― …그래, 함께 못 죽어서 불만인가? 혼자만 산 게 억울하고 부끄러워? 그럼 가족끼리 서로 저 죽는 꼴 보여줘야 하나? 그걸 보기나 했어? 보기나 했냔 말이다! ― 눈앞에 백색 불꽃이 어른거렸다 ― 무섭고, 무서워서, 죽기 싫어서, 나 혼자라도 살고 싶어 도망친 게 뭐가 나빠!"

쉰 목소리가 거칠게 끊겼다. 터져 나왔으나 솟구치지 못하고, 찢어발겨져 추락한다. 발아래 부서지는 유리 파편의 감촉, 도망치고 도망친 끝에, 공포에 떨며 숨어 있다 맞이한, 그 아침의, 눈이 부실 듯한 광경… 수정의 무덤… 아니다, 지금은 그 아침이 아니다. 그 찌를 듯이 날카롭던 백색은 이제 없다. 가라앉혀라. 지금 눈앞에 있는 것을 보아라. 어디에도 유리파편은 없다. 온 거리에 눈처럼 내려앉았으나, 더 이상 남아있지 않다……. 거대한 귀로 화한 전신에 박혀오던, 유리가 깨어지는 소리도 더는 들려오지 않는다…….

눈앞에는 악셀의 얼굴이 있었다.

"뭐가 나빠?"

그가 조용히 물었다. 악셀은 대답하지 않았다.

"넌, 정말 아무 것도 모르는구나. 하긴 뭘 알겠어. 그렇게라도 살고 싶단 건, 나쁘지 않아… 안드레스도 그걸 봤어야 했어. 그럼 그런 배부른 소린 안했을 텐데. 그도 내 편에 섰을 거다."

그가 스스로 고개를 끄덕였다.

"게쉬타포가 인간이라면 나도 인간이야. 그들이 유태인을 죽인다면, 나도 죽일 수 있어. 난 그렇게 살아남았고, 앞으로도 그렇게 살아남을 거야.

너희처럼 거저 얻어진 삶이 아니란 말이다! ─ 허공을 향해 노래 부르듯이 ─ …난 죽기 싫어. 넌 죽는 게 뭔지 몰라. 그게 얼마나 무서운지 몰라… 그걸 아는 사람만 살 자격이 있어. 히틀러가, 싸우길 원치 않는 자는 살 가치가 없다 하였지! 난 약자의 죽음으로 생명을 이어가는 강자야… 앞으론 그런 사람들만이 살아남을 거다……."

"히틀러의 사람들?"

악셀이 침묵을 깨뜨렸다. 미하엘의 눈동자가 허공으로부터 천천히 악셀에게로 돌려졌다.

"그래. 나 같은."

"히틀러에게 매료된 건, 수정의 밤 이후부터였어."

"난 그가 주는 공포에, 넋을 잃고 빠져들었지."

그가 그렇게 말했다. 그리고 조용히 웃었다.

"걱정 마. 히틀러가 죽어도 난 살아남을 테니까. 그때가 되면 난 박해받은 가련한 희생자지."

"지금도 그래."

악셀이 조용히 말했다. 미하엘이 악셀의 얼굴을 쳤다.

"닥쳐."

"널 속인 건 우리가 아니라 히틀러야."

입에서 피를 흘리며 악셀이 말했다.

"히틀러는 죽지 않는다고? 맞아. 그는 죽으면 안돼… 죽여야 해! 그가 패한 끝에 죽도록 내버려둬선 안돼. 이미 그의 범죄는 행해져서, 돌이킬 수가 없어! 그 돌이킬 수 없는 짓을 우리 손으로 끝장내지도 못한다면, 그가 더 많이 죽이기 전에 하루라도 빨리 그를 죽이지 못한다면, 우린, 영원히 그의 것이 될 거야… 모두가… 그에게서 빠져나오지 못한다! 그는, 영원히 죽지 않을 거다!"

악셀과 미하엘의 시선이 서로 얽혀들었다. 이윽고 악셀이 꿈꾸는 듯한 눈빛으로 침묵을 깨뜨렸다.

"아버진, 어머니가 집시의 혼혈인 걸 내가 모르는 줄 알지. 히틀러가 나타나기 이전부터 감춰왔었어. 그는 내가 내 혈통에 구애될까 걱정하였지… 내가 그런 걸 알 필요는 없다고도 생각하였고! …하지만 난 부끄럽지 않았어. 난 죽어버린 우리 엄마가 집시의 혼혈이어서 그렇게 예뻤다고 생각했거든! …그래, 아버지에게 반항하고 싶었어. 우리에 대한 그의 사랑이 그에겐 너무 무거워 보여서… 그에게 항상 추궁하고 싶었지, 어머니가 살아있다면, 총통의 명령대로 어머닐 죽였을 거냐고. 물론 그는 그러지 않겠지. 나도 알고 있어. 하지만 어머닐 살리려면, 자신의 양심과 신조를 어겨야 하는 그에게 물어보고 싶었어. 그 양심의 정체는 뭐냐고, 총통에게 충성을 맹세한 그 양심이 어머닐 죽이라고 명령하지 않느냐고. 어째서 그것이 당신의 양심인 거냐, 어째서 당신은 당신의 아내와 아들에게 죽음을 선고한 총통을 따르느냐고!

…결국 그러지 못했지. 아버지에게 그렇게 물었다간, 어머닌 하늘에서도 날 용서치 않을 테니까.

…그러나 그는 홀로 그런 물음을 되새겼을 거야. 그리고 졌어. 아무 결론도 내리지 못한 채, 회피하였지! 그는 그대로, 죽은 어머닐 애도하고 살아 있는 날 숨겨두면서, 싸우다 죽으려 하고 있어… 내겐 아무 말 없이 그 혼자서 떠안고 갔을 때 이미 진 거야……. 그는 항상 독일에 충성했지만, 히틀러가 독일을 부르짖자, 그의 승리에 눈이 멀어, 그대로 속아 넘어갔어. 하지만 그 히틀러의 독일에선, 그의 가족이 죽어야 해… 혼란 속에서 그가 길을 잃은 게 보여. 내가 그랬듯. 골수 나치였던 내가 어머니의 혈통을 알고 충격에 휩싸였을 때처럼.

하지만 사랑하는 이로 인한 혼란은, 사랑하는 이가 곧 빛이더군. 나는 자문했어. 그래서, 이제는 어머니가 부끄러운가? 이제 더는 어머닐 사랑하지 않는가? 어머니가 살아있었다면, 총통의 명령을 받들어 어머닐 죽였을 것인가? 집시의 혈통을 이어받아 저토록 아름다운 내 어머니를.

해답도 필요 없는 질문이었지. 너무나 간단하고 당연한.

…그때 난 아버질 용서했다고 생각했어. 나는 극복했지만, 그는 그러지 못했구나……. 이제 내가 그를 지켜야 한다고… 하지만, 그것이야말로 내 치기였던 거야… 나는 아버지를 완전히 용서한 게 아니었어… 그러기엔 그를 너무나 사랑하지! 나는 그에게, 가차 없이 요구해. 그가 이겨서… 히틀러에 맞서 독일을 구해내고 어머니의 명예를 회복하길 원해. 그는 그의 투쟁에서 불굴의 용기로 싸워서 승리해야 해! …그는, 나의 영웅이니까!"

"난, 히틀러가 아니라 아버지에게 맞서는 거야… 내가 싸우는 상대는 내 아버지야. 나는 그를 여기, 내 싸움터로 이끌어 내겠어… 그가 눈감으며 돌아섰던 곳으로 내가 간다면, 그도 더는 회피할 수 없겠지… 그는 이제, 어머니의 죽음으로 유보됐던 결정을 내려야 할 거야. 과연 무엇이 그의 양심인지, 그는 선택하고 증명해야 해… 그에게 그렇게 요구하는 나 또한, 그에게 나를 보이겠어. 그의 싸움이자 내 싸움에서, 내가 그의 아들답게 싸웠음을 보이겠어…"

"…난 그렇게 밖엔 할 줄 모르지만, 그는 알 거야… 바로 그가 가르친 방식이니까… — 낮은 목소리가 속삭였다 — 우리 둘 다 이대로, 아무런 접점 없이 시간을 흘러 보낼 것이 두려워. 그와 나 사이의 거리가 좁혀지지 않은 채로, 어떠한 참된 관계도 맺지 못한 채, 그가 히틀러에게 충성을 다하다 죽어갈 것이 끔찍해! …가족에게서 떨어져, 오직 히틀러뿐인 인생… 너무나 비참하지! 텅 비고, 아무런 의미도 없어!"

그의 눈 속에 검푸른 격랑이 일었다.

"…생각만 해도 참을 수가 없어… 말없이 그 모든 걸 감내할 그가… 그런 그를 두고, 저자가 히틀러의 부하였다고 할 테지! …그의 마음을 누가 알겠어! 그는 죽어서도 죄인이겠지… 하지만 살아있는 지금이 더 해! 그가 자신의 모든 것을 건 자가 누구야? …철저히 잘못된 투쟁이고, 끔찍한 운명이지! …그게, 철부지 귀족 도련님의 골수에 사무친 고민이었어… 너무 사치스럽나? 그래, 난 아버지가 그냥 살아있기만을 바라지 않아. 그가 그렇게 살지 말았으면 해! …그가 너처럼 사는 걸 원치 않아. 어떻게 해서라도 살아만 있어주길 바라지 않아! …그가 그렇게 밖에 살 수 없고, 도저히 행복할 수 없다면… 그의 그 눈먼 삶이, 그 비극이… 차라리 끝나길 원해…….”

그 말은 담담하게 흘러나왔다. 악셀은 그렇게, 자신의 말에 처음으로 귀를 기울이고 있었다. 가장 깊은 곳의 감옥에 가두었던 검은 마음이 순식간에 해방되고, 아비살해자의 벌거벗은 얼굴이 드러난다… 잔인무도하고 냉혹하여라, 제 아비를 심판하는 아들아. 너를 심판할 자는 누구냐… 아무도 없다. 아무도 너를 심판하고 너를 벌주지 않을 것이니, 모두가 네게서 얼굴을 돌리고 너를 홀로 버려둘 것이다. 네게는 아무도 없다… 네게는 아비가 없지 않으냐. 너는 아무 곳에서도 오지 않았고, 아무에게서도 태어나지 않았으니, 진정 괴물이다. 우리는, 네가 희한하고, 또한 무섭다!

심장으로 스며든 비소의 아픔이 전신으로 퍼져나간다… 겪어라, 이제! 그 얼마나 큰 죄인가! 그토록 두려워했으나, 이제 실토하였고, 그로써 행하였으니… 모두 네 것이다. 이제 끝까지 견디어라! 네 죄를 짊어지고, 네 고통을 끌어안아라!

그 얼굴 너머로, 또 다른 얼굴이 보인다. 미하엘이다… 미하엘의 얼굴이다… 네가, 내 곁에 있구나. 미하엘.

“…그래, 난 모른다. 난 네가 본 걸 보지 못했어. 널 좋아하지만, 네 슬픔을 슬퍼하지만, 널 그렇게 만든 게 뭔지 몰라. 그렇게 되어 버린 널 알 수 없어… 널 미워할 수 없는 건, 널 이해할 수 없기 때문이겠지… 네가, 나를,

우리를 배신하고, 안드레스를 밀고하다니… 네가? 그 미하엘이? …거짓말 같고, 꿈만 같아… 하지만 거짓말이 아니지, 넌 지금 내게 처음으로 네 진실을 토로하는 거야… 내가 널 알아주길 바라면서!"

그가 고개를 저었다.

"…하지만… 난 못한다… 그럴 수 없어… 믿어지지가 않는데! …난 널 알아줄 수가 없구나! …미하엘, 미하엘… 난 널 모르겠다! …네 정체가 뭐든, 내게도 내가 아는 네가 있어!"

"난 못해. 난 널 죽일 수 없어. 넌 로트만이 아냐. 히틀러가 아냐."

"난 네게 아무 것도 해줄 수가 없어……."

"…하지만 네 소망은 이해해. 네 단 하나의 무고한 소망… 그래도, 그 소망은 무고해도, 넌 이미 그러하지 않아… 안됐구나, 미하엘. 너는 죽은 후에도 나치와 함께일 거다… 네겐 삶도 죽음도 없구나……."

낮게 잦아드는 목소리가 미세하게 떨렸다.

"…넌 견뎌내지 못할 거야……."

바로 내가 그렇듯. 우리들 서로는 죄인이지만, 네 죄를 내가 알 수 없고, 내 죄를 네가 알 수 없으니, 네 고통을, 또한 나의 고통을, 함께 할 수 없기 때문이다. 우리는 저마다 혼자이니, 이 얼마나 무거운 벌이냐.

그러나 죄는 아직도 더 무겁다!

그러나 미하엘은 속지 않았다.

거짓말이다… 너는 다 알아. 너 역시 사랑하는 사람을 배신했어. 너만은
안다, 날 알아… 내가 널 알듯이! 널 알아줄 수 있는 건 나뿐이다! 너는 나
를 알고, 나는 너를 알아. 그것이면 족하지 않나? 우리는 서로 의지해야 해,
서로를 구해야 해… 그런 게 사람이지 않나? 사람은 무슨 짓이든 할 수 있
어, 사람을 죽일 수 있으면 구할 수도 있지! 그러면, 너도 나도 다 살 수 있
어… 중요한 건 그거야… 살아있으면, 무슨 일이 생겨날지 몰라, 죽으면
모든 게 끝이지! 네 아버지도, 네 손에 죽더라도 네가 살기를 바랄 거야!
  …나를 혼자 두지 말고, 너도 혼자 가버리지 말아. 나는 곧 너야, 나를 모
른다고 하지 말아… 널 모른다고 하지 말아! …날 버리지 말아, 널 버리지
말아!

  미하엘이 악셀을 내려다보았다. 악셀의 눈동자는 더없이 맑고 그윽했다.
아름다운 눈이었다. 더는 아무 말도 하지 않을, 그 맑고 깊은 눈에서, 미하
엘은 자신의 얼굴을 보았다. 검푸른 늪 위로 떠오른, 흐트러짐 없이 선명
하고 맑은 초상. 바로 나, 악셀의 미하엘. 그가, 곤봉을 집어 들어 쳐들었다.
내리쳤다. 내리치고, 내리쳤다. 그 소리가 방안 가득 울려 퍼졌다. 끊임없
이 이어졌다.

  쓰러진 악셀 위에 올라탄 미하엘이 곤봉을 규칙적으로 내리찍고 있었다.
그 옆의 벽에 피가 튀고, 살점이 튀었다.

  햇빛이 크게 열린 검은 동공을 꿰뚫었다. 피투성이로 뭉개진 얼굴을 비
추었다. 아직도 흘러내리는 선혈 사이로 이마와 뺨의 군데군데가, 콧날의
일부분이, 턱의 한 귀퉁이가 더욱 희게 두드러졌다. 쓰러진 그의 몸 위로
늘어선 그림들에는 아직 엷은 음영이 드리워져 있었다. 그중 하나에 피 묻
은 손가락 자국이 스치듯 남겨져 있었다. 검은 머리카락을 늘어뜨린, 아름
다운 검은 눈을 한 여자의 초상이었다.

일본 대사관은 아침부터 소란스러웠다. 친위대원들이 경비 상황을 점검하며 홀을 바삐 오가고 있었다. 전화벨이 울렸다. 성장을 한 유사쿠가 급히 다가가 수화기를 들었다.

그가, 천천히 수화기를 내려놓았다.

유사쿠가 이층의 자기 방에서 권총을 꺼내 탄환을 장전했다. 유사쿠의 방 앞에서 막 그를 부르려던 나쓰에의 눈에, 살짝 열린 문틈으로 그 모습이 보였다. 흠칫해서 멈춰 선 나쓰에가 소리 없이 자리를 떴다.

잠시 후, 심상찮은 표정의 유사쿠가 뒷문을 통해 대사관저를 빠져나갔다. 창문에서 내려다본 나쓰에의 모습이 황급히 안쪽으로 사라졌다.

덕한과 현영이 대사관이 위치한 티어가르텐에 거의 다다랐을 때, 그들 앞에 유사쿠가 나타났다. 현영이 그의 이름을 부르기도 전에 그가 총구를 들이댔다.

"서라."

두 사람이 멈추자, 유사쿠가 그들을 티어가르텐 공원의 인적 드문 숲 속으로 몰아넣었다.

유사쿠의 총구를 뒤로 하고 두 사람은 말없이 걸었다. 그들은 서로 눈을 마주치지 않았다. 고즈넉한 숲 속에 새소리가 청명하게 울렸다. 덕한은 나쓰에의 얼굴이 잘 떠오르지 않는 안타까움에 눈을 내리깔았다. 옆에서 현영이 걷고 있었다. 뒤에는 유사쿠가 있다. 그들의 존재가 아득히 멀리 있는 듯한데, 숨소리는 닿을 듯이 가깝게 느껴진다.

"멈춰."

유사쿠의 목소리가 들려왔다.

"총과 폭탄을 내놔."

그가 갈라진 목소리로 요구했다. 두 사람은 아무 반응도 보이지 않았다.

…내가 너를 버렸다…

안드레스의 나쓰에를 본, 그 저녁의 발코니에서…

현혹 속에서 홀로 깨어 나오며, 널 버려두었지…….

…너는, 결코 모를 거라 생각했다… 너는, 알 수가 없다고… 나는 입을 다물고, 너를 구하려 하지 않았다… 네가 그에게 계속 속도록 내버려두며, 나 또한 너를 속였다…….

…히틀러가 아닌 내가 너를 버린 것이다… 너를 믿지 않은 것이다…….

나는 네 친구가 아니다.

"싫은가? 그래, 내놓더라도 너흰 내 손으로 죽인다!"

유사쿠가 격렬하게 말했다.

"이거 말인가."

현영이 천천히 폭탄이 든 서류가방을 들어보였다.

"내려놔!"

소리치는 유사쿠의 목소리가 슬픔으로 떨렸다. 묵묵히 그 말을 따라, 천천히 허리를 굽혀 가방을 내려놓는 듯하던 현영이, 몰아치는 슬픔을 억누르는 유사쿠의 허점을 찔러, 순간 번개같이 몸을 일으켜 총구를 들이댔다. 그는 훈련된 자였다.

"카오루, 너…"

유사쿠가 부르짖었다. 현영이 그를 쳐다보다가, 천천히 입을 열었다.

"내가 두렵나?"

나직하나 또렷한 말의 울림이, 선명한 여운을 남기며 퍼져나갔다.

…카오루, 네가 그런 미친 소릴 하다니.

현영이, 그에게 고했다.

"나는, 이현영이다. 불령선인이고, 너와 나쓰에를 속였고, 이제 히틀러를 죽일 것이다."

"닥쳐!"

유사쿠가 이를 악물었다.

"넌 속고 있는 거야. 덕한에게 물들어 버린 거라고!"

그의 총구가 덕한을 향했다.

"속은 건 너다. 히틀러와 천황에게."

현영이 낮은 목소리로 말했다.

"그리고 내게."

유사쿠의 얼굴을 바라본다. 다시 못 볼, 그리운 얼굴을… 이제 그리워할 수 없는 얼굴을… 간직하려 들지 말아라…….

"난 네 친구고 나쓰에의 약혼자다. 너흰 날 좋아하고 날 믿었어… ─ 유사쿠가 덕한에게 총구를 겨눈 채 현영을 쳐다보고 있었다 ─ 그런 너희에게, 골수까지 히틀러가 뿌리내린 너희에게 내가 해줄 수 있는 유일한 길이다…. 그를 죽이는 것."

유사쿠의 눈에서 눈물이 흘러내렸다. 그 목소리가 낯설고, 그 말이 낯설었다. 그 낯선 이가 현영임을, 이제 몰라볼 수가 없다, 정녕 그다! 다른 사람이 아니다… 잠시 이상해진 것도 물든 것도 아니다… 이 자가 그다! 그는 본래 그러하였지! 덕한처럼, 너도 본래 그러하였지!

나는 너를 잘못 보지 않았다. 네게 속았을 뿐이다… 네가 변할 수 있으리라 믿었고, 변한 듯 보이는 널 믿고자 했기 때문이다. 그 변모가 부자연스러워도, 나는 너를 믿어야 한다고, 너를 의심하지 말아야 한다고 생각했었다… 나는 스스로 네게 속았다…….

아아, 너는 내게 무엇이든 할 수 있다. 네가 내 믿음을 필요로 하는데, 내가 어찌 널 믿지 않을까. 네가 날 속이고자 하는데, 내가 어찌 속지 않을까.

…괴로워하는구나… 우는 것은 나고, 너는 날 차갑게 노려보지만, 더는 속지 않겠다. 눈물 흘릴 자격도 없다고 생각하나? 그렇게 자신을 몰아치면서, 내게는 감추려든다… 내내 그렇게 괴로워하였구나……. 너는 정녕 바

보구나.

네가 우릴 배신하였지. 우릴 이용하고, 속인 후에.

나와 나쓰에를 사랑하면서도, 일말의 망설임도 없이 그리하였지. 후회하지도 않고, 포기하지도 않아. 다시 시작한다 해도, 또 그리 할 테지.

네가 그렇게 무자비하다면, 왜 우릴 사랑했느냐?

…그 사랑조차 거짓으로 꾸며내지 그랬어!

…더는 안 된다, 이 이상은. 끊어내라, 이제 그를… 알아선 안 된다! …그가 속삭이듯 말했다.

"널 구원해주마… 카오루…"

내 세계를 무너뜨리지 마라

네가 있는 세계를

후에, 어디로 가려는 거냐… 너 혼자?

용서하지 않아

나는 이제 너를 모른다

찰나의 끝이 오기 전에, 중단케 하라… 그의 총구가 번개같이 현영에게 돌려진 찰나, 총성이 탕! 하고 울렸다. 유사쿠가 벌린 입으로 소리 없는 비명을 토하며 무너져 내렸다. 덕한의 총구에서 연기가 올랐다…….

아아아악!

나쓰에의 비명이 주변의 공기를 날카롭게 갈랐다.

그녀가 미친 듯이 달려오고 있었다. 쓰러진 유사쿠에게 달려가 그 위로 몸을 굽혔다. 그를 끌어안고 몸부림쳤다. 허공을 향해 몇 번이고 도리질 쳤다… 오열하는 그 얼굴이 수그러지며, 가녀린 어깨가 들먹였다.

이윽고, 그녀의 손이, 유사쿠의 눈을 감겼다……. 손가락 끝에 묻은 눈물이 아직 따뜻했다……. 그녀가 천천히 유사쿠의 손에 쥐어진 권총을 빼들었다. 피로 물든 흰 치마폭에 유사쿠를 끌어안은 채, 그녀가 그들에게 똑바로 총구를 겨누었다. 그 자리에 굳은 듯이 서서, 그녀를 바라보던 덕한이 천천히 고개를 저었다. 총을 든 덕한의 손이 그의 관자놀이께로 올라갔다. 차가운 총구가 와 닿는 순간, 크게 맥이 뛰었다. 덕한은 그대로 방아쇠를 당겼다.

현영이 서 있는 옆으로 덕한이 쓰러져 있었다. 저편에는 나쓰에가 쓰러진 유사쿠를 안고 총을 겨눈 채였다. 이윽고 천천히 등 돌린 현영이, 그들을 뒤로 하고 걸어가기 시작했다.

덕한은 나쓰에를 사랑했는가. 나는 나쓰에를 사랑했는가. 우리가 그들을 배신했는가. 우리를 배신한 것은 누구였는가.

그의 뒷모습이 점점 멀어져가고 있었다.

아무 것도 아니어서 묻어버린 물음만이 지금 떠오른다. 그렇게 그들은 그들을 묻었고 나는 나를 묻었으며, 또한 서로를 묻었다… 낯설고 이상한 순간이다… 물음에 끝은 없다… 끝없는 물음이란 필요치 않다. 등을 돌리고, 끝을 찾아 나서라. 다다르지 못해도 향하다 죽을 것이다… 버렸다면, 등을 돌려라…….

그 모든 물음 위로 떠오르는 얼굴이 있다. 내 눈은 그 얼굴을 보고 있다.

나는 너를 향해 갈 것이다. 네게로 돌아갈 것이다.

너만은 날 두려워하라. 나는 네 죽음이고, 너는 내 죽음이다. 나는 너고,

너는 나다.

탕!

총성이 다시 울렸다. 바람이 그의 귓가에 불어 닥쳐, 갈가리 찢겼다……

총을 든 로트만의 손이 천천히 내려졌다. 그가 현영에게 걸어갔다. 쓰러진 그 몸 위로 굽어봤다. 뛰어오는 발소리가 들렸다. 피를 뒤집어쓴 미하엘이, 광인의 형상으로 뛰어와 로트만의 곁에 멈춰 서서, 숨을 헐떡이며 그를 올려다봤다. 현영이 쓰러진 쪽으로는 시선 돌리지 않고, 입을 열었으나 뭐라 말하지도 않고, 오직 그만을 애원하듯 쳐다봤다. 로트만이 턱짓으로 떠나라 했으나, 미하엘은 꿈쩍도 않았다. 그의 간절한 눈을 로트만이 내려다봤다. 로트만이 몸을 돌려 걸어가자, 미하엘이 급히 따라갔다. 한동안 그렇게 걷다가, 어느 순간 로트만이 돌아봤다. 그리고는 미하엘을 쐈다.

벤츠 770 그로스가 대사관에 도착했다. 맑고 차가운 대기 속으로 가을 햇살이 부드럽게 일렁거렸다. 차문이 열리자, 모습을 드러낸 그가 대리석 계단을 천천히 올라갔다. 이윽고 그 뒷모습이, 그를 맞이하기 위해 양옆으로 열어젖힌 문안으로 사라졌다.

에필로그

그는 그로부터 4년 후, 1945년 4월 30일에 자살했다. 4월 29일 에바 브라운과 결혼했고, 유언장에 서명했다. 30일 오후, 에바 히틀러는 사이아나이드 캡슐을 삼켰고, 그는 6.35 월터로 머리를 쏘았다. 휘발유로 불태워진 그들의 시체는 5월 8일 소련군의 손에 발견되었다.

그는 거대한 검은 날개
우리를 감싸고 눈을 감기우는
운명의 검은 날개
나는 그가 꿈꾸는
폐허의 검은 재
그의 눈에 달라붙어
세계를 검게 칠한다
검은 날개에 실려
경계를 넘나든다
나는 생에 의해 죽음으로
죽음에 의해 생으로 내몰린 자
어디에도 안식은 없다

아무 것도 단절되지 않는다
나는 죽지 않는 자
생을 모르는 자
내 생은 死者들의 꿈
내 죽음은 그의 꿈
나는 승리한 생명의 표상
드높이 매달려져 생을 증거하고
가슴 깊이 간직한 죽음의 상념에
얼굴을 묻는다
나는 잿더미 위에 피어난 꽃
밤이면 다시 검은 재로 화해
그의 무덤 위로 내리덮힌다

- 막스 벨트너, 1959, 4.

이하라 나쓰에: 1995년 9월 23일, 베를린 근교의 자택에서 별세. 향년 74세.

이하라 카오루: 1958년 6월 5일, 베를린에서 교통사고로 사망. 향년 16세.

자이스 폰 레넨캄프: 1942년 10월 17일 스탈린그라드에서 전사. 향년 51세.

빌헬름 로트만: 1945년 5월 7일 베를린에서 총살됨. 향년 27세.

서연옥: 1950년 3월 14일 김천의 생가에서 별세, 향년 53세.

Fin.

미주

1) 실제로 총독부 경무관을 한 조선인은 구연수 1인이다.

2) 최초의 창씨개명은 1880년, 이동진이 아사노 도진으로 개명.

3) "…4200명의 조선인을 일제 헌병의 끄나풀인 밀정으로 채용한 것인데, 그 창설자가 헌병 대장 겸 통감부 경무총장이던 아까시이다……. 러시아의 취약점을 찾아 연구 검토를 거듭하던 아까시는 그 나라 제정의 부패, 빈부격차, 슬라브 민족과 기타 소수민족과의 갈등 등을 발견하고 쾌재를 불렀다……. 이 돈으로 아까시는 러시아의 반정부 과격파를 선동하였다……. 3천여 명의 사상자를 낸 '피의 일요일' 사건이 터지고 말았던 것이다……. 러시아의 육군은 아직도 수백만이 건재하였다. 그럼에도 불구하고 러시아가 전쟁의 계속을 단념한 것은 아까시의 선동으로 더욱 커진 혁명 때문이었다. 따라서 러일 전쟁은 심지어 아까시 혼자 힘으로 이겨낸 것이라는 말까지 전해진다. 독일의 카이저는 아까시의 모략의 힘이 3개 군단에 해당할 만한 일을 해냈다, 고 찬탄하였다……." 임종국, 『실록 친일파』, 돌베개, 1991, 150~151 쪽.

4) 밀정을 가리키는 독립군의 은어.

5) 현 베를린 훔볼트 대. 1809년 빌헬름 폰 훔볼트가 세우고 프로이센의 프리드리히 빌헬름 3세의 이름을 따 프리드리히 빌헬름 대학교라 칭함. 헤겔이

총장을 지낸 세계 유수의 대학이나 2차 대전 후 동독에 속하게 되면서 대
학의 이름이 훔볼트 대학교로 바뀜.

6) "…대부분 청년들이 민족주의 의식을 가지게 되었던 동기에 대해 이광수와
히틀러에 관한 소문과 저서를 들고 있는 것을 볼 때, 이들이 당시 청년, 학
생층에 미친 영향은 상당했던 듯 하다……. 무등회 사건의 주모자인 남정
준이 히틀러 전을 읽고 민족의식에 공감했으며… 이들 청년, 학생은 히틀
러의 투쟁 경력 중 동지 4명과 주점에서 밀의하던 고난의 시대도 있었지만
마침내 독일통일의 대업을 완성했다……. 자신들의 활동도 그 같은 결과를
얻게 되기를 기대했다……. 또한 유영대는 히틀러가 남독일의 구석지인 뮌
헨 지방에서부터 독일 민족의 애국심을 앙양시키고 일치단결시켜서 독일
재건에 성공했다는 사실에 고무되어, 자신도 히틀러를 모방하여 조선의 독
립을 도모할 것을 결의했다. 그는 히틀러가 그랬듯이 조선인 한 명, 한 명이
단결하면 독립도 가능하므로, 우리 청년은 조선의 2,400명 동포를 위한 지
도자가 되어 투쟁해야 한다고 역설하기도 했다. 나아가 독립 이후의 국가
형태에 대해 논의하는 과정에서 심지어 나치스적 전제주의 국가가 필요하
다고 주장하는 경우도 있었다. 이와 같이 일제말의 선진적인 청년, 학생들
중에서 상당수가 독일의 히틀러를 본받아야 할 영웅으로 생각하고 있었
다……." 한국역사연구회 근현대청년운동사 연구반, 『한국근현대청년운동
사』, 풀빛, 1995, 522~524 쪽.

7) 당시의 실제 주독 일본 대사는 오시마 히로시.

8) 조세프 아르투르 드 고비노 백작. 프랑스의 외교관 · 작가 · 민족학자 · 사회
사상가. 1853년에 간행된 '인종의 불평등에 관한 에세이' 에서 문명의 운
명이 인종의 구성에 따라 결정되며, 가장 우수한 백인종 가운데서도 가장
고귀한 아리안 민족은 흑인종이나 황인종과 섞이지 않을 때 번영하며, 한
문화가 갖는 특성이 인종 혼합으로 흐려지게 될수록, 그 특성은 생명력과
창조력을 잃고 부패와 방종으로 기울게 된다는 이론을 표방함. 리하르트
바그너와 프리드리히 니체 같은 독일인들에게 영향을 끼쳐 고비니즘이라

부르는 운동이 펼쳐지고 무수한 고비노 협회가 세워짐. 그 회원인 영국의 휴스턴 체임벌린(바그너의 사위로 영국 수상 네빌 체임벌린과는 숙질간)은 독일민족 우월론과 반유태주의를 표방한 저서 '19세기의 기반' 으로 카이저 빌헬름 2세의 측근이 되었다.

9) 게오르크 폰 리벤펠스가 간행한 빈의 반유태 잡지. 저속하고 성적으로 문란한 잡지로 악명이 높았음. '당신은 금발인가?' 하는 선동적인 질문을 표지에 내걸고, 주로 검은 털이 나고 다리가 구부러진 추한 용모의 유태인 '소돔의 작은 원숭이' 가 금발의 순진한 아리안 처녀들을 유혹하여, 피를 더럽힌다는 류의 내용을 실었음. 또 다른 반유태주의 도색잡지인 '데어 슈튀르메르' 의 발행인 율리우스 슈트라이허는 비어홀 쿠데타의 동지 중 한 명으로 후에 프랑코니아의 나치스 지도자가 됨.

10) 시온의정서: '시온학자들의 외교의례' 가 본래 명칭임. 20세기 초 반유태주의의 논거 역할을 한 위조문서. 1897년 스위스 바젤에서 열린 시온주의자 대회의 회의 보고서인 양 꾸며졌음. 유태인들과 프리메이슨 단이, 자유주의와 사회주의를 수단으로 삼아 기독교 문명을 파괴하고 세계 국가를 수립하는 계획을 세웠다는 내용임. 1903년 러시아의 일간지에 실린 뒤 세계로 퍼져나가 반유태주의를 부채질함. 1921년 런던타임즈가 처음으로 위조문서임을 밝힌 이래, 러시아 역사가 부르체프의 조사로, 러시아 비밀 경찰 간부들이 공상 소설 등을 조합해 만든 문서로 판명됨.

11) 밤의 안개: 1941년 12월 7일 히틀러가 내린 명령. 독일군을 위협하는 인물을 체포해서 즉결처형 대신, 독일로 비밀리에 이송해 아무도 알지 못하게 한밤중 어둠 속에서 감쪽같이 사라지게 하되, 그 소재와 운명에 대해서는 아무런 정보도 주지 말라는 내용임.

12) 히틀러는 일본을 참전시켜, 영국의 아시아 영토를 점령하고 미국의 참전을 견제할 목적이었다. 그는 '극동에서의 적극책을 취하게 하여 영국 세력을 저지하고 미국을 태평양에 묶어두는 것이 3국 동맹의 목적' 이라는 극비 지령을 내렸다. 그러나 미국을 너무나 얕보았던 탓에 일본 외상 마쓰오카와

의 회담에서 일본과 미국의 전쟁이 발발하면 독일도 즉시 참전할 것이라는
서약을 주고 말았다. 그러나 일본은 소련을 공격하는 대신 중립조약을 맺
고, 영국의 속령이 아닌 미국의 속령을 공격하며 독자적인 행보를 걸었다.

13) 실제로는 11월 27일에 한 말.

14) 1932년 1월 8일 도쿄 앵전문 앞에서, 한인애국단원 이봉창 지사가 천황에
게 폭탄 투척한 사건.

15) 처칠의 뮌헨 협정 이후 연설과, 덩케르크 작전 직후의 연설을 조합한 것.

16) 에리히 폰 만슈타인 장군: 독일의 서방 공격 작전인 '황색 작전'을 개정하
여 마지노선을 돌파하는 대신 장갑기계화 부대로 중앙의 아르덴을 돌파해
연합군의 허를 찌른다는 기습작전을 제안함. 상관들의 반대로 좌천되었으
나 히틀러가 이를 채택하여 서부전선에서 대승을 거두자 육군 원수로 진급
됨. 그 후로도 혁혁한 전공을 세웠으나 소련 침공 시 스탈린그라드의 후퇴
를 주장하여 파면됨.

17) 독일이 수립한 영국 본토 상륙 작전의 암호명. 본래 1940년 9월 15일 70만
의 병력을 영국 남부 해안에 상륙시킨다는 계획이었으나 '독수리의 날' 공
습으로 시작한 영·독간 공중전에서 패하여, 결국 실행되지 못한 작전.

18) V-2 로켓, 정식 명칭 A-4. 독일이 2차 대전 중 개발한 최초의 대륙간 탄도
미사일. 최초의 초음속 로켓으로 우수전 부스터와 장거리 미사일의 전신.
1936년부터 개발되어 1944년 9월 6일 파리에 첫 발사됨. 그 후로 영국에만
도 1300개가 넘게 투하되었고, 종전 후 미·소의 미사일 및 우주 탐사 계획
의 토대가 되어, 개발자 폰 브라운 박사는 미국의 프로젝트에 참여함.
900kg의 고성능 폭약이 장착되어 수평 사정거리는 350km에 달하며 최고
고도는 100km에 이름.

19) "…1940년대 들어서부터 국내나 일본에 있던 선진 청년, 학생들 중 상당수
가, 1930년대 중·후반부터 활발한 국내진공작전과 첩보원 파견 등의 활동
을 전개했던 만주의 조선인 항일유격대와 그 지도자로 명망 있던 김일성에
대해 높은 관심을 보이면서 그 휘하에서 독립운동을 전개하겠다는 의지를

표출했다. 당시 민족주의건 사회주의건 비밀결사 활동을 전개하면서 무장 투쟁에 관심을 보였던 거의 대부분이 이른바 '김일성 부대'에 상당한 기대를 하면서 그를 조선 독립의 진정한 영웅이라고 생각하는 경우가 많았다" 한국역사연구회 근현대청년운동사 연구반, 위의 책, 511 쪽.

20) "…중일 전쟁 말기 들어 총포, 화약류의 절취사고가 우려될 정도로 많이 발생한 것으로도 알 수 있다. 예를 들어, 1940년 6월에는 경북 상주 송성만의 집 온돌과 땅 속에서 다이너마이트 2개 및 도화선 1본이 숨겨져 있는 것이 발견되었다. 또한 그즈음 변영수(13세)라는 소년은 충북 청주의 산 속에 있는 총포, 화약류 임시 저장소에 침입하여 공업용 전관 110개를 절취했으며, 대구, 평양, 경성 등 대도시의 총포, 화약 회사 등에서는 권총이 도난 되기도 했다……. 이밖에도 학생 청년들을 중심으로 자체 무장대를 조직하거나 고관 암살 등의 의열 투쟁을 조직적으로 전개한 예도 상당수 있었다……." 한국역사연구회 근현대청년운동사 연구반, 위의 책, 503, 513 쪽

21) 에른스트 폼 라트: 프랑스 주재 독일 대사관의 3등서기관. 17세의 독일계 유태인 망명소년 헤르첼 그린쯔판에게 저격당함. 그린쯔판의 아버지는 화물 열차에 실려 폴란드로 추방당한 1만 명의 유태인 중 하나였으며 그린쯔판은 이러한 유태 박해의 복수를 위해 독일 대사 폰 베르체크를 암살할 계획이었으나, 마침 그 자리에 있던 라트가 대신 살해당함. 그는 반나치주의자로 게쉬타포에 의해 감시당하고 있었음. 괴벨스는 '자연발생적 데모'를 조직하고 실행하라는 지령을 내렸으며 하이드리히가 이를 실행하여, 7천 5백 개의 상점이 약탈당하고, 1백 개가 넘는 시나고그가 방화됨. 체포되어 강제 수용소로 끌려간 자는 2만 명, 사망자는 36명에 달함.

22) 만프레드 폰 리히트호펜: 1차 대전 당시 독일 공군의 전설적인 에이스. 제1 전투비행대 대장으로 전투기를 주홍빛으로 장식하여 '리히트호펜의 나는 곡예단'이란 별명을 얻고. 그 자신도 '붉은 남작'이라 불림. 빨간 삼엽기를 몰다 프랑스에서 전사. 오스트레일리아의 집중 포화를 받아 사망했다고 하나 영국 공군의 브라운 대위에게 격추당했다고도 함. 사후 그의 이름

이 붙여진 '리히트호펜 비행대대'에서 헤르만 괴링이 그의 뒤를 이음.

23) 그로스 리히테르펠테: 베를린 소재 중앙유년사관학교. 귀족 자제들이 입학하는 명문.

24) 나치즘의 정신적 창시자이자 초기 운동의 중심인물. 히틀러는 그를 스승이라 부르며, '사상과 행위를 통해 우리 국민이 각성토록, 그 일생을 바친 가장 훌륭한 사람'이라고 '나의 투쟁'에서 말하고 있다. 그 역시 히틀러에게서 자신이 꿈꾼 이상적 지도자상을 보았고, 처음으로 총통이라고 칭하였다.

25) 하켄 크로이츠는 가장 오래된 상징들 중 하나로 인도 뿐 아니라, 트로야, 이집트, 중국, 메소포타미아, 아프리카 등 각지의 유적에서 발견된다. 인도에서는 스와스티카로 불리며, 태양이나 행운을 뜻하나, 힌두 고대 신화에서는 우주의 조합물을 휘젓는 철막대기로 등장한다. 신비주의에서는 갈고리 십자를 오른쪽으로 돌리면 빛, 백마술, 창조력을 뜻하며, 왼쪽은 암흑, 흑마술, 파괴를 상징한다고 보기도 한다.

26) 식량 배급 카드: 육류는 청색, 유제품은 황색, 설탕은 백색, 계란은 녹색, 빵은 오렌지색, 곡물은 분홍색, 과일은 자주색 등의 색깔별로 구분된 카드.

27) T-4 : 베를린 티어가르텐 4번지. 정신병자살인센터 위치. 풍광 좋은 곳의 휴양치료라 속여 정신병자들을 입원시킨 후 조직적인 살해가 행해짐. 병약한 게르만인 제거를 위한 유산법 및 안락사 프로그램의 일환.

28) 네덜란드의 도른으로 망명했던 카이저 빌헬름 2세는 41년 6월, 이미 사망한 후였으나 히틀러와 괴벨스의 명령으로 독일에는 거의 알려지지 않았다.

29) SA 돌격대장, 히틀러 찬양 시로 유명.

30) 슈타우펜베르크 백작이 주도한 히틀러 암살 음모.

31) 실제로는 슈타우펜베르크 백작이 히틀러 암살에 사용한 영국제 폭탄.

저자 후기

처칠은 영국이 패할 때에 히틀러 같은 애국자가 있기를 바란다고 말했었다. 히틀러가 전쟁을 일으키기 전의 실언이긴 하나, 히틀러 최대의 적 중 하나인 처칠조차 그런 생각을 했었음은 시사하는 바가 크다. 나 역시, 히틀러에게 혐오와 매혹을 강하게 느낀다. 히틀러가 내게 발휘하는 그 강렬한 흡인력의 정체, 그에게 빠져드는 내 안의 무엇. 이는 규명해야할 현상이라는 생각이, 이 소설의 시초다.

내 힘이 닿는 한도 내에서의 규명 중 하나는, 처칠은 틀렸고, 우리는 히틀러를 거부해야 한다는 것이다. 전력을 다하여, 히틀러 같은 인물을 수용하고 싶은 유혹과 싸워가며. 그것이 히틀러와 히틀러의 투쟁에 대한 나의, 그리고 우리의 투쟁이다.

우리 민족이 다시 어떤 수난을 겪더라도 우리는 그를 거부해야 한다. 그의 통치 아래 범죄자가 되어 결국은 우리와 타 국민 모두를 희생시키느니, 그가 가져다주는 거짓된 승리를 거부해야 한다.

많은 이들이 히틀러를 독일의 특유한 현상으로, 독일적 악몽으로 보고 있으나, 그는 언제나 모든 곳에 있었고, 지금 여기에도 있으니, 우리 또한 그로부터 자유롭지 못하다. 이것이 두 번째 규명이다.

그는 자기 민족의 우월성에 사로잡혀, 타민족을 멸시하며 침략도 서슴지 않는다. 우수한 자민족의 순수성을 보전하기 위해서라면 타민족의 희생도 마다않는, 어느 민족이건 사로잡히기 쉬운 욕구. 그것은 약육강식의 법칙에 지배되는 생물의 원초적 욕구이기도 하다. 인간은, 그것을 이겨낼 수 있는 유일한 생물이나, 동시에 어떤 생물보다도 치열하게 추구할 수 있는 존재인 것이다.

내 안의 히틀러를 보라. 그는 강대하다. 그가 그토록 예리하게 꿰뚫어본 욕구를 지닌 인간인 내가, 그 자에게 그 힘을 주었다. 그러나 나는 그 자와 싸울 것이다. 그는 인종의 위기를 경고하나, 쇼펜하우어가 말했듯 나는 한 개인으로서, 이미 하나의 독자적 종이다. 나는 내 순수성을 다른 종인 타인에 의거하지 않고, 자연이 유전자에 새겨놓은 생물로서의 욕구 외에도, 나만의 독자적인 욕구를 만들고 지향할 수 있다. 내 민족의 일인인 인간 이헌으로 태어난 의미를 추구하기에는 히틀러의 욕구만으로는 부족하기 때문이다. 나는 그렇게 할 수 있으며, 하고자 원한다. 그런 내게 있어, 진정한 위험은 다른 종이 아니라, 다른 종의 희생을 내 존재의 근거로 삼는 히틀러인 것이다.

내가 이헌이고, 내 민족이 한민족인 것에는, 타인과 타민족간의 상호존중이 필요할 뿐, 그 누구의 희생도 필요치 않다. 희생은 내게는 나 자신, 우리 민족에게는 우리 민족 자체의 것으로 족하다. 이것이 우리의 정체성이며 자긍심이길, 그럴 수 있기를, 기도한다. 나 자신에게, 우리 자신에게.

어려운 투쟁이다. 본능과 이성이든, 이 욕구와 저 욕구건, 히틀러와 나이건, 칼로 자르듯 둘로 확연히 나뉘어 있지 않다. 그것들은 이미 유구한 인류 역사와 일천한 개인의 역사를 통해 서로 녹아들고 융합되어 있다. 둘이 아니라 한 몸이니, 나는 히틀러이자 이헌이다. 그렇듯 실은 나를 향한 싸움이니, 그 상대조차 제대로 보이지 않고, 혼동과 착오는 끊임없이 일어난다. 그러나 이 싸움은, 인간에게 있어 이것만은 선택의 여지가 없다. 선악을 뛰어넘어, 내가 나일 것이냐의 투쟁. 나를 흔적도 없이 집어삼킬 수 있는 것은 나뿐인 것이다.

많은 사료들이 귀중한 정보를 제공해주었다. 모두 훌륭한 저작들로 큰 도움이 되었다. 그러나 이 사료들 간에도 상충되는 것들이 많았다. 하이드리히의 유태 인구수 계산만도 사료마다 서로 다른 숫자를 제시하고 있으며 연표의 날짜도 간혹 그러했다. 동일한 사건이더라도 저자의 시각 및 국적에 따라 전혀 다른 의미로 그려졌던 것은 물론이다. 독자들이 아는 바와 틀린 점이 있다면 이런 이유도 있음을 고려하기 바란다. 또한 가능한 한 정확한 사료를 찾아내려 노력했으나 소설의 극적 구성에 적합하다고 생각한 것을 우선했으며, 소설적 자유를 살려 독일인의 전시 생활상 묘사나 실존 인물의 형상화에서, 많은 부분 창작했음을 밝힌다.

또한 2차 대전이나 홀로코스트, 히틀러와 일본에 대한 비평 등은 나의 사견임을 구태여 밝힌다. 물론 객관적 사실의 사료를 토대로 했으나, 그 사실들 또한 내 주장의 근거로서 윤색해 제시했음을 볼 때 결국 주관적인 결론에 불과하다. 그 주장의 설익고 독단적인 점에 대해서는 책임지겠으나, 혹시 독자가 이를 학계에서 인정된 하나의 학설로 오해할 지도 모른다는 노파심에서 말해두는 것이다. 독자들이 소설과 역사의 차이를 구분할 줄 모르리라 생각해서가 아니라, 히틀러에 대한 책을 처음 읽는 독자들의 경우 나의 히틀러 상에 휩쓸리기 쉬운 위험을 지적하고자, 사족을 달았다. 이는 나 자신의 경험에서 나온 소리이기도 하다.

상반된 시각과 다양한 주장들 속에서 하나의 진상이라도 찾으려 노력하면서, 나 스스로 독선적일지 모르나 독자적인 시각을 갖게 되었다. 독자들 역시 비판적 글 읽기를 통해 각자의 시각을 형성하여, 내가 이 테마를 선택한 의미가 살아나기를 바라는 마음에, 당연한 이야기를 되풀이하게 되었다. 또한 이 책을 쓴 나의 체험이, 내 손을 떠난 책을 통해 타인의 또 다른 체험으로 이어지기를. 이 책이 진정한 체험의 씨앗이 될 수 있을지 자문하는 마음에서.

61 Cupititas 피닉스 문예 3

볼프

지은이 이헌
펴낸이 조정환 장민성
책임운영 신은주 편집부 양돌규 출판부 이택진 마케팅 오주형
용지 화인페이퍼 인쇄 한영문화사 제본 영신사

펴낸곳 도서출판 갈무리 등록일 1994. 3. 3. 등록번호 제17-0161호
초판인쇄 2004년 1월 1일 초판발행 2004년 1월 31일

주소 서울 마포구 서교동 467-1호 파빌리온 오피스텔 304호 (121-842)
대표전화 02-325-1485 편집부 02-325-4207 팩스 02-325-1407
website http://galmuri.co.kr   e-mail galmuri@galmuri.co.kr

ⓒ 이헌, 2004

ISBN 89-86114-61-5 04810 / 89-86114-58-5 (세트)
값 9,800원